Ines Thorn ist in Leipzig aufgewachsen und lebt seit 1990 in Frankfurt. Bei rororo sind bereits ihre historischen Romane «*Die Pelzhändlerin*» (rororo 23762), «*Die Silberschmiedin*» (rororo 23857) und «*Die Wunderheilerin*» (rororo 24264) erschienen.

Ines Thorn **Unter dem Teebaum**

Roman | Rowohlt Taschenbuch Verlag

Veröffentlicht im Rowohlt Taschenbuch Verlag,
Reinbek bei Hamburg, Oktober 2007
Genehmigte Lizenzausgabe der Verlagsgruppe Weltbild GmbH
Abteilung Weltbild Buchverlag – Originalausgaben
Copyright © 2006 by Verlagsgruppe Weltbild GmbH,
Steinerne Furt 67, D-86167 Augsburg
Umschlaggestaltung any.way Barbara Hanke/Cordula Schmidt
(Foto: CORBIS / zefa / Herbert Spichtinger)
Satz Sabon PostScript, InDesign bei
Pinkuin Satz und Datentechnik, Berlin
Druck und Bindung Clausen & Bosse, Leck
Printed in Germany
ISBN 978 3 499 24484 1

Erster Teil

I

DIE FEUCHTE HITZE DER LETZTEN SOMMERTAGE SETZTE DEN
Bewohnern der Küstenstadt Adelaide zu. Seit Tagen wirbelte
der heiße Nordwind den grauen Staub auf, der alles mit einer
feinen Schicht bedeckte. In den Tonnen verfaulten die Ab-
fälle schneller, als die Müllabfuhr sie beseitigen konnte, und
erfüllten die Luft mit einem süßen, schweren Geruch, der in
die Kleider drang, sich im Haar festsetzte und als schaler Geschmack auf der Zunge lag. Das schwüle Wetter klebte auf der
Haut und legte sich dunkel auf die Seele. Die Menschen bewegten sich langsam und träge mit gebeugten Rücken, hängenden
Schultern und müden Gesichtern. Selbst die Aborigines, die die
Hitze gewohnt waren, dösten bewegungslos im Schatten der
großen Akazien und Eukalyptusbäume.

Doch unerwartet schlug das Wetter um. Am Himmel ballten
sich dunkle Wolken zu schwarz-violetten Gebirgen mit roten
Feuerrändern auf. Der Wind drehte, kam nun aus dem Süden,
zauste die Blätter der Eukalyptusbäume und trieb Papierfetzen
und Staub vor sich her.

Die Menschen, eben noch matt und hitzeschwer, wischten
sich den klebrigen Schweiß von der Stirn und sahen sich um,
als wären sie aus einem tiefen Schlaf erwacht. Sie blickten auf-
geschreckt zum Himmel, dann stemmten sie sich gegen den
Wind und hasteten davon, um sich vor dem drohendem Unwetter in Sicherheit zu bringen. Amber stand im ersten Stock
des Agrarcolleges auf dem Gang und sah auf den Parkplatz
hinunter, auf dem die wimmelnde Geschäftigkeit sich inner-

halb weniger Augenblicke aufgelöst hatte und ein lebloses, verlassenes Stück gepflasterte Erde zurückließ.

Ihre Blicke verfolgten eine Zeitung, die vom Wind zum Tanzen aufgefordert worden war und mit graziösen Drehungen über den Platz wirbelte.

«Jetzt kommt die lang erwartete Abkühlung», sagte eine Stimme neben ihr.

Amber sah zu einem groß gewachsenen Mann auf, der eine ruhige Würde und Gelassenheit ausstrahlte.

«Ja», erwiderte sie. «Es wird wohl Zeit, dass ich aufbreche.»

Der Mann neben ihr nickte. «Nun beginnt das Leben für dich, nicht wahr? Du bist die einzige Frau im ganzen Barossa Valley, die einen Abschluss in Agrarwirtschaft und Weinbau hat. Dein Vater kann sehr stolz auf dich sein.» Amber lächelte. Nein, eigentlich war es kein Lächeln. Sie zog die Mundwinkel ein Stück nach oben, doch ihre Augen verharrten in einem nachdenklichen Ausdruck. «Ja. Das ist wohl so. Jetzt beginnt das Leben … der Ernst des Lebens. So sagt man doch, nicht wahr?»

Der Professor sah Amber mit hochgezogenen Augenbrauen an, doch sie blickte aus dem Fenster und schwieg. Er folgte ihrem Blick bis zum Parkplatz und sah einen Mann, der sich an einen zerbeulten dunkelgrünen Landrover lehnte.

Der Mann trug eine dunkle Jeans und trotz der Hitze ein langärmeliges Hemd mit offenem Kragen. Er hatte sich den Hut ins Gesicht gezogen, stützte sich mit gekreuzten Beinen und verschränkten Armen am Kühler des Autos ab und schien im Stehen zu schlafen. Neben ihm lag ein Strauß Blumen, der bereits gelitten hatte.

«Das ist euer Verwalter, nicht wahr?», fragte der Professor und deutete mit der Hand auf den Mann.

Amber nickte und öffnete den Mund, doch das erste Donnergrollen ließ sie innehalten.

Der Professor legte ihr eine Hand auf die Schulter. «Du musst dich beeilen, wenn du noch vor dem Gewitter wegkommen willst. Ich wünsche dir alles Gute, Amber. Komm uns besuchen. Und komm vor allem, wenn du Hilfe brauchst.»

Er sah sie mit einem warmen Lächeln an. «Ich bin stolz darauf, eine so kluge Schülerin gehabt zu haben.»

Dann wandte er sich um und ging davon.

«Danke! Danke schön für alles», rief Amber ihm hinterher. Der Professor hob eine Hand, winkte noch einmal, ohne sich umzudrehen, und verschwand um eine Ecke. Amber seufzte und strich mit der Hand behutsam über die rote Mappe, in der sie ihr Diplom aufbewahrte. «Ich bin der erste Winemaker», flüsterte sie. «Der erste weibliche Winemaker in Barossa Valley!» Sie lauschte ihren Worten nach.

Seit knapp einer Stunde besaß sie das Diplom. Sie hätte den Augenblick des Stolzes, des Triumphes gern noch etwas ausgekostet. Ganz für sich allein. Sie hatte den Abschluss in der Hand, aber noch nicht im Herzen. Sobald sie das College verlassen hatte, würde sie den Stolz teilen müssen.

Der Parkplatz hatte sich merklich geleert. Nur der Wagen des Professors und der Lieferwagen des Internatsleiters standen noch dort. Und der Landrover von Steve Emslie mit dem weißen Aufdruck «Carolina Cellar» auf den Seitentüren.

Ein alter Aborigine schlurfte über den Parkplatz. Er zog einen zerbeulten Karren hinter sich her, in dem Müll lag. Eine Windböe fuhr in den Karren und wirbelte leere Milchtüten, Apfelreste, Papier und anderen Unrat herum. Der alte Mann blieb stehen und zog die Schultern hoch. Langsam bückte er sich, um den Müll wieder einzusammeln.

Eine zerknüllte Papiertüte war bis zu Steves Füßen geflogen.

Als der alte Mann näher kam, stellte Steve seinen Fuß darauf. Der Aborigine sah zu ihm hoch, dann richtete er sich langsam auf und blieb ruhig vor Steve stehen. Steve zeigte mit dem Finger auf den Boden und bedeutete dem Mann, die Papiertüte wegzuräumen, doch sein Stiefel gab sie nicht frei. Der Alte rührte sich nicht. Schließlich packte Steve ihn im Nacken und drückte ihn so weit auf den Boden, dass seine Nase beinahe die Stiefelspitze berührte. Steve stieß das Papierknäuel von sich und schubste den Eingeborenen so kräftig hinterher, dass der Alte ins Taumeln geriet. Der Aborigine hastete dem Papier hinterher, hob es auf und legte es in seinen Karren. Ein anderer Weißer, der gerade über den Platz kam, sah von dem Eingeborenen zu Steve, dann klatschte er in die Hände, um Steve seinen Beifall auszudrücken, grinste breit und ging weiter.

Amber schüttelte den Kopf, nahm ihre Tasche und stieg langsam die Treppe des alten Gebäudes hinunter. Als sie die Flügeltür aufstieß und ins Freie trat, stockte ihr der Atem.

Die Luft war inzwischen so schwer und dicht, dass Amber glaubte, in einen klebrigen Brei einzutauchen. Als erneut ein Donnergrollen ertönte, fuhr sie leicht zusammen. Am Horizont zuckten die ersten Blitze, aber noch war das Gewitter ungefähr zwanzig Meilen entfernt.

Steve Emslie hatte sie entdeckt und kam ihr entgegen. «Herzlichen Glückwunsch», nuschelte er, nahm die Zigarette aus dem Mund, zertrat den Stummel mit dem Absatz und hielt ihr mit einem Grinsen den halb verwelkten Blumenstrauß hin.

Amber erwiderte seinen Gruß nicht. Sie nahm den Strauß, steckte ihn lieblos in ein offenes Seitenfach ihrer Tasche und reichte sie dem Verwalter. «Wir müssen uns beeilen», sagte sie. «Vater wird es nicht gern sehen, wenn wir bei einem solchen Unwetter unterwegs sind. Die Straßen in Barossa Valley werden sich bald in Schlammpisten verwandeln.»

Seit Emslie vor ihr stand, hatte Amber ihm nicht ein einziges Mal ins Gesicht geblickt.

Jetzt, als er mit der Tasche im Arm vor ihr zum Auto ging, betrachtete sie ihn von hinten. Das braune Haar hing ihm fast bis zum Kragen. Mit großen Schritten stürmte er voran, dabei mit dem freien Arm weit ausholend, als wollte er die Luft vor sich mit einer Machete zerschneiden.

Er warf die Tasche achtlos auf die Ladefläche des Geländewagens. Die Blumen fielen dabei heraus, Emslie merkte es nicht und zermalmte die Blüten unter dem Absatz. Dann riss er die Autotür auf und setzte sich hinter das Lenkrad. Er startete den Wagen, noch bevor Amber eingestiegen war.

Sie fuhren durch einige neu gebaute Straßen, überquerten den Torrens River und verließen die Küstenstadt schließlich Richtung Norden. Der Wind heulte mit dem Motor um die Wette und drückte gegen die Eukalyptusbäume. Ein zarter Geruch nach Menthol vermischte sich mit den Ausdünstungen der schwitzenden Stadt.

Amber sah zu den Hügeln, die Adelaide wie eine schützende Hecke umgaben. Es schien, als berührten die violetten Wolkengebirge die Hügelkuppen, um sich darauf niederzulassen.

Steve Emslie hatte bis jetzt geschwiegen. Er lenkte den Wagen mit der rechten Hand. Den linken Arm hatte er lässig ins offene Fenster gelegt. Dazu kaute er auf einem Streichholz herum.

Unvermittelt sagte er: «Willst neue Moden auf dem Carolina-Gut einführen, was?»

Amber runzelte die Stirn. «Wer sagt das?»

Emslie zuckte mit den Schultern und spuckte das Streichholz aus dem Wagenfenster. «Ist doch bekannt, dass die Schlaumeier vom College alles besser wissen. Darfst dich ja jetzt Winemaker nennen.»

11

«Ja, der erste weibliche Winemaker in dieser Gegend», erwiderte Amber knapp. Sie hatte keine Lust, sich mit Steve Emslie über den Weinbau zu unterhalten. Emslie war vor vier Jahren auf das Gut ihres Vaters gekommen. Vorher, so hieß es, hatte er eine Rinderfarm geleitet. Vom Weinbau verstand er gerade so viel, wie er musste, doch er war ein guter Verwalter, der seine Leute im Griff hatte. Für Ambers Geschmack zu fest im Griff.

«Der erste weibliche Winemaker.» Er betonte das «weibliche» übertrieben und fügte hinzu: «Kann mir egal sein, was du mit den Weinbergen und der Kellerei machst.» Amber nickte. Zum ersten Mal sah sie ihn an. Er hatte die kalten blauen Augen ein wenig zusammengekniffen und sah angestrengt zu den Wolkenbergen auf, die mit jeder Minute schwärzer wurden.

Sein schmaler Mund verschwand fast unter seinem Schnauzbart, der an den Spitzen vom Tabak gelbbraun verfärbt war. Die Nase war lang und schmal, das Kinn hart und kantig. In der Stadt galt er als attraktiver Mann und gute Partie. Amber hatte oft gehört, wie die Frauen von seinen Augen schwärmten. Unergründlich, hatten sie gesagt. Rätselhaft. Amber fand Steves Augen eisig. Sie fröstelte jedes Mal, wenn sein Blick an ihr auf und ab fuhr. Sie hatten Adelaide hinter sich gelassen und fuhren durch eine sanfte Mittelgebirgslandschaft mit grünen Hügeln, saftigen Weiden und dichten Wäldern Richtung Barossa Valley. Sie hätten den Highway benutzen können, doch die schmale Landstraße, die an manchen Stellen nicht einmal befestigt war, führte direkt zum Gut. Amber liebte diesen Weg, der zwar etwas beschwerlicher, aber landschaftlich sehr viel schöner war.

Etwas mehr als eine Stunde würden sie brauchen, um das riesige Weingut zu erreichen, das den Namen von Ambers verstorbener Mutter trug: Carolina Cellar.

Der Wind hatte sich plötzlich gelegt. Die Bäume rauschten nicht mehr, die Vögel hatten aufgehört zu singen. Eine beklemmende Stille herrschte, nur unterbrochen vom Dröhnen des Motors.

«Es ist, als holte die Natur Atem», dachte Amber und bemerkte nicht, dass sie den Satz laut ausgesprochen hatte. Steve Emslie sah sie von der Seite an und zog die Augenbrauen zusammen. «Dann soll die Natur mal aufpassen, dass sie dabei nicht erstickt.»

Sofort senkte Amber den Kopf und blickte auf ihren Schoß. Ihre Hände knüllten die feine Seide des Kleides. Sie hatte sich nach der feierlichen Verabschiedung im College nicht umgezogen und trug noch immer das blaue Kleid mit den weißen Punkten und dem weißen Kragen, wie immer zu festlichen Anlässen. Ihr Haar, das sie gewöhnlich offen oder als Pferdeschwanz trug, war heute hochgesteckt, und die Lippen zeigten noch leichte Spuren des rosafarbenen Lippenstifts.

Heute Morgen hatte sie sich schön und erwachsen gefühlt. Doch jetzt schien es ihr, als wäre ihr Kleid in diesem Wagen und an der Seite von Steve Emslie so fehl am Platze wie ein Weihnachtsbaum am Osterfest.

Schon immer hatte es der Verwalter verstanden, ein merkwürdiges Schamgefühl in ihr auszulösen. Sie kam sich töricht vor in seiner Gegenwart. Obwohl er gerade zehn Jahre älter war als sie, behandelte er sie wie ein Kind, fand sie.

«Es ist, als holte die Natur Atem. So ein Unfug.»

Steve schüttelte den Kopf und sah sie von der Seite her spöttisch an.

Sie hob trotzig den Kopf und deutete auf die schwarze Wolkenwand mit den schwefelgelben Rändern, die sich immer näher schob.

«Die Aborigines singen und tanzen die Gewitter herbei,

wenn die Erde zu trocken ist», sagte sie, wissend, dass Emslie dafür erst recht kein Verständnis aufbrachte.

«Die Bushis singen und tanzen, weil sie zu faul zum Arbeiten sind. Ist das Land trocken, muss es bewässert werden. Das Rumgespringe und Rumgejaule hat noch keinen Tropfen auf die Erde gebracht.»

Emslie fummelte eine Zigarette aus der Tasche seines Hemds, und Amber wusste, dass sie ihn verärgert hatte. Sie lächelte zufrieden und strich ihr Kleid glatt.

«Was gibt es Neues auf dem Gut und in der Stadt?», fragte sie.

Emslie sah geradeaus und zuckte mit den Schultern. «Die Magd vom Kingsley-Gut ist schwanger. Jetzt behauptet sie, der Sohn vom Gutsherrn hätte sie vergewaltigt.»

«Und? War es so?»

«Pah! Jeder weiß doch, wie die Schwarzen sind. Die Frauen wackeln mit den Ärschen und recken ihre Brüste, und wenn ein Mann sich dann nimmt, was ihm angeboten wird, ist das Geschrei groß. Kingsley sollte sie zurück zu ihrem Clan jagen. Sie hat es nicht besser verdient.»

Ambers Gesicht verdunkelte sich. Mit seiner Meinung stand Emslie bei Gott nicht allein in Tanunda, einer Kleinstadt, die im Herzen des Barossa Valley lag, nur zwei Meilen von ihrem Weingut entfernt. In Tanunda lebten zumeist Weiße: Weinbauern, Fassbauer, Kaufleute, dazu einige Akademiker – Lehrer, Ärzte und Tierärzte. Die Eingeborenen wohnten in wackeligen Holzhütten am Rande der Stadt und hatten wenig mit dem Kleinstadtleben zu tun. Einige der Schwarzen hatten Arbeit auf den Weingütern und Farmen gefunden, die Frauen boten ihre Dienste als Köchinnen oder Putzhilfen an, die Kinder streunten durch die Gegend. Nur wenige von ihnen besuchten die Missionsschule, und nicht ein einziges Aborigine-Kind ging zum Unterricht in die städtische Schule von Tanunda. Die Schwarzen und die Weißen lebten nicht zusammen; sie lebten nebeneinander und waren darauf bedacht, möglichst wenig miteinander zu tun zu haben.

Die Wohlhabenderen unter den weißen Männern trafen sich am Abend im Pub an der Hauptstraße, die Arbeiter auf den Gütern bevorzugten die Kneipe «Red Rose». Wenngleich die Arbeiter denen, die ihnen Arbeit gaben, nicht ohne Vorbehalt begegneten, so zeigte sich doch eine gemeinsame Abneigung, sobald sich die Gespräche um die Aborigines drehten. Die meisten Weißen schienen vollkommen vergessen zu haben, dass ihre Vorfahren einst als Sträflinge oder Religionsflüchtlinge, in jedem Falle aber als Gejagte und Ausgestoßene aus Europa hierher nach Australien gekommen waren.

Amber sah nach vorn. Am Horizont tauchten die ersten Hügel des Barossa Valley auf. In einer guten halben Stunde würden sie zu Hause sein.

Doch plötzlich wurden die Wolken auseinandergerissen, und ein Regen brach los, wie Amber ihn nur selten erlebt hatte.

Hagelkörner, groß wie Taubeneier, prasselten auf das Autodach und trommelten gegen die Windschutzscheibe. Die Wiesen neben der Straße waren innerhalb weniger Minuten von einer Eisschicht bedeckt. Kurz darauf ging der Hagel in Regen über, der mit einer solch mächtigen Kraft vom Himmel stürzte, als wäre dort der Staudamm eines gewaltigen Sees gebrochen. Die Straße weichte auf, wurde zu einem gelben Morast. Nach wenigen Minuten drehten die Räder des Geländewagens durch. Steve Emslie fluchte, dann drehte er den Zündschlüssel um.

«Wir müssen warten, bis das Unwetter weitergezogen ist», sagte er. «Ich habe Bretter dabei. Die können wir unter die Räder legen.»

Amber nickte. Gemeinsam starrten sie auf die Wand aus grauem Wasser, die vor ihnen niederging. Emslie zündete sich erneut eine Zigarette an und hielt auch Amber die verknautschte Schachtel hin.

«Danke», sagte Amber und schob die Schachtel zur Seite. «Ich rauche immer noch nicht.»

Steve grinste. «Weißt du schon, was du in der nächsten Zeit tun wirst?», fragte er und steckte die Schachtel zurück in sein Hemd. Der Geruch von Männerschweiß und Tabak drang in Ambers Nase.

«Ich werde Vater auf dem Gut helfen. Deshalb bin ich ja auf das College gegangen. Eines Tages werde ich die Kellermeisterin sein.»

«Hm», schnaubte Steve. «Was genau willst du tun?»

«Auch der Wein unterliegt Moden. Ich möchte neue Sorten züchten und die Rebstöcke, die wir haben, ertragreicher machen.»

«Wollen das nicht alle Winzer? Braucht man dafür einen Abschluss?»

«Unsere Nordhänge haben zu viel Säure. Wir könnten mit der Lese vier Wochen länger warten als die anderen Winzer und den Wein als Spätlese ausbauen. Vielleicht sollten wir mit einigen Stöcken sogar noch länger warten. Ein guter Tresterbrand wäre uns sicher.»

Amber hatte lange darüber nachgedacht, wie sie das Gut als Kellermeisterin gestalten würde. Sie hatte nächtelang Bücher gewälzt, hatte sich aus der Collegebibliothek Fachzeitschriften aus Europa ausgeliehen und sich so einen Überblick über den Markt verschafft. Im Unterschied zu den anderen Winzern im Barossa Valley orientierte sie sich an den europäischen Weinbauregionen und nicht an den einheimischen Vorlieben. Sogar ihre Diplomarbeit hatte sie über dieses Thema geschrieben – es lag ihr so am Herzen, dass sie automatisch in einen belehrenden Ton fiel, wenn sie jemand danach fragte.

Steve nickte, obwohl er nicht zugehört hatte. «Dein Vater ist alt. Du bist die einzige Tochter. Du solltest heiraten, damit das Gut in die richtigen Hände kommt.»

Amber runzelte die Stirn. «Ich muss nicht heiraten, um das Gut zu führen.»

«In ganz Barossa Valley gibt es keine Frau, die allein ein Gut führt. Frauen führen vielleicht Krämerläden oder Geschäfte für Unterwäsche, aber keine Weingüter. Welcher Arbeiter würde schon auf eine Frau hören?»

Amber reckte sich. Sie straffte die Schultern und hob das Kinn. «Du zum Beispiel, Steve Emslie. Wenn ich das Gut führe, wirst du gezwungen sein, auf mich zu hören.»

Die Worte waren ihr harscher geraten, als sie gewollt hatte. Sie bemerkte den Zorn in seinen Augen und sah zur Seite.

In diesem Augenblick hörte der Regen auf, als hätte es ihn nie gegeben. Die Sonne schob die schwarzen Wolkentürme einfach zur Seite und schickte ihre Strahlen wie zur Entschuldigung mit doppelter Kraft auf die Erde. Die Straße dampfte, auch aus den Wäldern stiegen Dunstschwaden auf.

Steve Emslie riss die Wagentür auf und sprang hinaus. «Mist, verdammter», brüllte er, als er bis zu den Knöcheln im Morast versank.

Amber angelte sich die Gummistiefel, die unter dem Sitz lagen, und zog sie an. Steve grinste, als er sie in diesem Aufzug sah.

Gemeinsam hantierten sie mit den Brettern, schoben sie unter die Reifen, bis die Räder sich endlich aus dem Matsch lösten und der Wagen nach vorn ruckte. Amber wischte sich mit dem Unterarm eine Haarsträhne aus dem Gesicht und sah an sich herunter. Vor Entsetzen schrie sie leise auf: Ihr wunderschönes blaues Kleid hatte neben den kugelrunden weißen Punkten noch ein merkwürdiges Muster an braunen Flecken bekommen.

«Oh, Gott», stöhnte sie. «Ich sehe aus wie …»

«Du siehst wunderschön aus.»

Amber hob den Kopf. Sie hatte nicht bemerkt, dass Steve um den Wagen herumgekommen war und nun vor ihr stand. Behutsam streckte er die Hand aus und kratzte an einem Fleck auf ihrem weißen Kragen herum. Erstaunt ließ Amber es geschehen. Doch als er sie schließlich an sich drückte und seinen harten Mund auf ihre weichen Lippen presste, biss sie ihn heftig in die Unterlippe und stieß ihn von sich.

Keuchend stand er vor ihr und tupfte an seiner Lippe herum. Die strahlend blauen Augen gefroren zu eisigen Pfützen. «Mach das nie wieder!», presste er hervor und griff nach ihrem Handgelenk.

«Nie wieder, hörst du!»

Amber riss sich erneut los. «Und du – küss mich nie wieder! Hörst du? Nie wieder!» Dann drehte sie sich um und kletterte in den Wagen.

Eine Zeit lang fuhren sie schweigend. Der Turm der katholischen Kirche von Tanunda war schon zu sehen, als Emslie sagte: «Dich werde ich schon noch zurechtbiegen. Darauf kannst du dich verlassen. Wenn du erst einmal meine Frau geworden bist, werde ich dir die Flausen austreiben. Und zwar alle!»

Amber lachte los. Nein, sie fand Steves Worte nicht lustig, ganz und gar nicht. Doch die Anspannung, die sie den ganzen Tag schon mit sich herumgetragen hatte, machte sich jetzt in diesem Lachen Luft. Sie lachte, obwohl sie das zornige Funkeln in seinen Augen sah und seine Finger, die sich mit weißen Knöcheln um das Lenkrad krampften. Dann wischte sie sich mit den

Handballen die Tränen von den Wangen und sagte ernst: «Ich werde niemals deine Frau werden, Steve Emslie. Der Tag, an dem ich mit dir vor den Altar trete, steht in keinem Kalender.»

«Das werden wir ja sehen», widersprach Emslie, und in seinen Worten lag eine unmissverständliche Drohung.

«Amber! Wie schön, dass du endlich da bist!», rief Walter Jordan, ihr Vater und Besitzer des drittgrößten Weingutes in Barossa Valley. Er stand am schmiedeeisernen Tor, das den Beginn der weiß gekiesten Auffahrt zum Gutshaus markierte. Offensichtlich stand er schon eine ganze Weile da, denn sein Hut und der Schirm, der jetzt achtlos an einem Baum lehnte, waren nass. Amber sprang aus dem Landrover und fiel ihrem Vater in die Arme. Sie küsste ihn auf beide Wangen, schmiegte ihr Gesicht an seines und sog den vertrauten Geruch ein.

Dann löste sie sich von ihm und ließ ihren Blick über das Land streifen. Sie streckte die Arme von sich. «Es ist schön, wieder zu Hause zu sein! Wenn du wüsstest, wie sehr ich Carolina Cellar vermisst habe ... Und dich natürlich!»

Steve hatte ihre Tasche abgestellt und stieg wieder in das Auto. «Ich fahre noch einmal nach Tanunda. Die Traktoren brauchen Öl», rief er und wendete den Wagen.

«Ist gut, Steve», rief Walter Jordan und sah seinem Verwalter zufrieden nach. Dann wandte er sich an Amber. «Steve arbeitet gut. Er denkt mit, das gefällt mir. Ohne ihn würde ich die Arbeit längst nicht mehr schaffen.»

Amber zuckte mit den Schultern und sah dem grünen Landrover ebenfalls nach.

Dann legte Walter Jordan Amber seinen Arm um die Schulter und drückte sie wieder an sich. «Jetzt bist du Winemaker», sagte er voller Stolz. «Der erste weibliche Winemaker in der ganzen Gegend.»

Amber nickte und reichte ihm die rote Mappe, die obenauf in ihrer Tasche gelegen hatte. «Ich war die Zweitbeste meines Jahrganges», erwiderte sie.

Der Winzer betrachtete das Zeugnis, dann sah er über den Rand der Brille auf seine Tochter. «Ich bin wirklich sehr stolz auf dich. Du hast unserem Namen alle Ehre gemacht.»

Amber lachte. «Warte ab, bis du meine Diplomarbeit gelesen hast. Ich bin nicht sicher, ob du danach noch genauso denkst.»

Walter nahm die Tasche und legte den anderen Arm um die Schulter seiner Tochter. Langsam gingen sie nebeneinander die Auffahrt entlang zum Gutshaus. Amber seufzte glücklich. Sie war wieder zu Hause. Zu Hause auf dem Gut und vor allem bei ihrem Vater. Seit dem Tod ihrer Mutter hatte er sich mithilfe der schwarzen Kinderfrau um sie gekümmert. Er war es, dem sie den ersten Liebeskummer anvertraut hatte, er war es, der ihr den ersten Lippenstift aus der Stadt mitgebracht hatte, und er war es auch, der ihr die Welt und das Leben erklärt hatte. Von Anfang an hatte er mit Amber gesprochen wie mit einem erwachsenen Menschen. Er hatte sie an seinen Gedanken teilhaben lassen und sie nicht wie eine Tochter, sondern eher wie eine Gefährtin behandelt. Er hatte ihr alle Liebe und Zärtlichkeit geschenkt, deren er fähig war, und Amber dankte es ihm mit einer ebenso starken und tiefen Zuneigung.

«Willst du mir Angst machen?», fragte Walter Jordan lachend, dann winkte er Aluunda, der schwarzen Haushälterin, zu, die in der Küchentür stand und sich die Hände an einem Tuch abwischte, das sie um den Bauch geschlungen hatte.

«Amber ist da!», rief er. «Wir müssen uns vorsehen, Aluunda. Sie wird hier alles auf den Kopf stellen. Pass bloß auf deine Küchenlöffel auf.»

Aluunda winkte fröhlich zurück, dann riss Amber sich los

und stürzte zu der alten schwarzen Frau, die ihr so viele Jahre lang die Mutter ersetzt hatte.

«Ich habe es geschafft», jubelte sie, als sie Aluunda um den Hals fiel.

«Ja, das hast du», bestätigte die Frau und drückte das Mädchen, das einen halben Kopf größer war als sie, an die Brust. «Aber das wirklich Schwierige liegt noch vor dir.»

Inzwischen war Walter herangekommen. «Deck den Tisch mit dem feinsten Porzellan, Aluunda. Und hol den besten Sekt aus dem Keller. Sag allen Bescheid. Wir wollen heute Abend feiern.»

Aluunda nickte lächelnd. «Ich habe schon alles vorbereitet, Master», sagte sie. «Der Sekt steht kalt, Ambers Lieblings-schokoladenkuchen ist fertig, und im Ofen schmort ein ordentlicher Braten.»

2

JONAH WARTETE IN DER DUNKELHEIT UNTER DEM TEEBAUM, und sein dunkles Gesicht zeichnete sich vor der fast weißen Rinde deutlich ab. Er stand still, doch Amber schien es, als wäre sein Körper unablässig in Bewegung. Wie bei einem Tanz, der sich im Inneren abspielt und dessen gewaltige Kraft durch die Körperwände hindurch nach außen dringt.

Jonah tanzte immer. Er lief nicht durch die Weinberge, setzte nicht einen Fuß vor den anderen, sondern bewegte alle Muskeln gleichzeitig. Seine Arme schwangen rhythmisch neben seinem Körper, Hals und Kopf hoben und senkten sich in stolzer Anmut, und die schlanken, dunklen Beine glitten so leicht über den Boden, als würden sie schweben. Auch Jonahs Hände tanzten. Sprach er, so unterstrich er jedes Wort mit einer fließenden Geste.

Als er Amber kommen sah, lachte er mit blitzenden weißen Zähnen, breitete die Arme aus und lief auf sie zu. Auch Amber rannte und lachte, rannte in seine Arme, warf sich an seine Brust, legte die Hände um seinen Nacken und bedeckte sein Gesicht mit tausend Küssen. «Endlich, endlich, endlich», sagte sie und ließ ihn los. Er nahm ihr Gesicht behutsam zwischen seine Hände und berührte jeden Zentimeter ihrer Haut, als wäre er blind. Amber genoss die Liebkosungen. Sie schloss die Augen, schmiegte ihre Wange in seine warme Hand. Als sein Finger über ihre Lippen glitt, dachte sie für einen Augenblick an Steves harten Mund, doch dann verscheuchte sie den Gedanken, öffnete die Augen und tastete Jonahs Gesicht mit Blicken ab.

«Ich habe dich so vermisst», sagte sie. «Jeden Tag habe ich mich nach dir gesehnt. Ich habe stundenlang am Fenster des Internats gestanden und in der Ferne die Hügelkuppen von Barossa Valley gesucht.»

Jonah antwortete: «Ich habe dich in meine Träume gesungen und ein Stück deiner Seele bei mir getragen.»

Er kramte in der Hosentasche und hielt Amber seine geöffnete Hand hin. «Hier, sieh nur!»

Amber lächelte. Im Frühjahr hatte sie ihm aus den Blüten des Teebaumes einen kleinen Kranz geflochten. Er hatte ihn getrocknet und bei sich getragen.

«Jetzt bin ich wieder da.»

«Ja. Jetzt bist du wieder da, und meine Seele kann in meinen Körper zurückkommen, weil sie dich nicht mehr suchen muss.»

Er legte ihre Hand auf sein Herz und seine auf ihr Herz. «Sie schlagen noch im selben Takt», sagte Amber. Jonah nickte ernst. «Natürlich tun sie das. Das werden sie immer tun.»

Er nahm ihre Hand, strich zärtlich über jeden einzelnen Finger, dann sagte er: «Lass uns in die Weinberge gehen.» Amber schüttelte den Kopf. «Nein, das ist zu gefährlich. Mein Vater oder Emslie könnten uns sehen.»

Jonah runzelte die Stirn. «Du hast es dem Master noch nicht gesagt?»

Betreten sah Amber zu Boden. «Ich bin heute erst angekommen, Jonah. Drei Jahre war ich weg. Man kann nicht alles gleich am ersten Tag bereden. Außerdem gab es ein kleines Fest zu Ehren meiner Ankunft.»

Sie überlegte, ob sie Jonah erzählen sollte, was zwischen Steve und ihr geschehen war. Doch sie hatte Angst. Jonah zählte zu den Eingeborenen, die in den Weinbergen arbeiteten. Er lebte mit seinem Clan, dem Damala-Totem, auf dem Land von Ambers Vater. Der Clan hieß nach dem Keilschwanzadler, in der Sprache der Aborigines «Damala» genannt. Er war ihr Ahne.

Der Winzer, dessen Großvater vor hundert Jahren von Schlesien nach Australien ausgewandert war, hatte das Land gekauft. Niemand hatte dabei auf die Aborigines Rücksicht genommen, die dieses Stück Erde seit Jahrtausenden besiedelten.

Jonah sah hinauf zur Krone des Teebaumes und fragte: «Hast du es dir anders überlegt? Liebst du mich nicht mehr? Sag es ruhig. Ich wäre nicht böse, nur traurig.» Amber schmiegte sich an ihn, fuhr ihm mit der Hand durch das starke, drahtige Haar. «Ich liebe dich, Jonah. Es ist mir gleichgültig, was die Leute sagen.»

Jonah schüttelte zweifelnd den Kopf. «Es gibt keine weiße Frau in ganz Barossa Valley, die einen Aborigine geheiratet hat. Und in ganz Australien wirst du keine Frau finden, die einen Aborigine heiratet und gemeinsam mit ihm ein so großes Gut leitet.»

Amber lachte. Sie nahm den Kranz und warf ihn hoch in die Luft. «Na und? Dann werden wir eben die Ersten sein. Einer muss ja den Anfang machen.»

Plötzlich hörten sie Musik. Aus einem Radio erklang Rock 'n' Roll. Der neue Tanz war gerade in Amerika erfunden worden und hatte sich schon auf den Weg nach Australien gemacht. «Maybellene», sang Amber und wirbelte mit Tippelschritten im Kreis herum. Jonah versuchte, es ihr gleichzutun, und er stellte sich sehr viel geschickter dabei an. Doch dann verstummte die Musik. Nur der Abendwind rauschte leise in den Blättern des Teebaums und raunte im Weinlaub.

«Warst du oft tanzen in Adelaide?», fragte Jonah.

Amber schüttelte den Kopf. «Nein, Jonah. Nie. Das weißt

du doch. Wie soll ich singen oder tanzen, wenn du nicht in meiner Nähe bist?»

Sie lachte und sah ihm offen in die Augen, so ohne jedes Arg, dass er ihr glaubte.

«Lass uns zur Hütte des Jagdpächters gehen», schlug Amber vor. Sie fasste Jonahs Hand und zog ihn hinter sich her.

Schweigend liefen sie auf den Wald zu, der sich hinter den Weinbergen erhob.

Als sie die Hütte erreicht und darin eine alte Petroleumlampe entzündet hatten, kramte Jonah erneut in seiner Hosentasche. Erst jetzt sah Amber, dass er sein bestes Hemd und seine feinste Hose trug.

«Hast du dich für mich so schön gemacht?», fragte sie.

Jonah nickte ernst. Dann holte er einen Stein von ungewöhnlicher Farbe und Form aus der Tasche und reichte ihn ihr.

«Es ist ein Stück vom Uluru. Oder Ayers Rock, wie die Weißen ihn nennen. Meine Tante hat es mitgebracht, als sie auf ihrer Songline dorthin kam. Der Stein ist ein Teil der Regenbogenschlange.»

Amber sah ihn an und legte eine Hand auf ihr Herz, das vor Freude so heftig schlug, als wollte es durch die Rippen springen. «Es ist ein großes Geschenk, das du mir machst. Fast schon ein Hochzeitsgeschenk», sagte sie, und ihre Stimme klang seltsam dunkel dabei.

Wieder nickte Jonah sehr ernst. «Du bist weggegangen, um etwas über das Land, das den Aborigines anvertraut ist, zu lernen. Das machen nur wenige weiße Frauen. Nun bist du zurückgekommen und wirst mit deinem Wissen das Land gemeinsam mit uns behüten.»

Amber lächelte. «Ja», sagte sie. «Das werde ich. Ich verspreche es dir. Ich werde unser Land behüten, so gut ich es nur kann. Ich werde die Ahnen achten, wie dein Volk es tut. Mein Volk soll lernen, dass beides geht: eure Ahnen und unsere Ahnen.»

«Und wir werden Mann und Frau sein und beweisen, dass auch das geht: ein Aborigine-Mann und eine weiße Frau.»

«Wir werden Kinder bekommen, in denen sich unsere Ahnen vereinen», fügte Amber hinzu.

Seine Lippen auf ihrem Mund waren warm und weich. Jonah schmeckte nicht nach Tabak, sondern nach den Blättern des Eukalyptusbaums, die er ständig kaute. Seine Haut roch nach Sonne und Staub, seine Lippen waren warm – warm und lebendig. Als Amber ihm das Hemd öffnete und von den Armen streifte, zitterten seine Muskeln.

Aus seiner Kehle kam ein tiefer, dunkler Laut, der wie der erste Ton eines Didgeridoos klang, dann kamen die Worte. Worte mit weichem Klang, geheimnisvoll und von dunkler Zartheit. Amber wusste, was sie bedeuteten, und es waren genau diese Worte, die ihr, seit sie wieder auf dem Carolina-Weingut war, nicht aus dem Kopf gingen, jene Worte, die von dem heiligen Land erzählten, das seit langer Zeit das Land der Aborigines war und alle einlud, mit offenen Augen und Ohren und einem offenen Herzen die Schönheit der Natur zu preisen.

Jonahs leiser Gesang beruhigte und erregte sie gleichermaßen. Als er die Knöpfe ihrer Bluse öffnete, ihr auch den Rock und den Büstenhalter abstreifte, zitterte sie ebenfalls.

Jonah kniete sich hin, zog sie zu sich herunter. Dann nahm er ihr Gesicht wieder in beide Hände und strich mit den Daumen ganz sanft über ihre Lider, sodass sie die Augen schloss.

Mit den Fingerspitzen berührte er ihre Kopfhaut. Er ließ sie darauf kreisen, und Amber spürte ein Prickeln, das bis hinunter zu den Zehen reichte.

Ganz leise sagte er dabei zu ihr: «Ich streiche die dunklen Gedanken aus deinem Kopf. Lass sie los, damit ich sie mit meinen Finger auffangen und fortfliegen lassen kann.»

«Ja», flüsterte Amber. «Nimm alles weg, was zwischen uns steht, alles, alles.»

Sie hob ihm ihr Gesicht entgegen. Ihre Münder begegneten sich, aus zwei Lippenpaaren wurde eines, zwei Atemströme vereinigten sich, aus zwei Leibern wurde einer.

Jonah breitete seine Arme aus, als wollte er fliegen, er griff nach Ambers Händen und bewegte sich dabei wieder, als wolle er tanzen. Ihre Brüste lagen an seiner Brust, ihre Lippen lagen auf seinen, ihre Knie berührten sich. Der Schein der Petroleumlampe warf einen schwarzen Schatten auf die Wand der Holzhütte, den Schatten eines Vogels beim Liebestanz.

Dann ließ Jonah Amber los, strich mit seinen Händen sanft über ihre Schultern und sah ihr dabei in die Augen. Seine Fingerkuppen glitten über ihren Hals bis hinunter zu den Brüsten.

«Du bist schön», flüsterte Jonah und bettete Amber behutsam auf eine Decke, die er von der Bank nahm.

Seine Hände glitten über ihren Bauch, über die Seiten, als wären sie kostbar und zerbrechlich wie wertvolles Glas. Langsam und dabei immer wieder ein paar Worte in seiner Sprache summend, berührte Jonah jeden Zentimeter von Ambers weicher, warmer Haut. Seine Finger streichelten, klopften leicht, massierten, vibrierten auf ihrem Körper, der unter diesen Zärtlichkeiten weich und geschmeidig wurde. Jonah entdeckte sie. Ja, das war das richtige Wort. Seine Finger zogen prickelnde Wege über ihren Körper, ihr Fleisch erwachte unter seinen Händen zum Leben, konnte nicht genug bekommen von seinen Zärtlichkeiten.

Als ihre warme und samtige Haut sich in seine Hände ge-

27

brannt hatte, schmiegte er sein Gesicht zwischen ihre Brüste, auf ihren Bauch, auf den Schamberg, ließ seine Wange über ihre Arme und Schenkel streichen. Dann begann er, von Amber zu kosten. Seine Lippen glitten über ihren Hals, kosteten von ihrem Leib. Das Salz ihrer Haut wurde für ihn zum Salz des Lebens. Schließlich spreizte er ihre Beine, wand sich über sie, sodass seine Brust auf ihrer zur Ruhe kam und seine Lippen ihren Mund berührten. Amber spürte seine Männlichkeit an ihrem Schoß und öffnete sich für ihn. Er stützte sich auf die Hände und sah ihr in die Augen. Seine streichelnden Blicke fragten sie: Möchtest du, was ich möchte?

Ihre Blicke gaben die Antwort: Ja, das möchte ich.

Behutsam und langsam drang er in sie ein, hielt dabei ihre Blicke fest, gab ihr Schutz damit und die Geborgenheit und das Vertrauen, die seine Leidenschaft begleiteten.

Später lagen sie nebeneinander. Amber hatte ihren Kopf an Jonahs Schulter geschmiegt, ihre Hand lag über seinem Herzen.

«Erzähl mir von der Regenbogenschlange. Erzähl mir von der Traumzeit und den Ahnen», bat sie.

Jonah lachte leise: «Du kennst die Geschichten ebenso gut wie ich. Besser sogar als manch einer aus meinem Volk.»

«Erzähl sie trotzdem, damit ich sie niemals vergesse.»

«Also gut», stimmte Jonah zu und strich sanft über ihr langes, dunkles Haar, das ihre Schultern wie eine leichte Decke verhüllte. «Vor langer, langer Zeit, die von den Ahnen Traumzeit genannt wird, lag die ganze Erde im tiefen Schlaf. Es gab keine Pflanzen und keine Tiere oberhalb der Erdkruste. Stille herrschte ringsum. Nichts bewegte sich.

Doch eines Tages erwachte die Regenbogenschlange und kroch hinauf auf die Oberfläche. Sie musste sich regelrecht aus der Erde graben und allen Unrat, der ihr im Weg lag, zur Seite räumen. Doch endlich hatte sie es geschafft. Sie sah sich um und begann, die Erde zu erkunden. Sie wanderte nach Norden, Osten, Süden und Westen, und wenn die Nacht hereinbrach, rollte sie sich zusammen und schlief.

Auf ihrem Weg hinterließ ihr Körper Spuren. Schlangenlinien zogen sich über die Erde, und auch ihr schlafender Körper hatte sich ins Gesicht der Erde geschrieben. Als sie alle Teile gesehen und bereist hatte, kehrte sie schließlich an die Stelle zurück, an der sie aus der Traumzeit erwacht war. Sie rief nach allen anderen Lebewesen, die noch unter der Erdkruste schliefen. ‹Kommt heraus, ich habe die Welt entdeckt.› Zuerst kamen die Frösche. Sie brauchten sehr lange, um durch die Kruste zu stoßen, denn ihre Bäuche hatten sich während des Schlafes mit Wasser gefüllt. Die Regenbogenschlange aber kitzelte die Frösche so lange, bis die Frösche lauthals lachten, das Wasser aus ihnen herauslief und dabei die Abdrücke des Schlangenkörpers auf der Erde auffüllte. So entstanden die Flüsse und Seen. Nun erwachten auch die anderen Tiere. Vögel, Insekten, Reptilien und alle anderen Lebewesen krabbelten an die Erdoberfläche. Das Gras begann zu grünen, Bäume und Pflanzen wuchsen und erfüllten die Erde mit Farben und Düften. Die Tiere aber erkundeten genau wie die Regenbogenschlange das Land. Sie reisten von Nord nach Süd und von Ost nach West. Auf ihrer Reise sangen sie Lieder, und mit diesen Liedern sangen sie die Dinge ins Dasein. Alles, was ihnen begegnete, erhielt einen Namen und begann zu leben. Alle waren glücklich auf dieser Erde. Ein jeder lebte mit seinem Nachbarn in Eintracht und Frieden. Die Säugetiere lebten in den Ebenen, die Reptilien in Felsen und Steinen, die Vögel in der Luft und in den Wipfeln der Bäume. Die Damalas aber hatten sich den Teebaum als Wohnort ausgesucht. Dort brüteten sie ihre Jungen aus, dort lebten, lachten und liebten sie. Die Regenbogenschlange, die Mutter des Lebens, machte Gesetze, damit der Frieden auf der Erde gewahrt blieb, doch einige hielten sich nicht an diese Regeln. Sie suchten Streit, wollten für sich die Vorteile herausschlagen. Die Regenbogenschlange aber duldete keinen Streit und keine Missgunst unter den Lebewesen. Sie belohnte diejenigen, die die Gesetze einhielten, gab ihnen die menschliche Gestalt und als Zeichen das Totemtier, von dem sie abstammten. Die Stämme erkannten sich durch die Totems: das Känguru, das Emu, die Rautenschlange und viele, viele mehr. Und damit keiner hungern musste, legte die Regenbogenschlange fest, dass kein Mensch von seinem eigenen Totem essen dürfe, sodass alle zu jeder Zeit genügend Nahrung fanden. Die Missgünstigen und Streithähne aber verwandelte sie zu Steinen, zu Bergen und Hügeln, die für alle Zeiten an einem Ort standen und über die Stämme wachten. So lebten die Stämme miteinander in dem Land, das sie ins Leben gesungen hatten und das von der Mutter des Lebens Gesetze erhielt. Und sie wussten, dass das Land immer ihnen gehören würde und dass niemand es ihnen jemals nehmen sollte. Die Zeit, in der dies alles geschah, ist die Traumzeit. Und die Wege, die unsere Ahnen, von denen wir die Totems erhielten, gingen und die sich wie ein unsichtbares Labyrinth durch das ganze Land ziehen, sind die Traumpfade oder Songlines.»

Amber blinzelte und streckte sich. «Ihr seid das einzige Volk auf der ganzen Welt, das die Erde mit Gesang erschaffen hat, nicht wahr? Die Ahnen ersangen die Dinge.»

Jonah lachte. «Ich weiß, es ist schwer zu verstehen, doch gerade der Gesang verbindet uns mit unserer Vergangenheit und mit unserer Zukunft. Er verbindet uns mit allen Dingen, die da sind und da sein werden. Und er verbindet unsere Seelen.»

Es war weit nach Mitternacht, als Amber zurück in das große Gutshaus kam. Sie öffnete die Tür und eilte die Treppe zu
ihrem Zimmer hinauf. Im Arbeitszimmer ihres Vaters brannte
noch Licht. Amber verharrte auf dem Gang, der mit einem
dunkelroten Läufer bedeckt war, und überlegte. Sollte sie ihren
Vater jetzt noch stören? Ihr Kopf war angefüllt mit Gedanken
an Jonah und die strahlende Zukunft, die vor ihnen lag. Nein,
jetzt war gewiss nicht der Zeitpunkt, sich aus diesen Träume-
reien reißen zu lassen. Langsam ging Amber weiter und seufzte
dabei. In ihrem Zimmer öffnete sie die beiden großen Fenster
und trat auf den Balkon hinaus. Der Nachtwind bauschte die
hellen Vorhänge, und der frische Geruch von Sand und Eukalyptus erfüllte den Raum. Sie sah hinüber zum Lager der
Aborigines. Ihr Vater hatte für die Eingeborenen Holzhütten
aufstellen lassen; für jede Familie eine eigene. Ein kleines Dorf
mit einem Brunnen und einer kreisförmigen Holzbank, die
sich auf dem freien Platz inmitten der Hütten um einen alten
Teebaum zog. In warmen Sommernächten wie dieser schliefen
die meisten der Ureinwohner im Freien. Sie hatten sich Decken
geholt und sich zu Füßen des alten Baumes zur Ruhe gelegt.

Amber versuchte, zwischen all den Leuten, die unter dem
Baum lagerten, Jonah auszumachen, doch es gelang ihr nicht.

Sie seufzte. Ich muss mit Vater reden, dachte sie.

Walter Jordan war ein umgänglicher Mann, der in seinen An-
sichten überaus tolerant war. Er ließ die Eingeborenen auf ihrem ureigenen Grund wohnen und respektierte ihre Sitten und
Gebräuche. Ja, er fluchte nicht einmal, wenn ein Teil von ihnen
manchmal nicht zur Arbeit erschien, sondern den Spuren ihrer
Traumpfade folgte. Irgendwann kamen sie wieder. Sie kamen
immer wieder. Manchmal nach nur wenigen Wochen, manchmal nach Monaten, sehr selten erst nach Jahren. Sie kündigten

ihren Aufbruch nicht an; es gab nie einen ersichtlichen Grund für ihr Fortgehen. Es war einfach so, dass der Gutsbesitzer am Morgen eines ganz gewöhnlichen Tages aufstand, auf den Balkon trat und in die Sonne blinzelte und sich über die seltsame Ruhe wunderte. Sah er dann zum Hüttendorf hinüber, dann lagen unter dem Teebaum die dunklen Arbeitshosen und die breitkrempigen Hüte, die sie zum Schutz gegen die glühende Sonne trugen. Daneben standen Gummistiefel, die Socken steckten noch darin – und immer war dies ein Zeichen dafür, dass sich wieder einige zu den Traumpfaden der Ahnen aufgemacht hatten.

Wenn Walter Jordan sich darüber ärgerte, so ließ er seinen Ärger niemanden spüren. Am wenigsten die Eingeborenen, die bei ihm geblieben waren. Er ging einfach zur Tagesordnung über.

Die Aborigines liebten ihren Master Jordan dafür. Sie hatten verstanden, dass Master Jordan nicht nur ihre Sitten und Bräuche achtete, sondern das Land ebenso innig liebte wie sie selbst. Er zahlte ihnen dieselben Löhne, die die anderen Winzer ihren weißen Arbeitern zahlten, und er kannte jeden Einzelnen von ihnen mit Namen. Mit Orynanga, dem Ältesten des Damala-Totems, verband ihn seit Jahren sogar so etwas wie Freundschaft. Orynanga ließ den weißen Master an seinem Wissen teilhaben. Allerdings in einer sehr umständlichen Art. Fragte Walter Jordan ihn zum Beispiel, was er davon hielt, die Weinberge in den heißen Sommern zu bewässern, so bekam er von Orynanga zur Antwort: «Die Regenbogenschlange hat Wasserläufe durch das Land gezogen, und die Ahnen haben das Wasser ins Leben gesungen. Wo Wasser sein soll, da ist Wasser.»

«Hm», murmelte Walter Jordan dann und kratzte sich am Kinn. «Heißt das, wir sollten nicht bewässern?» Orynanga schüttelte den Kopf über den weißen Master, der nichts verstand. «Alles, was du brauchst, ist schon da. Entweder trägst du die Reben zum Wasser oder das Wasser zu den Reben, Master.»

«Heißt das, wir sollen bewässern?»

Orynanga verdrehte die Augen und begann zu singen. Walter Jordan lachte, hieb Orynanga seine große Hand auf die Schulter und ging kopfschüttelnd davon. Auch Orynanga lachte.

Am nächsten Morgen aber waren die Eingeborenen pünktlich zur Stelle, um an einem kleinen Seitenarm des Murray River, der dem weitläufigen grünen Tal durch das Gebiet des Barossa Valley folgte, einen kleinen Staudamm zu bauen, der dafür sorgte, dass das Wasser des Flusses die Weinreben erreichte.

«Es wird alles gut werden», flüsterte Amber und kehrte in die Gegenwart der nächtlichen Stille zurück. «Vater liebt die Aborigines. Und er mag Jonah. Er wird nichts dagegen haben, dass wir uns lieben.»

Die Sonne stand am nächsten Tag schon über den Hügeln hinter Tanunda, als Amber erwachte. Sie hatte die hölzernen Klappläden über Nacht nicht geschlossen und genoss es nun, die morgendliche Kühle auf der Haut zu spüren. Der Wind spielte mit den leichten Vorhängen, die Vögel sangen und von Weitem hörte sie eine Männerstimme, die barsche Anweisungen erteilte.

Amber seufzte glücklich, reckte und streckte sich und betrachtete ihr Zimmer, das sie in den letzten drei Jahren nur zu Weihnachten und Ostern und während der Semesterferien bewohnt hatte.

Ihr Bett war aus hellem Holz und weiß gestrichen. Eine bunte Patchworkdecke lag am Fußende, die Aluunda für sie gefertigt hatte. Dem Bett gegenüber stand eine weiße Schleiflackkommode, auf der einige Fotos in silbernen Rahmen standen. Auf einem war ihre Mutter Carolina zu sehen.

Amber erinnerte sich nur schemenhaft an die Frau, die kurz nach ihrem vierten Geburtstag gestorben war. Sie wusste noch, wie sie roch, und sie erinnerte sich an ihr weiches blondes Haar, das kitzelte, wenn die Mutter sie in den Arm nahm. Obwohl Ambers Haar dunkelbraun war, war sie ihrer Mutter doch ähnlich. Sie hatten die gleichen grünen Augen mit den langen Wimpern, die etwas zu starken Augenbrauen, die gerade zierliche Nase und den gleichen Mund mit den vollen roten Lippen. Carolina war eine schöne Frau gewesen, von hohem Wuchs, mit vollen Brüsten und einem federleichten Gang. Amber war nicht ganz so schlank wie ihre Mutter und auch nicht so groß. Sie hatte die leicht gedrungene Gestalt ihres Vaters geerbt, die bei ihr allerdings ausgesprochen weiblich wirkte.

Amber seufzte und wünschte in diesem Augenblick ihre Mutter herbei. Obwohl sie ihren Vater sehr liebte und sich von ihm ebenso geliebt fühlte, gab es Dinge, die sich besser mit einer Frau besprechen ließen. Und die Liebe gehörte dazu. Ob sie Aluunda um Rat fragen sollte?

Amber reckte sich noch einmal genüsslich wie eine Katze, dann stand sie auf, wusch sich und begab sich nach unten ins Speisezimmer, das neben der Küche lag, zum Frühstück.

Ihr Vater saß bereits da und hatte die Zeitung vor sich. Als er Amber kommen hörte, ließ er sie sinken und hielt seiner Tochter die Wange zum Kuss hin.

«Na, wie hast du geschlafen? Sicher bist du froh, wieder im eigenen Bett zu liegen?», fragte er aufgeräumt.

«Ja, das bin ich», erwiderte Amber und setzte sich ihm gegenüber. Sie bestrich eine Scheibe des würzigen Brotes, das Aluunda eigens zu ihrer Begrüßung gebacken hatte, mit einer ansehnlichen Portion Buschhonig und ließ es sich schmecken.

Walter freute sich an Ambers gesundem Appetit und sah ihr zu, wie sie mit kräftigen Bissen das noch warme Brot verzehrte.

«Ich denke, wir sollten nach dem Frühstück das Gut besichtigen», sagte er. «Ich habe die Absicht, dich schon bald zu meiner Kellermeisterin zu machen.»

«Zur Kellermeisterin? Du meinst, du überträgst mir die Verantwortung für die Kelterei?»

Walter lächelte. «Du weißt mehr über den Weinanbau als viele andere hier. Du kennst die neuesten Züchtungen, weißt alles über Frucht- und Säuregehalt. Du hast deinen Abschluss als Zweitbeste des Jahrganges gemacht, und ich bin sicher, dass es dir an Angeboten nicht gemangelt hat.»

Amber strahlte. Das Lob ihres Vaters färbte ihr die Wangen rosig. Doch dann zog ein Schatten über ihr Gesicht. «Steve Emslie wird damit nicht einverstanden sein», gab sie zu bedenken. «Bisher warst du der Kellermeister. Von mir aber wird er sich nichts sagen lassen.»

Walter lächelte. «Mach dir keine Sorgen, Kind. Wir werden sehen. Und schließlich habe ich noch nicht vor, mich zur Ruhe zu setzen. Nein, nein, Amber. Die nächsten Jahre werde ich mich wohl als Assistent an deiner Seite niederlassen. Die Leitung des Gutes werde ich noch nicht so schnell aus den Händen geben.»

Er lachte mit so umwerfender Herzlichkeit, dass Amber mitlachen musste.

«Ohne Orynangas Wissen hätte ich nicht so gut abgeschnitten», gab Amber zu. «Er war es, der mir den ‹spirit of wine› erklärt hat. Er war es, der mir beibrachte, in den Weinblättern zu lesen, die Wurzeln der Stöcke zu beurteilen und den Boden so zwischen den Fingern zu spüren, dass ich merke, was ihm fehlt.»

Walter Jordan faltete die Zeitung ordentlich zusammen und legte sie auf den Frühstückstisch.

«Orynanga weiß viel. Er kann Dinge sehen, hören und riechen, die uns verschlossen bleiben. Aber sein Wissen allein reicht nicht, um ein Weingut groß und rentabel zu machen. Steve kennt sich in diesen Dingen besser aus. Wir brauchen beide, Amber, Steve und Orynanga, um in Barossa Valley bestehen zu können.»

Amber runzelte die Stirn und sah auf ihren Teller.

«Du magst Steve nicht, oder?», fragte der Vater.

Amber zuckte mit den Achseln. «Vielleicht verstehe ich ihn nur nicht», erwiderte sie.

3

WENIG SPÄTER VERLIESS SIE MIT IHREM VATER DAS KÜHLE
Gutshaus. Amber musste die Augen mit der Hand beschirmen,
denn die Sonne schien so grell, dass es schmerzte.

Schon jetzt flimmerte die Hitze über dem Boden, dass es
aussah, als würde die Luft schwimmen.

Amber trug eine alte, khakifarbene kurze Hose und ein
weißes Shirt, unter dem sich der Büstenhalter abzeichnete. Auf
dem Kopf tänzelte ein Strohhut.

«Alles unser Land – so weit du sehen kannst», erzählte Wal-
ter stolz. «Seit hundert Jahren in Familienbesitz. Und jede neue
Generation hat den Ertrag gemehrt und den Besitz vergrößert.
Heute sind wir die drittgrößten Gutsbesitzer in der Gegend.»

Er sah Amber an. «Und du, da bin ich ganz sicher, wirst
ebenfalls erfolgreich sein und unseren Wohlstand mehren.»

«Warum?», fragte Amber. «Warum ist das wichtig?»

Walter sah seine Tochter verständnislos an. «Alle machen
das. Jeder möchte seinen Besitz vermehren. Das liegt in der
Natur der Menschen.»

Amber schüttelte den Kopf. «Nein, nicht in der Natur der
Menschen, sondern in der Natur der Weißen. Die Aborigines
wollen ihr Land behüten. Sie wollen, dass es so bleibt, wie es
ist.»

Jordan seufzte. «Das ist kein Fortschritt, keine Entwicklung. Die Aborigines sind nicht umsonst so zurückgeblieben.
Obwohl sie angeblich schon seit über fünfzigtausend Jahren
hier leben, haben sie noch nicht einmal eine eigene Schrift und

eine einheitliche Sprache. Wären sie auf Entwicklung bedacht gewesen, hätten sie ihr Land niemals an die Weißen verloren.»

Amber schüttelte verärgert den Kopf. «Willst du die Schwarzen dafür verantwortlich machen, dass die Weißen ihnen das Land genommen haben?»

Walter seufzte und sagte wie zu sich selbst: «Vielleicht war es ein Fehler, dich so eng mit den Aborigines aufwachsen zu lassen. Sie sind anders als wir.»

«Ja», bestätigte Amber. «Das sind sie, aber sie sind nicht schlechter.»

Sie waren während des Gesprächs langsam auf das Hüttendorf zugegangen. Jetzt flog eines der Holzbretter, die als Türen gedacht waren, auf, und ein schlaksiger Junge torkelte über den Platz.

«Joey», rief Walter. «Hast du schon wieder getrunken?» Der Junge stieß einen Fluch in der Sprache seines Stammes aus und verschwand hinter einem Busch.

Walter sah ihm nach, dann wandte er sich an die Männer, die unter dem Teebaum saßen und das Mittagessen zu sich nahmen. Obwohl Walter ihnen angeboten hatte, die Mahlzeiten aus dem Gutshaus bringen zu lassen, hatten die Ureinwohner darauf bestanden, die Dinge zu essen, die sie gewohnt waren: große Maden, die nach Nüssen schmeckten, Jamswurzeln, Samen und Früchte und als besondere Delikatesse Honigameisen.

Orynanga bot Walter höflich den Platz neben sich an und legte seine Jacke auf die Bank, damit Amber weich sitzen konnte.

Am liebsten hätte ihr Vater Orynanga sofort auf Joeys Trunkenheit angesprochen, doch Amber wusste, dass die Gespräche mit den Aborigines sehr umständlich begannen. Walter nahm Platz und sah zufrieden zum Himmel hinauf. «Der Sommer scheint in diesem Jahr länger zu dauern», sagte er.

Orynanga wiegte den Kopf hin und her. «Zwei Wochen noch, dann ist er vorbei. Ich kann den Herbst schon riechen. Der Wind hat sich gedreht. Er kommt jetzt aus Süden und wird bald weiteren Regen bringen.»

Beide Männer nickten bedächtig.

«Wir werden morgen mit der Lese beginnen», sprach Walter weiter.

«Wir sind bereit, Master.»

Dann sah Orynanga zu Amber: «Es ist schön, Missus, dass Sie wieder da sind. Das Gut ohne Amber ist wie eine Blumenwiese ohne Schmetterlinge.»

Amber dankte für das Kompliment, dann stand sie auf, ging zu den Aborigine-Frauen und erkundigte sich nach den Kindern und nach Krankheiten, Schwangerschaften und anderen Frauenangelegenheiten.

Sie saß im Kreis mit den Frauen, doch ihre Augen suchten nach Jonah. Sie lauschte den Gesprächen, doch ihre Ohren waren auf der Suche nach Jonahs Stimme.

Und dann kam er. Kam um die Ecke getanzt, die nackten Füße in Sandalen, die über der Erde zu schweben schienen. Sein Gesicht zeigte einen versunkenen Ausdruck, doch als er Amber bei den Frauen sitzen sah, überzog ein Lächeln sein Gesicht, das mehr aussagte, als Worte es vermocht hätten.

Die Frauen schwiegen plötzlich und sahen zu Boden. Die Männer aber ließen ihre Blicke von Amber zu Jonah und wieder zurückgleiten.

Walter Jordan und Orynanga standen beinahe gleichzeitig auf.

«Wir müssen weiter, Amber», rief Walter.

Und im selben Augenblick rief auch Orynanga: «Jonah, ich habe mit dir zu reden.»

Jonah und Amber sahen sich an. Das Lächeln verschwand.

In Ambers Augen flackerte Besorgnis auf, in Jonahs Augen Trotz.

Sie hielten sich mit Blicken fest. Amber stand auf, trat neben ihren Vater und wandte sich immer wieder um, als sie neben ihm hinauf in die Weinberge ging.

«Jonah ist noch ein halbes Kind», sagte Walter, obwohl Amber ihn nicht gefragt hatte. «Er kann kaum lesen und schreiben, arbeitet für mich, seit er vierzehn ist.»

«Er kann lesen, und er kann auch schreiben», widersprach Amber. «Er war in der Missionsschule. Am liebsten hätte der Priester ihn auf ein College geschickt, doch Orynanga hat es ihm verboten. Von den Ahnen sollte er lernen, nicht von den Weißen. Hätte er gedurft, wäre er heute wohl auch schon Winemaker oder vielleicht sogar Arzt. Aber wahrscheinlich hätte ein Aborigine niemals das College in Adelaide besuchen dürfen.»

Sie senkte die Stimme und sprach leise weiter: «Er weiß so viel über die Pflanzen hier in der Gegend. Er wäre so gern Arzt geworden. Doch er ist nicht Orynangas Sohn, und er kann nicht wie ein Weißer studieren, um Arzt zu werden.»

Der Vater antwortete nicht. Amber blieb stehen. Sie nahm all ihren Mut zusammen, dann fragte sie: «Was würdest du sagen, wenn ich einen Aborigine heiraten wollte?»

Jordan ging weiter und tat, als hätte er nichts gehört. «Was würdest du sagen, Vater?»

Amber ließ nicht locker. Sie rannte ein Stück und verstellte ihrem Vater den Weg.

«Gar nichts würde ich sagen», erwiderte Jordan. «Gar nichts, weil du keinen Aborigine heiraten wirst.»

Sein Gesicht hatte sich verschlossen. Er hatte die Augen zu schmalen Schlitzen zusammengekniffen und sah seine Tochter ernst an. Amber senkte den Kopf. Sie wusste, dass es besser war, jetzt nicht weiterzureden, und seufzte. Die Großzügigkeit ihres Vaters hatte Grenzen. Es war eine Sache, die Eingeborenen auf seinem Grund und Boden leben zu lassen, mit ihnen zu sprechen und ihnen angemessene Löhne zu zahlen. Aber es war eine andere Sache, einen Ureinwohner in der eigenen Familie zu haben. Das wollte er nicht.

Amber lebte hier, und sie liebte ihr Leben in Barossa Valley. Die Landschaft war ihr eine Heimat, die Menschen verwandte Seelen. Doch sie war anders als die jungen Frauen in ihrem Alter. Sie war ohne Mutter aufgewachsen. Seit sie denken konnte, hatte ihr Vater sie mit in die Weinberge genommen, hatte ihr alles beigebracht, was er selbst wusste. Niemals hatte es eine Rolle gespielt, dass Amber «nur» ein Mädchen war, und von Anfang an stand fest, dass sie eines Tages das Gut übernehmen würde.

Sie konnte sich noch gut an den Tag erinnern, als Mrs. Brown, die Lehrerin, auf das Gut kam, um ihrem Vater vorzuschlagen, Amber zum Studium in die Stadt zu schicken.

Walter Jordan hatte erstaunt die Augenbrauen gehoben. «Amber zum Studium in die Stadt?», hatte er gefragt. «Sie ist doch ein Mädchen.»

«Was macht das aus?», hatte Mrs. Brown gefragt. «Sie ist klug, und sie ist wissbegierig. Sie hat Begabungen und Talente, die sie an einem Küchenherd in Barossa Valley wohl kaum zur Entfaltung bringen kann.»

Amber hatte mit angehaltenem Atem dabeigesessen. Sie wünschte sich so sehr, in die Stadt gehen und lernen zu können. Doch gleichzeitig wollte sie nicht weg von hier, nicht weg vom Gut und den Weinbergen. Sie war eine Winzertochter durch und durch.

«Hm», Walter Jordan kratzte sich am Kinn. «In unserer Familie hat noch niemals jemand studiert. Wir sind Weinbauern, einfache Leute. Seit Generationen schon.» Trotz dieser Worte hatte Amber den Stolz in seiner Stimme vernommen.

«Ich halte es für ein Unglück, wenn ein Mensch unter seinen Möglichkeiten bleibt», hatte die Lehrerin gesagt. «Überlegen Sie es sich.»

Dann war sie aufgestanden, hatte Amber zugeblinzelt, war gegangen und hatte einen ratlosen Walter Jordan zurückgelassen.

«Ist es auch dein Wunsch, zu studieren?», hatte er Amber gefragt, und Amber hatte genickt.

«Was möchtest du studieren?»

«Ich bin nicht sicher. Medizin vielleicht, doch was wird dann aus dem Gut? Ökonomie interessiert mich nicht besonders. Ich möchte etwas studieren, mit dem ich hier, auf Carolina Cellar, etwas anfangen kann.»

Walter nickte. «Warum eigentlich nicht? Es gibt sehr viel über Wein zu lernen, und ich behaupte weiß Gott nicht, alles darüber zu wissen. Aber muss es tatsächlich gleich eine Universität sein?»

Das Gespräch fand im Arbeitszimmer statt, und Walter Jordan lief nachdenklich durch den Raum. Vor dem Kamin blieb er stehen, nahm das gerahmte Foto von Ambers Mutter in die Hand und betrachtete es. «Was würdest du sagen, Carolina?», fragte er leise, doch das Foto gab keine Antwort.

«Nein, Vater, eine Universität muss es nicht sein. Es gibt ein Agrarcollege in Adelaide, in dem Weinbaukunde gelehrt wird. Die Ausbildung dauert drei Jahre und schließt mit einem Diplom ab.»

Walter sah sie ein wenig misstrauisch an. «Ich habe noch alles von meinem Vater gelernt. Beim Wein kommt es auf Erfahrung an und auf die Liebe zu den Trauben – das war immer unsere Maxime. Aber die Leidenschaft für unser Handwerk kann man nicht aus Büchern lernen.» Amber sah, wie sich sein Gesicht verfinsterte. «Amber, du bist ein Kind vom Land. Wirst du in der Stadt überhaupt zurechtkommen?»

«Warum nicht? In Adelaide lebt eine Million Menschen. Sie kommen zurecht. Warum sollte ich das nicht können?»

«Nun, das Leben in der Stadt ist anders als bei uns. Es gibt Drogen, Verbrechen, Lärm, viel Verkehr, schlechte Menschen.»

Amber stand auf. Sie trat zu ihrem Vater und legte ihm die Arme um den Hals, schmiegte ihre weiche Wange gegen seine stoppelige und bat: «Bitte, Vater, lass mich aufs College. Nur für drei Jahre. Du wirst sehen, dass das auch gut für unseren Betrieb ist. Bitte, Papa. Ich bin sicher, Mama hätte es so gewollt.»

Der Vater seufzte noch einmal. «In Gottes Namen – geh nach Adelaide. Versuch dein Glück. Wenn es nicht klappen sollte, so hast du hier ja dein Auskommen. Irgendwann wirst du ohnehin heiraten und Kinder bekommen.»

Nun hatte sie den Abschluss und war bereit für Heirat und Kinder, aber nicht so, wie ihr Vater sich das vorgestellt hatte, nicht so, wie es in dieser Gegend üblich war. «Was meinst du?», unterbrach der alte Weinbauer ihre Gedanken und tat, als wäre nie von Hochzeit die Rede gewesen. «Sollten wir mehr Shiraz anbauen, oder sollten wir uns lieber weiter an Cabernet Sauvignon halten?»

Amber überlegte einen Augenblick, ehe sie antwortete. «Die Weine hier sind zu schwer und zu süß. Sie kommen Likörweinen sehr nahe, aber die Zeit dieser schweren Weine ist bald vorbei.»

«Bis jetzt verkaufen sie sich gut. Die Kunden sind zufrieden. Es hat sich noch niemand beschwert.»

«Bei den Weißweinen ist nach Ansicht der internationalen

Weinzeitungen ein frischer, junger Geschmack gefragt, doch mir liegen die Roten mehr am Herzen. Ich würde gern mit ihnen etwas Neues machen. Etwas, das typisch ist für dieses Land und für unser Leben.»

«Was sollte das sein, Amber? Die Weine von hier sind wie wir. Sie sind Australien.»

«Wir könnten eine Cuvée aus Cabernet und Shiraz herstellen.»

Der Vorschlag war gewagt, Amber wusste es. Ein bisschen belustigt studierte sie den Gesichtsausdruck ihres Vaters. Er runzelte die Stirn und fuhr sich mit einer Hand durch sein dichtes, graues Haar, dann ließ er seinen Blick zu dem Weinberg schweifen, auf dem die Shirazreben wuchsen.

«Ein Verschnitt aus zwei guten Weinen, die für sich allein stehen können?» Der Winzer schüttelte den Kopf. «Wie kommst du darauf? Habt ihr das auf dem College gelernt?»

Amber verneinte und sah ihren Vater ernst an. «Von Orynanga und von dir habe ich gelernt, wie das Klima sich auf den Wein auswirkt. In diesem Jahr werden wir mittelschwere Weine mit kräftigem Aroma erhalten.»

Walter Jordan nickte. «Das ist richtig. Die Sonne schien lange und stark; es gab wenig Regen.»

«In Bordeaux herrscht ein ähnliches Klima wie hier, doch die Weine aus Frankreich haben einen besseren Ruf, obwohl unsere ihnen in nichts nachstehen», sprach Amber weiter. «Die australischen Winzer verschneiden – ähnlich wie die Winzer in Bordeaux – gern den Cabernet mit anderen Rebsorten. Das habe ich auf dem College gelernt.»

«Aber die Shiraztraube gibt es, soweit ich weiß, in Frankreich nicht. In Kalifornien und hier bei uns wird sie vorwiegend angebaut», überlegte der alte Winzer laut.

«Ebendarum», erwiderte Amber. «Der Verschnitt von

Cabernet Sauvignon und Shiraz wäre einzigartig für Australien.»

Jetzt war Walter Jordans Gesichtsausdruck aufmerksam und interessiert. «Wie stellst du dir einen solchen Verschnitt vor?»

«Die Farben könnten von intensiven Rottönen mit Spuren von Violett bis hin zu Ziegelrot reichen und im Alter Brauntöne aufweisen», entgegnete Amber.

«Und der Geschmack? Die Aromen? Das Bouquet?»

«Die primären Aromen wären neu und einzigartig: grüner Pfeffer, Zimt, Eukalyptus, Laub, Minze, Veilchen, Beeren, schwarze Johannisbeere und Tinte. Im Alter könnte der Wein Duftnoten entwickeln, die zwar nicht mehr typisch für Australien sind, aber ebenfalls einzigartig: erdig, mit Anklängen an Zigarrenkistenholz, Zedernholz, Schokolade, Tabak und Kaffeebohnen», erklärte Amber. Ihre Wangen waren gerötet, und Walter Jordan konnte sehen, dass seiner Tochter diese neue Cuvée wirklich am Herzen lag.

«Eukalyptus und Minze? Zigarrenkistenholz? Zedern? Ich habe noch nie einen solchen Wein gekostet. Er wäre ungewöhnlich, das gebe ich gern zu. Aber wollen die Kunden wirklich einen Wein, der nach Tinte und Veilchen schmeckt?»

Amber nickte. «Davon bin ich überzeugt. Eukalyptus und Minze machen die Cuvée leicht, Tinte und Veilchen begleiten den Wein im Abgang. Die Holznoten geben ihm aber die nötige Schwere eines guten Rotweins.»

Walter Jordan sah seine Tochter zweifelnd, aber nicht mehr abgeneigt an.

«Ein Verschnitt von Shiraz und Cabernet», wiederholte er und schüttelte den Kopf. «Du bist kein Winemaker, Amber, du bist eine Revolutionärin.»

Er ging langsam weiter, blieb nach ein paar Schritten stehen, beschirmte die Augen mit der Hand und sah bis zum Ende seiner Weinberge. «Willst du wirklich den bewährten Weg verlassen?», fragte er. «Wir haben Erfolg mit unseren Weinen, haben seit Jahren treue Kunden. Wir machen das, was alle hier machen: gute Cabernets und als Spezialität einen guten Shiraz. Warum sollen wir plötzlich damit aufhören?»

Amber kam zu ihrem Vater, legte ihm eine Hand auf den Arm. «Weil die Welt sich dreht», antwortete sie. «Weil nichts von Dauer ist. Alles verändert sich.»

Der Winzer schüttelte den Kopf. «Du redest Unfug», sagte er streng. «Es gibt Dinge, die nicht geändert werden müssen, weil sie gut sind, wie sie sind. Und es gibt Dinge, die sich nicht ändern lassen. Hier in Barossa Valley gibt es niemanden, der sich an neuen Weinen versucht. Wir haben unser Handwerk alle gelernt. Der Boden ist nur für bestimmte Weine geeignet. Du wirst die erste Kellermeisterin hier sein. Ist das nicht Veränderung genug?»

Amber sah ihn enttäuscht an. «Heißt das, alles bleibt, wie es ist, wie es immer war? Heißt das, du machst mich zur Kellermeisterin des Gutes, um alles beim Alten zu belassen?»

«Die Dinge brauchen ihre Zeit. Nur wer das Bewährte im Schlaf beherrscht, ist fähig und befugt, neue Wege zu gehen.»

Amber nickte traurig. «Meine Ausbildung ist also noch nicht vorbei. Im Grunde ist es gleichgültig, ob ich ein Winemaker-Diplom habe oder nicht. Hier auf dem Gut soll alles so bleiben, wie es immer war.»

Der Vater lächelte. «Daran ist doch nichts Schlechtes, Kind. Ich möchte einfach nur, dass du es besser hast, als ich es in deinem Alter hatte. Eines Tages wirst du jemanden hier aus der Gegend heiraten, der etwas vom Wein versteht. Neues Land und neue Reben werden dazukommen, und schon ist nichts mehr, wie es jetzt ist. Alles braucht seine Zeit, Amber.»

«Jemanden aus der Gegend heiraten, der etwas vom Wein versteht», murmelte Amber vor sich hin und kratzte mit der Spitze ihrer Sandale im warmen Sand.

«Es muss nicht unbedingt ein Winzer sein. In Tanunda gibt es einige junge Männer, die mir für dich passend erscheinen. Und manchmal liegt das Beste direkt vor der eigenen Nase.»

Ambers Gesicht verdüsterte sich. «Du denkst an Steve Emslie, nicht wahr? Aber ihn werde ich niemals heiraten.» Die Worte kamen entschieden und mit einer gehörigen Portion Trotz.

Walter trat zu ihr, legte die Hand unter ihr Kinn und hob ihren Kopf, sodass sie ihm in die Augen sehen musste. «Steve ist ein guter Mann. Er kennt sich mit dem Weinbau aus, ist ein tüchtiger Verwalter. Er trinkt nicht übermäßig, und seinen Jähzorn wird er über kurz oder lang ebenfalls in den Griff bekommen.»

«Ist das alles, was du deiner Tochter wünschst?», fragte Amber fassungslos. «Einen Mann, der sein Handwerk versteht und nicht übermäßig trinkt?»

«Was ist daran schlecht?», fragte der Vater. «Was willst du denn noch?»

Amber antwortete nicht. Wie sollte sie ihrem Vater erklären, dass sie sich einen Mann wünschte, den sie liebte? Einen Mann, mit dem sie gemeinsam Ziele erreichen wollte? Einen Partner, keinen Versorger. Sie wusste, er würde es nicht verstehen.

Es war schwer, eine Frau zu sein, hier in Australien. Zwar hatten die Frauen in diesem Land als einem der ersten schon seit 1902 das Wahlrecht, doch hier in Tanunda herrschten eigene Gesetze. Eine Frau gehörte in die Küche, am Sonntag in die Kirche und hatte sich ansonsten ganz den Kindern und der Familie zu widmen. Gehörte die Frau zu einem Familienunternehmen, so war es selbstverständlich, dass sie auch dort mit anpackte. Aber das Sagen hatten die Männer. Das war schon immer so und würde noch lange Zeit so bleiben. Australien war ein raues Land mit einem wilden Klima und mit Männern, die stolz darauf waren, «echte» Männer, Pioniere zu sein. Ein Mann, der auf die Meinung seiner Frau hörte, war ein Waschlappen. Und ein Unternehmen, sei es auch noch so klein, das von einer Frau geleitet wurde, hatte es schwerer als andere.

Walter betrachtete sie aufmerksam, dann fragte er weiter: «Gibt es da bereits einen jungen Mann in deinem Leben?»

Amber schluckte. Hatte er ihr nicht zugehört? Hielt er ihre Frage nach einer Heirat mit einem Aborigine für ein Spiel? Oder war das seine Art, ihr mitzuteilen, dass er sie nicht gehört hatte, nicht hatte hören wollen?

In diesem Augenblick klangen die Schläge der nahen Kirchturmuhr bis zu den Weinbergen hinauf. Amber machte sich los. «Ich bin mit Maggie verabredet», sagte sie. «Wir haben uns sehr lange nicht mehr gesehen.»

Walter nickte, ohne auf einer Antwort zu bestehen. «Geh nur, und amüsier dich. Du hast dir ein paar freie Tage verdient.»

Er kramte in der Tasche seiner braunen Manchesterhose und holte seine Geldbörse hervor. Dann wollte er seiner Tochter ein englisches Pfund in die Hand drücken. Doch Amber versteckte die Hände auf dem Rücken. «Nein, Vater, ich habe mein eigenes Geld», sagte sie, wandte sich um und lief leichtfüßig den Hang hinunter. Walter sah ihr nachdenklich hinterher.

«Sie wird langsam erwachsen, was?»

Der Gutsbesitzer hatte nicht gehört, dass Steve Emslie von der anderen Seite des Weinberges gekommen war. «Ja, scheint so», erwiderte Walter und seufzte ein wenig. «Sie hat das rich-

48

tige Alter, um zu heiraten und Kinder zu bekommen», fügte Emslie hinzu.

Walter nickte. «Ich glaube, wir sollten uns noch auf einige Überraschungen gefasst machen», sagte er und ging langsam den Hang hinunter.

«Es ist nicht leicht, ein Kind ohne Mutter großzuziehen», sprach Emslie weiter. «In manchen Dingen fehlen straffe Zügel. Frauen müssen gehorchen. So steht es in der Bibel, so war es immer. Lässt man ihnen zu viele Freiheiten, dann gerät alles durcheinander. Gott hat die Menschheit nicht ohne Grund in Frauen und Männer unterteilt. Will eine Frau sein wie ein Mann, geht das schief, weil die natürliche Ordnung der Dinge zerstört wird.»

Walter Jordan nickte, doch dann verharrte er plötzlich auf der Stelle und musterte seinen Verwalter von oben bis unten.

«Du hast dir darüber Gedanken gemacht, Steve?», fragte er. «Warum?»

«Weil ich ein Mann bin, der möchte, dass die Dinge der Ordnung folgen. Mir liegt das Gut am Herzen. Ich möchte, dass es in die besten Hände kommt.»

Walter nickte und sah seinen Verwalter prüfend an, als sähe er ihn zum ersten Mal. «Da hast du verdammt recht, Steve. Auch ich möchte, dass Carolina Cellar in die besten Hände kommt.»

Dann klopfte er seinem Verwalter auf die Schulter und setzte seinen Weg Seite an Seite mit ihm fort.

Es war früher Nachmittag, als Amber mit dem Fahrrad die zwei Meilen bis nach Tanunda fuhr. Die Sonne brannte heiß vom Himmel, und der Staub der Straße legte sich wie ein feiner Schleier auf Ambers Haut. Sie trug ein leichtes Sommerkleid, das mit bunten Blumen bedruckt war, und hatte die Haare zu einem Pferdeschwanz gebunden. Ihre Füße steckten in weißen Söckchen und flachen weißen Schuhen. Hinter ihr, im Fahrradkorb, lag eine rote Basttasche, die sie in Adelaide gekauft hatte.

Sie wirkte jung und unbeschwert, als sie ihr Fahrrad vor dem einzigen Café des Ortes an einen Baum lehnte. Es gab im ganzen Land nur wenige Kaffeehäuser, denn die Australier tranken zumeist Tee.

Maggie hatte sich schon einen Platz unter einem der Sonnenschirme gesucht und winkte Amber fröhlich zu. «Ich bin so froh, dass du endlich wieder da bist. Ich habe dir so viel zu erzählen», sagte sie nach der Begrüßung. Sie hatte beide Arme auf den Tisch gestützt und betrachtete Amber aufmerksam, doch sie sagte kein Wort. Amber hatte ebenfalls nach Veränderungen in Maggies Gesicht gesucht.

«Du siehst noch genauso aus wie vor drei Jahren», sagte sie ein bisschen verwundert. «Es ist, als wäre die Zeit seit der Schulentlassung spurlos an dir vorübergegangen.»

Maggie lachte geschmeichelt. «In Tanunda ändert sich ja auch nichts. Alles ist noch genauso wie vor drei Jahren oder vor dreißig Jahren. Warum sollte ich mich verändern? Die größte Veränderung in der Stadt bestand wahrscheinlich darin, dass der Metzger seine Ladentür gestrichen hat. Du weißt ja selbst, wie das ist.»

Amber schüttelte den Kopf. Nein, sie wusste nicht, wie das ist. Langeweile kannte sie nicht, hatte sie nie gekannt.

«Was hast du in den letzten drei Jahren gemacht, Maggie?», fragte sie.

«Dies und das. Ich war ein Jahr auf der Hauswirtschaftsschule und gottfroh, als dieses Jahr vorüber war. Ich habe Schule noch nie gemocht. Danach habe ich in der Weizenhandlung Bauer ein bisschen im Büro gearbeitet. Briefe geschrieben, das Telefon bedient, Kaffee für die Kunden gekocht und so.»

«Hat es dir Spaß gemacht?», fragte Amber.

«Spaß? Wieso denn Spaß? Ich habe dort gearbeitet, weil ich ja irgendetwas machen muss bis zur Hochzeit. Wäre es nicht der Weizenhändler gewesen, hätte ich woanders gearbeitet. Notfalls sogar in der Gemeindebibliothek.»

«Du hättest einen Beruf lernen können.»

Maggie runzelte die Augenbrauen. «Nein, Amber, so hässlich bin ich nicht. Rose wird die Eisenwarenhandlung ihres Vaters übernehmen müssen. Was soll sie auch sonst tun mit ihren Hasenzähnen und den schielenden Augen? Den Kunden, die einen Hammer oder ein paar Nägel brauchen, wird's egal sein, doch einen Ehemann bekommt die nie.»

Maggie lehnte sich zurück und betrachtete hingerissen ihre linke Hand, an der ein Goldring prangte.

«Du bist verlobt?», fragte Amber. «Nun sag schon, mit wem hast du dich verlobt?»

Maggie hielt Amber die Hand hin, damit sie den Ring aus nächster Nähe bewundern konnte, ehe sie antwortete: «Es ist Jake Bauer. Du kennst ihn doch, nicht wahr?»

Amber zog die Augenbrauen nach oben. «Jake? Der Sohn des Weizenhändlers, bei dem du gearbeitet hast?» Maggie nickte stolz. «Meinst du vielleicht, ich habe dort gearbeitet, weil ich mich so wahnsinnig für Weizen interessiere?»

Sie sah Amber triumphierend an, und Amber brauchte ein paar Sekunden, bis sie begriff. «Du hast nur dort gearbeitet, weil du wolltest, dass Jake sich in dich verliebt? Ist das so, Maggie?»

«Er ist eine gute Partie. Soll ich vielleicht warten, bis irgendeine von auswärts kommt und uns die besten Männer vor der Nase wegschnappt? Oder meinst du, ich will enden wie

meine Mutter, die einen einfachen Angestellten der Stadtver-
waltung geheiratet hat und noch heute jeden Penny umdrehen
muss, bevor sie sich mal ein neues Kleid oder ein paar Schuhe
leisten kann? Sobald wir geheiratet haben, wird Jake die Firma
übernehmen.»

Amber war restlos verwundert, doch etwas sagte ihr, dass es
falsch wäre, diese Verwunderung zu zeigen. Im selben Augenblick kam die Bedienung, eine dralle Frau um die vierzig, die
mit ihrem Mann das Café führte, seit Amber denken konnte.
Amber bestellte einen Eiskaffee, und Maggie orderte hoheits-
voll ein Glas gekühlten Weißwein.

«Und nach der Hochzeit, Maggie?», fragte Amber. «Was
wirst du dann tun?»

Maggie zuckte mit den Schultern. «Ich werde Kinder bekommen und uns ein gemütliches Heim schaffen. Jake möchte
nicht, dass seine Frau arbeitet.»

«Möchtest du das auch? Möchtest du wirklich jetzt schon
Kinder bekommen und nur noch für Küche und Kirche zuständig sein?»

Maggie ließ die Hand sinken und sah Amber verständnislos
an. «Was meinst du damit? Alle Mädchen möchten heiraten
und Kinder bekommen. Was soll ich denn sonst machen?»

Sie warf den Kopf nach hinten und lachte. «Stell dir vor,
meine Mutter und ich waren letzte Woche in Adelaide und haben uns Küchen angesehen. Ich möchte unbedingt einen Elek-
troherd. Man kann die Restwärme besser ausnutzen als bei Gas.
Jake hat versprochen, dass wir uns eine Musiktruhe kaufen.
Bisher hat niemand in Tanunda eine Musiktruhe. Und einen
Kühlschrank und eine Waschmaschine bekomme ich auch.»

«Habt ihr euch auch schon Kinderwagen angesehen?»,
fragte Amber.

Maggie kicherte. «Wenn es nach Jake ginge, dann wäre ich

jetzt bestimmt schon schwanger. Er kann gar nicht genug von mir bekommen. Aber ich passe schon auf. Ich möchte nicht mit einem dicken Bauch vor den Altar treten. Die Leute würden doch sofort denken, wir müssen heiraten!»

Sie lachte wieder und strahlte Amber glücklich an.

Sie ist so verliebt in sich und ihr kleines Glück, dass sie nichts anderes um sich herum sieht, dachte Amber.

«Umgesehen habe ich mich natürlich schon», entgegnete Maggie. «Ich war sogar in einem Geschäft für Babyausstattungen. Jetzt, mit dem Ring am Finger, traut sich keiner mehr, komisch zu gucken. Ich habe natürlich darauf bestanden, dass die Verlobungsanzeige in den Tanunda News veröffentlicht wird.»

Maggie sah Amber Beifall heischend an, doch Amber hielt den Kopf gesenkt und spielte mit dem Strohhalm, der in ihrem Eiskaffee steckte.

«Und du?», fragte Maggie schließlich. «Was ist mit dir?»

Amber sah hoch, doch sie brachte die Kraft für ein Lächeln nicht auf. «Was soll mit mir sein? Ich bin jetzt Winemaker und werde demnächst Kellermeisterin auf dem Gut.»

Maggie schüttelte den Kopf. «Kellermeisterin? Oh, das wäre nichts für mich. Den ganzen Tag zwischen feuchten Mauern und alten Holzfässern. Ich glaube, ich würde trübsinnig werden.»

Amber hatte sich so auf das Treffen mit Maggie gefreut. Seit Kindertagen waren sie miteinander befreundet, hatten in der Schule stets in einer Bank gesessen. Amber hatte geglaubt, Maggie und sie wären sich ähnlich. Seelenverwandte vielleicht, für die dieselben Dinge wichtig waren. Jetzt fand sie Maggie himmelschreiend gewöhnlich. Hatte Maggie sich verändert oder war sie in den drei Jahren in Adelaide eine andere geworden? Oder waren sie immer schon so verschieden gewesen?

Amber wusste es nicht. Eine andere Freundin hatte sie nicht. Auch keinen Freund. Nur Jonah. Alles in ihr drängte danach, Maggie von ihm zu erzählen, doch eine innere Stimme warnte sie davor.

«Hör mal», sagte sie deshalb. «Ich möchte dir von einer Mitstudentin erzählen. Violet heißt sie. Ihrem Vater gehört eine große Rinderfarm. Violet liebt einen Aborigine. Sie möchte ihn heiraten. Doch sie hat Angst, ihrem Vater davon zu erzählen. Was sagst du dazu, Maggie?»

Maggie hatte die Augen aufgerissen und sah Amber mit offenem Mund an. «Einen Abo?!», fragte sie. «Deine Violet liebt einen Bushi?»

«Ja», erwiderte Amber. «Sie kennt ihn seit ihrer Kindheit. Sein Vater arbeitet auf der Farm. Findest du das so ungewöhnlich?»

«Und ob!», erwiderte Maggie. «Wie kann man sich denn in einen Abo verlieben? Es sind Bushis, Wilde. Jake sagt, sie sind den Tieren ähnlicher als den Menschen. Allein das Aussehen! Deine Freundin muss aufpassen. Eines Tages geht er zurück in den Busch und lässt sie allein.»

«Es sind Menschen wie du und ich, Maggie», widersprach Amber. «Der einzige Unterschied besteht darin, dass sie schwarz sind und wir weiß.»

«Es sind Wilde. Du kannst sagen, was du willst: Sie sind anders als wir. Sie sind faul, sie trinken, sind unzuverlässig und vertrödeln den Tag mit Gesängen und Schlaf. Sie sehen aus wie Affen, wohnen nicht in Häusern, gehen halb nackt auf die Straße und verstehen sich auf schwarze Magie.»

Maggie hatte sich mit den Ellbogen auf den Tisch gestützt und auf Amber eingeredet. Nun lehnte sie sich zurück und sah die Freundin misstrauisch an. «Was hast du deiner Violet geraten?», fragte sie.

Amber zuckte mit den Achseln und lächelte Maggie an. «Ich habe ihr geraten, ihn zu heiraten.»

«Bitte? Was sagst du da?»

«Ich habe ihr geraten, ihn zu heiraten, wenn sie ihn liebt», wiederholte Amber. Ihre Stimme klang ein wenig mutlos dabei. Sie hatte sich dieses Treffen ganz anders vorgestellt. Ja, sie hatte sich sogar danach gesehnt, Maggie von Jonah zu erzählen. Jetzt kam ihr dieser Gedanke lächerlich vor. Ärger stieg in ihr auf. Sie sah zu Maggie, blickte in ihr vom kleinen Glück besonntes Gesicht und hätte sie am liebsten geohrfeigt. Sie hätte ihr gern gesagt, wie dumm und selbstgerecht sie doch war. Doch auf der anderen Seite wusste sie, dass die meisten so waren wie die Schulfreundin. Nicht Maggie war schuld. Wenn es überhaupt eine Frage von Schuld war, dann lag diese Schuld bei ihr, bei Amber. Nicht Maggie war anders, sondern sie. Nicht Maggie tat Dinge, die ungewöhnlich waren, sondern sie.

Amber fühlte sich einsam in diesem Augenblick. Ihr Zorn auf Maggie schmolz wie das Eis in ihrem Kaffee. Das Bedürfnis, so zu sein wie die anderen, Maggie ähnlich zu sein, weiterhin ihre Freundin bleiben zu dürfen, wurde so übermächtig, dass sie nach Maggies Hand griff. «Zeig mir noch einmal deinen Ring», sagte sie.

«Ich bin froh, dass du einen so guten Mann wie Jake gefunden hast. Es heißt, er sei einer, der eine große Zukunft vor sich hat. Hunger wirst du jedenfalls niemals leiden müssen.»

Sie lächelte die Freundin an. Maggie lächelte zurück, stand sogar auf und umarmte Amber. «Es ist schön, dass du wieder in Tanunda bist.»

«Was macht ihr Mädchen denn da?»

Amber und Maggie hatten nicht gehört, dass Jake gekommen war. Maggie fiel ihm um den Hals und küsste ihn, doch

Jake löste sich rasch von ihr und setzte sich an den Tisch. Mit ihm war ein junger Mann gekommen, den sie nicht kannten.

«Darf ich euch Scotty vorstellen? Er ist mein Cousin und während der Ferien bei uns zu Besuch», sagte er.

«Hallo, Scotty.»

Jake klatschte in die Hände, rief die Bedienung laut herbei und bestellte für Scotty und sich zwei Gläser Bier.

«Heute Abend ist Tanz im Pub an der Hauptstraße», sagte er. «Scotty und ich werden dort sein. Kommt ihr mit?»

Maggie zog einen Flunsch. «Aber du hattest doch versprochen, heute mit mir die Möbelkataloge durchzusehen.»

Jake lachte und klopfte Scotty auf die Schultern. «Ich muss die letzten Wochen meines Junggesellenlebens nutzen. Das wirst du doch verstehen, Maggie. Schließlich hast du mich noch dein ganzes Leben lang.»

Er lachte wieder, doch dann legte er seine Hand auf Maggies Arm, sah Amber an und sagte: «Kommt doch mit, ihr beiden. Es wird bestimmt lustig. Amber, was sagst du?»

Amber dachte einen Augenblick lang nach. Sie hatte große Lust, tanzen zu gehen. Doch mit Jonah würde das niemals möglich sein. An der Kneipe, den beiden Pubs und am Café in Tanunda standen große Schilder am Eingang mit der Aufschrift «Keine Sandalen!». Das hieß natürlich nichts anderes als «Für Aborigines verboten». Wenn sie mit Jonah tanzen wollte, so ging das nur des Nachts in den dunklen Weinbergen oder in der Hütte des Jagdpächters.

«Komm doch mit, Amber», bat Maggie.

«Ich … ich weiß nicht», stotterte Amber. «Ich glaube, ich habe nichts anzuziehen.»

Maggie lachte: «Mein Kleiderschrank ist voll bis zum Rand. Wir werden bestimmt etwas für dich finden.»

Noch einmal dachte Amber an Jonah. Er würde verstehen,

dass sie mit den anderen Weißen tanzen gehen wollte. Natürlich würde er es verstehen. Jonah verstand alles. Es war, als könne er in ihr Herz und in ihre Seele blicken. War es nicht so, wie Jake gesagt hatte? Hatte sie nicht den Rest ihres Lebens Zeit, die sie mit Jonah verbringen konnte?

Sie sah ihre Freunde an und fühlte sich plötzlich so jung und unbeschwert, wie es einem Mädchen in ihrem Alter entsprach.

Einmal noch möchte ich von Herzen fröhlich sein und sein wie die anderen, dachte sie. Einmal möchte ich noch ein ganz normales Mädchen sein und zu den anderen gehören, ehe ich mich öffentlich zu Jonah bekenne. Sie wusste, von diesem Tag an würde alles anders sein. Sie wusste, dass Maggie sie meiden würde. Maggie und die anderen, mit denen sie ihre Kindheit und Jugend verbracht hatte.

Sie sah hinauf zu den Bäumen und sah einen Keilschwanzadler davonfliegen. Der Schatten seiner Flügel warf ein schwarzes Kreuz, das für einen Augenblick über den vier jungen Menschen hing.

Nur Amber bemerkte es. Ist das ein Zeichen?, fragte sie sich und spürte plötzlich ein Frösteln über ihren Rücken laufen.

4

Von Maggies Elternhaus aus rief sie ihren Vater an und sagte ihm, was sie vorhatte.

«Ich freue mich, wenn du dich amüsierst, Kind», sagte er. «Ich glaube, Steve Emslie wird ebenfalls zum Tanz in den Pub gehen. Er wird dich mit nach Hause bringen.»

«Gut, Vater», versprach Amber und legte auf.

Zwei Stunden später stand sie in einem sonnengelben Kleid, das ihr braunes Haar zum Leuchten brachte, und einem roten Lackgürtel vor dem Spiegel und ließ sich von Maggie das Haar zu einer Bananenfrisur nach der neuesten Mode aufstecken.

«Oh, du wirst sehen, wie viel Spaß wir haben werden. Findest du nicht auch, dass Scotty umwerfend aussieht?», fragte Maggie. «Er hat dieselben Augen wie euer Verwalter Steve. Nur seine Schultern sind nicht ganz so breit.»

Amber nickte, doch ihr Lächeln blieb matt. Sie dachte an Jonah. Dachte daran, dass er auf sie warten würde. Am liebsten wäre sie aufgestanden und mit dem Fahrrad zu ihm gefahren. Aber gleichzeitig wollte sie tanzen. Tanzen, flirten, jung sein. Vor allem aber sein wie die anderen. Sie wollte dazugehören. Mit der ganzen Kraft ihrer Jugend wünschte sie sich Leichtigkeit und Normalität. Morgen, beschloss sie, morgen werde ich Vater von Jonah erzählen. Heute aber werde ich noch einmal so sein wie die anderen.

Dann hakte sie sich bei Maggie unter und ging kichernd und tuschelnd mit ihr zum Pub.

Die Musik der «Blue Stars» war laut und wild. Im Saal, der hinter dem eigentlichen Schankraum des Pubs lag, wimmelte es von jungen Leuten. Aus ganz Barossa Valley waren sie gekommen. Und noch immer schoben sich die Rinderfarmer, die Verwalter, Winzer, Weinbauern, Fassmacher und all die anderen, die in Barossa Valley lebten, in den Saal. Die Junggesellen, die auf Brautschau waren, hielten sich in der Nähe des Eingangs auf, die verheirateten Paare hatten sich Plätze mitten im Saal gesucht, von denen aus sie alles gut beobachten konnten. Die Mädchen, zumeist Absolventinnen der örtlichen Hauswirtschaftsschule, saßen frisch frisiert und geschminkt an den Tischen und betrachteten das Angebot an jungen Männern. Der Wirt hatte Papierlampions über die Glühbirnen gehängt, aus der Küche drang das Klappern von Geschirr.

Amber entdeckte Steve Emslie; er trug einen Anzug, dessen Ärmel ein wenig zu kurz waren und der an den Schultern spannte. Er hatte sogar ein weißes Nylonhemd angezogen und sich einen schmalen Lederschlips nach der neuesten Mode umgebunden. Sein Haar glänzte von Pomade. Er lehnte an der Theke, einen Fuß gegen das verkleidete Holz gestemmt, und ließ seinen Blick schweifen. Als er Amber sah, winkte er ihr fröhlich zu, doch Amber nickte nur knapp und wandte sich ab.

«Hast du gesehen? Euer Verwalter ist da», sagte Maggie und erwiderte Steves Winken an Ambers Stelle. Dann beugte sie sich zu der Freundin und sagte: «Man erzählt sich, dass Steve heiraten will. Halb Tanunda ist gespannt, mit wem er heute den Pub verlässt. Bicky aus dem Friseursalon soll sich sogar einen Kettenanhänger mit den Initialen S und E gekauft haben. Und die kleine Mary, deren Vater die Metzgerei besitzt, hat sich extra das Haar blondiert, weil es heißt, Steve Emslie steht besonders auf Blondinen.»

Die galanten Abenteuer des Verwalters berührten Amber

nicht, und es war ihr vollkommen egal, mit wem er heute die lauschige Sommernacht genießen würde. Sie zuckte gleichgültig mit den Schultern und sah sich um. Der Boden des Saales war mit grünem Linoleum ausgelegt, auf dem die ersten Bierlachen schwammen. An den großen Fenstern, die bis zum Boden reichten, waren Vorhänge angebracht, die einst weiß gewesen sein könnten, jetzt aber schmutzig braun von der Decke hingen.

Im hinteren Teil standen Tische und Bänke, auf denen sich die Amüsierwilligen tummelten. Vorn war die Bühne und davor eine Tanzfläche, auf der im Augenblick nur zwei Mädchen miteinander tanzten, während die Männer an der Wand lehnten oder an den Tischen saßen und sich an ihren Biergläsern festhielten.

Ein junger Mann machte aufgeregt Zeichen, und Amber sah genauer hin. Es war Harry, der zuerst auf seine Brust tippte, dann auf Amber zeigte und den Finger kreisen ließ. Eine Aufforderung zum Tanz. Harry war der Sohn des größten Konkurrenten von Walter Jordan. Er war zwei Jahre älter als Amber. Früher hatten sie manchmal, wenn die Eltern sich auf ein Glas Wein trafen, zusammen gespielt, doch je älter sie wurden, desto mehr wurden sie einander fremd. Harry, hieß es, habe eine Vorliebe für Spielautomaten, und Amber wusste, dass er keine Gelegenheit ausließ, um irgendetwas, und sei es auch noch so unwichtig, zu wetten.

Amber nickte ihm einen Gruß zu, doch Harry hatte sie wohl falsch verstanden, denn er stand auf und kam zu ihrem Tisch.

«Hallo, Amber», sagte er und stützte sich mit beiden Armen auf die Tischplatte, sodass seine Muskeln unter dem engen Hemd gut zu sehen waren. «Wie geht's denn so? Ich hab gehört, du bist mit der Ausbildung fertig.»

«Ja, ich bin wieder zurück.»

«Hm», machte Harry und kratzte sich am Kinn. «Ich frage mich, ob du wohl Lust hättest, mal am Abend mit mir ... äh ... spazieren zu gehen oder auf ein Bier in den Pub oder so was.»

Seine Verlegenheit war offensichtlich. Amber runzelte die Stirn. «Hat dir dein Vater das aufgetragen?», fragte sie. Harry sah überrascht auf. Er war der älteste Sohn des zweitgrößten Winzers hier in der Gegend und hatte ebenfalls seinen Abschluss als Winemaker machen wollen, doch hatten weder seine Intelligenz noch sein Ehrgeiz ausgereicht. Dumm war er trotzdem nicht. Er verfügte über etwas, das in diesem Landstrich unerlässlich war: Bauernschläue. Käme zum Gut seines Vaters Jordans Carolina Cellar dazu, dann gäbe es in ganz Australien keine größere Kellerei.

«Wieso?», fragte er und wirkte plötzlich hellwach. «Du hast mir schon immer gefallen, Amber.»

Amber warf den Kopf in den Nacken und schloss die Augen: «Wenn ich dir schon immer gefallen habe, dann beantworte mir doch bitte zwei Fragen. Erstens: Wie viele Fässer lagern in unserem Keller? Und zweitens: Welche Farbe haben meine Augen?»

Die Antwort kam wie aus der Pistole geschossen: «Ihr habt derzeit 500 Fässer, davon 200 aus französischer und 300 aus amerikanischer Eiche. Damit ist euer Keller aber nicht ausgelastet. Ihr habt Platz für 300 weitere Fässer, wenn ...»

«Und meine Augen? Welche Farbe haben meine Augen?», unterbrach ihn Amber.

«Deine ... äh ... Augen?»

«Ja. Meine Augen.»

«Ich ... äh ... glaube, sie sind ... äh ... braun.»

Amber schüttelte den Kopf. «Meine Augen sind grün. Nicht braun, nicht blau, sondern grün. Ich schlage deshalb vor, Harry, dass du besser mal mit unserem Verwalter Steve abends spazieren gehst. Er wird dir bestimmt sagen können, was zu tun wäre, um den Platz für 300 weitere Fässer zu nutzen.»

«Heißt das ... äh ..., dass du dich nicht mit mir treffen möchtest?», fragte Harry.

Amber nickte mehrmals heftig. «Genau das heißt es. Im Grunde willst du dich auch nicht mit mir treffen, sondern mit dem Besitz, den ich einmal erben werde. Es wäre doch zu schön, nicht wahr, Harry, wenn sich das zweitgrößte mit dem drittgrößten Weingut verheiraten würde, um dann das größte Weingut zu sein.»

Harry strahlte bei diesen Worten. «Dann sind wir uns ja einig, Amber.»

Amber verdrehte die Augen. «Noch einmal, Harry, und ganz langsam: Ich werde kein Weingut heiraten, sondern einen Mann, den ich liebe. Und ich bin so gut wie sicher, dass du es nicht sein wirst.»

Das Lächeln auf Harrys Gesicht verlosch. «Ich wette, Mr. Lambert hat bereits mit deinem Vater gesprochen. Ist es so?»

Amber stand auf. «Ich bin hierhergekommen, um zu tanzen. Wenn du wissen möchtest, ob die Tochter des drittgrößten Winzers in Heiratsverhandlungen mit dem Sohn des größten Winzers Lambert steht, dann, verdammt nochmal, erkundige dich bei der Winzergenossenschaft. Die können dir bestimmt auch gleich noch sagen, wie viel Platz für weitere Fässer beim viert-, fünft- und sechstgrößten Winzer vorhanden ist. Und jetzt lass mich in Ruhe – oder noch besser: Kümmere dich um Cathryn. Wie ich gehört habe, hat ihr Vater den Aborigines weiteres Land für neue Weinberge abgekauft. Wer weiß, vielleicht gehört sie auch bald zu den Erben der zehn ertragreichsten Güter? Du solltest dir diese Chance nicht entgehen lassen.»

Sie nickte Harry noch einmal zu, dann stand sie auf und ging zur Theke. Sie hatte nicht so barsch zu Harry sein wollen, doch sie kam sich seit ihrer Rückkehr vor wie die Attraktion auf dem Heiratsmarkt des Barossa Valley. Sie wusste längst, wer sich über sie oder besser das Gut Gedanken machte, und wusste auch, dass Gefühle bei diesem Nachdenken keine große Rolle spielten.

«Hallo, Amber», sagte Steve Emslie und machte ihr Platz. «Wie ich sehe, kannst du dich vor Verehrern kaum retten.»

Amber lachte unfroh. «Es scheint, als wäre in ganz Barossa Valley das Heiratsfieber ausgebrochen.»

Steve wies den Barkeeper mit einem Fingerzeig an, Amber ein Glas Bier hinzustellen.

«Wundert dich das?», fragte Steve. «Eure Vorfahren sind alle ungefähr zur selben Zeit hierhergekommen. Und sie haben zur selben Zeit Kinder gezeugt, und die wiederum und so weiter. Nun, und jetzt ist deine Generation im heiratsfähigen Alter.»

«Und damit alles so bleibt, wie es immer war, heiratet man am besten untereinander, nicht wahr?»

«So ist es», bestätigte Steve.

In diesem Augenblick begann die Combo «Blue Star», den Bill-Haley-Hit «Rock around the clock» zu spielen. Die Mädchen zappelten an den Tischen und ließen die Blicke schweifen, die jungen Männer wippten mit den Füßen. Doch noch blieb die Tanzfläche leer, noch hatten sich die Jungs nicht genügend Mut angetrunken, um allein oder in kleinen Grüppchen die Tische der kichernden Mädchen zu stürmen.

Amber begann sich zu langweilen. Sie sah zum Fenster und entdeckte eine Reihe von Aborigine-Jungen, die sich dort die Nasen plattdrückten. Jonah fiel ihr ein. Jonah, der jetzt wahrscheinlich unruhig durch die Weinberge ging und auf sie wartete.

Plötzlich kam sie sich hier fehl am Platz vor. Sie war nicht wie die anderen Weißen in ihrem Alter. Nein, das war sie wirklich nicht. Und es hatte auch keinen Sinn, dass sie so tat, als wäre sie es. Sie ließ ihren Blick durch den Saal wandern. Äußerlich gehörte sie hierhin. Hier waren alle ähnlich aufgewachsen wie sie, hatten dieselbe Schule besucht, hatten Eltern, die sich abends im Pub an der Hauptstraße auf ein Glas trafen. Amber seufzte. Ein Teil von ihr wäre gern eine von ihnen gewesen, säße gern am Tisch und blinzelte unter einem dichten Haarpony zu den Jungs hinüber.

Was hindert mich daran?, fragte sie sich, doch sie kannte die Antwort zu gut. Ein Leben, wie ihre Schulfreundinnen es sich wünschten, reichte Amber nicht aus. Sie wollte mehr als einen Kühlschrank und eine Musiktruhe, wollte mehr als nur irgendeinen Mann, dessen Beruf und Besitz gut zu ihrem Erbe passte. Sie wollte alles. Und alles hieß für Amber vor allem Liebe. Ja, sie wollte einen Mann, den sie liebte. Und sie wollte eine Aufgabe, die ihr die Möglichkeit gab, zu beweisen, dass in einer Frau ebenso viel steckte wie in einem Mann.

«Wollen wir tanzen?», fragte Steve und tippte auf ihren Arm.

Amber nickte. Jetzt war sie schon einmal da, jetzt würde sie auch tanzen. Außerdem würden die Leute reden, wenn sie nicht mit Steve tanzte. Auch unter den jungen Leute herrschten Regeln und Konventionen.

Steve führte sie am Arm zur Tanzfläche. Im selben Augenblick schaltete der Barkeeper die helle Saalbeleuchtung aus und ließ nur die Wandlampen brennen. Die Combo spielte einen langsamen Titel, und schon stellten die Jungs ihre Biergläser ab und eilten zu den Tischen der Mädchen, an denen es jetzt still geworden war. Steve hatte mit einem Arm ihre Hüfte umschlungen und drückte sie leicht an sich. Sein Atem kitzelte an ihrem Hals. Sie vergrößerte den Abstand zwischen Steve und sich wieder und setzte eine gleichgültige Miene auf.

«Wir sollten uns vertragen, Amber», sagte er. «Es ist nicht gut für ein Weingut, wenn sich Verwalter und Kellermeisterin in den Haaren liegen. Denk daran, was wir bewirken könnten, wenn wir zusammenarbeiten. Ich wette, eines Tages könnten wir sogar dem alten Lambert den Rang ablaufen und das größte Weingut in der Gegend werden.»

«Heißt vertragen, dass ich tun muss, was du sagst?», fragte Amber und vergrößerte den Abstand zwischen Steve und sich.

Steve lachte. «Nicht alles, was ich sage und tue, ist schlecht. Ich verstehe meinen Job. Und ich hoffe, du verstehst deinen.»

Obwohl die Worte freundlich klangen, hörte Amber die versteckte Drohung in ihnen.

«Wir werden sehen», sagte sie. «Noch habe ich Ferien, und ich bin fest entschlossen, diese zu genießen.»

Der Tanz war zu Ende. Amber bedankte sich artig und ging zurück zu ihrem Tisch, noch ehe Steve Emslie sie zurückhalten konnte.

Den Rest des Abends verbrachte Amber in denkbar schlechtester Stimmung. Immer wieder kamen die Jungs aus der Gegend, um sie zum Tanzen aufzufordern. Auch Scotty, Jakes Cousin, bemühte sich um sie. Doch Amber schüttelte jedes Mal den Kopf. Der Barkeeper hatte darauf verzichtet, die Beleuchtung wieder einzuschalten. Im Schummerlicht wogten die Pärchen umeinander, als wären sie auf hoher See. Maggie und Jake küssten sich, als gäbe es kein Morgen mehr, Steve Emslie hatte eine Hand auf die Brust der kleinen Mary gelegt und sein Knie zwischen ihre Schenkel geschoben. In den Ecken fanden sich Pärchen zusammen, und an den Tischen saßen nur noch die, die gemeinhin zu den Mauerblümchen gezählt wurden.

Schließlich ging Amber zur Theke, bezahlte ihre Getränke und wollte den Saal verlassen, als eine Stimme sie rief. Sie wandte sich um. Steve hatte die kleine Mary mitten auf der

Tanzfläche stehen gelassen und folgte ihr. «Willst du schon gehen?», fragte er.

Amber nickte. «Es ist spät. Ich bin müde.»

«Gut, dann werde ich dich begleiten.» Amber sah ihn an, dann schüttelte sie den Kopf. «Ich bin mit dem Fahrrad hier und alt genug, den Weg nach Hause zu finden.»

Sie wandte sich um, doch Steve hielt sie am Arm fest. «Ich habe es deinem Vater versprochen, und ich pflege meine Versprechen zu halten. Die Nächte hier sind nicht ungefährlich. Immer wieder randalieren die betrunkenen Bushis und belästigen weiße Frauen.»

Amber nickte. Ihr war inzwischen alles egal. Sie bereute, hierhergekommen zu sein. Ich habe Jonah und mir den Abend gestohlen, dachte sie mit leiser Wehmut. Sie drängelte sich hinter Steve durch den vollen Saal zum Ausgang und lief wenig später neben ihm durch die stille Nacht. Ihr Fahrrad hatte sie bei Maggie untergestellt.

«Wie hat dir der Tanzabend gefallen?», fragte Steve.

Amber zuckte mit den Schultern. «Es war ein Tanzabend wie alle anderen auch.»

«Die Jungs waren hinter dir her wie die Mäuse hinter dem Speck, aber du hast mit keinem getanzt. War keiner dabei, der dir gefiel?»

Amber schüttelte den Kopf. «Sie interessieren sich nicht für mich, sie interessieren sich für das Gut.»

«Und du suchst jemanden, der sich für dich interessiert?», fragte Steve, und seine Stimme klang, als wollte Amber etwas ganz und gar Widersinniges, das beim besten Willen nicht zu begreifen war.

«Ich bin nicht auf der Suche», erwiderte sie knapp, doch Steve ließ nicht locker.

«Wie müsste denn der Mann sein, den du dir wünschst?»

Amber lächelte. Sie dachte an Jonah. «Klug», erwiderte sie. «Klug und voller Liebe zu den Menschen und der Natur. Er müsste frei sein von Vorurteilen und bereit, neue Wege zu gehen. Ich möchte keinen Pascha, dem ich die Socken hinterherräumen muss, sondern einen gleichberechtigten Partner, mit dem ich gemeinsame Ziele habe.»

«Hm», brummte Steve und zog ein nachdenkliches Gesicht. «Mit Menschenliebe sind keine Geschäfte zu machen. Es sei denn, du suchst dir einen Missionar. Ich dachte, es liegt dir etwas an Carolina Cellar. Die Partnerschaft zwischen Mann und Frau ist schon in der Bibel geregelt. Ein jeder an seinem Platz.»

«Mein Platz ist im Weinkeller. Ich sehe keine Schwierigkeiten, das eine mit dem anderen zu verbinden.»

Amber sah hoch zu den Sternen, die wie die Auslage eines Juweliergeschäftes funkelten.

Plötzlich knackte ein Zweig, und Ambers Gesicht veränderte sich, nahm einen aufmerksamen Ausdruck an. Steve sah sich um. Er lebte lange genug in diesem Landstrich, um die Geräusche gut zu kennen. Er wusste, dass jemand in der Nähe war. Achtsam lauschte er in die Nacht, doch nichts rührte sich mehr.

Er hatte keine Furcht. Wovor auch? An Ambers Haltung aber sah er, dass sie das Geräusch ebenfalls gehört hatte und es ihr offenbar Gutes verhieß.

Amber hatte nicht bemerkt, dass Steve ärgerlich geworden war. Ebenso wenig, wie sie bemerkt hatte, dass seine Fragen nicht um der Plauderei willen gestellt worden waren.

Steve fasste nach ihrem Arm. «Ich kenne das Gut wie meine Westentasche», sagte er. «Wenn du neue Wege beschreiten willst, so ließe sich das einrichten, ohne dass du die Erträge gefährdest. Ich würde dir freie Hand lassen. Man könnte auch noch eine Schwarze einstellen, die dir in der Küche und im Haus zur Hand geht. Wenn erst einmal Kinder da sind, wirst du ohnehin nichts mehr vom Geschäft wissen wollen.»

Amber hatte nicht richtig zugehört. Erst die letzten beiden Sätze drangen in ihr Bewusstsein. Sie schüttelte Steves Hand ab und sah ihn verwundert an. «Was redest du da?», fragte sie.

Er legte ihr beide Hände auf die Schultern und sah sie an. «Ich wäre dir ein guter Mann, Amber. Und ich bin ein guter Verwalter. Viele Frauen in Tanunda würden dich um mich beneiden.»

Jetzt erst verstand Amber, worauf Steve hinauswollte. Wieder, wie damals im Auto, begann sie zu lachen. «Ich habe dir schon einmal gesagt, Steve Emslie, dass der Tag, an dem ich mit dir vor den Altar trete, in keinem Kalender steht», sagte sie und warf den Kopf nach hinten. «Eher gehe ich ins Kloster als mit dir ins eheliche Schlafzimmer.»

Dann wandte sie sich um und ging den Weg weiter, ohne auf Steve zu warten.

Der Verwalter stand da und spürte Wut in sich aufsteigen. Er ballte die Hände zu Fäusten und hätte am liebsten blindlings auf den nächsten Baum eingeschlagen. Niemand hatte ihn je ungestraft ausgelacht. Niemand durfte sich über ihn lustig machen. Er würde es Amber schon zeigen.

Er setzte sich in Bewegung und erreichte sie rasch mit weit ausholenden Schritten. Von hinten griff er nach ihrer Schulter und zog so heftig an ihr, dass Amber ins Taumeln geriet.

«Du wirst mich heiraten», zischte er, und sie sah die blaue Zornesader über seiner linken Augenbraue. «Eines Tages wirst du mit mir vor dem Altar stehen. Wir gehören zusammen, Amber. Ob du willst oder nicht.»

«Lass mich los», fauchte sie und versuchte, sich aus seinem

Griff zu wenden. «Lass mich los, du tust mir weh!» Doch Steve hörte nicht auf sie. Er hielt ihren Arm umklammert, presste seine Hand in ihren Rücken und drückte ihren Leib an sich. «Du gehörst mir. Es ist besser, du akzeptierst diese Tatsache.»

«Lass sie los!»

Weder Steve noch Amber hatten Jonah bemerkt, der plötzlich neben ihnen stand. «Lass sie sofort los.»

Steve fuhr herum und ließ Amber fahren. «Was willst du hier, du Buschhund?», fauchte er. Er ballte die Hände zu Fäusten und stand breitbeinig vor Jonah. «Wer hat dich gebeten, dich in die Angelegenheiten von Weißen einzumischen? Mach, dass du wegkommst, sonst mach ich dir Beine.»

«Rühr sie nie wieder an!», sagte Jonah in aller Ruhe. Er stand ganz dicht vor Steve und sah ihm direkt in die Augen. Amber sah, dass alle seine Muskeln angespannt waren. Wie ein zum Sprung bereites Tier stand er da, die Sinne auf das Äußerste geschärft.

Der Schlag kam unvermittelt. Steve rammte Jonah seine Faust so heftig in den Magen, dass der Aborigine nach Luft schnappte. Noch ehe er reagieren konnte, hatte Steve seinen Kopf gepackt und riss ihn nach unten. Dann stieß er mit dem Knie nach Jonahs Nase, und Amber hörte ein knackendes Geräusch. Nun geriet auch Jonah in Wut. Blitzschnell wandte er sich aus Steves Griff, dann drehte er ihm einen Arm auf den Rücken und drückte mit dem anderen auf dessen Kehle. Steve röchelte nach Luft. Seine Augen quollen aus den Höhlen.

«Lass ihn los, Jonah», rief Amber. «Du bringst ihn um!»

«Er hat es nicht anders verdient», presste Jonah hervor. «Lass ihn los!», rief sie wieder, sprang auf und klammerte sich an Jonahs Arme.

Sobald er ihre Berührung spürte, ließ Jonah den Verwalter los.

Steve stöhnte, hielt sich den Hals, fiel auf den weichen Sandboden und rang pfeifend nach Atem.

«Komm!», rief Amber, nahm Jonahs Hand und begann zu rennen.

Erst als sie die Lichter des Carolina Cellar sahen, hielten sie inne.

Amber schlang ihre Arme um Jonahs Hals. «Du blutest ja», rief sie entsetzt, holte ein Taschentuch hervor und tupfte ihm vorsichtig das Blut ab.

«Steve wird sich an dir rächen», sagte sie plötzlich. «Du wirst keine gute Stunde mehr hier haben.»

«Das ist mir gleich», erwiderte Jonah. «Sobald du dich zu mir bekannt hast, wird er es nicht wagen, mich anzurühren.»

Er hielt ihre Hand mit dem Taschentuch fest. «Du wirst es doch tun, oder?»

«Natürlich», erwiderte Amber, aber plötzlich spürte sie Tränen in sich aufsteigen.

«Ach, Jonah», flüsterte sie. «Ich hätte nicht gedacht, dass das alles so schwierig ist. Ich brauche dich so, um die zu werden, die in mir steckt.»

«Pscht», machte Jonah und strich ihr sanft über das Haar und den Rücken. «Es ist nichts passiert. Ich bin immer da, wenn du mich brauchst, Amber.»

Sie löste sich von ihm und sah ihn mit tränenüberströmtem Gesicht an. «Ich liebe dich, Jonah. Aber manchmal ist es so schwer.»

Der Aborigine nickte. «Ich weiß. Du wärst manchmal gern wie die anderen, nicht wahr?»

Amber nickte und schämte sich. Wie gut Jonah sie doch kannte!

Er streichelte ihr Gesicht und küsste den Kummer aus ihren Augen.

«Wenn ich auch manchmal wie die anderen sein möchte», erwiderte Amber, «so kannst du doch sicher sein, dass ich immer wieder zur dir zurückkehre. Du bist mir alles, Jonah. Ohne dich wäre mein Leben nicht mein Leben.» Er verschloss ihren Mund mit seinen Lippen, dann legte er ihr einen Arm um die Schulter, zog sie fest an sich und ging mit ihr die letzten Meter bis zum Gutshaus.

Unter dem Teebaum im Hüttendorf saß Orynanga und sah den beiden zu. Sein Gesicht war ernst und traurig zugleich. Er verfolgte jeden Schritt, als wäre es seine Aufgabe, über die beiden zu wachen.

Dann begann er leise zu singen. Er sang ein Lied der Ahnen, ein Lied, das von einer Liebe erzählte, die sich nicht erfüllen ließ. Nicht in der Gegenwart und nicht in der Zukunft.

Er sah, wie die beiden sich voneinander verabschiedeten. Er spürte die große Zärtlichkeit, und Wehmut stieg bitter in ihm auf.

Doch noch bevor Jonah seinen Schlafplatz erreicht hatte, lag Orynanga unter einer Decke und tat, als ob er fest schliefe.

Einmal nur hob der Alte noch den Kopf, setzte sich auf und beobachtete den weißen Mann, der, die Hand an der Kehle, von der Straße kam, den weißen Kiesweg bis zum Haus ging und davor stehen blieb.

Orynanga sah, wie der Mann zu den Fenstern im ersten Stock hinaufsah. Zu den Fenstern, hinter denen Amber nun sicher schlafen würde. Und er hörte den Mann fluchen, doch er verstand seine Worte nicht. Trotzdem wusste Orynanga, dass die gute Zeit hier auf dem Gut an diesem Abend zu Ende gegangen war.

5

AMBER LAG NOCH LANGE WACH IN DIESER NACHT. SIE HATTE Steve gehört. «Ich kriege dich», hatte er gerufen. «Warte nur ab. Ich kriege dich. Koste es, was es wolle.» Amber hatte Angst. Sie lag im Dunkeln, die Arme unter dem Kopf verschränkt, und lauschte in die Stille.

Sie hatte sich so gefreut, wieder nach Hause zu kommen. Sie hatte gedacht, dass nun das Leben beginne, hatte geglaubt, mit Jonah im Gutshaus leben zu können. Amber musste beinahe lachen über ihre Naivität. Sollte Jonah mit ihnen im Gutshaus speisen, während seine Familie unter dem Teebaum an Maden kaute? Sollte er, ein einfacher ungelernter Landarbeiter, auf dem Gut plötzlich über den Mitgliedern seines Clans stehen und ihnen Befehle erteilen?

Bei den Aborigines gab es nur geringe Standesunterschiede. Die Alten galten als die Weisen. Auf sie wurde gehört. Jonah könnte der Leiter des Gutes werden, doch in seinem Clan würde nach wie vor Orynangas Wort gelten. Würde sie Jonah heiraten, würde sie ihm ihre Welt aufzwingen. Eine Welt, in der ein Schwarzer nichts galt. Und ebenso verloren wäre sie, käme sie in seine Welt. Sie wusste viel über die Riten und Gebräuche, doch sie waren kein Bestandteil ihres Lebens. Wenn ihre Liebe überhaupt eine Chance haben sollte, so müsste einer von ihnen auf alles verzichten, was das Leben bisher bestimmt hatte, und sich dem Leben des anderen anpassen. Oder gab es einen goldenen Mittelweg? Amber glaubte daran. Sonst würde sie verzweifeln. Sie hatte in den letzten Tagen gelernt, dass nicht

Jonah und sie selbst über sich und ihr Leben bestimmen konnten, sondern dass ein gemeinsames Leben von vielen Dingen abhing, auf die sie keinen Einfluss hatten. War ihre Liebe groß genug, um all die Unbill, das Unverständnis, die vielen großen und kleinen Schwierigkeiten zu meistern?

Nichts war, wie sie es sich vorgestellt hatte. Es würde schwer werden, ihrem Vater die Erlaubnis zu einer Heirat mit Jonah abzuringen. Und es würde sehr schwer werden, mit Steve Emslie unter einem Dach zu wohnen und mit ihm zu arbeiten.

Was habe ich denn gedacht?, fragte sie sich kopfschüttelnd. Dass jeder, den ich kenne, mir glückstrahlend zur Liebe mit Jonah gratulieren würde?

Sie stand auf, nahm das Foto ihrer Mutter von der Kommode und strich mit der Hand zärtlich darüber. «Was soll ich tun, Mutter? Was tätest du an meiner Stelle?»

Das Bild antwortete nicht.

Amber warf trotzig den Kopf zurück und sagte laut in die nächtliche Stille: «Jonah und ich werden beweisen, dass eine Mischehe ebenso glücklich sein kann wie jede andere auch. Wir werden beweisen, dass eine weiße Frau und ein Eingeborener ebenso in der Lage sind, gute Weine zu machen und ein Gut zu führen, wie ein weißer Mann.»

Es tat ihr gut, diese Worte laut auszusprechen. Sie atmete noch einmal ganz tief durch, wischte sich mit den Fäusten die Tränen vom Gesicht, dann legte sie sich wieder ins Bett und war bald darauf eingeschlafen.

Gleich nach dem Frühstück am nächsten Morgen ging sie in den Weinkeller. Bald würden die ersten Kunden, zumeist Hotelketten und Restaurants aus Adelaide, eintreffen, um Weine zu ordern. Amber rüttelte an den Flaschen, entfernte mit einem Besen die Spinnweben von den Kellerwänden, die sich innerhalb weniger Stunden neu bilden würden. Den Staub aber auf den alten Jahrgängen ließ sie liegen. Wein brauchte Ruhe. Jeder Kunde sollte den Eindruck haben, dass gerade für ihn ein ganz besonderer Schatz aus dem Keller geholt worden war.

Beim Mittagessen, das an Wochentagen gewöhnlich in der großen Küche eingenommen wurde, saßen sie alle zusammen: Aluunda, die Köchin, und ihr Mann Saleem, Gärtner und Hausfaktotum in einem, dazu Steve Emslie, Walter Jordan und Amber. Die Arbeiter, die ständig auf dem Gut beschäftigt waren, hatten in einem kleinen Anbau einen Raum, in dem sie die Mahlzeiten einnahmen und auch oft nach der Arbeit dort zusammensaßen. Es war nicht viel los in Tanunda. Und nicht jeder hatte jeden Abend Lust, im Pub dieselben Gesichter zu sehen. Aluunda hatte heute Lammkoteletts mit Bohnen und Süßkartoffeln gemacht. Sie war eine ausgezeichnete Köchin und hatte schon vor Jahren gelernt, sich den Essgewohnheiten der Weißen zu beugen, ohne die zahlreichen wohl schmecken-den Gewürze ihrer eigenen Küche zu vernachlässigen. Heraus kamen nahrhafte Gerichte, die nach weißer Art zubereitet und nach Art der Ureinwohner gewürzt waren.

Normalerweise herrschte beim Mittagessen eine heitere Stimmung. Doch heute schwieg Steve Emslie. Er hatte einen Arm auf den Tisch gelegt und schaufelte das Essen in sich hin-ein, ohne den Blick vom Teller zu heben. Auch Amber schwieg und sah auf ihren Teller, als hätte sie noch nie zuvor ein Lamm-kotelett gesehen.

«Was ist los?», fragte Walter Jordan. Ihm war die schlechte Stimmung nicht entgangen.

«Die Abos streichen nachts in den Weinbergen umher. Mehrere Stöcke sind beschädigt», stieß Emslie hervor. «Gut möglich, dass sie die Trauben von den Stöcken klauen.» Seine Stimme klang vor Wut ganz dunkel. «Oder sie treffen sich dort mit ihren schwarzen Huren, vielleicht sogar mit weißen Mädchen, die sich nicht zu schade dafür sind, für die Wilden die Beine breit zu machen.»

Der Gutsbesitzer sah seinen Verwalter an, doch er sagte nichts. Im Allgemeinen duldete er solche Worte an seinem Tisch nicht, aber er war klug genug, um zu merken, dass mehr dahintersteckte als Unmut oder schlechte Laune.

«Ich muss mit dir sprechen, Vater», sagte Amber, als die Tafel aufgehoben worden war. Sie hatte den ganzen Vormittag überlegt, ob sie ihrem Vater von dem Vorfall der letzten Nacht berichten sollte. Jetzt war sie sich sicher: Wenn Steve in die Schranken gewiesen würde, wäre es für alle hier leichter.

Walter nickte. «Gut, ich erwarte dich in meinem Arbeitszimmer.»

Das Arbeitszimmer war, wie Amber fand, eines der schönsten Zimmer im ganzen Gutshaus. Die Wände waren mit Holz vertäfelt, das über die Jahre hinweg einen goldenen Ton angenommen hatte. Ein großer Schreibtisch stand unter dem Fenster, links und rechts davon einige Bücherschränke, die eine Anzahl Klassiker und Bücher über Wein bargen. Auf einem der Schränke waren mehrere Pokale aufgestellt, die Walter Jordan für seine Weine bekommen hatte.

Auf der anderen Seite des Raumes befand sich ein Kamin, davor zwei große Sessel aus altem, weichem Leder und Rohrgeflecht, die leise knarrten, wenn man sich in ihnen bewegte. Auf dem Kaminsims stand in einem wertvollen Silberrahmen ein Foto von Ambers Mutter. Sie hatte die Arme auf einen Tisch gestützt, die Hände unter dem Kinn verschränkt und strahlte in die Kamera. Immer wenn Amber das Foto sah, musste sie lächeln. Auch heute huschte ein froher Schatten um ihren Mund, bevor sie sich in dem Sessel aus geflochtenem Rohr niederließ und das breite Lederpolster unter ihren Schenkeln spürte.

Walter saß ihr gegenüber und sah sie an.

«Was ist los, Kind? Was wolltest du mit mir bereden?», fragte er und nahm einen Schluck von dem Kaffee, den er stets nach dem Mittagessen trank.

«Es geht um Steve», erwiderte Amber. Sie saß mit nebeneinandergestellten Beinen im Sessel und hatte die Handflächen unter den Oberschenkeln verborgen. «Er hat mir gestern auf dem Nachhauseweg gedroht. Er will mich heiraten und kann nicht akzeptieren, dass ich andere Wünsche habe.»

Der Vater lachte auf. «Du bist ein hübsches Mädchen, Amber. Es wird viele Männer geben, denke ich, die dich gern heiraten würden.»

«Aber das war noch nicht alles», fuhr Amber fort. «Er hat mich festgehalten. Wäre Jonah nicht vorbeigekommen, so weiß ich nicht, was dann passiert wäre.»

Walter Jordan seufzte. «Nun mal langsam, Amber. Steve ist ein Mann. Und du eine attraktive junge Frau. Wer will ihm verdenken, dass er dich heiraten möchte? Er wird wahrscheinlich ein Bier über den Durst getrunken haben. Dann sind die Pferde mit ihm durchgegangen. Du solltest dem nicht allzu viel Bedeutung beimessen. Männer sind so. Jonah hätte nicht eingreifen dürfen. Schwarze sollten sich nicht in die Angelegenheiten der Weißen mischen. Und schon gar nicht in die, die ihre Arbeitgeber betreffen.»

Amber glaubte, ihren Ohren nicht zu trauen. «Er hätte mich vergewaltigen können, Vater. Ich bin keine von denen, die Nein sagen, wenn sie Ja meinen. Schon das zweite Mal habe ich ihm gesagt, dass ich ihn nicht heiraten werde. Doch er will mich einfach nicht in Ruhe lassen. Tut er es nicht, so solltest du ihn entlassen. Es gibt genug Männer seines Schlages. Ich habe ein Diplom und bin ebenso gut wie er in der Lage, ein Gut zu führen.»

Walter Jordan stellte seine Kaffeetasse mit einem lauten Knall auf den kleinen Tisch und fuhr mit der flachen Hand durch die Luft. «Es gibt keine Vergewaltigungen, Amber. Wir sind hier nicht im Krieg. Und ich denke nicht daran, einen guten Verwalter zu entlassen, nur weil er meiner Tochter schöne Augen macht. In dieser Gegend bringt es nichts, zimperlich zu sein. Ich werde nicht dulden, dass es auf meinem Gut Unfrieden gibt.»

«Du wirst ihn nicht entlassen?»

Der Gutsbesitzer nickte. «Es gibt keinen Grund dafür. Er ist ein guter Verwalter, Amber. Bisher hat er sich nichts zuschulden kommen lassen. Dein Diplom kann sein Wissen und seine Erfahrungen in der Verwaltung nicht ersetzen. Du könntest viel von ihm lernen.»

Eine kleine Weile saßen Vater und Tochter schweigend beieinander und hingen ihren Gedanken nach. Schließlich sagte Walter: «Ich habe gehofft, dass ihr euch mögt.»

Amber sah auf. «Du wünschst dir Steve Emslie tatsächlich als Schwiegersohn?»

«Warum nicht? Er ist fleißig, gesund und sieht gut aus. Er ist auf eine gewisse Weise clever und lässt sich bestimmt nicht die Butter vom Brot nehmen. Es gibt Schlechtere, Amber. Das habe ich dir schon einmal gesagt.»

Amber stand auf. Sie wunderte sich, dass sie nicht wütend wurde. Ganz ruhig sah sie ihn an und schüttelte den Kopf. «Ich werde Steve Emslie niemals heiraten. Eher gehe ich und suche mir anderswo mein Auskommen.»

Walter stand ebenfalls auf und legte Amber seine Hand auf die Schulter. Ebenso ruhig wie sie erwiderte er: «Es wäre gut, wenn du noch einmal darüber nachdenken würdest, wie es wäre, ihn als Mann zu haben.»

Eigentlich müsste der Boden unter meinen Füßen schwanken, dachte Amber. Doch sie fühlte noch immer eine große

Ruhe in sich. Eine Ruhe, die der bedrohlichen Verzweiflung zum Verwechseln ähnlich war und die ihr die Kraft gab, nach der sie in den letzten Tagen vergeblich gesucht hatte.

«Ich liebe einen anderen, Vater. Ich liebe Jonah. Und ihn werde ich heiraten.»

Ihre Worte kamen so ruhig, dass es ihr selbst unheimlich vorkam. «Wenn du möchtest, dass deine Tochter glücklich wird, so schicke Steve fort. Solange er hier ist, wird es auf Carolina Cellar keinen Frieden geben.»

Amber sah, dass ihr Vater von einer Minute auf die andere alt wurde. Plötzlich gruben sich tiefe Falten in Walter Jordans Gesicht. Sein Haar schien an Farbe zu verlieren, die Schultern schienen sich zu senken und der Rücken krumm zu werden.

Er tat ihr leid, und sie wäre ihm gern eine gehorsame Tochter gewesen. Aber sie konnte nicht anders. Sie würde Steve Emslie niemals heiraten. Sie gehörte zu Jonah. «Es tut mir leid, Vater», sagte sie leise. Dann drehte sie sich um und ging aus dem Zimmer.

Plötzlich hielt sie nichts mehr im Haus. Sie glaubte zu ersticken. Wie gehetzt lief sie die Treppe hinunter und zur Haustür hinaus, den Hügel hoch bis zu dem kleinen steinernen Kreuz mit dem gekreuzigten Herrn, das auf Wunsch ihrer Mutter vor vielen Jahren hier aufgestellt worden war.

Sie setzte sich auf den Boden, lehnte den Rücken an den kühlen Stein und sah zum Gutshaus hinüber.

Der dreigeschossige Bau aus rotgelbem Sandstein lag wie ein friedlich schlummerndes Tier in der Sonne. Die grünen Balkons waren von Aluunda mit Blumen bepflanzt worden, die hölzernen Läden mit frischer grüner Farbe versehen. Um das gesamte Haus zog sich eine Veranda, die von einem grünen Holzgeländer begrenzt war. Auf der Vorderseite befand sich ein großer Tisch mit zahlreichen Rattanstühlen. Hier wurde in

den warmen Monaten oft das Essen eingenommen. Die Süd-
veranda aber war ein Reich der Muse. Da stand ein Liegestuhl,
daneben ein kleiner Tisch mit Büchern und Zeitschriften. Walter Jordan verbrachte hier seine freie Zeit. Eine Hängematte
verriet, dass auch Amber oft dort verweilte.

Heiter wirkte das Haus, fröhlich sogar. Immer hatte sich
Amber darin wohl gefühlt. Dieses Haus und Carolina Cellar
waren das, was sie unter Heimat verstand. Hier, hatte sie gedacht, könnte sie so sein, wie sie war.

Doch jetzt war der rosarote Strahlenkranz, den sie um ihre
Zukunft gewunden hatte, verwelkt.

Amber saß, bis der Abend hereinbrach. Sie sah die Arbeiter aus den Weinbergen kommen, sie hörte das Geräusch
der beiden Traktoren, hörte auch Steves Geländewagen, der
mit Fässern beladen davonfuhr und kurz darauf leer wieder
zurückkam. Sie wusste, dass sie ins Haus gehen sollte, doch
es gab nichts, was sie dorthin trieb. Am liebsten wäre sie für
immer hier sitzen geblieben.

Sie hörte Aluunda nach ihr rufen, sah, wie die alte, schwarze Frau die Wäsche von einer Leine nahm und Minze für die
Limonade pflückte. Einmal hielt Aluunda inne und sah zu ihr
hoch. Wenig später stand die alte Frau vor ihr.

«Du hast gehört, was ich mit meinem Vater beredet habe,
nicht wahr?», fragte Amber.

Aluunda nickte. «Es ist nicht gut für ein weißes Mädchen,
mit einem schwarzen Jungen zu gehen. Nicht gut für das Mädchen, nicht gut für den Jungen. Die Familie wird das Mädchen
verstoßen, der Clan den Jungen. Allein wären sie mit ihrer
Liebe und könnten sie doch nicht festhalten. Liebe braucht die
Bestätigung der anderen, sonst geht sie verloren. Liebe muss
gelebt werden können, sonst stirbt sie.»

«Aber mein Leben ist kein Leben ohne Jonah.»

Aluunda seufzte und strich ihr über den Kopf. «Du bist jung und wirst einen anderen finden. So wie das Känguru nicht zum Kakadu findet, so finden Schwarze und Weiße nicht zueinander. Kakadu und Känguru sind Tiere von verschiedenen Stämmen. Schwarze und Weiße auch.»

Aluunda sah zum Haus hinunter. «Es ist Zeit zum Abendessen. Komm herunter. In schwierigen Zeiten muss man an den Gewohnheiten festhalten.»

Sie gab Amber einen leichten Stoß, dann drehte sie sich um und ging zum Haus zurück.

Amber folgte ihr langsam.

Die Sonne fiel hinter die Hügel und krönte ihre Kuppen mit einem roten Schein. Die Wolken am Himmel zogen träge dahin und überließen allmählich der Nacht die Herrschaft. Carolina Cellar lag im Zwielicht.

Walter Jordan stand unweit des Gutshauses auf dem Kiesweg, der hinüber zu den Hütten der Aborigines führte, und sah über seinen Besitz. Die Weinberge, die ihm gehörten, reichten bis zum Horizont. Das große dreistöckige Gutshaus, das sogar über zwei gekachelte Badezimmer verfügte, hatte er vor ein paar Jahren aufwändig renovieren lassen. Nun zählte es zu einem der prächtigsten Anwesen in der Gegend um Tanunda. Auch der Maschinenpark des Gutes konnte sich sehen lassen. In der großen Halle, die ein Stück vom Gutshaus entfernt stand, parkten neue Traktoren, die eigens für den Betrieb in den Weinbergen hergestellt worden waren.

Walter Jordan war ein wohlhabender Mann, aber er war auch ein bescheidener Mann. Das große Gut und vor allem dessen Wert gab ihm Sicherheit, doch für persönlichen Luxus hatte er nicht viel übrig. Sein Konkurrent Lambert hatte sich aus Deutschland einen Mercedes bestellt. Auf solch eine Idee wäre Walter Jordan nie gekommen. Sein Wagenpark war vergleichsweise bescheiden. Es gab den Geländewagen von Steve Emslie, einen weiteren Landrover und als Privatwagen einen alten Ford, der die besten Tage längst hinter sich hatte. Aluunda erledigte die Einkäufe in einem italienischen Kleinwagen und spottete über Saleem, der sich weigerte, ein Fahrzeug zu bedienen, das schneller fuhr, als ein australischer Wildhund rennen konnte. Seit Jahren fuhr er einen klapprigen Pick-up und weigerte sich, das Auto gegen ein moderneres und vor allem zuverlässigeres Modell einzutauschen.

Walter Jordan war ein zufriedener Mann. Er hatte alles, was er sich wünschte, sogar mehr als das. Während der Lese beschäftigte er bis zu achtzig Leute, und er wurde von den meisten geschätzt. Auch in Tanunda galt er als angesehener Bürger. Er spendete regelmäßig für die Projekte seiner katholischen Gemeinde, war Mitglied im Verein der südaustralischen Winzer und nahm sogar am Schützenfest teil.

Wäre es nach ihm gegangen, dann hätte das Leben genau so bleiben können. Doch es ging nicht nach ihm. Zumindest nicht in diesem Fall.

Wie konnte das nur passieren?, fragte er sich seit dem Gespräch mit Amber. Wie hatte es dazu kommen können, dass seine Tochter sich mit einem Schwarzen einließ? War es falsch gewesen, sie von einer Aborigine aufziehen zu lassen? Oder war sein Hausmotto «Leben und leben lassen» daran schuld? Aber vor allem fragte er sich, warum er diese Affäre – nein, ein anderes Wort dafür fiel ihm nicht ein – nicht schon früher bemerkt hatte. Für solche Fragen war es nun zu spät, und Walter Jordan wusste das auch. Jetzt galt es, zu handeln, um das Schlimmste zu verhüten. Deshalb stand er in der Dämmerung hier und lauschte in die Stille. Endlich hörte er leise Schritte. Orynanga stand vor ihm.

«Guten Abend, alter Freund», sagte Walter Jordan. «Ich habe dich erst im letzten Moment bemerkt.»

Der Eingeborene lachte leise: «Es wäre ein schlechtes Zeichen, hättest du mich früher erkannt. Orynanga ist alt, würde das bedeuten.»

Walter Jordan bat den Buschmann in seinen Weinkeller und schenkte ihm ein Glas frisch gebrannten Traubenbrand ein.

«Wir haben ein Problem, Orynanga», sagte er, als der Aborigine ausgetrunken hatte, und hielt sich entgegen der Gewohnheit dieses Mal nicht mit langen Vorreden auf.

«Wir haben immer Probleme», entgegnete Orynanga. «Die meisten Dinge sind jedoch weniger schlimm, als sie scheinen.»

«Amber und Jonah wollen heiraten», erwiderte Walter.

Orynanga nickte. «Ich dachte es mir.»

Er sah Walter an, dann fügte er hinzu: «Sie dürfen nicht heiraten. Sie dürfen noch nicht einmal miteinander gesehen werden. Deine Tochter, mein Freund, wäre sofort als Hure abgestempelt. Die Kunden würden wegbleiben, und am Ende bekäme Carolina Cellar einen neuen Besitzer, und wir verlören unsere Heimat mit der heiligen Stätte unseres Totem.»

«Amber wird in wenigen Wochen volljährig sein. Sie braucht dann keine Einwilligung mehr zum Heiraten. Und Jonah braucht sie sowieso nicht.»

Orynanga nickte. «Es wird sich kein Priester finden, der sie traut», vermutete er.

«Oh, täusch dich nicht, mein Freund. Seit Jahrzehnten versuchen euch die Christen zu missionieren. Die katholische Heirat eines Eingeborenen wäre ein Erfolg für die Mission und den Reverend.»

Orynanga hielt Walter sein leeres Glas hin. Der Winzer goss ein, und beide tranken ihre Gläser in einem Zug leer.

Dann sahen sie in das Licht der Kerze, die Walter ange-
zündet und auf ein leeres Fass gestellt hatte. Niemand wusste,
wie viel Zeit vergangen war, als Orynanga schließlich sagte:
«Ich werde Jonah auf seinen Traumpfad schicken. Er ist alt
genug. Er wird den Spuren seiner Ahnen folgen. Lange wird er
unterwegs sein. Er wird ins Outback gehen und bis zum Uluru
gelangen müssen. Erst wenn er dort an den Initiationsriten teilgenommen hat, wird er zurückkehren.»

Walter Jordan schüttelte sich ein wenig. «Die Initiationsriten, müssen sie sein? Ist es wirklich notwendig, einem jungen, attraktiven Mann die Nasenlöcher schmerzhaft zu weiten
und seine Brust mit Schnitten zu überziehen, in die Schlamm
gebracht wird, damit es zu breiten Narben kommt?»

Orynanga sah auf. «Es ist Teil unserer Kultur. Ich sehe
oft, wenn ich in Tanunda bin, weiße Mädchen, die sich die
Ohrlöcher durchstoßen und mit Metall füllen lassen. Ist das
weniger grausam?»

Walter Jordan schüttelte den Kopf und goss die Gläser erneut voll. «Er wird lange weg sein.»

Der Aborigine nickte. «Viele Monate werden vergehen.
Monate, die du gut nutzen solltest. Manche von uns bleiben
für Jahre im Outback. Manche bringen Frauen von dort mit,
einige sogar Kinder. Wenn Jonah im Outback ist, wird er Amber vergessen. Wenn Amber Jonah nicht mehr sieht, wird sie
Jonah vergessen. Am Ende wird alles gut.»

«Er sollte so schnell wie möglich gehen, Orynanga.»

«Noch vor der Lese?»

«Ja. Am besten schon morgen. Am besten ohne Aufsehen.
Am besten, ohne dass er Amber noch einmal sieht.» Orynanga
nickte. «Ich verstehe deine Eile. Doch ich muss ihn auf seinen
Traumpfad vorbereiten. Jeder junge Mann muss vorbereitet
werden, um sich im Outback zurechtzufinden. Er muss wissen,

welche Clans sich wo befinden, falls er Hilfe benötigt. Zwei Tage brauche ich, um Jonah alles zu sagen, was er wissen muss. Ich werde sehen, dass der Junge in dieser Zeit unsichtbar bleibt. Ich werde mit ihm in den Wald gehen.»

Ambers Vater seufzte. «Ich will meiner Tochter nicht wehtun. Ich möchte ihr keine Schmerzen bereiten.»

«Auch ich möchte der Liebe zwischen zwei Menschen nicht im Wege stehen, doch wenn die Liebe zum Verhängnis werden kann, dann ist es wohl unsere Pflicht», erwiderte Orynanga.

Walter Jordan reichte dem Eingeborenen die Hand. «Wenn du das für uns tust, Orynanga, werde ich mich erkenntlich zeigen. Sag mir, welchen Wunsch ich dir erfüllen kann.»

Der Alte sah Walter von unten herauf an, öffnete den Mund, dann schloss er ihn wieder. Schließlich sagte er leise: «Ich tue es nicht nur für dich, weißer Mann. Ich tue es, damit Ruhe in meinem Clan herrscht. Du sorgst dich um deinen Frieden und ich mich um den meinen, so, wie es sich für zwei alte Männer gehört.»

Walter Jordan begann zu lachen. Er hieb Orynanga auf die Schultern, lachte, bis ihm die Tränen über die Wangen liefen. Auch der Aborigine stimmte in das Lachen ein, und so saßen zwei alte Männer in einem feuchten Weinkeller um ein leeres Fass mit einer Kerze und lachten, weil sie nicht den Mut zum Weinen hatten.

6

AMBER WAR SCHMAL GEWORDEN UND WIRKTE RUHELOS. VIER
Wochen schon hatte sie Jonah nicht mehr gesehen. Vier Wochen schon wartete sie auf ein Zeichen von ihm. Vergebens.
Es war nicht merkwürdig, dass einer der Aborigines plötzlich
nicht mehr da war. Aber merkwürdig war es, dass sowohl Walter Jordan als auch Orynanga vorgaben, nichts über seinen
Verbleib zu wissen. Auch Aluunda und Saleem schwiegen.

«Er ist ein Eingeborener, von Natur aus ruhelos. Sei froh,
Amber, dass er jetzt verschwunden ist. Die Aborigines eignen
sich nicht für ein Familienleben, wie die Weißen es führen»,
war alles, was ihr Vater zu Jonahs Verschwinden zu sagen hatte. Amber traute ihm nicht. Zum ersten Mal in ihrem Leben
misstraute sie ihrem Vater. Sie ahnte, dass er etwas mit Jonahs
Verschwinden zu tun hatte.

«Er ist alt genug, um seinen Traumpfad zu gehen», hatte
Orynanga erklärt. «Er wird im Outback sein und sich eine
Frau suchen. Alle Aborigines im mannsfähigen Alter tun das.
Sie müssen das tun, um Männer zu werden. Hinterher wissen
viele nicht mehr, was sie bis zu diesem Tag erlebt haben.»

Amber wusste, dass Orynanga log. Sie wusste, dass er ihr
das nur erzählt hatte, um sie glauben zu machen, Jonah würde
sie bald schon vergessen haben. Es war möglich, dass Jonah
auf dem Traumpfad war, doch nicht, um sich eine Frau zu
suchen. Niemals wäre er ohne ein Wort fortgegangen.

«Ihr lügt mich an! Ihr habt ihn fortgeschickt! Ihr wisst
genau, wo er ist!», warf sie ihrem Vater vor.

«Es gibt viele junge Männer hier», hatte Walter sie zu trösten versucht. «Sieh dich um, und du wirst sehen, dass einige darunter sind, die dich glücklich machen können. Und glaub mir, ich denke dabei nicht an Steve Emslie.»

Amber erwiderte nichts. Sie wusste, dass alle logen, wusste, dass Jonah weggeschickt worden war, damit die Liebe in Vergessenheit geriet. Sie war wütend über diese Einmischung in ihr Leben, war wütend auf die, die es «gut» mit ihr meinten, sie aber nicht fragten. Doch sie konnte sich nicht dagegen wehren. Sie konnte gar nichts tun. Nur warten …

«Kommt er wieder, Aluunda?», fragte sie ihre Kinderfrau.

Die Alte zuckte mit den Schultern und sah Amber mitleidig an. «Es wäre besser für alle, er bliebe weg.»

«Warum? Warum weiß jeder, was das Beste ist? Warum fragt man uns nicht? Wie kommt ihr dazu, euch in unser Leben einzumischen?», brauste Amber auf und konnte doch die Tränen nicht länger zurückhalten. Sie fühlte sich verraten und betrogen, und ihr Inneres krampfte sich zusammen, sobald sie daran dachte. Und sie dachte an nichts anderes als an Jonah.

«Schwarz und Weiß gehen nicht zusammen, Amber.»

«Aber in den großen Städten …»

«In den großen Städten», unterbrach Aluunda, «ist manches möglich, das hier auf dem Land nicht geht. Dort kümmert sich niemand um seine Nachbarn. Den Menschen dort fehlt die Gemeinschaft. Deshalb trinken sie und mischen sich untereinander. Es ist die Einsamkeit, die sie dazu treibt, nicht die Liebe.»

«Jonah und ich waren nicht einsam. Wir lieben uns. Warum kann das niemand verstehen?»

Aluunda ließ den Löffel, mit dem sie in einem Kessel rührte, fahren, wischte sich die Hände an ihrem Bauchtuch ab und wandte sich Amber zu, die am Küchentisch saß und lustlos auf ihr Frühstück blickte.

«Du hältst an einer Liebe fest, die sich nicht leben lässt», sagte Aluunda, und ihr Ton klang streng dabei. «Es liegt auf der Hand, dass diese Liebe Schaden bringt. Schaden für das Gut, für deinen Vater, für alle, die hier leben. Niemand wird hier mehr kaufen, die Arbeiter verlieren ihre Jobs, die Trauben vertrocknen an den Hängen, und wir müssen in eine Mission oder zurück in den Busch.

Schaden gäbe es auch für die Eingeborenen, die sich plötzlich von einem der Ihren befehlen lassen müssten. Alles geriete durcheinander. Du aber denkst nur an dich und dein Glück. Es ist dir gleichgültig, was mit uns anderen geschieht. Einer Liebe aber, die egoistisch macht und dazu führt, alles andere rings um sich zu vergessen, ist auf Dauer kein Glück beschieden.»

Nach dieser Rede wandte sie sich wieder ihrem Kochtopf zu und überließ Amber ihren Gedanken.

Amber schwieg seither, sprach mit keinem Wort, mit keiner Geste und keinem Blick über ihren Kummer. Doch ihr Inneres wartete, wartete auf ein Zeichen von Jonah.

Das alljährliche Weinfest fand im April statt. Bei den meisten Winzern war die Lese bereits abgeschlossen. Auch auf Jordans Gut trugen nur noch wenige Stöcke Trauben. Es war Ambers Wunsch gewesen, die Lese hier noch ein wenig zu verzögern. Sie hoffte, dass die Trauben an Süße gewinnen und sich so vorzüglich für das Verschneiden von Cabernet und Shiraz eignen würden. Bald jeden Tag ging sie hinauf, um nach «ihren Stöcken» zu sehen. Seit Jonahs Weggang mied sie die anderen, war wortkarg bei Tisch und verbrachte die Abende allein in ihrem Zimmer oder auf einsamen Spaziergängen. Heute aber konnte sie sich nicht verstecken. Heute war Weinfest, und sie war gezwungen, ihre Rolle als Gastgeberin gut zu erfüllen.

Das Gut erstrahlte im feierlichen Glanz. Steve Emslie hatte seine Leute angehalten, überall Fackeln aufzustellen, die ein weiches Licht verbreiteten. Vor dem Gutshaus bogen sich die Tafeln unter Aluundas Köstlichkeiten. Auf den Bänken drängten sich die Weinbauern aus Tanunda, Freunde und Bekannte, Arbeiter und Geschäftspartner. Es waren nahezu fünfzig Gäste, die sich auf dem traditionellen Weinfest des Carolina Cellar amüsierten.

Auch die Aborigines waren gekommen. Sie hatten während der Lese jeden Tag in den Bergen gearbeitet, und Walter Jordan vertrat die für die Gegend ungewöhnliche Meinung, dass ein jeder, der gut gearbeitet hat, auch gut feiern soll. Also saßen die Aborigines an zwei Tafeln zusammen, und Orynanga hatte die Leute seines Clans bestens im Blick.

Ebenso wie Amber Steve Emslie. Sie hatte den Verdacht, dass er über Jonahs Verschwinden sehr erfreut war. Jetzt beobachtete sie, wie er immer wieder zu den Aborigines hinübersah, dann stand er auf, ging zu Orynanga und sagte: «Du solltest aufpassen, dass sich deine Leute nicht besaufen. Dieser Wein hier ist etwas anderes als das Wasser aus eurem Trog. Ich will nicht, dass es Schwierigkeiten gibt.»

Orynanga schloss einen Augenblick die Augen und ballte unter dem Tisch seine Hände zu Fäusten. Schließlich antwortete er betont langsam: «Ihr braucht keine Sorge zu haben, Master. Die Aborigines sind ein sehr friedliebendes Volk. Manchmal ist es das, was den anderen Schwierigkeiten macht.»

Dann sah er weg, ließ Steve einfach stehen und wandte sich seinen Leuten zu.

Steve nickte langsam, und Amber, die neben ihrem Vater saß, sah, dass seine Kieferknochen mahlten. Sie hatte Steves Unruhe bemerkt. Oft sah er sich um, als erwarte er, dass hinter jedem Strauch, hinter jedem Fass ein Feind lauerte. Sein ganzer

Körper schien gespannt wie die Saite eines Bogens. Was hatte er nur?

Jemand brachte einen Toast auf sie aus, und sie lächelte, doch das Lächeln erstarb, als Steve zu ihr sah. In seinem Blick lag etwas Lauerndes. Schnell wandte sie den Kopf ab. Ihr Blick huschte über die anderen Gäste. Harry grinste sie an und zwinkerte ihr vertraulich zu. Er hatte wohl noch immer nicht die Hoffnung aufgegeben, eines Tages hier der Master zu sein. Auch Maggie und Jake waren gekommen. Während Jake laut mit den anderen Männern die Ergebnisse des letzten Kricket-Turniers diskutierte, lehnte Maggie, offensichtlich vom Gespräch gelangweilt, an Jakes Schulter und zog ein Gesicht.

Amber setzte sich zu ihr, doch als Maggie sich überschwänglich über die Finessen ihres neuen Elektroherds ausließ und dabei auf das Interesse der anderen Frauen stieß, stand Amber auf und setzte sich zu ihrem Vater, der mit anderen Winzern über die Ernte sprach. Dieses Thema war auch ihr Thema. Was interessierte sie die Restwärme eines Herds, die sogar dazu taugte, das Teewasser noch stundenlang warm zu halten? Was kümmerte es sie, ob eine Zitronentarte besser mit Hefe- oder mit Mürbeteig gebacken werden sollte? Und was interessierte sie, ob die Frauen nach Gefühl oder nach der Uhr kochten und backten?

Walter berichtete Lambert, seinem größten Konkurrenten, gerade, dass Amber viele neue Ideen vom Agrarcollege mitgebracht hatte. Amber konnte den Stolz in seiner Stimme hören. Sie lächelte pflichtschuldig, als er einen Arm um ihre Schulter legte, und sah zu Ben, dem Sohn Lamberts, der blass und schmächtig neben seinem gewaltigen Vater hockte und sich unablässig darum bemühte, ein eindrucksvolles Gesicht zu machen.

«Na, Ben?», fragte Amber. «Meinst du, der neue Jahrgang wird besser als der Vorige?»

Ben zuckte mit den Schultern. «Vater meint, sie hielten sich die Waage. Die Weißen werden besser, die Roten ein wenig schlechter.»

«Werdet ihr wieder die üblichen Sorten miteinander verschneiden?»

«Vater meint, dass wir es so halten sollten. Die Cuvées verkaufen sich gut.»

«Wir werden uns noch ein paar Fässer anschaffen. Der Ausbau im Barrique bekommt unseren Roten sehr gut.»

«Vater meint, das wäre auf die Dauer zu teuer. Die Leute wünschen einfache Tischweine. Dafür, sagt er, reicht die Gärung im Stahltank.»

«Und du?», fragte Amber. «Was meinst du? Du hast doch auch das Agrarcollege besucht, hast ein Diplom als Winemaker. Hast du keine Meinung?»

Ben warf einen verstohlenen Blick auf seinen Vater, der genüsslich an einer Zigarre paffte und die Weste öffnete, die über seinem Bauch beinahe platzte.

«Vater sagt, solange ich die Füße unter seinen Tisch stecke, wird gemacht, was er sagt.»

Bens Stimme klang so hoffnungslos, so müde, dass Amber beinahe Mitleid mit ihm bekam. Sie sah ihn an, sah in das blasse Gesicht mit dem stets flackernden Blick. Sie legte ihm ihre warme Hand auf den Arm und sagte freundlich: «Vielleicht ändert sich alles, wenn du eine eigene Familie hast.»

Ben lächelte ein wenig und wurde rot. «Vater meint, die Frau müsse gut auf das Gut passen. Eine Winzertochter wäre ihm recht. Davon gibt es nicht allzu viele in Barossa Valley.»

Er sah sie von unten herauf an. «Ich mag dich gern, Amber», sagte er leise.

«Ich dich auch, Ben. Schon in der Schule habe ich dich gemocht. Du bist gewiss ein guter Freund.»

«Nur ein Freund?», fragte er und verlor den Glanz aus seinen Augen.

«Ja, Ben. Nur ein Freund.»

Als ihr Vater sie ansprach, war sie froh, seinen unterwürfigen Blicken entgehen zu können.

«Amber», bat Walter Jordan. «Ich möchte gern, dass Lambert von dem neuen Wein probiert, den du mit einer Aborigine-Würzmischung versetzt hast. Sei so nett, und hole uns eine Flasche aus dem Keller.»

Amber nickte und nestelte nach dem Schlüssel, den sie lose in einer Tasche ihres Kleides trug. Sie wusste, dass Walter sie heute über den grünen Klee lobte, weil er meinte, etwas an ihr gutmachen zu müssen. Doch sein Lob war kein Ersatz für Jonahs Liebe. Nichts konnte sie ersetzen.

Sie seufzte und ging langsam zum Weinkeller. Als sie am Tisch der Aborigines vorbeikam, bemerkte sie bei Orynanga eine ähnliche Unruhe wie bei Steve. Der Alte hatte die beiden Weinkrüge vor sich stehen und goss seinen Leuten so zögerlich nach wie ein alter Geizkragen beim Besuch der ungeliebten Verwandtschaft.

Hatte es in den letzten Tagen etwa wieder Streit gegeben? Amber hatte nichts davon erfahren, doch sie wusste auch so, dass Steve die Aborigines behandelte wie wilde Tiere. Selbst seinen Hund, einen Mischling, der ebenso rüde war wie sein Herr, behandelte er besser. Auch jetzt rief er den Hund, den er Buschi nannte, zu sich und fütterte ihn mit Fleischbrocken, die er den Aborigines nicht gönnte. Und Buschi machte seinem Namen wirklich alle Ehre. Niemand wusste, ob Steve ihn abgerichtet hatte, doch jedes Mal, wenn sich einer der Eingeborenen dem Hund näherte, knurrte er und zeigte seine scharfen Zähne.

Amber machte einen großen Bogen um den Hund und ging dann langsam an der Längsseite des Gutshauses entlang und von dort um die Ecke zum Weinkeller.

Der Eingang lag im Dunkeln und war links und rechts von Akazien gesäumt. Nicht einmal das Licht der Fackeln reichte bis hierher. Der Mond stand wie ein Silbertaler am Himmel und zeichnete scharfkantige Schatten. Amber lehnte sich einen Augenblick an einen Baum, der nur ein paar Schritte vom Eingang zum Weinkeller entfernt lag, atmete tief ein und aus und genoss die würzige Luft. Bis hierher konnte sie das Lachen und Lärmen der Gäste hören. Einige schienen sich zum Aufbruch bereitzumachen. Amber sah die Eingeborenen, die sich langsam auf den Weg zu ihren Hütten machten. Sie hörte die Turmuhr der nahen Kirche zwölfmal schlagen. Das Fest war fast vorüber. In Barossa Valley gingen die Menschen zeitig schlafen und standen am Morgen früh auf.

Ohne dass Amber etwas dagegen tun konnte, ergriff eine große Traurigkeit von ihr Besitz. Sie dachte an Jonah und fühlte sich verlassen und hoffnungslos. Den ganzen Abend über hatte Walter Jordan sie angepriesen, hatte ihre Vorzüge gelobt. Nicht nur Lambert hatte sie betrachtet wie ein Pferd auf dem Rossmarkt, auch Harrys Vater und einige andere wohlhabende Winzer hatten sich wohl vorgestellt, welches Paar Amber und der eigene Sprössling vor dem Altar abgeben würden. Doch je mehr sich die Gäste mit Ambers Zweisamkeit beschäftigten, umso einsamer fühlte sie sich.

In Adelaide war sie abends oft allein gewesen, hatte in ihrem schmalen Internatszimmer gesessen und gebüffelt, während die anderen sich in den Pubs amüsierten. Doch damals hatte sie gewusst, dass Jonah in Carolina Cellar auf sie wartete. Jetzt wartete niemand mehr auf sie.

«Ach, Jonah», flüsterte sie in die Nacht. «Wo bist du?»

Amber erschrak nicht, als plötzlich ein Flüstern erklang: «Liebste, hier bin ich.»

Sie drehte sich um, sah Jonah dicht vor sich, so dicht, dass seine Atemzüge sie streiften.

«Wie ... wo ...?», stotterte sie, doch ihr Gesicht war wie in Sonnenschein gebadet. Auch Jonah strahlte.

«Psst!», machte er und legte ihr zärtlich einen Finger auf die Lippen.

«Mich darf niemand sehen. Und am besten auch nicht hören», flüsterte er.

Amber zog Jonah in den Weinkeller und schloss die Tür von innen ab. Den Schlüssel steckte sie zurück in die Tasche ihres Kleides. Dann ließ sie sich in seine Arme ziehen, genoss seine Wärme, seine Worte, sein Dasein. Es dauerte eine ganze Weile, bis sie ihn erneut fragte: «Wo kommst du her? Was machst du hier? Orynanga sagte, du wärst im Outback.»

Jonah nickte. «Ja, ich bin auf den Spuren meiner Ahnen gewandert. Orynanga schickte mich, damit ich zum Mann werde. Du weißt doch, die Aborigines dürfen sich erst eine Frau wählen, wenn sie die Initiationsriten durchlaufen haben.»

«Aber jetzt bist du hier, bist bei mir!»

«Amber, ich hatte das Gefühl, dass du nach mir rufst. Deine Stimme war in meinem Kopf und rief und rief. Ich konnte dem Traumpfad nicht weiter folgen, und ich konnte es nicht länger ertragen, dass du nicht weißt, wo ich bin. Deshalb bin ich zurückgekommen.»

Er ergriff ihre Hände und zog sie an seine Brust. «Ich möchte nicht mehr von dir getrennt sein. Ich bin gekommen, um zu bleiben. Vielleicht ist es möglich, dass wir irgendwann zusammen meinen Traumpfad gehen. Ich möchte die wichtigen Dinge des Lebens nicht ohne dich erfahren.»

Amber wusste nicht, was sie sagen sollte. Nichts hatte es

bisher in ihrem Leben gegeben, das sie so sehr angerührt hatte. Zärtlichkeit und Dankbarkeit überkamen sie. Ganz fest drückte sie Jonah an sich.

«Ja», flüsterte sie. «Wir gehören zusammen. Nichts Wichtiges wollen wir ohne den anderen machen. Ich möchte, dass wir alles voneinander wissen, uns alles sagen – und dabei doch ganz wir selbst bleiben.»

Sie legte ihre Lippen ganz zart auf seinen Mund, atmete seinen Atem ein, fühlte seine Wärme, die ganze Sanftheit und Größe seiner Liebe und schloss die Augen. Sie fühlte sich so geschützt und geborgen, so stark und mutig, dass sie glaubte, niemand könne sie bezwingen. Alles, was sie gerade noch geängstigt hatte, fiel von ihr ab. Selbst das Bellen des Hundes, das plötzlich ganz in ihrer Nähe erklang, hatte nichts Bedrohliches mehr.

Zu spät bemerkten die beiden, dass die Tür aufgeschlossen wurde. Zu spät, um sich zu verstecken. Die Tür flog mit einem Ruck auf, und Walter Jordan und Steve mit seinem Hund tauchten auf.

«Amber!»

Der Ruf klang wie ein Peitschenknall.

Jonah und Amber fuhren auseinander. Der Hund sprang kläffend und die Zähne fletschend an Jonah hoch und schnappte nach den Armen. Jonah wehrte ihn ab, indem er ihm einen Schlag auf die Schnauze gab. Der Hund heulte auf, doch schon war Steve Emslie zur Stelle. Er war einen Kopf größer als der Aborigine, verfügte über eine ungeheure Muskelkraft und vor allem über den Willen, seinen Widersacher zu vernichten und Rache für die erlittene Schmach zu nehmen.

«Lass meinen Hund in Ruhe, du Bastard!», schrie er. Er packte den Aborigine am Kragen und stieß seinen Kopf gegen die Kellerwand. Walter griff ein, wollte Steve zurückhalten, doch in diesem Gerangel war nicht mehr auszumachen, wem welcher Arm, welcher Körper, welche Kehle gehörte.

Amber, die wie erstarrt dagestanden hatte, schrie auf. Sie wusste nicht, was sie tun sollte. Sie wollte Jonah helfen, ihn retten, doch sie wusste auch, dass ihr die Kraft dafür fehlte.

Schließlich drehte sie sich um und rannte nach draußen, um Hilfe zu holen. Sie rannte zurück zum Festplatz, wunderte sich nicht über die Stille, blieb jedoch erstarrt stehen, als sie sah, dass die Gäste bereits gegangen waren. Sie drehte sich nach allen Seiten um und schluchzte auf, doch nur Aluunda war da und räumte die Gläser zusammen.

«Wo sind sie?», schrie Amber die alte Frau an. «Mein Gott, wo sind sie denn alle hin?»

Aluunda zuckte mit den Achseln. «Das Fest ist vorbei. Du warst lange weg. Viele haben dich vermisst. Was ist los? Warum schreist du so?»

Amber hörte nicht, sondern hetzte weiter zum Hüttendorf der Aborigines. Doch auch hier war niemand. Die Hütten waren leer, die Türen standen offen und knarrten leise im Wind. Auch die Schlafplätze unter dem Teebaum lagen verlassen im Dunkel der Nacht. Wo waren die Eingeborenen?

«Wo seid ihr?», schrie Amber. «Hilfe! So kommt doch! Hilfe!»

Alles blieb still. Es schien, als wäre das Gut von einem Augenblick auf den anderen zu einer unbewohnten Ödnis geworden. Nicht einmal die Vögel sangen, keine wilden Hunde heulten durch die Nacht, nur der Mond stand am Himmel und tauchte alles in ein kaltes Licht. Amber stand einen Augenblick still, dann rannte sie zurück zum Weinkeller. Sie stolperte, stürzte, ihre Knie begannen zu brennen, ein scharfer Schmerz durchzuckte ihren Körper, doch schon hatte sie sich aufgerappelt und rannte, rannte, rannte …

Die gespenstische Stille, die vom Weinkeller aus zu ihr drang, ließ sie mitten im Lauf stoppen. Angst kroch ihr den Rücken hinauf. Amber begann zu zittern wie im Schüttelfrost. Ihre Knie wurden weich, und bei jedem Schritt taumelte sie.

Steves Hund lag vor der Tür und winselte leise. Sein Schwanz bewegte sich langsam hin und her.

Ein wenig Licht drang aus dem Keller durch die angelehnte Tür nach draußen. Noch immer war alles ganz und gar ruhig. Doch die Ruhe hatte nichts Besänftigendes an sich, nichts Leichtes. Im Gegenteil: Die Stille legte sich wie ein Ring um Ambers Brust, beugte ihren Rücken, drückte auf die Schultern. Ein Schritt noch fehlte bis zur Kellertür.

Amber hob ein Bein, doch plötzlich überkam sie eine solche Angst, ein solches Grauen, dass sie wie erstarrt stehen blieb, eine Hand nach der Kellertür ausgestreckt. Sie starrte auf die Tür, hoffte noch immer, dass alles dahinter gut und friedlich sein würde, doch die Ahnung des bevorstehenden Unheils hatte sich schon ganz und gar ihrer Sinne bemächtigt. Das Blut rauschte in ihren Ohren, vor ihren Augen verschwammen die Konturen. Sie wünschte, sie würde in Ohnmacht fallen. Einfach umfallen, um irgendwann wieder in ihrem Bett zu erwachen, während Aluunda ihr einen Tee brachte, der Vater auf einem Sessel neben dem Bett saß und Jonah zögernd in der Tür stand.

Aber Amber fiel nicht in Ohnmacht. Überdeutlich nahm sie alles wahr, jede Regung, jeden Laut. An diesen letzten Schritt, das wusste sie mit sicherem Instinkt, würde sie ihr Leben lang denken. Dieser letzte Schritt, ein einziger Schritt nur, brachte sie von der alten, heilen Welt der Kindheit in die grausame Wirklichkeit des Erwachsenseins. Sobald ihr Fuß den Boden berührte, sobald die Hand die Kellertür aufstieß, würde nichts mehr sein, wie es war. Und das, was kommen würde, war schlimmer als alles, was sie bisher erlebt oder erdacht hatte.

Langsam, ganz langsam, als gelte es noch irgendetwas, setzte sie den Fuß auf die Erde und machte gleichzeitig die Tür auf. Ihre Augen wurden groß, doch nun, da sie dem Unheil gegenüberstand, schwand die Angst. Eine tiefe Ruhe, beinahe eine Gleichgültigkeit, wie sie nur ein schwerer Schock hervorbringen kann, stieg in ihr auf. Vor ihr, auf dem steinigen Boden des Weinkellers, lagen die beiden Männer, die sie mehr als alles andere liebte. Walter Jordan hatte die Augen geschlossen, doch ein Stöhnen drang aus seiner Kehle. Von der Stirn lief ihm ein dicker Streifen Blut über die Augen. Seine Hand umklammerte eine Axt, an deren Scheide Blut und dunkle Haare klebten.

Wenige Meter neben ihm lag Jonah auf dem Bauch, die Glieder verrenkt, wie eine zerbrochene Puppe. Sein Hinterkopf war zerschmettert. Blut und Hirnmasse quollen zwischen den dunklen Haaren hervor.

Amber starrte auf die Wunde, doch sie fühlte nichts. Gar nichts. Es war, als wäre Jonahs Kopf ein leckes Gefäß, aus dem ein ganzes Leben herausfloss. Ihr war weder kalt noch warm, sie fühlte sich weder lebendig noch tot, spürte einen Nebel, der sie von allem abschnitt.

Ein Fliege surrte heran. Als sie sich auf der blutigen Masse, die einst Jonahs Hinterkopf gewesen war, niederließ, schrie Amber auf.

«Die Fliege!», keuchte sie. «Die Fliege soll weg.»

Immer wieder wiederholte sie diese Worte, als wäre die Fliege schuld an allem, was passiert war.

Plötzlich spürte sie einen Arm um ihre Schulter, fühlte sich an eine Brust gepresst.

«Sieh nicht hin. Es ist besser, wenn du nicht hinsiehst.»

Amber erkannte die Stimme von Steve Emslie. Sie löste sich von ihm und starrte ihn an. «Was ist hier geschehen?», fragte sie, wollte sie fragen, doch ihre Stimme brach.

«Ich weiß es nicht. Da war der Kampf. Und dein Vater schrie: ‹Lass meine Tochter in Ruhe!› Jonah packte ihn und schüttelte ihn, doch plötzlich hatte dein Vater eine Axt in der Hand und schlug auf Jonah ein. Ich riss ihn weg, doch er war wie rasend. Ich wusste mir keinen Rat, als deinen Vater niederzuschlagen, um den Jungen zu retten. Es war zu spät. Der Junge war bereits tot.»

«Willst du damit sagen, dass mein Vater Jonah erschlagen hat?», fragte sie fassungslos.

Steve nickte. «Es tut mir leid, Amber. Ich konnte es nicht verhindern.»

«Wo war der Hund?», fragte Amber und wusste nicht, wie diese Frage in ihren Kopf gekommen war. Als wäre der Hund wichtig! Als hätte es irgendetwas zu bedeuten, dass er nicht mehr im Keller war.

«Wo war der Hund?», wiederholte sie.

Steve zuckte mit den Achseln. «Ich weiß es nicht. Ich habe nicht darauf geachtet. Mein Gott, Amber, hier ist gerade ein Mensch zu Tode gekommen, und du fragst nach dem Hund!»

Amber erwiderte nichts. Doch ihren Blick hielt sie fest auf Steves Gesicht gerichtet. Sie wartete auf eine Antwort.

«Ich weiß nicht, wo der blöde Köter war», entgegnete Steve. Amber sah die dicke Ader auf seiner Stirn anschwellen und konnte sich nicht erklären, warum er plötzlich so zornig wurde.

«Wahrscheinlich wurde die Tür während des Kampfes aufgestoßen, und der Hund lief hinaus oder was weiß ich!»

Amber nickte. Dann öffnete sie die Tür und rammte einen Keil unter das Holzblatt. Einen kurzen Augenblick lang hatte sie das Gefühl, als löse sich hinter dem nahen Baum ein Schatten und huschte in die Dunkelheit, doch sie achtete nicht darauf und ging zurück. Das kalte Mondlicht fiel in den Weinkeller und genau auf das Gesicht ihres Vaters. Er bewegte sich, stöhnte, hielt sich den Kopf, richtete sich auf und starrte auf die Axt in seiner Hand.

«Was ... was ist geschehen?», fragte er benommen und sah Hilfe suchend zu Amber.

Amber starrte ihn an, unfähig, etwas zu sagen. Ihre Hand aber wies auf Jonah.

Walter Jordan rappelte sich hoch, trat zu dem Jungen und rüttelte an seiner Schulter.

«Mein Gott, was war hier los?», fragte er und sah diesmal zu Steve Emslie.

Der Verwalter breitete die Arme aus und schüttelte den Kopf. Dann fragte er: «Warum haben Sie ihn getötet? Warum haben Sie ihn erschlagen? Mein Gott, er war doch nur ein Junge. Er war doch noch so jung!»

Walter riss vor Entsetzen die Augen auf. Sein Mund öffnete sich, aber aus seiner Kehle kam kein Laut. Er sah von Amber zu Jonah, dann presste er eine Hand auf seine Brust.

«Ich habe ihn getötet?», flüsterte er leise. «Ich habe ihn getötet!», sagte er lauter und voller Abscheu und ließ die Axt fallen.

Amber war plötzlich weiß wie eine Wand geworden. Sie schwankte und wäre gefallen, hätte Steve sie nicht gehalten und auf einen Schemel gedrückt.

Dann ging er zu Walter Jordan, fasste ihn an der Schulter und sagte: «Wir müssen ihn wegschaffen. Niemand weiß, dass er hier gewesen ist. Wenn wir ihn nicht wegbringen, gibt es Krieg mit den Aborigines in ganz Barossa Valley. Und Sie kämen wegen Mordes ins Gefängnis.»

«Aber ... aber ... sollten wir nicht einen Arzt?», stammelte Walter Jordan und starrte auf den toten Jungen.

«Nein. Kein Arzt. Er ist tot. Jeder hier weiß, dass der Junge seit Wochen verschwunden ist. Es wird ihn niemand vermissen. Wir müssen ihn begraben. Wir müssen schweigen, wenn wir Schlimmeres verhüten wollen. Die Macht Orynangas ist groß. Er wird Ihnen den Fluch des weißen Knochens schicken, wenn er erfährt, dass der Junge getötet worden ist.»

Steve Emslie bückte sich, packte Jonah unter den Armen und hob seinen Oberkörper an.

«Schnell, nehmen Sie die Beine. Wir schaffen ihn an den Rand der Weinberge. Dort ist bereits gelesen. Vor dem nächsten Frühjahr wird dort niemand etwas zu suchen haben. Los, jetzt kommen Sie doch.»

Jordan stand wie betäubt auf und griff nach Jonahs Beinen. Gemeinsam schafften sie den Toten aus dem Keller. Amber saß noch immer auf dem Schemel. Sie war unfähig, sich zu bewegen, hatte das Grauen noch nicht in aller Deutlichkeit erfasst. Doch als der Hund hereinkam und Jonahs Blut aufleckte, nahm sie den Schemel und schlug damit nach dem Tier. Dann lief sie hinaus, lief ihrem toten Liebsten hinterher.

Der Verwalter und Jordan hatten bereits damit begonnen, eine Grube auszuheben. Jonah lag auf dem Boden, seine toten Augen starrten den Mond an.

Amber kniete sich neben ihn, nahm sein Gesicht in ihre Hände und sprach leise auf ihn ein. Es waren sinnlose Worte, die sie sagte: «Bald ist alles gut, Jonah. Bald sind wir zusammen. Dann kann niemand mehr kommen und uns auseinanderreißen. Bald ist alles gut.»

Sie setzte sich, zog den toten Leib auf ihren Schoß, wiegte ihn hin und her und sang dabei ein Schlaflied, das sie bei den Aborigines oft gehört und das Aluunda ihr so ähnlich als Kind vorgesungen hatte.

Walter Jordan sah zu Amber und schlug die Hände vor das Gesicht. «Oh, mein Gott, was habe ich getan!», flüsterte er.

Amber hielt den toten Jonah noch immer. Sie klammerte sich an ihn, sprach mit ihm, kniete neben der Grube und hielt seine Hand, als könne sie noch irgendetwas lindern. Steve zog sie schließlich weg und bedeckte das heimliche Grab mit Erde und Weinlaub.

Walter ging zu seiner Tochter, die auf dem Boden saß und noch immer das Schlaflied sang. Er zog sie hoch, zog sie in seine Arme.

«Es tut mir leid», sagte er und drückte damit noch lange nicht aus, was wirklich in ihm vorging. Gab es überhaupt Worte dafür?

Amber erwiderte nichts. Sie hing mehr tot als lebendig in seinen Armen, summte noch immer das Schlaflied. Sie bemerkte nicht einmal die Tränen, die ihrem Vater über das Gesicht liefen.

Und sie bemerkte auch Orynanga nicht, der ganz in der Nähe stand und einen weißen Knochen in der Hand hielt. Es war der Knochen der Rache, der schlimmste Fluch der Aborigines. Ein jeder, auf den der weiße Knochen zeigte, war des Todes. Innerhalb weniger Tage starb er. Jeder im ganzen Land fürchtete nichts mehr als den Knochen der Aborigines. Es gab kein Entkommen. Doch solange das Gut Carolina Cellar bestand, solange die Aborigines darauf wohnten, war der Knochen noch nie auf einen Menschen gerichtet worden. Heute aber war es so weit. Der Fluch der Aborigines war geweckt und hatte den Tod zur Folge.

Orynanga schloss die Augen und rief lautlos seine Ahnen an. Er rief die Regenbogenschlange, die Mutter allen Seins, rief den Damala-Ahnen, das Sinnbild seines Totems, dann hob er den Arm, doch im selben Augenblick kam der Hund gerannt, sprang direkt in die Bahn des Fluches. Und plötzlich war der alte Aborigine wie vom Erdboden verschluckt.

7

In der Nacht träumte Amber von Jonah. Sie waren in der Jagdhütte, und sie waren nackt. Jonah kniete zwischen Ambers gespreizten Beinen. Doch er kniete dort nicht wie ein Mann, und sie erwartete ihn nicht wie eine Frau. Es war eher so, als hätte sie ihn gerade geboren oder zu seinem Schutz vor ihrem Schoß platziert. An der Quelle des Lebens.

Sie sah ihn an, aber plötzlich veränderte er sich vor ihren Augen. Aus dem jungen Mann mit den von keinem Unheil getrübten blanken Augen, der festen Haut, dem straffen schlanken Leib und dem vollen dunklen Haar wurde ein alter Mann. Zuerst ergraute sein Haar, stand vom Kopf ab, wuchs aus den Ohren, aus den Nasenlöchern. Dann verlor die Haut ihre Straffheit. Er beugte sich über sie, und Amber sah das fallende, hängende, großporige Fleisch seiner Wangen, die sein Gesicht veränderten und ihm den Ausdruck der Stärke nahmen. Seine Lippen kräuselten sich wie Blütenblätter, die von Ungeziefer befallen waren. Der Hals zog sich in Falten, an der Kehle bildete sich eine Haut, die an gerupfte Hühner erinnerte. Seine Brust begann zu wachsen und zugleich zu welken. Schlaffe Altmännerbrüste mit dunklen, harten Warzen, die wie leere Tüten nach unten fielen. Die Muskeln, die seinen Leib gestrafft hatten, verschwanden und machten schlaffer, lederiger Haut Platz. Jonah lächelte, und während des Lächelns wurden seine Zähne gelb und fielen aus, bis nur noch ein roter, entzündeter Zahnfleischrand zu sehen war. Seine Ohren wuchsen, die Nasenlöcher weiteten sich, die Hände wurden zu Krallen.

Amber sah ihn an, und ihr Gesicht blieb unberührt von Jonahs Verfall. Sie sah ihn mit den Augen der Liebenden, die nicht anders konnte, als Jonah schön zu finden. Immer und in jedem Zustand. Sie wollte nach ihm greifen, ihm die schlaffen Wangen streicheln, an den welken Altmännerbrüsten saugen, ihm die Ohren kraulen, doch ihre Hand erreichte ihn nicht.

Ein Abstand, eine Grenze, die sich kalt und glatt wie Glas anfühlte, stand zwischen ihnen. Sosehr sie sich auch bemühte, sie erreichte ihn nicht. Jonah musste allein altern, allein sterben. Und sie war allein jung und wartete allein auf das Alter und den Tod.

Der Wind, der die hölzernen Läden gegen das Fenster schlug, weckte sie. Plopp … plopp … plopp, der immer gleiche Rhythmus. Wie bei einem Totentanz.

Dachte sie dies, weil alles, was jetzt um sie herum geschah, mit dem Tod in Verbindung stand?

Sie wusste es nicht. Langsam erhob sie sich aus dem Bett, ganz vorsichtig bewegte sie sich, als fürchtete und hoffte sie zugleich, ihre Knochen wären aus Glas und würden bei der geringsten Belastung zersplittern.

Der Traum kam ihr in Erinnerung, doch die Erinnerung an den gestrigen Tag hatte sich noch nicht sehr tief in ihr Gedächtnis eingebrannt. Nur ein Gefühl war da, ein Gefühl des Grauens und der uferlosen Einsamkeit. Amber sah Jonah vor sich als alten Mann. Sie stand neben dem Bett, drückte eine Hand ins Kreuz, als hätte sie Schmerzen oder wäre vom Leben so gebeugt, dass der aufrechte Gang ohne Anstrengung nicht mehr möglich war. Wie eine alte Frau schlurfte sie zum Spiegel und erwartete, darin das Bild einer alten Frau zu sehen.

Sie sah das Gesicht, das sie kannte. Sie sah genauso aus wie gestern. Vielleicht waren die Augenschatten ein wenig dunkler, ansonsten war alles wie immer.

Amber schüttelte den Kopf. In der Nacht waren ihre Träume zerbrochen, war ihre Zukunft gestorben, ihre Liebe ausgelöscht worden. Alles, was ihr wichtig gewesen war, hatte sich verändert. Nur sie nicht. Nicht ihr Spiegelbild.

Hass stieg in ihr auf. Hass auf das Spiegelbild, das sie zu verhöhnen schien. Gab es so etwas? Konnte man das Spiegelbild hassen? Ja, so war es. Amber hasste ihr Gesicht im Spiegel. Sie hatte erwartet, dass ihr Haar über Nacht ergraut wäre. Wenigstens das. Es hätte sie getröstet. Aber ihr Haar war braun und glänzend geblieben.

Das Spiegelbild kam ihr wie eine Lüge vor, eine himmelschreiende Gemeinheit, eine grausame Verspottung. Sie nahm einen Kerzenleuchter aus Messing von einer kleinen Schleiflackkommode und warf ihn nach ihrem Bild. Sie schloss die Augen dabei und zuckte unter dem Aufprall zusammen. Amber hatte erwartet, dass sie Schmerzen empfinden würde, wenn ihr Spiegelbild in Scherben sprang, doch sie spürte nichts. Sie sehnte sich nach dem Schmerz. Der Schmerz wäre ihr ein Trost gewesen, ein Ausdruck dessen, was sie noch immer nicht begriffen hatte. Der Schmerz wäre ihr ein Gefährte gewesen. Aber selbst der Schmerz hatte sie verlassen. Sie war leer. Ohne Gedanken, ohne Gefühle, ohne Sinn. Amber öffnete die Augen. Ihre Sehnsucht nach dem Schmerz war so groß, dass sie zum Spiegel trat und mit der bloßen Faust in den letzten Rest unzerbrochenes Glas schlug. Blut quoll aus mehreren Wunden. Über ihren Handballen zog sich ein tiefer Riss. Doch Amber spürte noch immer nichts. Ihr war nur ein wenig übel. Sie trat einen Schritt zurück, sah auf ihre Hand, von der das Blut auf den Boden tropfte. Sie war nicht fähig, irgendetwas zu tun, weil ihr einfach nicht einfallen wollte, was zu tun wäre.

Plötzlich erklangen Schritte, jemand klopfte an ihre Tür, rief ihren Namen. Dann stand Aluunda im Raum. Sie sah auf Ambers Hand, griff nach dem Tuch, das sie sich um den Bauch gebunden hatte, und riss es in Streifen. Sie sprach kein Wort dabei, nahm einfach nur Ambers Hand, suchte nach Glassplittern in den Wunden und wickelte die Stoffstreifen um ihre Hand.

Dann zog sie Amber an ihre warmen, weichen, großen Brüste und wiegte sie hin und her. «Du bist noch so jung», murmelte sie. «Ich beneide dich nicht um deine Jugend. Du hast noch so viele schreckliche Erfahrungen vor dir.»

«Und ich», schluchzte Amber, «bedauere dich um dein Alter. Deine Augen haben schon alles Schlechte gesehen.» Sie hielten einander fest, die eine gefangen in ihrer einsamen Jugend, die andere gefangen im einsamen Alter.

Es dauerte noch eine ganze Weile, ehe Aluunda Amber bewegen konnte, zum Frühstück hinunterzugehen. Als Amber ihren Vater sah, seine gebeugten Schultern und sein Haar, das ihm über Nacht grau geworden war, fiel ihr wieder ein, dass er es war, der Jonah getötet hatte.

Das «Guten Morgen» blieb ihr im Hals stecken. Sie suchte in sich nach Worten, aber sie fand keine. Was sollte sie dem Mann sagen, der ihren Liebsten getötet hatte und doch das Einzige war, das sie auf der Welt noch besaß? Nein, sie wünschte nicht, dass sein Morgen ein guter Morgen sein würde.

Langsam und mit schweren Schritten ging sie näher, setzte sich ihm gegenüber. Er sah sie an, als wäre er es, der das Liebste verloren hatte. Seine Augen waren ohne Glanz mit roten Rändern und schwarzen Schatten. Er wirkte, als hätte er über Nacht sämtliche Spannkraft verloren, ja, er wirkte wie der alte Jonah aus Ambers Traum. Er sah sie an und wartete auf ein Wort, doch es gab kein Wort.

Schließlich senkte er den Blick, griff über den Tisch nach ihrer Hand und hielt sie. «Amber», murmelte er. Nur dieses eine Wort.

Amber hätte «Ja, Vater» oder nur «Vater» sagen müssen, doch dieses Wort gab es nicht mehr für sie. Sie ließ ihm die Hand. Lange saßen sie schweigend, dann sah der ergraute Mann seine Tochter an. «Ich wollte es nicht. Könnte ich ihn aufwecken und mein Leben dafür geben, bei Gott, ich täte es.»

Sie sah ihn an, fand in der Leere seiner Augen den Vater wieder. Sie glaubte ihm. Bei Gott ja, sie glaubte ihm. Doch was nützte das? Jonah blieb tot.

Die Tür ging auf, und Steve Emslie kam herein. Er blieb auf der Schwelle stehen und sah fragend von Walter Jordan zu Amber und zurück.

«Was gibt es?», fragte der Gutsbesitzer. Es war ihm anzumerken, dass er froh war über die Störung.

«Ähem», räusperte sich Steve und hatte Mühe, die richtigen Worte zu finden.

Amber schien es, als wären die Worte mit Jonah ins Grab gesunken. Ein jeder hatte die Sprache verloren, vermochte nicht mehr, sich auszudrücken, sich einem anderen verständlich zu machen.

Was für ein Unglück, dachte sie, doch sie hatte zu diesen, ihren eigenen Gedanken, einen großen Abstand. Was für ein Unglück, wenn die Worte verloren gehen und keiner mehr den anderen versteht.

«Wir … wir … sollten wohl nach den Stöcken sehen», stotterte Emslie und fügte leise hinzu: «Das Leben muss weitergehen. Am besten wäre es, wir würden den gestrigen Abend vergessen. Niemand darf etwas merken. Wir sollten einfach weitermachen wie immer. So tun, als wäre nichts geschehen.»

Walter Jordan seufzte: «Keiner von uns wird vergessen,

was gestern geschehen ist.» Dann fragte er: «Wo sind die Aborigines? Es ist ihre Aufgabe, nach den Stöcken zu sehen.»

Steve Emslie zog die Schultern hoch und breitete die Arme aus. «Sie sind weg. Alle. Die Feuerstellen sind kalt, die Hütten verlassen.»

Walter Jordan nickte. «Ja. Ich dachte es mir.»

Er sah noch bekümmerter aus, und Amber erinnerte sich an einen Glauben der Eingeborenen, der besagte, dass böse Geister dort lebten, wo einer der ihren gewaltsam zu Tode gekommen war.

«Sie wissen es», sagte sie.

Walter Jordan nickte. «Sie wissen es immer. Selbst Aluunda und Saleem wissen alles, obwohl sie nicht dabei gewesen sind.»

Dann erhob er sich schwer vom Tisch. «Kommst du mit, Amber?», fragte er, doch sie schüttelte nur den Kopf.

Als Aluunda das Frühstücksgeschirr abgeräumt hatte, ging Amber zu ihr in die Küche. «Ich würde gern einen Teebaum pflanzen», sagte sie. «Woher bekomme ich Samen oder eine junge Pflanze?»

«Einen Teebaum? Warum?»

Amber lächelte ein so trauriges Lächeln, dass Aluundas Herz im Leib zu weinen begann.

«Ihr Eingeborenen sagt ‹Schnee im Sommer› zu den Teebäumen, nicht wahr?»

«Ja», erwiderte Aluunda. «Schnee im Sommer. Wir nennen sie so, weil sie im Sommer ganz mit weißen Blüten bedeckt sind und aussehen, als trügen sie die schwere Last des Schnees. Hier in der Gegend gibt es viele Damalas, die sich nur zu gern auf den Teebäumen ihre Nester bauen.»

«Schnee im Sommer», wiederholte Amber. «Wenn im Sommer Schnee fällt, sterben viele Pflanzen und Tiere. Schnee im Sommer bedeutet Tod.»

Aluunda sah Amber nachdenklich an. Sie hielt ein Geschirrtuch in der Hand und wischte damit ein ums andere Mal über die Spüle.

«Ich werde dir einen Setzling bringen», sagte sie. «Ich muss sowieso nach Tanunda. Vielleicht kommst du mit?» Sie hatten nicht ein einziges Wort über die Geschehnisse der letzten Nacht, über Jonahs Tod gesprochen. Doch Amber war klar, dass Aluunda und auch Saleem Bescheid wussten.

Niemand wusste, woher, doch es war so.

Amber schüttelte den Kopf. «Nein. Ich möchte lieber hierbleiben», sagte sie. Dann ging sie langsam hinaus aus dem Haus und hinein in den hellen Tag, der sich eine fröhliche Sonne an den Himmel gehängt hatte und nichts vom Unglück zu wissen schien.

Steves Leute, vier Weiße, die seit Jahren auf dem Gut beschäftigt waren, winkten ihr zu, und Amber winkte zurück. Amber folgte einfach ihren Füßen. Sie hatte kein Ziel, und doch schien es gar nicht anders möglich, als dass sie zu der Stelle ging, an der ihr Liebster begraben lag. Damalas kreisten kreischend über der Stelle. Ihre Schatten warfen Kreuze auf das heimliche Grab. Kreuze wie damals, als Amber mit Maggie, Jake und Scotty im Café gesessen hatte. Wie lange war das her? Wenige Wochen erst, doch schienen Jahrhunderte dazwischenzuliegen. Amber setzte sich, schlang die Arme um die Knie und summte leise vor sich hin. Ihre Gedanken kehrten in die Vergangenheit zurück. Sie sah sich mit Jonah, erinnerte sich an ihre Wünsche, Träume und Sehnsüchte, an ihren Glauben an die Zukunft. Sie hatte keine Zukunft mehr. Als ihr klar wurde, dass ihr Leben von nun an in der Vergangenheit stattfinden würde, dass sie die meiste Zeit in der Erinnerung leben würde, bekam diese

Vergangenheit eine ungeheure Bedeutung. Sie hatte begriffen, dass nichts, nicht ein einziger, winziger Augenblick, wiederholbar war. Alles Erlebte war vergangen, unwiederbringlich. Sie saß mit angezogenen Knien und betrauerte die Möglichkeiten, die sie nun nicht mehr hatte, betrauerte die Illusion, die sie von der Zukunft und der eigenen Unsterblichkeit gehabt hatte.

Der Gedanke war neu. Bisher hatte sie geglaubt, unendlich viel Zeit zu haben. Nichts hatte Eile, das Leben war so lang. Es würde reichen für alles, was sie sich vorgenommen hatte. Der Tag war ein winziger Zeitabschnitt ohne große Bedeutung. Eine Stunde war ein Flügelschlag, eine Minute nicht mehr als ein winziger Hauch, der unbemerkt vorüberging.

Eine Weile später, Amber hatte auch für die Zeit kein Gefühl mehr, kam Aluunda zu ihr. Sie brachte einen kräftigen Teebaumsetzling und eine Kanne mit Wasser. «Du wirst ihn allein pflanzen wollen, nicht wahr?», fragte sie. Amber nickte.

Aluunda ging zurück zum Haus, doch nach einigen Schritten wandte sie sich um und sagte: «Es ist ein Brief für dich gekommen.»

Der Jubel, mit dem der Brief geschrieben war, sprang Amber an wie ein wildes Tier, kaum dass sie ihn nur geöffnet hatte.

«Wir heiraten!!! Es ist so weit!!!!»

Amber las die Einladung, las, dass der Hochzeitsgottesdienst am kommenden Samstag um vierzehn Uhr in der katholischen Kirche in Tanunda stattfinden sollte und danach ein Fest auf dem Besitz des Weizenhändlers. Amber las, wie sehr Maggie und ihr zukünftiger Mann sich freuten, gerade sie, ihren Vater und sogar Steve Emslie auf diesem Fest begrüßen zu dürfen.

Wortlos ließ sie das Blatt sinken und reichte es ihrem Vater. Sie standen in der Küche und warteten auf das Abendbrot.

Amber hatte darauf bestanden, alle Mahlzeiten dort einzunehmen. Sie brauchte Aluundas Nähe, um ihren Vater ertragen zu können.

Walter setzte sich an den blank gescheuerten großen Holztisch, fingerte umständlich nach seiner Lesebrille, dann studierte er das Schreiben und reichte es an Steve Emslie weiter, der bereits auf der gepolsterten Wandbank saß. Als er fertig gelesen hatte, sagte er: «Ich freue mich über die Einladung. Endlich einmal wieder ein Anlass zum Feiern. Wir sollten hingehen.»

Walter sah zu Amber. «Wir müssen hingehen», sagte er leise. Amber nickte.

Der Samstagmorgen hatte zur Hochzeit gerüstet. Die Sonne funkelte wie ein großer goldener Schmuckstein am blauen Kleid des Himmels.

Walter Jordan stand im Anzug neben Amber. Er trug einen Strohhut, hatte die Hand über die Augen gelegt und blickte prüfend zum Himmel empor.

«Es wird nicht mehr lange so schön bleiben», sagte er und zeigte auf den Horizont. Und richtig, ganz weit hinten waren helle Streifen zu sehen, die sich wie blassrosa Rauchsäulen vor den Horizont drängten. «Es wird Sturm geben.»

«Hoffen wir, dass die Feier dadurch nicht beeinträchtigt wird», antwortete Amber. Ihr Mund sprach noch immer nur Worte, die sie nicht selbst dort hineingelegt zu haben schien, Worte, die einfach da waren, aber mit ihr und ihrer Seele nichts zu tun hatten. Wie sollten sie auch? Amber hatte ihre Seele verloren. Alles in ihr war Gleichgültigkeit.

Der Vater nahm sie beim Arm. «Komm», sagte er. «Wir müssen gehen. Steve wartet schon.»

Amber setzte sich in Bewegung, aber es war nicht sie, die ihren Füßen den Befehl zum Laufen erteilt hatte.

Sie waren einige Schritte gegangen, da blieb Walter noch einmal stehen. «Meinst du wirklich, dass dieses Kleid das Passende für eine Hochzeitsfeier ist?», fragte er und sah an ihr herab.

Amber zuckte mit den Schultern. Sie trug das Kleid, das ihr am Morgen als Erstes in die Hände gefallen war. Hätte man ihr die Augen verbunden und sie nach der Farbe gefragt, sie hätte nichts zu antworten gewusst. Ja, es war wirklich so. Amber wusste nicht, was sie da am Leib trug.

Sie sah an sich herab und entdeckte ein grünes Sommerkleid, das mit weißen Streublumen bedeckt und kragenlos war und einen weißen Gürtel hatte. In der Hand trug sie eine Strickjacke aus heller Wolle, die sie am Abend, wenn es kühl wurde, tragen würde.

«Das Kleid ist gut, wie es ist», sagte sie und ging langsam weiter. «Es gibt niemanden, für den ich mich schön machen muss.»

Walter senkte den Kopf. Plötzlich hatte Amber das Bedürfnis, ihn zu verletzen. Das Bedürfnis war so mächtig, dass sie nicht genügend Kraft aufbrachte, ihm zu widerstehen.

«Kein Mann soll mich jemals wieder begehren. Warum soll ich mich schön machen? Für wen?», stieß sie hervor. «Es wird in meinem Leben niemals wieder einen Mann geben. Und du», sie zeigte mit dem Zeigefinger auf ihren Vater, «bist schuld daran.»

Es war das erste Mal, dass sie mit ihm über Jonah sprach. Nein, natürlich sprach sie auch jetzt nicht über den toten Liebsten, doch sie sprach mit seinem Mörder, sprach von Schuld.

Der Vater zuckte zusammen. «Ich weiß, dass du mir niemals verzeihen kannst, Amber. Glaub mir, ich kann mir ebenfalls nicht verzeihen. Mit der Schuld leben zu müssen, ist wohl schwerer, als zu sterben.»

Amber erstarrte. Sein letzter Satz hatte sie entsetzt. Sie begriff, dass ihr Vater wirklich am liebsten tot wäre.

Sie stürzte zu ihm, umarmte ihn. «Nein, Vater», flüsterte sie. «Nicht auch noch du. Ich könnte es nicht ertragen. Es ist so schon schwer genug.»

Er presste sie an sich, zerdrückte sie beinahe und erwiderte rau: «Ich werde immer für dich da sein, Amber. Ich stehe in deiner Schuld.»

Plötzlich konnte Amber die Worte in ihrem Mund fühlen. Sie konnte sie denken, bevor sie sie aussprach: «Wir alle tragen Schuld.»

Dann löste sie sich behutsam von ihrem Vater und strich ihm über die schlaffen Wangen. Hand in Hand gingen sie zum Auto, an dem Steve Emslie sie bereits erwartete. «Wo ist eigentlich dein Hund?», fragte sie den Verwalter. Steve lachte auf, und es klang künstlich. «Warum fragst du immer nach dem Hund?»

«Ich weiß nicht. Er ist immer da, wo du bist, aber ich habe ihn in den letzten Tagen nicht gesehen.»

Steve pfiff auf zwei Fingern, und aus einer Ecke kam der Mischlingshund heran. Er setzte ein Bein vor das andere, als hätte ihm jemand alle vier Pfoten gebrochen. Fast schon kroch er auf dem Bauch zu seinem Herrn. Seine Augen waren trüb. Er winselte und jaulte leise, hob den Kopf, um seinem Herrn die Hand zu lecken, doch die Hand war zu weit oben, und der Hund brach zusammen, ohne sein Ziel erreicht zu haben.

Amber spürte eine Genugtuung, die sie sich nicht erklären konnte. Konnte man ein Tier hassen? Konnte man es, wenn man nicht wagte, dessen Herrn zu hassen?

Amber hätte den kranken, gequälten Hund am liebsten getreten. So lange, bis er blutend zusammenbrach. Es verwunderte sie, dass sie so dachte, denn es entsprach ihrem Wesen nicht, Tiere oder überhaupt irgendwen zu quälen.

112

Sie begnügte sich mit einem hässlichen Lachen. «Ich hoffe, er stirbt», sagte sie.

Steve sah sie getroffen an. «Ich weiß nicht, was mit ihm ist. Seit dem Abend des Weinfestes ist er krank. Er frisst nicht mehr. Manchmal läuft Blut aus seiner Nase.»

Amber lachte noch immer. «Vielleicht haben die Aborigines ihn auf dem Gewissen. Als Abschiedsgeschenk für dich.»

Sie hörte Steve mit den Zähnen knirschen und lachte noch lauter. Der Verwalter starrte auf den Hund, der elend zu ihm aufschaute und um den Tod zu flehen schien. Dann rief er einen der Arbeiter, der gerade in der Nähe zu tun hatte.

«Erschieß den Hund», befahl er. «Erschieß ihn, und begrab ihn hinter der Halle. Aber komm den Weinbergen nicht zu nahe. Ich möchte nicht, dass das Leichengift in die Reben geht.»

Amber lachte wieder, als sie diese seltsame und unglaubwürdige Begründung hörte. Sie sah auf den Hund, musste an sich halten, um nicht nach ihm zu treten.

Dann stieg sie in den Wagen, beanspruchte den Platz neben ihrem Vater wie eine Selbstverständlichkeit und verwies Steve auf die Rückbank.

Walter Jordan parkte den Wagen ganz in der Nähe der Kirche. Schweigend, als hätten sie nichts miteinander zu tun, gingen sie zur Kirche, grüßten nach rechts und nach links.

Amber setzte sich in eine der hinteren Bänke, direkt an den Rand. Sie hatte Maggie vorhin im Kreise der Brautjungfern, zu denen sie nicht gehörte, kurz gesehen. Das Glück hatte ihr Gesicht in die Breite gezogen. Sie winkte überlegen und selbstgerecht zu Amber herüber, die in ihrem grünen Kleid wie eine Distel zwischen weißen Rosen wirkte. Amber hätte ihr dieses Lächeln am liebsten aus dem Gesicht geschlagen. Plötzlich fiel ihr ein, dass es ein ungeschriebenes Gesetz gab, das grüne Kleidung auf Hochzeiten verbot. Die meisten Einwohner von Tanunda und Barossa Valley stammten aus England und Deutschland. Sie lebten schon lange in Australien, doch die Bräuche ihrer Heimat hatten sie nicht vergessen. Grüne Kleidung trug man nicht auf einer Hochzeit, weil grüne Kleidung Unglück brachte. Amber kannte diesen Aberglauben, und sie hielt sich für gewöhnlich an die Bräuche. Aber eine Frau, der das größte Unglück überhaupt widerfahren war, scherte sich wenig um das Unglück der anderen, schon gar nicht, wenn es nur spekulativer Natur war.

Unglück macht egoistisch. Unglück macht aus einem prallen, großen Herzen ein Herz, das so klein und schrumpelig ist wie eine Traube, die zu lange am Stock gehangen hat.

Amber verspürte eine große Genugtuung. Sie war unglücklich und nicht in der Lage, Maggie ihr Glück zu gönnen. Ihr erschlichenes Glück, das so austauschbar war wie der Bräutigam. Sie hatte Jonah geliebt. Sie hatte ihn sich nicht «geangelt», weil er vermögend und gut aussehend war. Warum war Jonah tot und Jake am Leben? Warum war Maggie glücklich und sie nicht?

Die junge Braut musste das grüne Kleid als Affront auffassen. Amber stand dort in ihrem Unglückskleid, und die Gäste starrten sie an, tuschelten miteinander und fragten sich, warum Amber ihrer Freundin kein Glück wünschen konnte.

Maggie war eine Braut wie aus dem Magazin. Ihr Kleid, angefertigt nur für diesen einen Tag, musste ein Vermögen gekostet haben. Es war weiß und über und über mit Spitzen besetzt. Der Schleier reichte bis zum Boden und wurde oben vom Jungfernkranz gehalten.

Amber hatte schon mehrmals festgestellt, dass sie die Braut auf einer Hochzeit kaum wieder erkannte. War es die Kleidung oder der neue, gerade errungene Familienstand, der die Freundinnen so veränderte, ihnen eine lächerliche Würde verlieh, die von den Frauen mit Rührung verwechselt und beweint wurde? Sie wusste es nicht, doch sie ahnte die Lüge und den Selbstbetrug, der dahintersteckte.

Ihre Blicke huschten durch die Kirche, die mit Blumen und roten Bändern geschmückt war.

Scotty, Jakes Cousin, hatte sie erkannt und kam auf sie zu. «Wie geht es dir?», fragte er.

Ich muss jetzt lächeln und sagen, dass es mir gut geht, dachte Amber. Niemand darf etwas merken, sonst muss mein Vater ins Gefängnis. Ab sofort werde ich mich durch das Leben lügen müssen. Zuerst werde ich nur die anderen belügen, aber bald schon auch mich selbst. Und das Schlimmste daran ist, dass ich es nicht einmal bemerken werde, und irgendwann wird die Lüge zur Wahrheit geworden sein.

«Es geht mir gut, Scotty», sagte sie und lächelte, so breit sie nur konnte. «Freut mich, dich wiederzusehen.»

«Ehrlich?», fragte der junge Mann.

Amber nickte. «Ja. Ehrlich. Ich hätte gern im Pub auch mal mit dir getanzt.» Sie lachte. «Aber ich kann schließlich keinen Jungen zum Tanzen auffordern, nicht wahr?»

Scotty strahlte. «Ich habe mich nicht getraut», gab er zu. «Du hast so schön ausgesehen, und alle Jungs haben über dich gesprochen. Außerdem hast du einen Collegeabschluss und bist Winemaker. Ich dachte nicht, dass du dich mit einem abgegeben würdest, der kein Diplom und auch sonst nicht viel vorzuweisen hat.»

Orgeltöne brausten durch das Kirchenschiff und gaben das Signal. Alle hasteten zu ihren Plätzen und setzten eine gesammelte und feierliche Miene auf. Scotty nickte Amber zu, dann lief er nach vorn, um seinen Platz bei der Familie des Bräutigams einzunehmen.

Amber betrachtete den gesamten Hochzeitsgottesdienst wie jemand, der darüber zu berichten hat. Sie vermerkte jede Einzelheit an Maggies Kleid, sah den leisen Hauch von Überdruss schon jetzt in Jakes Gesicht, den Stolz von Maggies Mutter und die Unzufriedenheit von Jakes Vater, der sich unter den geladenen Gästen umsah, als suchte er nach einer Frau, die besser zu seinem Sohn und Erben passte als diese Maggie, die zwar recht hübsch, aber weder besonders klug noch besonders vermögend war. Er sah aus wie ein Mann, der bei einem Geschäft über den Tisch gezogen worden war.

Als die Gäste schließlich hinter dem frisch vermählten Paar aus der Kirche traten und sich die Tränen der Rührung oder des Bedauerns über das eigene Unglück ihrer Ehe aus den Augen wischten, kam Wind auf.

Amber sah in die Ferne und erblickte den Sandsturm, der aus der Wüste kam und direkt auf sie zuraste. Sie blieb stehen und betrachtete fasziniert die helle Sandsäule, die bis zum Himmel reichte und in deren Zentrum es ganz still war, wie sie wusste. Doch drumherum wirbelte alles, was der Sandsturm geraubt hatte: junge Bäume, Abfall, eine alte Plane und andere Gegenstände.

Ganz still stand Amber und wartete.

Plötzlich war er da. Der Sturm riss Maggie den Schleier vom Kopf und schleuderte ihn zum Himmel hinauf, dann zog er am Brautstrauß, den Maggie nicht hergeben wollte. Er heulte und brüllte wie ein gereizter Bär, übertönte jeden Ruf. Er zerrte an den Kleidern, rupfte die Frisuren der Frauen und schleuderte die Hüte der Männer durch die Luft. Es war aberwitzig anzusehen, wie die Braut mit dem Sandsturm um ein paar Blumen, die ohnehin dem Tod geweiht waren, kämpfte. Der Sturm ließ nicht locker, zauste die Blüten, riss die Köpfe ab. Er wirbelte auch um Maggies Jungfernkranz, sodass die

Nadeln, mit denen er gehalten wurde, sich lösten. Der Kranz rutschte über Maggies Stirn, bedeckte ihre Augen und fand erst auf der Nase Halt.

Amber stand unbeweglich, achtete weder auf ihr Kleid noch auf ihre Frisur. Sie betrachtete Maggie, und wieder überkam sie dieselbe Genugtuung wie vor dem Hochzeitsgottesdienst. Amber sah eine Braut, die den Jungfernkranz auf der Nase trug, der das Kleid vom Wind bis zur Hüfte hochgeschlagen war, die am Brautkranz festhielt wie an einem Versprechen.

Jake, der neben seiner Frau stand, starrte sie an, doch es schien ihm überhaupt nicht einzufallen, ihr zu helfen. Amber spürte wieder den leisen Überdruss, den er schon in der Kirche nicht hatte verbergen können.

Doch dann war alles vorbei. So plötzlich der Sandsturm auch gekommen war, so rasch fiel er in sich zusammen wie ein Betrunkener nach dem letzten Whisky.

Um die Hochzeitsgesellschaft herum lag verstreuter Müll. Die Braut stand da, ohne Schleier, und hielt nur noch ein paar geknickte Stängel ohne Blüten in den Händen.

Amber begann zu lachen, als sie Maggies Gesicht sah. Sie lachte und lachte und konnte gar nicht mehr aufhören. Maggie wandte sich ihr mit zornrotem Gesicht zu, stampfte mit dem Fuß auf und schrie: «Gönnst du mir den schönsten Tag in meinem Leben nicht?»

Dann warf sie den Strauß nach der Lachenden. Amber fing ihn auf. Es war ein Reflex. Plötzlich begann Maggie zu lachen. «Du hast den Brautstrauß gefangen. Du wirst die Nächste sein, die heiratet.»

Amber hörte das und ließ den Strauß fallen, als wäre er voller Dornen.

«Du bist die Nächste», schrie Maggie, und ihre Brautjungfern stimmten ein: «Du bist die Nächste!»

Bald riefen alle. «Du bist die Nächste, du bist die Nächste.»

Amber stand steif und schüttelte den Kopf. Sie starrte auf den gerupften Strauß. War das wirklich ein Zeichen? Die Menge brüllte lauter als der Sandsturm.

Hilfesuchend sah Amber zu ihrem Vater. Doch Steve war es, der sich plötzlich neben sie stellte, ihren Arm nahm und leise sagte: «Das Orakel hat sich noch nie getäuscht. Du wirst wahrhaftig die Nächste sein, die vor den Altar tritt. Das weiß ich so sicher, wie ich weiß, wer Jonah getötet hat.»

Ganz leise hatte er die Worte gesprochen, doch sie dröhnten in Ambers Kopf wie Kirchenglocken, die zum Trauergottesdienst riefen.

8

DIE NEUE ERNTE WAR BEREITS GEKELTERT. TAGELANG LIEF DIE Weinpresse, trennte den Saft von Kernen, Schalen und Stielen.

Amber hatte die Rückstände zusammen mit dem Most und Hefebakterien angesetzt, denn nur so gelangten die Tannine und die rote Farbe aus den Schalen in den späteren Wein. Maische nannte man diesen Sud.

Jeden Tag kostete sie ein wenig davon; er schmeckte wie schlecht gewordener Most. An einem Tag war sie zufrieden, am nächsten hatte sie den Eindruck, die Gärung ging zu rasch vor sich. Dann ließ sie den Maischetank kühlen. Nach zwei Wochen wurde das Gärverfahren abgebrochen, denn Amber hielt es an der Zeit, die Flüssigkeit abzupressen und in Fässer und Stahltanks zu füllen.

Walter Jordan hatte die Arbeit seiner Tochter genau beobachtet. Er war ein erfahrener Winzer, der sich ausgezeichnet auf die Weinherstellung verstand und dafür schon mit zahlreichen Preisen belohnt worden war. Er sagte nichts. Kein einziges Wort. Doch seine Miene verriet, dass er mit Ambers Arbeit zufrieden war. Auch er betrachtete jeden Tag die Maische, untersuchte die Farbe, schmeckte den vergorenen Most. Er hatte Amber angeraten, ein wenig mehr von den Hefebakterien zuzusetzen, damit die Maischung schneller und heftiger gärte, doch Amber hatte sich widersetzt. «Guter Wein braucht Zeit, ein guter Winzer braucht Geduld», hatte sie gesagt und Anweisungen gegeben, die Maische ein wenig zu kühlen, um die Gärung zu drosseln.

Nun war es so weit. Die Flüssigkeit wurde von den Arbeitern durch die Presse gedrückt, und danach wurde der junge Wein zum Ausbau in Fässer und Stahltanks gefüllt.

Der Teil des Weins, der in den Stahltanks reifte, sollte ein guter Tischwein werden. Der andere Teil reifte in Barriquefässern aus französischer und amerikanischer Eiche und bekam durch das Holz eine leicht rauchige Note. «Was meinst du, Amber?», fragte Walter Jordan. «Ist es ein gutes Weinjahr gewesen?»

Seit Jonahs Tod waren Amber und ihr Vater jedem persönlichen Gespräch ausgewichen. Nur über das Gut und den Wein redeten sie noch, alle anderen Themen wurden furchtsam vermieden.

Amber überlegte. Sie legte einen Finger an die Lippen und sah konzentriert und mit leicht zusammengekniffenen Augen in die Ferne. Es dauerte eine Weile, bis sie antwortete: «Der Ertrag ist gut. Wir haben von jedem Rebstock ungefähr eineinhalb Liter Most gewonnen. Nun ist der Boden ausgetrocknet und muss dringend aufgelockert und gedüngt werden. Ich schlage vor, wir setzen dem Rinderdung Stickstoff, Kali- und Phosphorsäure zu.»

Jordan runzelte die Stirn. «Bisher hat es gereicht, nur mit Kuhmist zu düngen.»

«Lass es mich versuchen, Vater. Rinderdung hat nicht genügend Mineralien. Nach der Trockenheit des letzten Sommers braucht der Boden sehr viel davon. Schick Steve nach Tanunda, um den Dünger zu holen.»

«Steve, ja», wiederholte Walter Jordan abwesend. Sein Gesicht legte sich in Falten, die Lippen wurden schmal.

«Was ist mit Steve?», fragte Amber.

«Wie?» Walter Jordan sah sie mit einem so traurigen Ausdruck an, dass Amber den Blick abwenden musste.

«Was ist mit Steve?», fragte sie noch einmal. Walters Blick

verlor sich am Horizont, und in Amber stieg eine leise Ahnung auf.

Sie dachte an die Tage nach Maggies Hochzeit, auf der sie den zerrupften Brautstrauß gefangen hatte. Seither war Steve auffallend oft in ihrer Nähe gewesen. Einmal hatte er sie allein im Weinkeller getroffen. Es war das erste Mal seit der grauenvollen Nacht, dass Amber sich wieder dorthin gewagt hatte. Ganz langsam hatte sie die Tür geöffnet und den Lichtschalter gedrückt. Sie hatte den Kopf ganz weit hochgereckt, um ja nicht an die Stelle sehen zu müssen, an der Jonah gestorben war. Doch dann konnte sie es nicht lassen. Ihr Blick folgte einem inneren Zwang. Schließlich kauerte sie sich an die Stelle, die Aluunda so gründlich geputzt hatte, dass nichts mehr zu sehen war. Mit der Hand streichelte sie den kalten Boden, aber sie konnte Jonah nicht mehr spüren. Plötzlich riss etwas in ihr. Sie konnte es geradezu hören. Ein Geräusch, als würde Seide reißen. Und gleichzeitig strömten die Tränen. Es war das erste Mal, dass sie so ungehemmt und ausschließlich um Jonah weinte. Von jetzt an würde er nur noch in ihrer Erinnerung leben.

Ein Arbeiter kam. Amber hörte seine Schritte, doch sie rührte sich nicht. Er stand in der Tür; sie sah seinen Schatten. Er bewegte sich, ging einen Schritt vor, dann einen zurück, und schließlich verschwand er.

Amber schämte sich nicht. Vor reinen Gefühlen und ihrem Ausdruck gab es keine Scham. Doch sie stand auf, weil sie ahnte, dass der Arbeiter durch ihren Anblick so hilflos geworden war, dass er ihr jemanden zu Hilfe schicken würde. Sie hatte recht. Kaum stand sie an dem riesigen, die ganze Gewölbewand einnehmenden Regal und drehte die Flaschen, in denen der Wein gärte, da kam auch schon Steve. «Was tust du da?», fragte er. In seiner Stimme klang kein Ärger, sondern eher Besorgnis.

121

«Ich bin der Winemaker», erwiderte sie spöttisch. «Und ich beschäftige mich gerade mit der traditionellen Flaschengärung, die zur Herstellung von Sekt angewandt wird.» Sie nahm eine Flasche nach der anderen und drehte sie ein klein wenig. Dann wandte sie sich um, warf den Kopf nach hinten und hoffte, dass das schummerige Kellerlicht die Spuren ihrer Tränen verbarg. Sie sah ihn an und versuchte dabei, so hochmütig zu wirken, wie es nur ging.

«Durch regelmäßiges Rütteln der Flasche lagern sich die Gärungsrückstände – das Depot – im Flaschenhals ab. Nach dem Abschluss der zweiten Gärung wird das Depot entfernt. Dies geschieht meist durch Einfrieren des Flaschenhalses. Beim Öffnen der Flasche schießt der Eispfropfen heraus.» Amber zitierte aus einem Lehrbuch, und sie achtete darauf, dass ihr Ton dem Ton einer Grundschullehrerin glich. Sie wusste, dass Steve einiges davon verstand und ihre Belehrungen ganz gewiss nicht nötig hatte.

Er schluckte. Auf seiner Stirn schwoll die Zornesader an, und Amber begann zu lachen. Sie wusste, dass er es hasste, wenn sie ihn auslachte. Er kam auf sie zu und trat so dicht an sie heran, dass feine Spucketröpfchen von seinen Lippen in ihr Gesicht flogen, doch sie wich nicht zurück.

«Wäre ich du, würde ich verdammt vorsichtig sein. Oder hast du vergessen, was in der Nacht nach dem Weinfest hier geschehen ist? Dein Vater, meine Liebe, hat einen Schwarzen umgebracht. Wenn auch niemand glaubt, dass die Schwarzen mehr wert sind als das gemeine Vieh, so gibt es doch Gesetze, die den Mord an einem solchen Vieh bestrafen. Dein Vater ist ein Mörder. Und seine Freiheit liegt in meiner Hand.»

Amber war blass geworden. Sie konnte es fühlen. Ihre Haut fühlte sich plötzlich feucht und kalt an.

«Was willst du damit sagen?», fragte sie.

Steve grinste und schob einen Kaugummi mit offenem Mund von der rechten in die linke Backentasche. «Solange ich meinen Mund halte, passiert deinem Vater nichts. Doch ich glaube, mir fehlt es an Anreiz, wenn ich daran denke, wie du mich behandelst.»

«Willst du damit sagen, dass du meinen Vater anzeigen würdest?»

Amber wurde es noch kälter bei diesen Worten, und sie musste die Kiefer fest zusammenpressen, damit die Zähne nicht laut aufeinanderschlugen. Sie versuchte in seinem Gesicht zu lesen. Steves Augen waren glasklar und hart. Sie erinnerten Amber an gefrorene Pfützen. Er hatte sie ein wenig zusammengekniffen und musterte Amber. Sie bekam Angst. Sein Kinn war ebenfalls hart und kantig, alles an ihm war hart und kantig. Unerbittlich. Sie wusste, dass er meinte, was er sagte.

«Ja, Amber, ich würde deinen Vater anzeigen. Ob ich es tue, hängt allein von dir ab.»

Amber zog die Augenbrauen hoch und öffnete den Mund, um zu fragen, was er damit meinte. Steve nutzte diesen Moment, um seine Zunge in ihren Mund zu bohren, als vermutete er dort eine Ölquelle.

Amber schmeckte Kaugummi, und sie war so dankbar, dass nichts an Steves Kuss sie an Jonah erinnerte. Nicht einmal der Geschmack. Steves Zunge war in ihrem Mund wie ein alter Spüllappen. Sie bekam kaum Luft und musste würgen. Sie spürte, wie Speichel von ihren Lippen troff, und sie ekelte sich, denn sie wusste, dass es nicht ihr Speichel war.

Am liebsten hätte sie ihn weggestoßen, aber er hatte ihr gerade klar gemacht, dass sie das nicht durfte. Von jetzt an, erkannte Amber, war sie ihm ausgeliefert. Was immer er von ihr wollte, er würde es bekommen. Sie konnte nicht zulassen, dass ihr Vater ins Gefängnis kam. Als er seinen Mund endlich von ihren Lippen löste, schnappte Amber nach Luft. Keuchend fragte sie: «War es das, was du wolltest?»

Steve lachte. «Das und noch viel mehr. Du wirst dich noch wundern. Und eines Tages wirst du dich daran gewöhnt haben, meinen Befehlen zu gehorchen.»

Amber warf den Kopf zurück und sog den Atem ganz tief ein. Doch als sie Steves lüsternen Blick sah, der auf ihren Busen gerichtet war, senkte sie den Kopf und verschränkte die Arme.

«Ich habe zu arbeiten», sagte sie mit der größten Kühle, zu der sie fähig war. «Und ich denke, du auch. Wir wollen doch nicht, dass Carolina Cellar den Bach runtergeht, nicht wahr?»

Steve grinste. «Nein, das wollen wir ganz gewiss nicht. Das Gut muss erhalten bleiben, das Leben geht weiter.» Dann wandte er sich um und stapfte nach draußen. Amber wandte sich wieder den Flaschen zu. Sie nahm eine und rüttelte daran, doch die Flasche entglitt ihren Händen, fiel zu Boden und zerbrach.

«Ich habe versagt», fluchte Amber, sah auf die Flasche, meinte aber etwas ganz anderes. «Vom ersten Tag meiner Rückkehr aus Adelaide an habe ich alles völlig falsch angepackt. Alles ist meine gottverdammte Schuld!» Ihre Wut, ihre Ohnmacht waren so groß, dass sie mit dem Fuß auf die Erde stampfte. Dann drehte sie sich um und verließ ebenfalls den Weinkeller.

Am Abend saß sie mit ihrem Vater auf der Veranda. Sie tranken beide von dem jungen Wein, schmeckten ihn und nickten zufrieden. Dann sah Amber zum Horizont, hinter dem die Sonne langsam versank.

«Es wird bald zu kalt sein, um hier draußen zu sitzen», sagte sie. «Wir werden uns mit dem Düngen beeilen müssen.»

Sie hatte eigentlich vorgehabt, ihrem Vater von einer Idee zu berichten. Die jungen Reben wurden auf dem Berg im Dreidrahtrahmen erzogen. Sie würde sich gern an einer moderneren Drahtrahmenerziehung versuchen und begann davon zu erzählen. Walter Jordan nickte in regelmäßigen Abständen, und es dauerte eine ganze Weile, bis Amber bemerkte, dass er ihr nicht zuhörte.

Sie unterbrach ihren Vortrag, doch nicht einmal das bemerkte ihr Vater.

«Was ist los? Worüber denkst du nach?», fragte sie, doch Walter schüttelte nur den Kopf.

«Was macht dir Sorgen?», bohrte sie weiter.

Der Vater seufzte und sah der versinkenden Sonne zu.

«Steve Emslie will dich heiraten», sagte er schließlich.

Amber nickte. Sie hatte damit gerechnet. Am liebsten hätte sie laut aufgelacht und ihm mitgeteilt, Steve könne sich diesen Gedanken gern mit dem Hammer aus dem Kopf schlagen, doch seit heute Nachmittag wusste sie, dass der Verwalter es ernst meinte.

«Was hast du ihm geantwortet?», fragte sie vorsichtig.

Wieder seufzte der alte Winzer. «Ich habe ihm die Hälfte meines Weingutes angeboten.»

«Und? Was hat er gesagt?», fragte Amber. Sie saß hoch aufgerichtet auf der vorderen Kante des bequemen Rattansessels. Ihre Hände hielten die Lehnen umklammert, sodass ihre Fingerknöchel weiß hervortraten.

Walter Jordan zuckte mit den Schultern. «Er will mehr, Amber. Er will alles. Das halbe Gut genügt ihm nicht. Er will dich. Und du wirst einmal das ganze Gut erben.»

Wieder wurde es Amber ganz kalt. «Und … und … was hat er gesagt, wird er tun, wenn ich ihn nicht heirate?» Sie sprach die Worte ganz leise aus, als hätte sie Furcht vor ihrem Klang.

Der Vater wandte sich ihr zu. Er griff über den Tisch nach ihrer Hand und strich sanft darüber. «Du musst ihn nicht heiraten, Amber. Niemand wird dich dazu zwingen. Es sei denn, du liebst ihn, doch das tust du nicht. Nein, Kind, du musst dir keine Sorgen machen. Ich werde ihn fortschicken von hier.»

Amber schrak auf. «Das darfst du nicht, Vater. Nein, niemals darfst du ihn fortschicken!»

Der alte Mann lächelte ein kleines, blasses und trauriges Lächeln, dann erwiderte er: «Ich habe uns alle in diese furchtbare Lage gebracht. Aber niemand, Amber, das schwöre ich dir, soll unter der Schuld, die ich auf mich geladen habe, leiden. Am allerwenigsten du.»

Tränen stiegen ihr in die Augen, rannen über ihre Wangen. Sie nahm die Hand ihres Vaters, führte sie an die Lippen und küsste sie, dann schmiegte sie ihre Wange hinein.

«Ich werde Steve heiraten», sagte sie, stand auf und ging, ohne sich nach Walter umzusehen, ins Haus. Sie stieg die Treppe zum ersten Stockwerk hinauf, als stiege sie aufs Schafott.

Dann klopfte sie gegen eine Tür, öffnete sie ohne Aufforderung und trat ein. Steve saß in einem Schaukelstuhl auf dem Balkon, hatte ein Glas Whisky neben sich stehen und betrachtete zufrieden den Einbruch der Nacht. «Ich werde dich heiraten», sagte Amber und stellte sich direkt vor ihn. «Aber ich werde dich niemals lieben. Ich werde dir vor Gott und den Menschen angehören, aber ich werde dir niemals gehören. Wenn meinem Vater ein Leid geschieht, werde ich dich töten.»

Zweiter Teil

9

AMBER HATTE DIE GLÜCKWÜNSCHE ZU IHRER HOCHZEIT, DIE guten Worte über ihren vortrefflichen Ehemann mit stoischer Ruhe hingenommen, ohne etwas darauf zu erwidern.

Sie trug ein schwarzes Kleid und einen Schleier, der ihr Gesicht bedeckte. Sie hatte sich das Haar schwarz gefärbt und locken lassen, und sie hatte sich so lange den letzten Sonnenstrahlen ausgesetzt, bis ihre Haut einen tiefbraunen Ton angenommen hatte.

Sie hatte alles getan, um einer Aborigine so ähnlich wie möglich zu sehen. Aluunda war ihre Trauzeugin. Steve hatte getobt, doch er hatte nichts dagegen unternehmen können, denn erst vor dem Altar bekam er die Macht, Einfluss auf Ambers Leben zu nehmen.

Die Gäste hatten sich über Ambers Aufputz gewundert, doch von einer, die in der Stadt studiert und einen Abschluss hatte, nahm man einfach an, dass sie die dortige Mode kopierte. Und was wusste man in Tanunda schon von der neuesten Mode in Adelaide, Sydney oder Brisbane? Also hatte man ihr Kleid bewundert, weil man ein Hochzeitskleid schließlich immer bewundern musste, hatte ihr lobende Worte über ihre Frisur gesagt und ihre gesunde Hautfarbe gewürdigt.

Das Hochzeitsessen, das Aluunda gekocht hatte und das ausschließlich aus Aborigine-Gerichten bestand, hatte Steve jedoch zu früh bemerkt. Er hatte alle Speisen und Getränke weggeworfen und in aller Eile im besten Restaurant von Tanunda neu geordert.

Amber hatte daneben gestanden, die Arme vor der Brust verschränkt und gelächelt. Seit dem Abend, an dem sie in Steves Zimmer gekommen war, hatte sie kein Wort mehr mit ihm gesprochen. Er hatte getobt, er hatte geschrien, er hatte ausgeholt, um ihr eine Ohrfeige zu verpassen, doch es hatte nichts genutzt. Seit der angedrohten Ohrfeige trug Amber gut sichtbar ein Messer in einer Lederhülle an ihrem Gürtel.

Sie war noch blasser und schmaler geworden.

Auch jetzt, Seite an Seite mit ihrem frisch gebackenen Ehemann und einem Blumenstrauß aus weißen Lilien – Totenblumen – im Arm, schwieg sie.

Steve hatte einen Arm um ihre Hüfte gelegt, doch sie machte sich steif wie ein Brett.

«Herzlichen Glückwunsch», sagte Maggie, deren Schwangerschaft bereits sichtbar wurde und ihr das Aussehen einer glücklichen jungen Ehefrau verlieh, und fügte hinzu: «Möge dir das Glück vergönnt sein, das du verdienst.»

Amber nickte nur. Seit der Hochzeit der Freundin hatten sie nicht mehr miteinander gesprochen. Es war, als hätten die Ereignisse der letzten Wochen einen unüberwindlichen Graben zwischen Ambers und Maggies Welt gezogen. Einen Graben, der nicht durch Worte oder Gesten zu überbrücken war.

Amber ließ diese Entwicklung gleichgültig, doch Maggie schien sie nun zu hassen. Amber hatte darüber nachgedacht und war zu dem Schluss gekommen, dass sie Lichtjahre von Maggie entfernt war. Die ehemalige Freundin kam ihr vor wie ein kleines Mädchen, das von einem Puppenhaus träumte, von einer Puppenküche und einem winzigen Puppenkind in einer Puppenwiege, dazu einen ausdruckslosen Puppenmann, der nicht eigentlich gebraucht wurde, doch als Dekoration unerlässlich war. Maggie war das Kind geblieben, das sie mit acht Jahren gewesen war. Nur die Puppenstube war größer geworden, ansonsten hatte sich nichts geändert. Amber aber war erwachsen geworden. Sie wusste, dass es kein Puppenleben gab, wusste, dass Leid und Schrecken zum Leben gehörten wie Freude und Glück. Und sie wusste, dass man auf Glück und Unglück nur sehr begrenzt Einfluss hatte.

«Lächle!», befahl Steve und stieß ihr leicht in die Seite. «Los, lächle!»

Sie wandte sich ihm zu, zog die Lippen auseinander und bleckte die Zähne. Sie wusste, dass sie aussah wie einer der Wildhunde, die nach einem Knochen gierten.

«So?», fragte sie und zog die Lippen breit.

«Ich werde dir zeigen, was ich meine. Noch heute Nacht wirst du mich anflehen, lächeln zu dürfen.»

Niemand hatte diesen Satz gehört, doch Aluunda kam am Abend, als die ersten Gäste bereits gegangen waren und die Hochzeitsnacht näher rückte, zu ihr und sagte: «Ich werde wach sein. Und ich werde alles hören und alles sehen. Wenn du mich brauchst, so denke an mich, und ich werde da sein.»

Amber nickte dankbar und strich der alten schwarzen Frau sanft über die Wange. «Und noch etwas, Amber, muss ich dir sagen. Du trägst ein Kind unter dem Herzen. Es ist Jonahs Kind.»

Amber riss die Augen auf, dann stieß sie einen kleinen Schrei aus und presste sogleich die Hand auf ihren Mund. «Ist das wahr?», fragte sie. «Ist das wirklich wahr? Jonah wird leben? In mir, in unserem Kind weiterleben?»

Aluunda nickte. «Ja, du bekommst ein Kind. Doch dieses Kind wird es nicht leicht haben. Steve Emslie wird alles tun, um ihm das Leben schwer zu machen.»

Die alte Frau nickte noch einmal bekräftigend, dann ging sie langsam in die Küche zurück und begann damit, das Geschirr der Gäste aufzustapeln. Amber sah ihr nach und war wieder einmal über die Fähigkeit der Aborigines erstaunt, Dinge lange vor der Zeit wahrzunehmen.

Steve saß inmitten der anderen Winzer. Er hatte schon wieder ein Whiskyglas vor sich und paffte bedeutungsschwer an einer Zigarre. Hin und wieder erteilte er den Aborigines, die zum Helfen gekommen waren, barsche Anweisungen. Es störte ihn nicht, dass die meisten Gäste schon gegangen waren und Walter ebenfalls begann, sich zu verabschieden.

Er sah Ambers Müdigkeit und schien ein ganz besonderes Vergnügen daran zu finden, sie zu langweilen und mit überheblichen Männergesprächen zu quälen.

Als sie endlich aufstand, sich von den vier Nachbarn verabschiedete, die noch da waren, zwang Steve sie auf seinen Schoß.

Seine Hand umschloss ihre Hüfte wie eine Eisenklammer. «Du bleibst», befahl er unter dem Beifall der anderen Männer. «Du bleibst, oder willst du die Hochzeitsnacht etwa allein begehen?»

Amber schwieg. Steve hatte getrunken. Allein sechs Gläser Whisky innerhalb der letzten zwei Stunden. Sie wusste, dass er betrunken war, und sie wusste auch, dass er zur Aggressivität neigte, wenn er betrunken war. Sie saß auf seinem Schoß und starrte auf Steves braune Hand, die ihr jetzt vor aller Augen den Rock hochschlug und an den Innenseiten der Schenkel hinaufkrabbelte.

«Na, bist du schon unruhig?», fragte ihr Ehemann und sah Beifall heischend zu seinen Kumpanen.

«Seit sie aus Adelaide zurückgekommen ist, sitzt sie mit gehobenen Röcken auf der Herdplatte», verkündete er und lachte grob. Die anderen lachten ebenfalls. Einer leckte sich die Lippen, die anderen sahen mit glasigen Augen auf ihre nackten Schenkel.

Die Scham trieb Amber Tränen in die Augen, doch sie verbot sich, vor den Männern zu weinen. Sie ließ ihr Gesicht zu einer Maske erstarren, hinter der ihre Empfindungen verborgen blieben.

Endlich waren die Nachbarn so betrunken, dass sie für den Heimweg bereit waren.

«Und nun zu dir, mein Täubchen», sagte Steve und riss ihr den Schleier vom Kopf. Er stand auf, packte ihr Handgelenk und zog sie mit sich fort.

Aluunda stand in der Küchentür und sah den beiden hinterher. Sie murmelte etwas, doch niemand hörte es.

«Wo willst du hin mit mir?», fragte Amber, die so müde war, dass es ihr beinahe schon gleichgültig war, was mit ihr geschah. Sie dachte an das Kind in ihrem Leib und legte schützend eine Hand darüber, während sie von Steve durch die Weinberge gezerrt wurde. Einmal fiel sie hin und schlug sich die Knie auf, doch Steve zerrte sie einfach weiter.

Als sie die Weinberge verließen und auf das nahe Wäldchen zugingen, wusste Amber, wohin Steve sie bringen wollte: in die Hütte des Jagdpächters, dorthin, wo sie mit Jonah so glücklich gewesen war.

Sie blieb wie angewurzelt stehen, während Steve weiter an ihr zerrte. Als er ihren Widerstand bemerkte, blieb er stehen und sah ihr ins Gesicht. «Na, mein Täubchen, du weißt wohl, wohin der Weg führt, was?»

Er kam ganz dicht an sie heran, sodass sie den Whisky in seinem Atem roch. Er legte seine Hände auf ihre Schultern und schüttelte sie ein wenig. In seinen Augen blitzte etwas, das Amber wie Hass erschien.

«Du bist eine Niggerhure», spuckte er hervor. «Ich weiß, was du da oben mit dem Bushi getrieben hast.»

Jetzt lachte er hässlich. «Ich habe euch beobachtet. Mehrmals. Für mich warst du dir zu schade, aber mit einem Schwarzen konntest du vögeln wie jede beliebige Straßenhure.»

Amber wurde schlecht. Sie wandte das Gesicht zur Seite und schloss die Augen. Steve zog sie weiter, und Amber stolperte blind hinterher.

In der Jagdhütte stieß er sie auf den Boden. Er riss an ihrem Kleid, grub ihre Brüste heraus, grunzte wie ein Schwein, dann holte er sich, so grob es nur ging, das, was ihm seiner Meinung nach zustand.

Als er fertig war, wischte er sich mit den zerrissenen Resten von Ambers Hochzeitskleid sauber. Dann legte er mit plötzlicher Behutsamkeit eine Decke über Amber, legte sich in eine Ecke und schlief sofort ein.

Amber, die Steves Angriff vollkommen regungslos hatte über sich ergehen lassen, stand auf. Sie sah zu dem Mann, der schnarchend in der Ecke lag, und ihr Gesicht verzog sich vor Abscheu. Einen Augenblick dachte sie daran, wie es wäre, wenn sie ihm jetzt das Messer ins Herz stoßen würde. Sie stellte sich vor, wie sie die Hand führte, wie die Klinge sein Fleisch durchschnitt, wie sie das Messer in der Wunde drehte. Dann spuckte sie aus und ging zurück zum Gutshaus.

Für Amber war bereits am nächsten Morgen der Alltag zurückgekehrt. Sie hatte geheiratet, weil es notwendig war, hatte Fest und Hochzeitsnacht erduldet, nun war es Zeit, wieder die Dinge zu tun, die getan werden mussten. Dieser Tag und alle folgenden würden voller Vorgänge sein, die sich wiederholten. Amber fragte sich, ob es notwendig war, diese immer gleichen Vorgänge noch hundert- oder tausendmal zu wiederholen. Der Sinn dafür war ihr abhanden gekommen.

«Was hast du gedacht, Amber? Welches Zimmer soll nun unser Schlafzimmer werden?», fragte Steve beim Frühstück.

Amber verstand nicht. Was meinte er mit Schlafzimmer? «Du bist verheiratet, mein Täubchen, und zu einer Ehe gehört ein gemeinsames Schlafzimmer», erklärte Steve. «Wenn du geglaubt hast, an deinem Leben würde sich nur der Nachname ändern und ansonsten alles so bleiben, wie es bisher war, so hast du dich getäuscht.»

Walter stand auf. «Ich gehe in den Keller», sagte er, «und überprüfe die Flaschen. Ihr beide braucht heute wirklich nicht zu arbeiten. Alle Hochzeiter, die ich kenne, gehen auf Hochzeitsreise. Ihr könntet euch wenigstens hier noch ein paar freie Tage gönnen, um euch aneinander zu gewöhnen.»

Im ersten Augenblick empfand Amber die Worte ihres Vaters als Verrat. Wie konnte er glauben, sie hätte Interesse daran, mit Steve zusammen zu sein?

«Was meinst du? Welches Zimmer wollen wir nehmen?», holte Steve sie aus ihren trüben Gedanken zurück. Seine Stimme klang so freundlich, beinahe schon sanft, dass Amber ihn überrascht ansah.

«Es ist mir vollkommen gleichgültig. Am liebsten wäre mir, jeder bliebe dort, wo er gerade ist.»

Steve lehnte sich zurück und betrachtete seine Ehefrau, die ihm mit verschlossenem Gesicht und über der Brust verschränkten Armen gegenübersaß.

«Du denkst, ich hätte dich um des Gutes willen geheiratet, nicht wahr?», fragte er. Auch diese Worte klangen beinahe sanft.

Amber zuckte mit den Achseln. «Deine Gründe interessieren mich nicht.»

Steve ging auf diese Bemerkung nicht ein, sondern sprach einfach weiter: «Das Gut ist mir gleichgültig. Ich brauche Geld, aber das lässt sich auf viele Arten beschaffen. Nein, es ging mir nicht um das Geld, und es ging mir nicht um das

Gut. Ich habe zwar Interesse am Weinbau, aber du interessierst mich mehr.»

Amber sah erstaunt auf. Es waren weniger die Worte, die sie aufhorchen ließen, sondern vielmehr der Tonfall, in dem Steve sie hervorbrachte. Sie sah ihn an, und ihr Gesichtsausdruck signalisierte Aufmerksamkeit.

«Ja, ob du es glaubst oder nicht, du hast mir vom ersten Tag an gefallen», sprach Steve weiter. «Ich habe mich um dich bemüht, doch du hast es einfach nicht zur Kenntnis genommen.» Er lachte auf, aber es klang wehmütig. «Ich habe sogar ein Buch über Weinbau gelesen, um dich zu beeindrucken. Doch du hast mich nie bemerkt. Wenn dein Blick auf mich fiel, so nahm er mich nicht wahr. Wenn meine Worte erklangen, so erreichten sie doch nie dein Ohr. Ich war Luft für dich.»

Er brach ab und sah Amber an. Sie wusste nichts zu erwidern, denn sie konnte sich tatsächlich kaum an Steve erinnern, wusste im Grunde überhaupt nichts von ihm. «Eines Tages sah ich, wie du mit Jonah Blicke gewechselt, ihn angelächelt, ihm im Vorübergehen kurz über den Arm gestrichen hast – alles das mit ihm getan hast, was ich mir wünschte. Ich begann eifersüchtig zu werden. Was hatte dieser Schwarze, was ich nicht habe? Mein Gott, jeder weiß, dass die Schwarzen nicht besser als Tiere sind. Und niemals hätte ich gedacht, dass ein so schönes und kluges Mädchen wie du, Amber, sich mit solchem Vieh abgeben könnte. Ich begann dich zu beobachten. Nein, ich begann euch zu beobachten, wann immer ihr zusammen wart. Nie habt ihr mich bemerkt. Ich war für euch so wichtig wie ein Staubkorn, das der Wind durch die Nacht treibt.»

«Warum erzählst du mir das alles?», fragte Amber. Sie wollte sich Steves Worten verweigern, doch sie konnte nicht verhindern, dass die Worte in sie drangen und sich in ihr festsetzten.

Steve seufzte, dann lächelte er schief. «Weil ich dich liebe, Amber. Ich habe dich immer geliebt. Und weil ich mir wünsche, mit dir glücklich zu werden. Ich möchte Kinder mit dir haben und mit dir alt werden.»

Er lachte und fuhr sich mit der Hand über das Kinn. «Ich kann nicht glauben, dass ich solche Worte sage. Sie sind kitschig und unmännlich. Aber sie drücken genau das aus, was ich fühle.»

Er rückte nach vorn, griff über den Tisch nach Ambers Hand. «Lass uns versuchen, miteinander glücklich zu werden. Lass es uns wenigstens versuchen. Um eine einzige Chance bitte ich dich. Mehr nicht.»

Amber entzog ihm die Hand und sah ihn an. Er war ihr Ehemann und würde es lange, lange bleiben. «Bis dass der Tod euch scheidet», hatte der Priester vor dem Altar gesagt. Amber hatte gedacht, dass der Tod kein zu hoher Preis wäre, um von Steve loszukommen. Es gab Schlimmeres als den Tod. Das Leben, zum Beispiel. Aber sie konnte nicht in den Tod gehen, denn Jonahs Kind wuchs in ihr. Es brauchte sie noch. Ihr Vater brauchte sie noch. Sie musste noch bleiben. Und zwar an Steves Seite.

Hatte er nicht recht, wenn er bat, sie mögen es wenigstens versuchen? Amber verabscheute ihn. Sie hasste ihn dafür, dass er Jonahs Tod nicht verhindert, dass er die Schwarzen stets schlecht behandelt hatte. Aber nun gab es außer Aluunda und Saleem keine Schwarzen mehr hier.

Amber stand auf. «Such du das Zimmer aus. Es ist mir gleich», sagte sie, und jetzt war es ihre Stimme, die weniger kratzbürstig klang als bisher.

«Danke, Amber», sagte Steve, und diese Worte klangen aus seinem Mund so ungewohnt wie ein Wasserfall in der Wüste.

Amber nickte, drehte sich um und verließ die Veranda und den Frühstückstisch.

Als sie am Abend zurück ins Haus kam, sagte Aluunda: «Ich habe euch ein Zimmer hergerichtet. Möchtest du es sehen?»

Amber nickte.

«Steve hat mir dabei geholfen», teilte Aluunda zu Ambers Verblüffung mit. Sie stieg vor ihr die Treppe in den ersten Stock hinauf und öffnete die Tür zum Eckzimmer, dem schönsten im ganzen Haus, das genau über Walters Arbeitszimmer lag und ebenfalls einen Kamin besaß.

Amber stand starr und betrachtete hingerissen den Raum. Die Fenster, die sich über zwei Wände hinzogen, waren von seidenen Vorhängen bedeckt, die die grelle Sonne Australiens milderten und ihren harten Glanz in einen weichen Goldschimmer verwandelten. In der Mitte stand das Bett, in dem einst Ambers Eltern gelebt und sich geliebt hatten.

Aluunda hatte es mit einer bunten Patchworkdecke verschönert. Ambers Schleiflackkommode stand an der Wand, daneben Steves Schaukelstuhl und einer der bequemen Rattanstühle, die auch auf der Veranda standen. «Gefällt es dir?», fragte Aluunda.

Amber nickte und roch an dem Blumenstrauß, der in einer kleinen Vase auf der Kommode stand.

«Die Blumen sind von Steve», sagte Aluunda. Kein Wort mehr. Dann ging sie.

Es dauerte nur wenige Wochen, bis die anderen Ambers Schwangerschaft bemerkten.

Sie saßen auf der Veranda und kosteten einen Wein vom Nachbargut, als Walter Jordan sich plötzlich zu seiner Tochter neigte und ihr die Hand auf den Bauch legte. Seine Hand fühlte sich so warm an, dass Amber ihre Hand auf die seine legte und fest an ihren Bauch presste. Der alte Gutsbesitzer lächelte.

«Du bist nicht mehr allein, nicht wahr?», fragte er.

Amber nickte und lächelte zurück, dann streichelte sie ihren Bauch. Steve, der ihnen gegenübersaß und in einer Zeitung blätterte, sah auf.

«Ist das wahr?», fragte er. «Ist das wirklich wahr? Wir bekommen ein Kind?»

Amber schüttelte den Kopf, ohne ihn anzusehen. «Nicht wir, ich bekomme ein Kind», sagte sie, doch Steve verstand sie nicht. Amber hoffte, er würde selbst merken, dass das Baby in ihrem Bauch nicht von ihm sein konnte, doch Steve, der sich mit trächtigen Kühen wunderbar auskannte, wusste nicht viel über werdende Mütter.

Von diesem Tag an war Steve wie ausgewechselt. Er bemühte sich um Amber, brachte ihr Blumen mit, einen besonders schönen Stein oder ein Stück Obst. Er trug ihr den Wäschekorb zum Trockenplatz und schob ihr am Abend ein Kissen in den Rücken. Amber ließ sich das alles gefallen, ohne eine Regung zu zeigen. Und eines Abends lächelte sie sogar, als er die Veranda betrat.

Sie saß in einem Rohrstuhl und sah ihm entgegen, doch dann stöhnte sie leise auf und presste eine Hand in ihren Rücken.

Sofort sprang Steve auf. «Ist alles in Ordnung? Möchtest du noch ein Kissen? Ein Glas Wasser vielleicht?»

Er stand vor ihr und sah auf ihren Bauch, dessen Wölbung inzwischen deutlich hervortrat. Seine Hand zuckte, und Amber sah, dass er sie liebend gern auf ihren Bauch legen würde. Sie schloss die Augen und stellte sich vor, Jonah stünde vor ihr. Mit geschlossenen Augen griff sie nach der Hand, die sie in ihrer Nähe fühlte, und drückte sie sanft auf ihren Bauch.

«Es bewegt sich», hörte sie eine Männerstimme sagen. Doch es war nicht die Stimme, die sie zu hören wünschte.

Sie riss die Augen auf, sprang beinahe aus ihrem Stuhl, sodass die Hand von ihrem Bauch fiel wie ein welkes Blatt.

Sie sagte kein Wort, sah Steve nur an, dann verließ sie die Veranda und kümmerte sich nicht um ihren Ehemann, der wie ein getretener Hund zurückblieb und ihr seelenwund nachsah.

Im gleichen Maße, wie das Kind in Amber wuchs, wuchs in Walter Jordan die Hoffnung. Er war klug genug, um zumindest den Gedanken, dass Ambers Baby von Jonah sein könnte, in Erwägung zu ziehen. Im Grunde wünschte er sich sogar, dass es so war. An seinem Enkel konnte er, nein, nicht gutmachen, was er dem Vater zugefügt hatte, aber er konnte dafür sorgen, dass das Kind in Ruhe aufwuchs, ausgestattet mit allem, was es brauchte. Nur wenn er dabei an Steve dachte, wurde ihm unbehaglich zumute. Er war ein Mann und konnte sich vorstellen, was Steve wohl empfinden würde, sollte das Kind, das er gezeugt zu haben glaubte, plötzlich dunkler und dunkler werden. Walter versuchte auch hier, den Dingen vorzubauen. Er behandelte Steve nicht mehr wie einen Angestellten, sondern wie einen Schwiegersohn. Er ließ sich von Steve seit der Hochzeit duzen, besprach auch die Angelegenheiten, die nicht in den Verwaltungsbereich fielen, mit ihm. Ja, er gewährte ihm sogar Einblick in seine Bücher.

«Was meinst du? Sollten wir für Saleem einen neuen Wagen anschaffen? Werden wir ihn bewegen können, sich von dem alten Pick-up zu trennen?», fragte er ihn zum Beispiel.

Steve schüttelte den Kopf. «Lass ihm den Wagen. Er ist alt und wird sich nur schwer an einen anderen gewöhnen können. Eines Tages wird er ihm unter dem Hintern zusammenbrechen. Wenn er dann die Wahl hat, zu laufen oder sich in einen anderen Wagen zu setzen, darauf wette ich, wählt er den Wagen.»

Auf den Tag genau sieben Monate nach der Hochzeit bekam Amber plötzlich Wehen. Obwohl der von ihr und dem Arzt errechnete Geburtstermin noch nicht erreicht war, wusste sie, dass ihre Zeit gekommen war.

Ihr Bauch krampfte sich zusammen, sodass sie laut aufstöhnte. Mühsam schleppte sie sich zum Gutshaus, doch sie musste immer wieder stehen bleiben, eine Hand in ihr schmerzendes Kreuz pressen und nach Atem ringen. Der Schmerz war so überwältigend, dass er Amber ganz und gar ausfüllte.

Sie rief nach Aluunda, doch als niemand antwortete, erinnerte sie sich daran, dass die alte Haushälterin ihren freien Tag genommen hatte, um einen befreundeten Stamm zu besuchen, der auf seiner Songline gerade in der Gegend war. Saleem hatte sie begleitet.

Amber stützte sich am Türrahmen ab und versuchte, ganz tief zu atmen. Sie spürte das Kind, das sich in ihrem Leib bewegte. Plötzlich rann Flüssigkeit an ihren Beinen herab und hinterließ eine Pfütze auf dem Boden. Amber wusste, was das bedeutete: Die Fruchtblase war geplatzt. Der Arzt in Tanunda hatte es ihr erklärt.

Sie schleppte sich zum Telefon, nahm den Hörer ab und wählte die Nummer von Dr. Lorenz. Doch die Klingeltöne verhallten ungehört.

Niemand war da. Das Gutshaus war leer, die Arbeiter und Steve in den Bergen, ihr Vater bei einem Weinhändler in Tanunda.

«Jonah», flüsterte Amber. «Dein Kind will kommen, und niemand ist da, um es zu begrüßen. Jonah, bitte hilf mir. Ich habe noch nie geboren. Ich habe Angst.»

Wieder wurde sie von einer Wehe überrollt. Schweiß brach ihr aus, ihre Hände krallten sich am Türrahmen fest. Als die Wehe vorüber war, wagte Amber vorsichtig ein paar Schritte.

Sie hatte Angst. Niemand hatte ihr erklärt, was bei einer Geburt passierte, wie es sich anfühlte, ein Kind auf die Welt zu bringen. Dr. Lorenz hatte ihr zwar die biologischen Vorgänge genau geschildert, doch was wusste er von den Empfindungen einer Frau in dieser Situation?

«Mutter», wimmerte Amber. «Bitte, hilf du mir.» Doch ihre Mutter war schon lange, lange tot.

Mühsam zog sie sich Stufe um Stufe die Treppe hinauf. Es waren nicht die Schmerzen, die sie lähmten, es war die Angst.

Amber dachte daran, wie die Aborigine-Frauen ihre Kinder zur Welt brachten. Wenn ihre Zeit gekommen war, hoben die anderen Frauen eine Grube aus, füllten sie mit Kräutern und Wurzeln und zündeten alles an. Die Gebärende kauerte sich über dieses heiße Bett und brachte ihr Kind in der Gemeinschaft der anderen Frauen zur Welt.

Amber war allein. Endlich hatte sie das Schlafzimmer erreicht. Die Wehen waren stärker geworden, und immer wieder stieß sie ein leises Wimmern aus. Sie spürte, wie sich das Kind in ihrem Bauch bewegte, wie es in die Welt drängte.

Plötzlich hörte sie Schritte auf der Treppe.

«Hier», rief sie, so laut sie konnte. «Ich bin hier.»

Die Tür ging auf, und Steve kam herein. Mit einem Blick wusste er, was geschehen war. Er setzte sich zu ihr auf die Bettkante, nahm ihre Hand und strich ihr mit der anderen die schweißnassen Haarsträhnen aus dem Gesicht.

«Ich glaube, es ist so weit, aber ich erreiche Dr. Lorenz nicht, und auch Aluunda ist weg», jammerte Amber und klammerte sich voller Angst an Steves Hand.

«Du brauchst keine Angst zu haben», sagte er ruhig. «Du wirst das Kind bekommen, und ich werde dir dabei helfen.»

Er lachte leise. «Ich war lange genug auf einer Rinderfarm, um zu wissen, wie eine Geburt abläuft. Aber jetzt muss ich dich für einen Augenblick allein lassen. Wir brauchen heißes Wasser und warme Tücher. Ich lass die Tür offen. Schrei, wenn etwas ist.»

Er stand auf, krempelte sich die Ärmel hoch, dann hörte sie ihn ins angrenzende Badezimmer gehen, wo er den Wasserhahn aufdrehte.

Die nächste Wehe kam mit einer unglaublichen Wucht. Steve war bei ihr, wischte ihr den Schweiß von der Stirn, massierte ihren Bauch.

«Du musst pressen», sagte er. «Sobald die nächste Wehe kommt, musst du pressen. Es dauert nicht mehr lange. Sei tapfer, mein Täubchen.»

Er lächelte sie an, streichelte sie, beruhigte sie. Zum ersten Mal fühlte sich Amber in seiner Nähe wohl und geborgen. Mehr noch, sie fühlte sich ihm nahe. Ihr Blick suchte seinen, ihre Hand griff nach seiner. Nur sie beide gab es in diesem Augenblick. Steve und Amber. Er sah, wie ihr Widerstand schmolz. Langsam beugte er sich über sie, strich ihr zart über die Wange. Er näherte sein Gesicht dem ihren, spitzte die Lippen zum Kuss. Sie sah sich in seinen Augen, staunte über die Wärme seines Blickes, mit dem er ihr Gesicht umfing und sie streichelte. Ja, Steve konnte mit Blicken streicheln.

Plötzlich hielt Amber es für möglich, mit Steve und dem Kind zu leben. Der Gedanke raste durch ihren Kopf wie ein Irrlicht. Was wäre daran so schlimm, mit ihrem Mann und ihrem Kind eine Familie zu sein? Sich zu benehmen wie eine Familie? Dinge zusammen zu tun, die Familien gemeinhin machen? Ein Kind gemeinsam großzuziehen?

Doch dann fiel ihr ein, dass das Kind nicht von ihm war und dass es schwarz war. Sie versteckte das Lächeln, zog sich zurück von Steve, obwohl es ihr ein wenig wehtat. Aber sie konnte doch nicht in der Stunde der Geburt den Vater des Kindes verraten! Ja, und jedes Lächeln für Steve war ein Verrat an Jonah, jeder Kuss ein Verbrechen. So dachte sie, so empfand sie.

Hätte sie ihr Lächeln auf dem Gesicht halten können, wäre vielleicht alles noch ganz anders geworden.

Sie sah, wie sich Steves Gesicht veränderte, hart wurde. In seinem Blick lag Enttäuschung.

Beinahe tat er ihr leid. Beinahe tat sie sich selbst leid. Steve freute sich auf das Kind. Doch nur sie wusste, dass seine Freude schon sehr bald einen kräftigen Dämpfer erhalten würde. Sie hatte Angst vor diesem Moment.

Die nächste Wehe kam.

«Pressen», rief Steve. «Du musst pressen.»

Amber tat ihr Bestes. Sie presste, so stark sie nur konnte, presste ihre Angst heraus, die sich in einem kleinen Schrei entlud.

Nach der Wehe war sie so erschöpft, dass sie am liebsten eingeschlafen wäre. Sie sah Steve an, wünschte, er würde wieder nach ihrer Hand greifen. Doch er tat es nicht. Er nahm den Lappen, tupfte ihr den Schweiß von der Stirn, aber er schwieg.

Wieder kam eine Wehe.

«Das Kind kommt», sagte Steve, und seine Stimme klang freudig erregt.

Noch einmal presste Amber, dann spürte sie den kleinen Leib aus ihrem Schoß gleiten. Steve hielt das Kind, nahm es hoch, sah es an.

«Es ist ein Junge», sagte er, und die Worte schwollen in seinem Mund vor Stolz. «Für ein Siebenmonatskind ist er recht groß und kräftig.»

Behutsam durchtrennte er die Nabelschnur, wusch das Kind im warmen Wasser, wusch auch Amber, dann wickelte er den Säugling ungeschickt in ein Tuch und gab ihn seiner Frau. Amber betrachtete das Kind. Es war so winzig und noch ganz rosig. Das Köpfchen war von dichten schwarzen Haaren bedeckt, die Nasenlöcher gut ausgeprägt und die Augen glänzend schwarz wie Murmeln. Es sieht Jonah ähnlich, dachte Amber, und wusste nicht, ob sie sich darüber freuen oder darüber weinen sollte. Behutsam rieb sie ihre Wange an der zarten Babyhaut und roch an dem Kind. Ganz entfernt erinnerte sie dieser Geruch an Jonah.

«Es ist ein Junge», sagte er noch einmal. Er war so glücklich, dass er Amber und das Baby abwechselnd zärtlich streichelte.

Amber sah das Glück und den Stolz in seinen Augen. Sie wandte ihr Gesicht ab. Doch sie tat es nicht, um ihn zu kränken. Nein, diesmal tat sie es um seinetwillen. Ihn wollte sie schützen mit ihrer Reserviertheit. Es war das erste Mal, dass sie etwas für ihren Mann tat. Und es war das erste Mal, dass sie eine Seite an ihm fand, die liebenswert war. Das alles geschah am 11. Oktober 1958.

10

«Euer Enkel ist zur Welt gekommen, Master, ein kleiner Junge», berichtete Aluunda, als der Winzer nach Hause kam.

«Jetzt schon?», fragte Walter Jordan.

Aluunda nickte.

Er sah sie an, doch das, was er in Aluundas Gesicht las, ließ die Freude ersticken.

«Ist er gesund?», fragte er und seufzte.

«Ja», erwiderte Aluunda. «Gesund ist er.»

«Wo ist Steve?», fragte er.

«Jetzt ist er draußen in der Halle. Er wollte Amber und das Baby schlafen lassen. Doch bei der Geburt war er dabei.»

Der Master nickte und stieg langsam die Treppe hinauf. Leise klopfte er, dann betrat er das Zimmer. Amber lag mit dem Baby an ihrer Seite im Bett und lächelte, als sie ihren Vater sah.

«Es ist ein Junge», sagte sie.

Er nahm das Baby auf den Arm, betrachtete verzückt die winzigen Händchen, strich behutsam über den schwarzen Haarflaum, doch er verlor kein Wort über den Vater des Kindes.

«Wie willst du es nennen?», fragte er.

Amber zögerte. Sie war noch immer sehr erschöpft, hatte kaum noch Kraft, ihre Augen offen zu halten. Die Geburt hatte sie sehr angestrengt. Sie ahnte jedoch, dass das, was noch vor ihr lag, ihr alle Stärke abverlangte, die sie hatte.

«Ich werde es Jonah nennen, nach seinem Vater», erwiderte

sie schließlich. Leiser Trotz klang in ihrer Stimme, aber auch Wehmut. Sie wusste, dass sie zwar ein Baby bekommen, aber auch etwas verloren hatte.

«Hältst du das für eine kluge Entscheidung?», fragte ihr Vater, und sein Gesicht verriet deutlich, dass er die Namenswahl alles andere als begrüßte.

«Ich wünschte, du würdest es Walter nennen», versuchte er eine letzte Rettung.

Amber schüttelte traurig den Kopf. «Ich bin es Jonah schuldig, dass er wenigstens im Namen und in der Gestalt seines Sohnes weiterlebt. Ich muss das Kind Jonah nennen. Auch wenn es unklug erscheint.»

Die Haut des kleinen Jungen wurde von Stunde zu Stunde dunkler. Die Wiege stand neben Ambers Bett. Sie hatte sich die Kissen so in den Rücken gelegt, dass sie das Kind betrachten konnte.

Amber war verunsichert und ängstlich. Sie seufzte. Steve würde sicherlich bald kommen, um nach ihr und dem Kind, das er für seinen Sohn hielt, zu sehen.

Amber lehnte sich zurück und schloss die Augen. Sie wollte nicht daran denken.

Als sie Schritte auf dem Gang hörte, setzte sie sich auf, nahm das Kind aus der Wiege und barg es schützend an ihrer Brust.

Steve kam herein, setzte sich auf die Bettkante. Er beugte sich so, dass er das Kind sehen konnte. Ambers Blick war fest auf sein Gesicht gerichtet. Sie sah, wie Steves Lächeln erlosch.

Er kniff die Augen zusammen, seine Kiefer mahlten, das Kinn wurde weiß und kantig. Amber sah, dass er die Hände zu Fäusten ballte. Er hielt die Lippen fest aufeinandergepresst, als hätte er Angst vor den Worten, die dahinter lauerten.

Er sah Amber an, doch sein Blick war so vollkommen leer, dass sie sich abwenden musste. Dann stand er wortlos auf und ging.

Zwei Wochen später sollte die Taufe in der katholischen Kirche von Tanunda stattfinden. Obwohl alle Nachbarn wussten, dass Amber einen Sohn bekommen hatte, und auf eine Feier warteten, wurde die Taufe unter Ausschluss der Öffentlichkeit und ohne anschließende Feier vollzogen. Nur Amber, Walter Jordan, Aluunda und Saleem waren gekommen. Steve hatte das Kind zwar als sein Kind anerkannt, doch hatte er sich gleich danach auf den Weg in den Norden des Landes gemacht, nach Darwin, wo angeblich ein Onkel wohnte. Niemand hatte von diesem Onkel gewusst, niemand glaubte an seine Existenz. Steve hatte kein einziges Wort mehr zu Amber gesagt und die Nächte im Jagdpächterhaus verbracht.

«Kommt er wieder?», fragte Amber eines Abends ihren Vater. Es war inzwischen November geworden, und der Frühling war schon beinahe vorüber. Die Temperaturen erreichten in der Mittagssonne manchmal schon fast vierzig Grad. Der Eukalyptus ließ bereits wieder die Zweige hängen, denn auch die Regenzeit war vorüber. Papageien, Wellensittiche und Kakadus bevölkerten den Himmel und machten besonders in den Morgenstunden ein solches Geschrei, dass an Schlaf bei offenem Fenster nicht zu denken war.

Walter wiegte nachdenklich den Kopf. «Ich weiß es nicht», erwiderte er. «Im Grunde weiß ich gar nichts von Steve. Er war wie die anderen Männer in seinem Alter, saß mit ihnen im Pub und redete über Football und Kricket und Frauen. Aber wie er wirklich ist, das weiß ich nicht. Und ich gebe zu, dass es mich auch nie interessiert hat.»

Er hielt inne und schüttelte den Kopf. «Nein, das ist nicht

richtig. Ich habe mich wohl für ihn interessiert, aber ich bin einfach nie auf den Gedanken gekommen, ihn zu fragen.»

«Das geht den meisten Menschen so. Wir sind uninteressiert am anderen, aber wir sind es nicht aus Bosheit. Die größte Grausamkeit, zu der wir fähig sind, ist die Gleichgültigkeit, und ich weiß nicht, ob sie schlimmer als Bosheit ist. Kommt er wieder?»

Walter Jordan strich seinem Enkel, der in einem fahrbaren Holzbettchen neben ihm stand, über das vom Schlaf verschwitzte Köpfchen. «Möchtest du denn, dass er wiederkommt?», fragte er.

Amber schwieg. Sie wusste keine Antwort. Steve Emslie hatte Jonahs Tod nicht verhindert. Steve Emslie hatte die Heirat erpresst. Steve Emslie behandelte die Schwarzen schlecht. Steve Emslie hatte ihren Vater mit Gefängnis bedroht. Das alles war doch schlimm, oder nicht? Sie musste eigentlich froh sein, ihn los zu sein, und hatte Grund genug, jeden Tag aus lauter Dankbarkeit eine Messe lesen zu lassen.

Andererseits war da dieser Augenblick der Nähe gewesen. Steve war gekommen, als sie Hilfe gebraucht hatte. Und er hatte den kleinen Jonah als seinen Sohn anerkannt, obwohl jeder sah, dass Jonah niemals sein, Sohn sein konnte. Amber wusste, dass sich die anderen Männer hinter Steves Rücken den Mund zerredeten und ihn den «Gehörnten» nannten, dessen Frau tüchtig eins mit dem Knüppel verdient hätte.

Es gab eine Seite an ihm, die Amber verhasst war. Und eine andere, die sie mochte.

Sie breitete die Arme aus. «Ich weiß es selbst nicht, Vater. Ein Teil von mir wünscht ihn zum Teufel. Der andere Teil wartet ab.»

Sie stand auf, nahm das Baby aus dem Körbchen und lächelte glücklich in das zahnlose Gesicht. Sie liebte das Kind.

Sie würde es behüten und beschützen. Wenn es sein musste, mit ihrem eigenen Leben.

Vier Wochen später war Steve wieder da. Er stand einfach eines Morgens in der Küche und hieß Aluunda, ihm ein kräftiges Frühstück aus Speck und Eiern zu braten. Als Amber die Küche betrat, nickte er kurz mit dem Kopf, dann schaufelte er stumm das Essen in sich hinein.

Sie setzte sich ihm gegenüber und sah ihm zu. Nach einer Weile fragte sie: «Wo bist du gewesen?»

Er tat, als höre er sie nicht. Als sein Teller leer war, stand er auf und verließ wortlos die Küche. Wenig später hörte sie, wie er den vier Arbeitern Anweisungen gab, die Böden der Weinberge zu lockern und die Reben zu beschneiden.

Amber seufzte und sah ihm nach.

Aluunda berührte ihren Arm. «Du wunderst dich über sein Verhalten?», fragte sie.

Amber nickte.

«Und dein Verhalten, wundert es dich nicht?»

«Wie meinst du das?»

«Nun, ein schwarzer Mann wäre tief in seiner Ehre und seinem Stolz verletzt, bekäme seine Frau ein weißes Kind. Er würde sich betrogen, hintergangen, verraten fühlen. Warum soll ein weißer Mann anders denken als ein schwarzer?»

«Du nimmst Steve in Schutz, Aluunda?», fragte Amber entgeistert.

Die alte Frau schüttelte den Kopf. «Nein, ich nehme ihn nicht in Schutz. Aber wenn du ihn verstehen willst, dann musst du versuchen, so zu denken wie er. Es kann dir noch nützlich sein.»

Amber sah Aluunda an und nickte ein paar Mal langsam

mit dem Kopf. «Ich glaube, ich verstehe, was du mir sagen willst.»

Dann ging sie in den Weinkeller, um die Flaschen zu drehen.

Es dauerte nicht lange, da kam ihr Vater dazu.

«Amber, ich möchte nicht, dass du dich weiter um das Gut kümmerst. Du hast einen Ehemann und ein kleines Kind. Dein Platz ist nun im Haus.»

Amber fuhr herum. «Was?», fragte sie. «Wie bitte? Was hast du gesagt?»

Walter legte eine Hand auf ihren Unterarm. «Sieh mal, du bist jetzt Ehefrau und Mutter. Du hast Pflichten, musst dich um deinen Mann und dein Kind kümmern. Wie willst du das alles schaffen? Keine Frau mit einem so kleinen Kind arbeitet. Dein Platz ist nicht mehr im Weinkeller, sondern im Haus.»

«Ich kann nicht glauben, dass ausgerechnet du so etwas sagst.»

Sie wandte ihm den Rücken zu und drehte weiter die Flaschen.

«Amber, ich fürchte, du hast mich nicht verstanden! Ich möchte, dass du deine Finger vom Wein lässt und die Dinge machst, die zu einer Frau passen. In mein Haus soll Ruhe einkehren.»

Seine Worte klangen wie ein Befehl.

Amber fuhr herum. Ihre Augen funkelten. Sie holte tief Luft und spuckte ihrem Vater die Worte vor die Füße: «Hat Steve das von dir verlangt, ja? Oder verlangen das die anderen Winzer? Es ist nicht üblich, eine Frau als Winemaker zu haben, nicht wahr? Hast du Angst um deine Kunden? Willst du mich deshalb an den Herd ketten? Oder stört dich mein schwarzes Kind?»

151

Auch der Vater war wütend. Amber sah es seinem Gesicht an. Er fixierte sie aus zusammengekniffenen Augen. «Es gibt Regeln, an die man sich halten muss. Die Natur hat es eingerichtet, dass Frauen Kinder bekommen, und sie hat den Männern die Aufgabe zugewiesen, für Frauen und Kinder zu sorgen. Auch die Aborigines leben so.»

Amber sah ihn an und schüttelte den Kopf.

«Es ist, wie es ist, Amber. Wir sollten dafür sorgen, dass die Aufmerksamkeit nicht mehr als unbedingt nötig auf uns ruht. Die anderen fragen, warum die Aborigines unser Gut verlassen haben. Es ist ungewöhnlich, dass ein ganzer Clan einschließlich der Alten und der Babys ins Outback auf Songlines geht. Die Aborigines gehen auch, wenn ‹schlechte Geister› herrschen.»

Er forschte in ihrem Gesicht nach einem Anzeichen, das ihm sagte, ob sie ihn verstanden hatte. Als er keines fand, fügte er hinzu: «Die Leute haben geredet, als Steve verschwunden war. Wir stehen im Zentrum der Aufmerksamkeit. Das können wir uns nicht leisten. In keiner Hinsicht, Amber.»

«Du willst damit sagen, dass ich nicht als Winemaker arbeiten darf, damit die Leute nicht reden? Weil ich die einzige Frau in der ganzen Gegend bin, die einen Abschluss hat? Weil die Eingeborenen ohne Ankündigung das Gut verlassen haben und mein Ehemann ein paar Wochen lang verschwunden war?», fragte Amber.

«Nein ... ja ... wir müssen vorsichtig sein. Die Leute reden, und du hast ein schwarzes Kind in der Wiege. Auch der Dümmste weiß nun, dass dein Kind ein Mischling und keinesfalls von Steve ist.»

«Der Dümmste, Vater, bist du. Und ich bin verzweifelt darüber. Ich kann nicht begreifen, dass du so kleinmütig bist.»

«Ich habe einen Menschen getötet, Amber.»

«Ich weiß. Und das ist schlimm genug. Deine Angst kann

ich verstehen, aber Angst macht klein. Gerade weil du die Grenzen des Menschseins überschritten hast, wäre es an dir, mit den alten Regeln zu brechen und dafür zu sorgen, dass etwas Neues entsteht. Denn es waren die alten Regeln und Traditionen, die zu Jonahs Tod geführt haben.»

Sie betrachtete ihren Vater, und sie verachtete ihn in diesem Augenblick. Dann ließ sie ihn stehen. An der Tür aber hielt sie inne und wandte sich noch einmal um: «Ich schäme mich, Vater. Aber ich schäme mich nicht für mein schwarzes Kind. Ich schäme mich für dich.»

Walter Jordan zuckte unter diesen Worten zusammen wie unter Schlägen. Er hob die Arme, eine hilflose Geste, die an einen kranken Vogel erinnerte, dann ließ er sie fallen und senkte das Haupt.

Den ganzen Tag über war Amber so wütend, dass sie die Menschen mied. Sie befürchtete, ungerecht zu sein, ihren Zorn an jemandem auszulassen, der nichts dafürkonnte. Sie trieb sich in den Weinbergen herum und kontrollierte die Stöcke, die an Drahtrahmen befestigt waren. Die ersten Trauben waren schon zu sehen, erbsengroß. Amber pflückte eine davon und zerbiss sie. Die Säure beruhigte ihren Zorn.

Nein, sie dachte nicht daran, ihrem Vater zu gehorchen. Sie würde weiterhin auf dem Gut mitarbeiten. Es war nicht nur ihr Beruf, es war ihre Passion. Sie würde aus den alten Sorten das Beste herausholen, und sie würde nach dem nächsten Herbst damit beginnen, einen neuen Berg anzulegen. Langsam ging sie weiter, nahm hin und wieder ein Weinblatt in die Hand und suchte nach Schädlingen. Sie war zufrieden mit den Reben. Sie standen gut, waren kräftig, die Stöcke ohne Befall, der Boden gedüngt und gelockert. Nun musste die Sonne ihr Bestes geben.

Der Mittag war lange vorüber, als sie langsam zum Gutshaus zurückschlenderte. Sie wäre am liebsten noch weiter hier draußen und fern von den Menschen geblieben, doch der kleine Jonah brauchte sie.

Sie hörte das Geschrei schon von Weitem. Ihr Kind hatte Hunger. Ambers Brüste zogen sich zusammen, Milch trat aus. Plötzlich brach das Geschrei des Kindes ab. Einen Augenblick lang glaubte Amber, Aluunda hätte es hochgenommen und ihm vielleicht ein wenig Honigwasser gegeben, doch die Stille fühlte sich nicht so an. Ja, Amber konnte die Stille fühlen. Eine gute Stille bewirkte, dass sie ruhig wurde und friedlich. Diese Stille aber schrie. Sie war laut und brachte Ambers Herz zum Rasen. So schnell sie nur konnte, rannte sie zum Gutshaus. Die Wiege stand auf der Veranda unter einem schützenden Netz.

Amber sah Steve neben der Wiege stehen, seine Hand verschwand darin.

Was tat er da? Ambers Herz schlug noch schneller. Sie wollte hinlaufen, seine Hand aus der Wiege reißen, doch sie wusste, dass sie anders vorgehen musste. Wie viel Zeit blieb ihr noch? Wie viel Zeit ihrem Kind?

Langsam, aber mit rasendem Herzen, betrat sie die Veranda. Sie ging zu Steve, berührte ihn leicht an der Schulter. Dann sah sie, dass er ein Kissen auf das Gesicht des Kindes gedrückt hatte. Amber gefror zu Eis. War ihr Kind schon tot? Hatte er es erstickt? All seine Wut, seine Enttäuschung in dem Kind, mit dem Kind erstickt?

Ihr wurde schwindelig. Der eigene Atem stockte ihr, als läge auch auf ihrem Gesicht ein Kissen. Sie hörte sich keuchen, nach Luft ringen wie eine Ertrinkende. Sie griff nach Steves Arm, zog ihn mit einer Behutsamkeit, die sie alle Kraft kostete, von dem Kind.

«Nicht», sagte sie leise und angestrengt sanft. «Nicht das Kind.»

Steve gehorchte Ambers sanftem Druck. Seine Hand ließ von dem Kissen ab, das Amber sofort wegschleuderte. Sie nahm das Kind aus der Wiege, schüttelte es ein wenig und weinte vor Erleichterung, als der kleine Jonah zu brüllen begann.

Dann wandte sie sich an Steve. Sein Gesicht war grau. Auch er keuchte, Schweiß lief ihm von der Stirn. Der Ausdruck seiner Augen glich dem eines Wahnsinnigen. «Es ist nichts passiert», sagte Amber so ruhig wie möglich. «Es ist nichts passiert. Du kannst gehen, Steve.»

Und er ging. Langsam und mit gebeugten Schultern schlich er von der Veranda wie ein geprügelter Hund. Amber aber presste den Kleinen an ihre Brust, weinte vor Erleichterung und benetzte sein zartes Köpfchen mit ihren Tränen.

Kurze Zeit später kam eine Einladung zur Taufe von Maggies und Jakes erstem Kind ins Haus. Maggie war, wie es sich gehörte, kurz nach der Hochzeit schwanger und noch vor Amber Mutter geworden. Da die Taufe als großes Fest gefeiert werden sollte, waren gewisse Vorbereitungen nötig gewesen. Maggies Kind, ein kleines Mädchen, war so hellhäutig und rosig wie ein Ferkel, das Köpfchen war mit weichem Kükenflaum bedeckt, und die Augen strahlten blau wie der Himmel über einer zierlichen Nase mit winzigen Löchern in die Welt.

Dieses Kind hat alles, was mein Kind nicht hat, dachte Amber, als sie die kleine Diana zum ersten Mal sah. Sie beugte sich über die Wiege, nahm das Kind heraus und auf den Arm. Dann strich sie dem kleinen Mädchen über die prallen Wangen, hörte das fröhliche, zahnlose Glucksen und lächelte.

Maggie stellte sich neben sie und beobachtete mit zusammengezogenen Augenbrauen, was Amber tat.

Amber wusste, dass Steve und sie nur eingeladen worden waren, damit sie sehen konnten, wie glücklich ein normales Ehepaar war, das zu einem normalen Zeitpunkt ein weißes Kind bekommen hatte.

Und Amber wusste noch etwas: Sie waren eingeladen, weil die wundervolle Ehe des wundervollen Traumpaares von Tanunda wohl doch nicht so wundervoll war, wie sie alle Leute glauben machen wollten. Warum sonst brauchten sie Amber und Steve, wenn nicht dafür, sich an deren Unglück zu weiden und dem eigenen Unglück weniger Bedeutung beizumessen? Nach diesem Fest, das wusste Amber, würde Maggie ein wenig glücklicher sein, weil sie sich sagen konnte, dass andere es noch schlechter getroffen hatten. Wenn nicht alle Blütenträume reifen, das hatte Amber gelernt, neigen die Menschen dazu, sich mit dem Unglück derer, denen es noch schlechter ging, zu trösten.

«Deine Tochter ist wunderschön», sagte Amber aufrichtig. Sie legte das Baby zurück in den Wagen und küsste Maggie auf die Wange.

«Danke», sagte Maggie, und es war offensichtlich, dass sie das Lob der ehemaligen Freundin nicht einordnen konnte.

«Warum hast du dein Kind nicht mitgebracht?», fragte Maggie und setzte ein wenig zögernd hinzu: «Ich wette, es ist ebenfalls wunderschön.»

Amber lächelte. «Ja, der Kleine ist wunderschön. Aber er ist schwarz, und ich war mir nicht sicher, ob alle Leute hier in der Lage sind, seine Schönheit zu erkennen. Außerdem wäre es für Steve eine Strafe gewesen, sich mit dem Bastard seiner Frau zeigen zu müssen.»

Maggie prallte bei diesen Worten zurück. Sie war so sehr an die gesellschaftlichen Lügen gewöhnt, dass die Wahrheit ihr Unbehagen verursachte. Sie wusste keine Worte dafür, also nickte sie nur. Doch die Neugier war noch stärker als ihr Unbehagen. «Liebst du ihn? Ich meine, liebst du das Kind? Ich frage nicht, weil es schwarz ist, sondern weil es keinen Vater hat. Unsere Diana wurde in Liebe gezeugt. Verstehst du?»

Amber nickte. «Ich verstehe dich besser, als du glaubst. Ja, ich liebe mein Kind. Sehr sogar. Und es wurde in Liebe gezeugt, weil ich auch seinen Vater sehr geliebt habe.»

«Du hast einen Schwarzen geliebt? Und ... und ... wo ist er jetzt? Hat er dich verlassen, wie sie es immer alle tun?» Maggie hatte bei dieser Frage die Arme abwehrend vor der Brust verschränkt.

«Der Vater meines Babys ist mit den anderen seines Stammes ins Outback gegangen», erwiderte Amber ruhig.

«Er hat dich allein gelassen? Also ist es wahr, dass die Schwarzen unbeständig sind und unfähig, ein Leben wie die Weißen zu führen.» Maggie schüttelte ungläubig den Kopf. «Hat er dich denn nicht geliebt?»

Amber überlegte einen Augenblick. Sie musste ihre Worte sehr sorgfältig wählen, denn morgen nach dem Kirchgang würde ganz Tanunda wissen, wer der Vater und wo er geblieben war.

«Er ist ins Outback gegangen, um die Initiationsriten seines Volkes abzuhalten. Jeder Aborigine ist dazu verpflichtet. Vorher darf er keine Familie gründen. Doch er ist krank geworden in der Wüste. Niemand konnte ihm helfen. Die Leute seines Totems brachten mir die Nachricht von seinem Tod. Steve war so edel, mich trotz dieses Kindes zu heiraten.»

Maggies Gesicht wurde bei diesen Sätzen ganz weich. Ambers Geschichte war für sie das, was sie unter Romantik verstand: ein toter, geheimnisvoller Liebhaber, ein edler Retter und ein Kind der Liebe. Sie seufzte. «Du trauerst bestimmt sehr um

157

den … den schwarzen … Liebsten, nicht wahr?», fragte sie. Ihr Blick fiel auf Steve Emslie, den sie nun mit ganz anderen Augen sah. Er war nicht nur attraktiv, sondern obendrein ein Held.

«Ich habe sehr viel zu tun. Für Trauer bleibt wenig Zeit», erwiderte Amber.

Maggie nickte. «Mir geht es genauso. Der Haushalt, die Kleine, manchmal frage ich mich, wie ich überhaupt all das schaffe. Jeden Tag kochen, waschen, bügeln, putzen, und am Abend möchte der Mann dann auch noch seinen Spaß. Amber, ich bin manchmal so erschöpft, dass ich gleich nach dem Abendessen einschlafe.»

Von der Festtafel, die sich unter den selbst gebackenen Kuchen bog, wurde nach Maggie gerufen.

Die junge Mutter seufzte noch einmal, dann strich sie Amber über den Arm und ging. Langsam schlenderte Amber hinter ihr her und nahm neben Steve am großen Tisch Platz.

Sie wandte sich ihm zu, legte eine Hand auf seine und hielt sie so fest, dass er sie nicht wegziehen konnte. Ganz laut, sodass alle sie gut hören konnten, sagte, nein, schrie sie beinahe: «Ich habe Maggie gerade erzählt, wie der Vater unseres Kindes durch Krankheit im Outback ums Leben kam und du so viel Anstand und Edelmut aufgebracht hast, mich trotz des fremden Kindes zu heiraten.»

Die Gespräche verstummten, und die Gäste sahen mit unverhohlener Neugier zu Amber und Steve. Maggie rief laut: «Ist das nicht wirklich eine edle Tat? So kann Steve dafür sorgen, dass ein Schwarzer den richtigen Weg im richtigen Glauben geht und lernt, wie man sich zu benehmen hat. Steve hat eine Seele gerettet.»

Die meisten Frauen nickten und warfen Steve begeisterte Blicke zu.

Ambers Ehemann schien seine Lage noch nie aus dieser Sicht gesehen zu haben, denn plötzlich verschwand der Missmut aus seinen Zügen und machte einem unerwarteten Stolz Platz. Auch die anwesenden Männer nickten anerkennend.

Amber aber lächelte. Sie hatte es mit nur wenigen Sätzen geschafft, aus dem Mann, der versucht hatte, ihr Kind zu ersticken, einen Helden zu machen. Und sie hoffte, dass der kleine Jonah von nun an Ruhe vor seinem Stiefvater haben würde. Beinahe wäre sie glücklich gewesen. Zum ersten Mal seit Jonahs Tod, der beinahe ein Jahr zurücklag. Doch der alte Lambert riss plötzlich das Gespräch an sich und rief quer über die Festtafel: «Habe gehört, eure Umsätze sind zurückgegangen. Nicht, dass es mich etwas angeht. Wüsste aber doch gern, ob es daran liegt, dass auf Carolina Cellar eine Frau der Winemaker ist.»

«Dem Wein ist es vollkommen gleichgültig, ob er von einer Frau oder einem Mann gekeltert wird», erwiderte Amber schlagfertig, doch schon wenige Minuten später begriff sie, dass sie vorschnell geantwortet hatte.

«Schon möglich, dass es dem Wein gleichgültig ist. Den Kunden aber nicht. Hab gehört, sie haben Angst, dass der Winemaker mit dem schwarzen Kind Aborigine-Kraut in den Wein panscht. Hab gehört, euer Wein soll schwerer sein als der von den gleichen Trauben aus der Gegend.»

Amber schluckte. Sie hatte nicht damit gerechnet, dass jemand ihr Privatleben und ihre Arbeitsleistung in einen Zusammenhang bringen würde; jetzt bereute sie ihre Arglosigkeit.

«Wir haben die Trauben länger hängen lassen als die meisten anderen. Die Sonne schien, noch Tage nachdem ihr mit der Lese fertig wart, sehr kräftig. Unsere Trauben hatten dadurch mehr Zucker. Das ist das ganze Geheimnis.»

«Das sagst du, Amber – aber die Leute reden anders. Es hat noch nie einen weiblichen Winemaker hier gegeben. Die meisten sind Winzer, weil sie mit Wein im Blut geboren sind. Sie lernen das Handwerk von den Vätern. Du aber hast einen Abschluss vom College. Wein muss geschmeckt und gerochen werden. Das kann man nicht aus Büchern lernen.»

Amber nickte. Sie wusste, dass Lambert sie provozieren wollte. Aber sie wusste auch, dass sein Wort viel Gewicht besaß.

Schon wieder musste sie die Worte genau wägen.

«Du hast recht, Lambert. Für Wein braucht man ein Gefühl. Ich denke, mein Vater wird es mir vererbt haben. Doch die Welt dreht sich, entwickelt sich. Du baust deinen Wein heute auch anders an als deine Vorfahren vor hundert Jahren. Ich aber wollte lernen, wie die Zukunft des Weins aussehen könnte.»

Die jungen Winzer nickten. Doch der alte Lambert war nicht zufrieden.

«Eine Frau hat im Weinkeller überhaupt nichts verloren. Du solltest deinem Mann ein Kind in die Wiege legen, das ein bisschen weniger dunkel ist. Das ist deine Aufgabe.»

«Wenn es an der Zeit ist, wird es so sein, Lambert», mischte sich Steve ins Gespräch. «Du solltest deine Zeit nicht mit Weibergetratsche vertun. Wenn du wissen möchtest, wie unser Wein schmeckt, dann komm zu uns. Du bist ein gern gesehener Gast.»

11

JONAH GEDIEH SCHLECHT. OBWOHL AMBER IHN NACH WIE vor stillte, ein wenig Brei zufütterte und dafür sorgte, dass er genügend Ruhe und Schlaf bekam, blieb er klein, schwach und weinte oft.

Währenddessen war der Sommer mit aller Gewalt über Barossa Valley hereingebrochen. Die Luft war so dick, dass Amber den Eindruck hatte, sich gegen eine träge, erstickende Masse behaupten zu müssen. Kein Lüftchen wehte. Alles war erstarrt. Die Bäume waren zu leblosen Säulen geworden, deren Blattwerk kraftlos an den Zweigen hing. Die Weinberge waren so trocken, dass die Trauben am Stock verdorrten. Die Sonne brannte die Weiden und Wiesen aus, die kleinen Flüsse waren verschwunden, ihre Betten rissig und voller Steine. Die Menschen bewegten sich mit einer Langsamkeit, als wäre ihnen das Blut in den Adern zu dick geworden. Auch die Sinne waren betäubt. Die Augen sahen flirrende Trugbilder, die Ohren hörten am Tage die Geräusche der Nacht und in der Nacht die Stille des Todes. Die Münder blieben stumm, weil die Worte in ihnen vertrockneten. Das Fühlen aber hatte sich gänzlich der Macht der Sonne unterworfen. Liebende spürten in der Nacht nicht mehr die Haut des anderen, sondern tasteten im klebrigen Schweiß nach der Erinnerung an sanfte Zärtlichkeiten von leichten, kühlen Händen. Überall roch es nach Staub und verdorbenen Lebensmitteln. Selbst das frische Brunnenwasser besaß einen Hauch von Fäulnis, und die Äpfel schmeckten vergoren, wenn sie die Lippen berührten.

Hunde suchten schon am Morgen den Schatten, die Vögel hatten zu wenig Kraft für ihre Lieder. Australien lag wie ein großes schlafendes Tier auf der Erdkugel. Nicht einmal die Nacht brachte Erfrischung. Die Luft stand wie eine Wand vor den dicken Mauern des Gutshauses und bedrohte den Schlaf. Die Bewohner wälzten sich unruhig auf nass geschwitzten Laken und erwachten morgens aus zähen Träumen.

Amber schwitzte. Sie saß vollkommen regungslos auf einem Rattanstuhl neben der Wiege des Kleinen. Sie rührte keinen Finger, trotzdem klebte ihr das Haar feucht im Nacken, die Haut war von einem dünnen Schweißfilm überzogen, das Kleid am Rücken und unter den Armen nass.

Langsam bewegte sie den Kopf und sah zu Jonah. Der Kleine hatte das Gesicht schon wieder weinerlich verzogen. Sein kleines Bäuchlein war aufgebläht, die Augen waren ohne Glanz.

«Wenn ich nur wüsste, was dir fehlt», murmelte sie, hob die Hand, um ihm das Bäuchlein zu streicheln, doch es fehlte ihr an Kraft. Sie ließ die Hand fallen und betrachtete müde das Kind.

Die dünnen Ärmchen ruderten in der Luft. Der kleine Mund öffnete sich, doch nie kam ein glucksendes Lachen daraus hervor, sondern immer nur klägliches Jammern.

Jetzt schwieg er. Amber schloss die Augen und überließ sich dem fauligen Sommer. Ein Bild erschien, zuerst verschwommen, dann etwas klarer. Ein Mann tauchte vor ihr auf, ein alter Mann. Er hatte den Mund geöffnet, um zu ihr zu sprechen, doch sie verstand ihn nicht. Der Mann war Jonah aus ihrem Traum nach seinem Tod. Erschrocken riss Amber die Augen auf. Ihr Blick fiel auf das Kind.

Das Baby sah seinem Traumvater zum Verwechseln ähnlich; in der Wiege lag ein winziger Greis. Gab es das? Konnte

das sein? War es so, dass die Seele des Vaters in den Sohn ge-
schlüpft war?

Amber erschrak. Zum ersten Mal seit vielen Tagen verspürte sie ein Frösteln. Dann überkam sie die Erkenntnis wie
ein Wolkenbruch.

Sie hatte ihre Liebe zu Jonah und die Trauer über seinen Tod
verdrängt. Doch wäre das Leben nicht unerträglich, würde die
Erinnerung an ihn sie stets begleiten? Würde ihr nicht bewusst
werden, was ihr alles fehlte? Sie war keine Frau mehr, seit Jonah
tot war. Sie war ein Ding. Ein Ding, das funktionierte. Seit dem
Tag seines Todes hatte sich Amber ihr Leben und ihren Zustand
nicht vor Augen geführt. Aus Angst, daran zu zerbrechen.

War es das? Gedieh das Baby deshalb nicht, weil Amber
nicht mehr wusste, warum sie noch lebte? Nicht mehr wusste,
was sie mit den vielen Jahren, die ihr noch blieben, anfangen
sollte?

Hatte das Kind ihre Ängste mit der Muttermilch einge-
sogen?

Sie schloss gequält die Augen. Zaghaft ließ sie die Tage und
Monate seit Jonahs Tod an sich vorüberziehen. Wer war sie
noch? Sie hatte Mühe, eine Antwort auf diese Frage zu finden.

Sie war einundzwanzig Jahre alt, hatte einen Beruf und
eine Familie, die diesen Namen nicht verdiente. Ihr Vater war
ein Mörder, ihr Ehemann nicht viel besser, und sie selbst war
eine Versagerin. Von ihren Träumen und Wünschen waren nur
Scherben übrig geblieben. Wenn Jonah sie jetzt sehen könnte!
Sie und sein Kind, das so elend war. O nein, er wäre gewiss
nicht stolz auf sie. Was hatte sie getan, um die gemeinsamen
Träume zu retten? Was? Nichts. Gar nichts.

Amber fuhr auf bei diesen Gedanken. Sie hatte sich aufgegeben! Und ihren kleinen Sohn dazu. Was hatte sie sich denn
für den kleinen Jonah erhofft?

Amber öffnete die Augen und sah zum Himmel empor. Sie konnte nicht glauben, was ihr jetzt bewusst wurde. Sie hatte ihr Kind verraten. Sie hatte sich ihm mit schuldbeladener Liebe genähert, hatte nichts getan, um für ihren Sohn ein glückliches Leben zu bauen. Bei Gott kein Wunder, dass er nicht gedieh!

Sie stand auf, nahm das Baby aus der Wiege und hob es auf den Arm. Sie roch an ihm, roch auch dort das Kränkliche. «Bin ich dabei, dich umzubringen?», fragte sie leise. «Geht es dir nicht gut, weil es mir schlecht geht? Gebe ich mit meiner Milch auch mein Empfinden weiter?»

Der Junge lag ganz still. Sein Atem ging ruhig. Amber wiegte ihn hin und her. Obwohl die Hitze noch immer so drückend war, dass jede Bewegung eine Last war, fühlte sie plötzlich neue Kraft in sich aufsteigen. Sie sah dem Baby ins Gesicht – und plötzlich lächelte das Kind! Es sah sie an und lächelte, als wolle es sagen: Ja, du bist auf dem richtigen Weg. Amber küsste den Kleinen, dann flüsterte sie ihm ins Ohr: «Ich glaube, ich habe dich verstanden.»

Sie ging mit ihm ins Haus, betrat ihr Mädchenzimmer, in dem sie nur noch selten war. Sie sah sich um, dann ging sie zu einer Schublade, zog sie heraus und fand darin eine kleine schwarze Pappschachtel, die mit rotem Samt ausgelegt war. In der Pappschachtel lag der Stein, den sie von Jonah am Tage ihrer Wiederkehr bekommen hatte. Ein Stück vom Uluru, ein Stück von der Regenbogenschlange, der Mutter allen Seins. Sie nahm den Stein in die Hand und schmiegte ihre Wange so lange daran, bis der Stein ihre Körperwärme angenommen hatte. Dann hielt sie ihn an die Wange ihres Sohnes. Das Kind griff mit seinen Händchen danach und lachte glucksend.

«Es ist dein Stein», erzählte sie ihm. «Er gehört dir. Ein Erbe deines Vaters.»

Dann trug sie den Säugling zurück auf die Veranda, legte

ihn zurück in die Wiege und steckte den Stein so unter das Kopfkissen, dass er den Kleinen nicht drücken konnte, aber in seiner Nähe war. Beinahe sofort schlief er ein. Seine Züge entspannten sich, wurden weich und jung.

Amber ging ins Haus. Aluunda sah von ihrer Arbeit auf und ließ die Bohne, die sie gerade schnippeln wollte, zurück in die Schüssel gleiten.

«Ich habe etwas zu erledigen», sagte Amber. «Kannst du bitte nach Jonah sehen? Er schläft im Augenblick, aber vielleicht wird er bald Durst bekommen.»

Aluunda nickte. «Natürlich sehe ich nach ihm. Was hast du vor?»

Amber lächelte leise und erwiderte: «Du wirst schon sehen.»

«Du kannst mein Auto haben, wenn du den Landrover nicht benutzen möchtest», sagte sie, als könnte sie Ambers Gedanken lesen. «Der Schlüssel hängt am kleinen Brett.»

«Danke.» Amber drückte ihrer alten Kinderfrau einen Kuss auf die weiche, warme Wange, nahm den Schlüssel und machte sich auf den Weg nach Tanunda.

Am Supermarkt machte sie Halt und stellte das Auto auf dem Parkplatz ab.

Sie lief ziellos zwischen den Regalen entlang auf der Suche nach etwas, das sie nicht benennen konnte. Sie hatte den Gedanken und die Erinnerungen an Jonah verdrängt. Das durfte nie wieder vorkommen. Jetzt wollte sie etwas kaufen, das sie ständig daran erinnerte, wie wichtig es war, sich zu erinnern.

Endlich fand sie die Kerzen. Die Hitze hatte sie verbogen und unansehnlich gemacht, doch das störte Amber nicht. Sie nahm mehrere dicke Kerzen und legte sie in ihren Korb.

Der Deckenventilator, der über ihr träge seine Blätter schwang, hörte plötzlich auf zu rotieren und wurde still. Mit einem Mal waren die Gespräche der anderen Kunden zu hören.

Amber spähte zwischen dem Regal hindurch und sah zwei Frauen, die sich unterhielten. Eine von ihnen war Maggies Schwägerin.

«Eine Rabenmutter ist sie», hörte Amber sie sagen und nahm an, dass die Frauen über Maggie sprachen.

«Ja, das ist sie wirklich. Das Kind ist klein und schwach. Es gedeiht nicht. Wie soll es auch wachsen, wenn sich niemand kümmert? Wer weiß, vielleicht gibt sie ihm nicht einmal genügend zu essen und zu trinken.»

«Eine Schande ist es. Eine Schande für ganz Barossa Valley. Wo in Australien maßt sich eine Frau an, Winemaker zu sein? Eine Frau mit einem Baby gehört zu ihrem Kind.»

In diesem Augenblick begriff Amber, dass die Frauen über sie sprachen. Sie hielt den Atem an.

«Ich kann sie ein bisschen verstehen», erklärte die Schwägerin nun. «Auch ich könnte ein schwarzes Kind nicht lieben. Sie sind hässlich, diese Schwarzen. Sie sehen aus wie Affen.»

«Trotzdem», beharrte die andere. «Eine Mutter ist eine Mutter und hat Pflichten. Das war schon immer so. Eine Frau gehört ins Haus.»

Sie beugte sich vor und flüsterte so laut, dass Amber sie gut verstehen konnte: «Vielleicht ist der kränkliche Bastard eine Strafe Gottes? Dafür, dass sie sich wie eine Hure mit einem Schwarzen eingelassen hat und sich jetzt weigert, Dinge zu tun, die eine Frau tun muss.»

Die andere nickte bestätigend und verschränkte die Arme bequem vor der Brust. «Du hast recht, sie ist keine richtige Frau. Sie ist ein Mannweib, ein verhurtes. Frauen wie sie landen normalerweise in einem Bordell in Sydney. Sie kann von Glück sagen, dass Steve Emslie sich ihrer erbarmt hat. Es heißt, wenn er nicht auf das schwarze Kind achten würde, wäre es schon tot. Es heißt, sie ist den ganzen Tag im Weinkeller, während das Kind sich die Seele aus dem Leib schreit.»

Maggies Schwägerin nickte. «Ich habe Maggie gesagt, sie soll sich von ihr fernhalten. Früher, als sie noch normal war, da waren sie sogar befreundet. Jetzt aber wird Maggie nur Schaden nehmen, wenn sie mit ihr verkehrt. Vielleicht steckt sich die kleine Diana sogar bei dem Schwarzen an? Wer weiß, was dieses Kind hat? Am Ende ist es innerlich von Würmern zerfressen. Man weiß ja nicht, was sie mit dem armen Kind macht, die Rabenmutter.»

Amber hatte genug gehört. Die Worte der Frauen hatten sie verletzt, sodass sie am liebsten in Tränen ausgebrochen wäre.

Ja, sie war Jonah keine gute Mutter gewesen, aber eine Frau, die ihren kleinen Sohn vernachlässigt, war sie trotzdem nicht.

Langsam und nachdenklich ging sie zur Kasse, bezahlte die Kerzen und stand dann auf dem Parkplatz. Sie wollte noch nicht nach Hause. Es gab da noch etwas, das sie regeln musste.

Sie verließ den Parkplatz und ging zur Kirche.

In der Kirche war es still und kühl. Eine alte Frau kniete in einer Seitenkapelle. Als sie Amber sah, bekreuzigte sie sich, stand auf und ging.

Amber ging zu der Kapelle, die am weitesten vom Hauptaltar entfernt stand. Sie zündete eine Kerze an und stellte sie auf, dann kniete sie sich nieder und begann zu beten: «Himmlischer Vater, bitte hilf mir, meinem Vater und meinem Ehemann zu vergeben. Erst, wenn ich ihnen vergeben kann, werde ich Ruhe finden.»

Sie sah in die Kerzenflamme und spürte plötzlich, wie ihr die Tränen kamen. Sie weinte still, ließ die Tränen rinnen. Lange kniete sie so, die Hände im Schoß und den Blick auf das Licht gerichtet. Etwas Hartes, das in ihr lebte, wurde von den Tränen aufgeweicht. Eine Last fiel von ihr ab, machte sie leichter.

Das Bild ihres Vaters tauchte vor ihr auf, und Amber hatte das Bedürfnis, ihn zu umarmen. Mit dieser Umarmung wollte sie ihn wieder aufnehmen in ihr Herz, in ihre Seele, in ihre Liebe. Sie hatte dem Mörder ihres Liebsten vergeben. Oder nein: Sie hatte begriffen, dass Walter Jordan kein Mörder war. Nein, das war er wahrhaftig nicht. Es fehlte ihm an Menschenverachtung, es fehlte ihm an Brutalität. Ihr Vater liebte die Menschen, und im Grunde war es ihm sogar gleichgültig, welche Hautfarbe sie hatten. Nein, er war kein Mörder. Jonahs Tod war ein Unfall, ein Versehen, ein Unglück, das den Täter schwerer strafte als das Opfer. Amber wurde das Herz leichter. Ihr Vater war kein Mörder. Sie konnte ihn wieder lieben, sie durfte ihn lieben, ohne Jonah zu verraten.

Dann sah sie Steve vor sich. Einen Steve, der die Schwarzen schlecht behandelte, einen Steve, der ihre Hand hielt, als sie Schmerzen und Angst gehabt hatte.

«Lieber Gott», betete sie. «Ich weiß nicht, wer der Mann ist, mit dem ich vor dem Altar gestanden habe. Bitte hilf mir, ihn kennenzulernen und ihn zu verstehen, damit ich lerne, mit ihm zu leben.»

Sie stand auf und hätte vor Erleichterung beinahe laut gelacht. Jetzt hatte sie die Antwort auf die Fragen bekommen, die ihr während der ganzen Zeit nach Jonahs Tod die Luft abgedrückt hatten, die wie ein Stein auf ihrer Seele lagen. Jetzt war sie befreit von dieser Last! Jetzt würde sie zu leben beginnen. Die Erstarrung, in die sie nach dem Tod Jonahs gefallen war, hatte sie abgestreift. Sie würde trauern um ihn und endlich zurück ins Leben finden. Sie würde ihren Sohn aufziehen und das Land hüten, das die Ahnen ihm und seinem Clan anvertraut hatten.

Beschwingt lief sie aus der Kirche, zurück zum Parkplatz.
Als ihr Blick auf den Supermarkt fiel, kam eine leise Trauer
in ihr auf. Sie hätte so gern eine Freundin gehabt. Doch heute
hatte sie erfahren, dass es für sie in Barossa Valley keine Freunde mehr gab. Sie passte nicht hierher. Von nun an musste sie
mit dem Misstrauen der Gemeinschaft leben.

Amber fühlte sich plötzlich so einsam, dass sie sich am
liebsten zusammengekrümmt hätte. Sie legte beide Hände auf
ihren Bauch und beugte sich vornüber. Es tat weh. Das Leben
tat weh.

Plötzlich spürte sie eine Hand auf ihrer Schulter. Sie drehte
sich um.

«Ist alles in Ordnung mit Ihnen?»

Dr. Lorenz stand hinter ihr. Dr. Lorenz, der Arzt, der ihre
Schwangerschaft betreut hatte, der die Menschen in Tanunda
heilte, der auch mal zu einem Schaf oder einem Rind gerufen
wurde, wenn der Tierarzt nicht zu erreichen war.

«Ja, es geht mir gut. Danke», antwortete Amber und richtete sich auf. Sie hatte nicht gelogen; es ging ihr besser. So gut
wie schon lange nicht mehr.

Das Lächeln fiel ihr auf einmal leicht.

«Es ist schön, Sie einmal lächeln zu sehen», sagte der Arzt
und hob die Hand, als wollte er sie berühren. Er räusperte sich
und sprach weiter: «Wie geht es dem Kleinen?»

Ambers Lächeln erlosch. «Er macht mir Sorgen», erwiderte
sie.

Dr. Lorenz nickte. «Manche Kinder haben es schwerer als
andere, sich an das Leben zu gewöhnen», erklärte er. «Aber ich
glaube nicht, dass Sie sich allzu große Sorgen machen müssen.
Sie sind eine sehr gute Mutter, Amber.» Amber zuckte zurück.
«Was sagen Sie da? Ich – eine gute Mutter?»

Sie lachte auf und schüttelte den Kopf. «Ich muss Sie ent-

169

täuschen. Ganz Tanunda hält mich für die schlechteste Mutter in ganz Australien.»

Der Arzt ließ sich nicht beirren. «Mag sein, dass andere nicht so denken wie ich. Doch ich weiß, dass Sie in Ihrem Kind nicht nur sich selbst lieben, das eigene Fleisch und Blut, sondern dass Sie sehr genau wissen, dass Jonah eine eigene Seele hat, die behütet werden muss.»

Amber ließ die Arme fallen und die Schultern sinken. Ihr Mund zuckte. «Das ist das schönste Kompliment, das ich je gehört habe», sagte sie leise. Dann straffte sie sich und ergriff die Hand des Arztes. «Ich benehme mich albern, Dr. Lorenz, und ich weiß es. Trotzdem möchte ich Ihnen versprechen, in die Hand versprechen, dass ich mich immer um Jonahs Seele sorgen werde.»

Der Arzt lachte nicht. Er sah Amber ernst an und erwiderte: «Das müssen Sie mir nicht versprechen, das weiß ich. Jonah ist der besondere Sohn besonderer Eltern. Es ist schön für mich zu wissen, dass er bei Ihnen in den besten Händen ist.»

Nach diesen offenen Worten standen sie ungelenk voreinander.

Schließlich räusperte sich der Arzt: «Ich bin für Sie da, Amber. Für Sie und Ihren Sohn. Und es ist mir gleich, was die anderen denken und reden. Rufen Sie mich, wann immer Sie mich brauchen.»

«Danke, Dr. Lorenz. Danke für alles», sagte Amber, dann drehte sie sich schnell um und rannte beinahe zu Aluundas Auto.

Als sie auf Carolina Cellar angekommen war und das Auto geparkt hatte, kam ihr die Hitze plötzlich viel erträglicher vor. Etwas Frisches hatte sich in die Luft gemischt.

Leichtfüßig stieg sie die Stufen zur Veranda hinauf und sah nach Jonah, der in seiner Wiege schlief.

Aluunda kam heraus. «Es ist alles in Ordnung, Amber», sagte sie. «Der Kleine hat geschlafen und ein wenig Tee getrunken. Und er hat mich angelächelt.»

Amber nickte. «Ich weiß. Von jetzt an wird er öfter lächeln.»

Dann nahm sie den Kleinen aus der Wiege, holte aus dem Haus eine Decke und ging damit zu dem Teebaum, der auf Jonahs geheimem Grab wuchs.

Sie breitete die Decke im Schatten des Baumes aus und bettete ihren Sohn darauf. Sie legte sich neben ihn, barg ihn im Schutz ihres Oberkörpers und erzählte ihm von seinem Vater.

Ambers Veränderung, ihre heitere Stimmung, wurde von allen bemerkt. Auch Steve war sie nicht entgangen. Am späten Abend, als endlich ein leichter Wind die Vorhänge bauschte und für ein wenig Kühlung sorgte, kam er in ihr Zimmer. Seit Jonahs Geburt war er nicht mehr bei ihr gewesen und hatte sich einen Schlafplatz in seinem alten Zimmer eingerichtet.

Er kam herein, warf einen Blick auf die Wiege und sagte: «Schaff ihn weg. Für ihn und mich ist kein Platz in einem Raum.»

«Dann geh du», antwortete Amber. «Jonahs Platz ist hier, ist an meiner Seite.»

«Dein Platz ist an der Seite deines Mannes», bestimmte Steve. «Bring ihn weg. Du hast auch mir gegenüber Pflichten.» Amber antwortete nicht. Ganz ruhig stand sie da und sah ihrem Mann ins Gesicht. Sie hob die Arme und löste ihr Haar, sah das Glitzern in seinen Augen. Dann öffnete sie langsam die Knöpfe ihrer Bluse. Steves Atem ging schneller. Er trat zu ihr, fasste in ihr Haar und presste seinen Mund auf ihren. Seine Hand knetete ihre Brust, fuhr auf ihrem Leib auf und ab, hob den Rock und schob den Slip zur Seite.

Amber ließ ihn gewähren. Sie sträubte sich nicht, sie ermunterte ihn nicht, sie ließ geschehen, was Steve für eheliche Pflicht hielt.

Er drängt sie gegen das Bett, Amber ließ sich fallen und sah ihn an. Er stand über ihr, hantierte an seiner Hose. «Schließ die Augen», befahl er. Sie rührte sich nicht, hielt ihren Blick fest auf sein Gesicht gerichtet.

«Du sollst die Augen schließen», herrschte er sie an. «Los, mach die Augen zu.»

«Warum?», fragte sie. Nicht mehr, nur dieses eine Wort. Steve hantierte noch immer an seiner Hose. Amber sah, dass ihn ihre Blicke irritierten. Ungeschickt wühlte er sich aus seinen Beinkleidern. Noch immer flackerte die Gier in seinen Augen wie eine Kerzenflamme im Wind. Dann stand er erregt und nackt vor ihr.

«Mach die Augen zu!», keuchte er. «Nur Huren bumsen mit offenen Augen.»

Noch immer gehorchte Amber ihm nicht. Er nahm ein Kissen, legte es ihr auf das Gesicht, dann zog er ihre Arme über den Kopf und hielt sie an den Handgelenken fest. Dann drang er in sie ein – mit derselben Gier, mit der ein Raucher am Morgen die erste Zigarette raucht. Amber rührte sich nicht und gab auch keinen Ton von sich. Sie überließ Steve für ein paar Augenblicke ihren Körper, mehr nicht. Sollte er sich daran befriedigen. Es war ihre Pflicht, ihm dies zu gestatten, und sie erfüllte diese Pflicht. Sie wusste, dass er sie damit für den Nachmittag auf der Veranda strafen wollte, als sie ihn mit der Hand in der Wiege ertappt hatte.

Sie hörte sein Keuchen und Schnaufen, seinen Aufschrei, als er auf ihr zusammenbrach. Seine Hand gab ihre Gelenke frei. Amber zog sich das Kissen vom Kopf und sah ihn an. Seine Augen waren rot unterlaufen. Er hob die Hand und strich

Amber sanft eine Haarsträhne aus dem Gesicht. «Habe ich dir wehgetan?», fragte er.

Amber schüttelte den Kopf und lächelte.

Steve sah hoch: «Du lächelst ja», sagte er. «Siehst aus wie eine zufriedene Katze. Du hast bekommen, was du gebraucht hast, einen Mann nämlich, der dich mal richtig rannimmt.»

Ambers Lächeln erlosch. «Ich habe meine Pflicht erfüllt. Jetzt geh!», sagte sie.

Steve starrte sie ungläubig an. «Glaubst du, ich sei dein Zuchthengst?», zischte er. «Glaubst du, du kannst nach mir pfeifen wie nach einem Hund oder einem Bushi? Ich bin dein Mann. Du musst mir gehorchen. Ich habe deinen schwarzen Bastard angenommen. Dafür bist du mir etwas schuldig.»

«Ich habe nicht nach dir gepfiffen», erwiderte sie. «Was bin ich dir schuldig? Wie hoch ist der Preis für meinen Sohn?»

«Du wirst dich in Zukunft deinem Mann mit etwas mehr Liebe widmen», verlangte er. «Du wirst mir vor Gott und den Menschen eine gehorsame Ehefrau sein. Hast du verstanden?»

Amber nickte. «Ich werde dir vor den Menschen eine gute Ehefrau sein. Was ich aber vor Gott bin, geht dich nichts an.»

Sie stand auf, öffnete eine Truhe und holte ein zweites Kissen und eine dünne Zudecke daraus hervor. Sie legte das Bettzeug neben sich und wies mit der Hand einladend auf die Matratze. «Der Platz neben mir ist frei. Du kannst hier schlafen, wenn du willst.»

«Brav», lobte Steve und tätschelte ihr die Wange. Amber wich zurück, ging zur Wiege ihres Sohnes und rückte sie dicht an die Seite des Bettes, auf der sie schlief.

Steve lag bereits und sah mit zusammengekniffenen Lippen auf die Wiege.

«Wenn du meinem Sohn etwas antust, dann töte ich dich», sagte sie, und Steve sah, dass sie es genau so meinte.

12

WALTER JORDAN KÜMMERTE SICH UM DEN VERKAUF DES
Weins. Er hatte Amber nicht davon abhalten können, weiterhin als Kellermeisterin tätig zu sein. Amber wusste, dass es
sein Alter und die Schuld waren, die ihm die einstige Strenge
geraubt hatten. Jeden Tag war sie in den Weinbergen oder im
Keller, doch sie sprach nie darüber und wurde von niemandem
zu ihrer Meinung befragt. Früher war das anders gewesen.
Steve, Walter und Amber hatten sich über das Gut unterhalten,
hatten einander um Rat gefragt, hatten, wenn es um das Gut
ging, am selben Strang gezogen. Nun war Walter nur noch selten zu Hause. Er reiste durch Australien wie ein Handelsver-
treter, bot überall seinen Wein an, doch auch er konnte nicht
verhindern, dass sich der Wein schlecht verkaufte.

Amber kannte die Ursache dieser Krise. Sie hatte ihr erstes
Jahr als Winemaker auf dem Gut verbracht, hatte den ersten
Wein gekeltert, der nun zum Verkauf stand. Der Inhaber einer
großen Hotelkette war zu einer Weinprobe gekommen.

Amber wusste, dass der Wein gut war. Er war vielleicht
nicht besser als der Wein der anderen Winzer, aber er hatte
eine eigene Note.

Miller, der Einkäufer, hatte mit Walter Jordan und Amber
auf der Veranda gesessen und die neuen Weine verkostet.

«Gut», lobte er. «Ich nehme zweitausend Flaschen. So wie
immer.»

Jordan nickte zufrieden. Die Hotelkette war seit Jahren ein
großer und wichtiger Kunde des Carolina Cellar.

«Ich kaufe euch die Flasche zu fünfundzwanzig Pence ab», bot Miller an.

Walter Jordan lachte. «Ihr seid ein Witzbold, Miller.»

Der Einkäufer schüttelte den Kopf. «Nein, Jordan, ich mache keine Witze. Fünfundzwanzig Pence, das ist mein erstes und mein letztes Wort.»

Der Winzer runzelte die Augenbrauen. «Wie kommen Sie auf diesen Preis, Miller? Meine Weine sind mehr wert als zweieinhalb Shilling pro Flasche, und das wissen Sie auch. Unter fünf Shilling kann ich sie nicht verkaufen.»

Der Einkäufer setzte sich gerade hin. «Ist das Ihr letztes Wort?»

Walter Jordan nickte, doch sein Gesicht war vor Verwunderung ganz schmal.

Miller erhob sich. «Dann bleibt mir nur, Ihnen für die Zukunft alles Gute zu wünschen.»

Er klopfte mit den Fingerknöcheln auf den Tisch und wandte sich zum Gehen.

«Moment mal! Was soll denn das?», fragte Jordan. «Sie haben mir nie weniger als fünfzig Pence pro Flasche gezahlt. Was ist los? Warum bieten Sie in diesem Jahr nur die Hälfte?»

Miller blieb stehen, und Amber hatte den Eindruck, dass er ihren Vater mitleidig ansah. «Wissen Sie das wirklich nicht?», fragte er.

Walter Jordan schüttelte den Kopf.

«Frauen werden geringer bezahlt als Männer. Das ist überall so. Ihr Wein wird von einer Frau gemacht. Also wird dafür weniger bezahlt.»

«Wie bitte?»

Amber sprang auf. «Ich mache den Wein, weil ich studiert habe, wie man so etwas macht. Ich bin ein Winemaker mit Diplom, und ich mache meinen Job nicht schlechter, als ein

Mann ihn machen würde. Sie sagten selbst, unser Wein wäre so gut wie immer.»

Miller zuckte mit den Achseln. «Es ist, wie es ist. Ich biete fünfundzwanzig Pence. Wenn Sie nicht verkaufen möchten, dann kann ich es nicht ändern. Ich glaube auch nicht, Jordan, dass Sie in diesem Jahr viele Anfragen erhalten werden. Unsere Branche ist klein, Gerüchte streifen wie wilde Dingos durch das Land. Wein, den eine Frau gemacht hat, ist einfach weniger wert als der Wein erfahrener Winzer.»

Walter Jordan starrte ihn noch immer ungläubig an. «Sie haben ein besseres Angebot, nicht wahr?», fragte er. Seine Miene aber verriet, dass er einfach nicht verstehen konnte, dass der von einer Frau gemachte Wein weniger kosten sollte als der Wein eines Mannes.

Miller schüttelte den Kopf. «Ich bin nach wie vor bereit, fünfzig Pence pro Flasche zu zahlen. Doch ich muss sicher sein, dass der Wein auch gekauft wird. Der Wein einer Frau, noch dazu mit einem schwarzen Kind, verkauft sich aber nicht. Lambert hat mir ein Angebot gemacht, das ich nicht abschlagen kann. Er wird mir die zweitausend Flaschen liefern. Es sei denn, Jordan, Sie verkaufen für fünfundzwanzig Pence.»

Walter Jordans Gesicht lief rot an. Er rang nach Atem und erhob sich schwer aus seinem Stuhl. Dann aber stand er und brüllte, wie Amber ihn noch nie hatte brüllen hören: «Raus! Verlassen Sie mein Gut, und wagen Sie sich nie wieder über meine Schwelle!»

Miller nahm seinen Hut und ging, doch nach einigen Schritten hielt er inne. «Sie machen einen Fehler, Jordan.»

«Raus! Scheren Sie sich zum Teufel.»

Das Erlebnis hatte Amber gekränkt, sie aber nicht an sich und ihren Fähigkeiten zweifeln lassen. Nun aber war sie schwanger. Schwanger von Steve. Sie trug schwer an seinem Kind in ihrem Leib. In den ersten drei Monaten wurde sie von ständiger Übelkeit geplagt, nun, im sechsten Monat, war ihr Bauch so dick, dass sie sich kaum noch bücken konnte. Sie fühlte sich unsagbar matt und müde.

Steve, der ihr bei der ersten Schwangerschaft eine große Hilfe gewesen war, kümmerte sich kaum um sie. Amber wusste nicht, was in ihn gefahren war, denn sein Tagesablauf hatte sich stark gewandelt. War er früher beim ersten Hahnenschrei aufgewacht, so ging er nun zu diesem Zeitpunkt zu Bett. Oft schlief er bis in die späten Morgenstunden, während seine Arbeiter tatenlos unter einem Baum saßen und Karten spielten. Kam er dann heraus, so schrie er sie an und beschimpfte sie wegen ihrer Faulheit. Er bürdete ihnen Aufgaben auf, die in seiner Verantwortung lagen, und geriet außer sich vor Wut, wurden diese nicht genau so erfüllt, wie er sich das vorgestellt hatte.

Manchmal aber verschwand er auch schon nach dem Frühstück, und Amber erfuhr später, dass er den ganzen Tag in einem Pub verbracht hatte.

«Was ist los mit dir?», hatte sie ihn eines Abends gefragt. «Ich bin schwanger und schaffe die Arbeit auf dem Gut nicht allein.»

«Dann lass dir doch von deinem schwarzen Bastard helfen», hatte Steve geantwortet. «Er ist dir doch das Wichtigste hier. Mein Kind aber scheint dir nicht einmal wichtig genug zu sein, dass du es gut hütest. Eine Schwangere hat nichts im Weinkeller zu suchen. Willst du mein Kind umbringen?»

Amber schüttelte fassungslos den Kopf. «Was redest du da?», fragte sie. «Es schadet dem Kind nicht, wenn ich im Weinkeller bin.»

«Eine Frau gehört ins Haus. Die Leute reden schon. Du seist eine schlechte Mutter, sagen sie. Ginge es nur um den

Bastard, wäre es mir gleichgültig. Jetzt aber geht es um mein Kind.»

Amber verstand. «Du lässt mich hier allein, weil du möchtest, dass ich die Arbeit nicht schaffe. Du möchtest, dass ich krank werde darüber, damit es endlich einen triftigen Grund gibt, mich an Haus und Herd zu fesseln. Du möchtest mir auf die Art beweisen, dass eine Frau eben doch nicht zum Winemaker taugt.»

«Denk, was du willst. Ich weiß, was ich sehe und höre, was die Leute reden», entgegnete Steve und machte sich auf den Weg in den Pub.

Alle Arbeit war nun ihr aufgebürdet. Sie stand auf, kaum dass die ersten Sonnenstrahlen sich daranmachten, die Herrschaft der Nacht zu brechen. Sie versorgte ihren kleinen Sohn, dann erstellte sie Einkaufslisten für Aluunda und besprach das Essen mit ihr. Kaum war sie damit fertig, kümmerte sie sich um die Arbeiter. Sie ging mit den Männern hinauf auf die Weinberge, prüfte Blätter und Trauben, befahl ihnen, zu düngen und die Schädlinge zu bekämpfen, den Boden zu lockern, zu kontrollieren, ob die Reben noch am Drahtgeflecht hingen und sich gut entwickeln konnten. Anschließend sah sie nach Jonah, weckte ihn, zog ihn an, machte ihm Frühstück und setzte sich neben ihn. Dann spielten sie, oder Amber erzählte ihm Geschichten. Er war nun beinahe eineinhalb Jahre alt und tapste auf unsicheren Beinchen über das Gut. Manchmal nahm ihn einer der Arbeiter auf dem Traktor mit, manchmal blieb er bei Aluunda und sah ihr bei der Arbeit zu. Oft war er auch mit Saleem unterwegs, dem es eine Freude war, dem kleinen Jungen die Pflanzen und Tiere seiner Heimat zu erklären.

Erleichterung fand Amber nur, wenn Walter zu Hause war, dann kümmerte er sich um Jonah. Ihr Vater liebte seinen schwarzen Enkel von ganzem Herzen. Er brachte ihm Geschenke von seinen Reisen mit, ließ ihn auf seinen Schultern reiten und erklärte ihm die Welt des Weinguts. Doch meist war er unterwegs, und Amber nahm den Kleinen mit in den Weinkeller, wenn Aluunda und Saleem zu tun hatten. Während sie dort arbeitete, erzählte sie Jonah vom Wein. Einmal ließ sie einige Tropfen aus einem Eichenholzfass über ihre Finger rinnen und Jonah ablecken. Sie lachte, als das Kind begeistert jauchzte.

Sie aß zu Mittag, fütterte dann das Kind und brachte es zum Schlafen in sein Bettchen.

Meist war sie zu diesem Zeitpunkt selbst schon so müde, dass sie auf der Stelle einschlafen wollte, doch die Arbeit war noch lange nicht geschafft. Amber erledigte die Geschäftskorrespondenz, fuhr mit dem Landrover zur Bank nach Tanunda und kaufte dort Dünger und Schädlingsbekämpfungsmittel. Kaum war sie wieder zu Hause, erwachte Jonah und rief nach seiner Mutter.

Sie nahm ihn aus dem Bettchen, setzte ihn auf die Decke unter den Teebaum, seinen Lieblingsplatz, und behielt ihn im Auge, während sie sich erneut um die Arbeiter und die Weinberge kümmerte.

Nach dem Abendbrot badete sie das Kind, las ihm eine Geschichte vor und brachte es zu Bett. Die Arbeiter hatten längst Feierabend. Auch Aluunda hatte sich in ihren Lehnstuhl in dem kleinen Steinhaus am Rande des Weinguts, das sie mit ihrem Mann bewohnte, zurückgezogen, Saleem seinen Lieblingsplatz unter den Akazien eingenommen. Für Amber aber begann die zweite Schicht. Sie kümmerte sich um die Bücher, erledigte Abrechnungen und Lohnauszahlungen, bezahlte Handwerker, schrieb Bestellungen, orderte neue Fässer, Flaschen, Korken, entwarf Etiketten und las die Fachzeitschriften, die jede Woche neu ins Haus kamen.

Seit Jonah auf der Welt und sie verheiratet war, hatte sie sich nie mehr mit Maggie oder jemand anderem getroffen. Amber hatte sich vor dem Alleinsein gefürchtet, doch war ihre Furcht unnötig geworden, denn die Arbeit war es, die sie in die Isolation trieb.

Manchmal, wenn sie schon im Bett lag, hörte sie Steve kommen. Meist war er betrunken und krakeelte so laut, dass Jonah weinend erwachte. Amber sprang auf, nahm das Kind zu sich und versuchte es zu beruhigen, damit Steve keinen Anlass zum Streit fand.

Doch das klappte nicht immer.

«Seit du der Winemaker bist, verkommt das Gut», warf er ihr vor. «Niemand will deinen Wein kaufen. Die Arbeiter parieren nicht, es kümmert sich keiner um die Maschinen. An einem der kleinen Traktoren fehlt seit Monaten der Keilriemen, aber du denkst gar nicht daran, Abhilfe zu schaffen. Die Spritzen für die Düngemittel sind nicht gesäubert. Alles liegt herum, auf dem Gut sieht es aus wie in einem Schweinestall.»

«Das kommt davon, dass ich deine Arbeit mitmachen muss. Du bist es, der sich hier um nichts kümmert», hielt sie ihm entgegen.

«Pah!», machte er. «Du weißt genau, wessen Schuld das ist.»

Heute Abend aber war sie nicht nur todmüde, sondern fühlte sich so schwach und schwindelig, dass sie sich bei jedem Schritt irgendwo festhalten musste. Ja, sie dachte sogar zum ersten Mal daran, Steves Erpressung nachzugeben und sich nur noch um Haushalt, Kind und um das Baby in ihrem Bauch zu kümmern.

«Was ist mit dir?», fragte Aluunda. «Du bist weiß wie die Wand.»

Amber verstand kaum, was Aluunda sagte. Die Worte

180

rauschten an ihr vorbei wie ein Wasserfall. Die Küche begann sich zu drehen, Amber spürte, dass sie fiel, doch den Aufprall nahm sie nicht mehr wahr.

Als sie wieder zu sich kam, lag sie in ihrem Bett, und Dr. Lorenz saß neben ihr.

«Wie fühlen Sie sich?», fragte er und griff nach ihrem Puls.

«Ich weiß es nicht», erwiderte Amber. «Ich bin so furchtbar müde. Am liebsten würde ich tagelang schlafen.»

Dr. Lorenz nickte. «Sie sind erschöpft. Ich habe keine Ahnung, was sie in den letzten Wochen getan haben, doch ich sehe, dass sie am Ende Ihrer Kräfte sind.»

Amber versuchte ein kleines Lächeln. «Das muss die Hitze sein», erwiderte sie. «Morgen wird es schon besser gehen. Morgen werde ich wieder auf den Beinen sein.»

Dr. Lorenz schüttelte den Kopf und sah sie mit ernstem Gesicht an. «Nein, Amber, das werden Sie nicht. Sie hatten einen Kreislaufzusammenbruch. Wenn Sie sich jetzt nicht schonen, wird das Kind in Ihrem Leib Schaden nehmen. Ihr Zustand ist ernst.»

Amber hatte Mühe, die Tränen zurückzuhalten. «Was soll ich denn tun?», flüsterte sie. «Mein Vater ist auf Reisen. Er versucht, den Wein im Norden zu verkaufen. Dort, wo niemand weiß, dass eine Frau es ist, die den Wein macht. Eine Frau mit einem schwarzen Kind. Niemand in ganz Südaustralien kauft mehr von uns. Die Leute scheinen zu glauben, wir wollten sie vergiften. Ich bin nicht Winemaker geworden, um nun nur einem Haushalt vorzustehen.»

Dr. Lorenz nahm ihre Hand und tätschelte sie. «Niemand in Tanunda glaubt, ihr wolltet jemanden vergiften. Die Menschen nehmen es übel, wenn jemand anders ist als sie selbst. Sie wollen Sie strafen für das, was sie sich selbst wünschen, aber nicht zu leben wagen. Es wird eine Zeit dauern, bis sie akzeptieren können, dass auf Carolina Cellar andere Regeln herrschen als anderswo.»

«Aber wir können nicht mehr lange warten», flüsterte Amber. «Das Gut wird bald am Ende sein, wenn niemand mehr bei uns kauft. Schon jetzt lauern Lambert und die anderen auf unseren Grund und Boden. Ich schaffe die Arbeit nicht mehr. Steve sitzt den ganzen Tag im Pub. Alles bleibt an mir hängen.»

«Sie brauchen viel Kraft, Amber. Und Sie müssen diese Kraft wiederfinden. Ruhen Sie sich aus, das ist jetzt das Wichtigste. Eine kranke Kellermeisterin nützt hier niemandem.»

Er beugte sich ein Stück über sie und strich ihr mit einer scheuen Geste eine Haarsträhne aus der Stirn.

«Ich werde morgen meine Mutter zu euch schicken. Sie wird sich ein wenig um Jonah kümmern. Und sie wird sich um Sie kümmern.»

«Nein, nein», widersprach Amber. «Wir kommen schon klar; Aluunda ist ja da.»

«Aluunda ist alt. Auch sie ist am Ende ihrer Kräfte. Meine Mutter würde gern kommen.»

Dr. Lorenz sah sie mit so viel Wärme an, dass Amber beinahe genickt hätte, doch dann fiel ihr etwas ein: «Weiß Ihre Mutter, dass mein Kind schwarz ist?»

«Ja», erwiderte Dr. Lorenz. «Sie weiß, dass Jonah ein Mischling ist. Für sie aber ist er einfach ein kleiner Junge und der Sohn einer Frau, die sie bewundert.»

«Ihre Mutter bewundert mich?», fragte Amber fassungslos.

«Ja, das tut sie. Mein Vater ist sehr früh gestorben. Sie hat mich allein aufgezogen und weiß, was es heißt, Mutter und gleichzeitig Ernährerin zu sein. Sie liest gern, müssen Sie wissen, und bewundert die wenigen jungen Frauen, die es wagen, aber ach, das soll sie Ihnen alles selbst erzählen.»

In Amber flutete Dankbarkeit auf. Gab es tatsächlich jemanden in Tanunda, der sie nicht verurteilte?

Sie wagte kaum, es zu glauben. Als Dr. Lorenz ihr seine Hand entgegenstreckte und sagte: «Ich würde gern ‹du› zu Ihnen sagen, Amber. Ich heiße Ralph», musste Amber an sich halten, um nicht zu weinen.

Sie war glücklich und erleichtert darüber, dass sie ab morgen eine Hilfe haben würde. Jetzt konnte Steve sie nicht mehr zurück ins Haus zwingen.

Doch plötzlich fiel ihr etwas ein: «Dr. Lorenz … Entschuldigung, Ralph, es ist sehr freundlich von dir, deine Mutter schicken zu wollen, aber es geht nicht.»

Ralph Lorenz zog die Augenbrauen in die Höhe. «Warum nicht?»

«Ich … ich … wir haben kein Geld, um sie zu bezahlen.» Der Arzt begann zu lachen. «Amber, Liebes, meine Mutter kommt doch nicht, um Geld zu verdienen. Im Gegenteil, sie sucht das Gefühl, gebraucht zu werden. Das kann man gar nicht mit Geld bezahlen.»

Er schüttelte den Kopf, dann fügte er hinzu: «Außerdem hätte ich dann immer einen Grund, auf Carolina Cellar vorbeizuschauen.»

Margaret Lorenz war eine quicklebendige ältere Dame um die sechzig, die ihr graues Haar kurz geschnitten trug. Sie war etwas füllig, doch sie verstand es, ihre Fülle durch zweckmäßige und gut geschnittene Kleidung zu verbergen. Ihre blauen Augen strahlten vor Unternehmungslust.

Obwohl Amber sie nur aus der Kirche kannte und nie mehr als ein paar belanglose Sätze mit ihr getauscht hatte, nahm Margaret Lorenz die junge Frau in den Arm und schmetterte ihr einen herzhaften Kuss auf die Wange. Dann begrüßte sie

Aluunda, als wären sie alte Bekannte, und zum Schluss nahm sie Jonah aus seinem Bettchen. Der Kleine quietschte vor Freude, als Margaret ihre Nase sanft an seiner rieb.

«Ich bin gekommen, um zu helfen», sagte sie und sah sich suchend um. «Zu Hause ist es einfach zu langweilig.»

Amber hatte sich trotz des Verbotes von Dr. Lorenz angezogen und saß nun in der Küche. Ihr Gesicht war sehr blass, und feine Schweißperlen standen auf ihrer Oberlippe. Sie fand Margaret vom ersten Augenblick an sympathisch. Am meisten aber amüsierte sie sich über Aluunda, die misstrauisch die weiße Frau betrachtete, als wäre Margaret bereits im Begriff, Aluunda den Kochlöffel zu stehlen.

«Missus, wenn Sie wirklich helfen wollen, dann schaffen Sie unsere Amber wieder zurück ins Bett», sagte Aluunda. «Es sind ohnehin zu viele Menschen in der Küche.»

Margaret war keineswegs beleidigt über den dezenten Rauswurf. Sie streckte der schwarzen Frau ihre Hand entgegen und sagte: «Ich glaube, wir sind ungefähr in einem Alter, nicht wahr? Wie wäre es, wenn Sie Margaret zu mir sagen würden?»

Aluunda wischte ihre Hand an der Schürze ab, dann sah sie auf, und ein Lächeln, das so breit war wie der Murray River nach der Regenzeit, überzog ihr Gesicht.

«Ich heiße Aluunda», sagte sie, ergriff Margarets Hand und schüttelte sie herzhaft.

Ist das der Beginn einer Freundschaft zwischen einer schwarzen und einer weißen Frau?, überlegte Amber, doch ihr blieb wenig Zeit zum Nachdenken. Margaret hatte sie schon beim Arm genommen und führte sie aus der Küche.

«Wie geht es Ihnen heute, meine Liebe?», fragte sie.

«Es geht mir besser», erwiderte Amber.

Margaret blieb stehen und lauschte nach unten in die Küche. «Ich setze Sie jetzt im Arbeitszimmer ihres Vaters ab. Sie bleiben ja ohnehin nicht im Bett. Also können Sie ruhig auch über den Büchern sitzen. Ich werde Aluunda helfen und mich um Jonah kümmern. Zu Mittag aber legen Sie sich hin. Ich habe meinem Sohn versprechen müssen, dass ich für Ihre Mittagsruhe sorge.»

Amber nickte. Von Margaret ging so viel Herzlichkeit und Wärme aus, dass sie nur zu gern bereit war, ihren Anweisungen zu folgen.

Sie hatte heute Morgen den Vorarbeiter in die Küche gerufen und ihm die Aufgaben für den Tag zugeteilt. Der Mann, er hieß Bob, war schon auf dem Gut, seit sie denken konnte. Er hatte beinahe ebenso viel Erfahrung im Weinbau wie Walter Jordan. Doch niemand traute ihm zu, fehlerfrei bis drei zählen zu können.

Er hatte vor Amber gestanden, den Hut in den Händen knüllend, und sie gefragt: «Missus, der, der Boden muss gelüftet werden, die Reben gehören beschnitten, und beim Traktor muss das Öl gewechselt werden.»

«Gut», hatte Amber gesagt. «Es wäre schön, wenn ihr das heute erledigen könntet.»

Sie nickte ihm freundlich zu, doch Bob blieb stehen und sah sie weiter an.

«Ist noch etwas?», fragte Amber.

«Ja. Ich … dachte, ich könnte heute nach dem Weinkeller sehen. Dann können Sie sich ausruhen … Missus.»

Der Mann kratzte mit der Schuhspitze auf dem Boden herum, dann hob er den Kopf und sah Amber an: «Ich war immer dabei, wenn der Master im Keller gearbeitet hat. Ich habe schon oft die Flaschen gedreht und kann auch ein Fass öffnen und den Wein abfüllen.»

Amber sah ihn verwundert an.

«Sie sehen nicht gut aus, Missus. Das Kind braucht Ruhe.»

Amber war gerührt über den Arbeiter, von dem sie nicht viel mehr wusste als seinen Namen.

Sie griff nach seiner Hand und drückte sie. «Danke, Bob, das ist sehr freundlich von dir. Vielen Dank. Wäre es in Ordnung, wenn du mich rufst, nachdem du die Arbeit im Keller erledigt hast?»

Bob nickte kräftig. «Sie können dann sehen, dass ich alles richtig gemacht habe.»

Amber schüttelte den Kopf. «Nein, Bob, ich brauche dich nicht zu kontrollieren. Du hast recht, du bist schon so lange bei uns, du wirst es auch allein schaffen. Aber du kannst bei der Gelegenheit gleich den neuen Wein verkosten und mir sagen, ob er dir schmeckt.»

Bob strahlte über das ganze Gesicht, dann nickte er. «Ich werde rufen, Missus.»

Amber sah ihm nach und überlegte: Bob war hier, seit sie denken konnte. Auch die anderen Arbeiter gehörten schon lange zum Gut. Wie kam es, dass sie unter Steves Regiment taten, als sähen sie die Arbeit nicht?

Amber fand keine Antwort, doch sie nahm sich vor, darauf zu achten. Bobs Angebot erfreute sie. Jetzt wusste sie, dass sie es schaffen würde. Ja, sie würde weiterhin die Kellermeisterin auf Carolina Cellar sein, und sie wusste, dass es Menschen gab, die ihr dabei halfen. Ihr Sohn und das Kind, das bald käme, würden nicht unter ihrer Berufstätigkeit zu leiden haben.

Bob hielt sein Wort und holte Amber, als sie gerade mit Margaret auf der Veranda saß und Tee trank.

«Wollen Sie mitkommen, um den Keller zu sehen?», fragte Amber, und Margaret erhob sich.

Bob hatte wirklich gute Arbeit geleistet. Die mehr als zweitausend Flaschen waren gerüttelt, ein Fass in Flaschen abgefüllt und verkorkt, alles war sauber und aufgeräumt.

«Ich danke dir, Bob. Du warst mir eine große Hilfe, und du hast deine Arbeit sehr gut gemacht», sagte Amber und nickte dem Mann anerkennend zu.

«Wenn Sie mögen, Missus, kann ich mich gern jeden Tag darum kümmern. Ich meine – bis das Baby da ist.»

«Das wäre wunderbar, Bob. Aber nur, wenn du mir gestattest, hin und wieder in den Keller zu kommen. Ich befürchte, sonst fehlt mir die Kellerluft.»

Der Arbeiter lächelte. «Das ist der erste Scherz, Missus, seit Wochen. Früher haben Sie viel öfter gelacht und gescherzt.»

«Ja? Habe ich das? Ich kann mich gar nicht mehr daran erinnern», erwiderte Amber und sah Bob an. Der Mann senkte den Kopf.

«Bob», sagte sie. «Du musst dich nicht schämen. Du hast ja recht. Wir sollten darauf achten, dass wir bald wieder mehr Grund zur Fröhlichkeit haben.»

Bob nickte. Dann sagte er leise: «Die Leute auf dem Gut mögen Sie, Missus. Wir möchten alle, dass Sie wieder mehr lachen. Wir hören nicht auf das Getratsche der Leute. Sie sind ein guter Winemaker.»

Seine Worte machten sie verlegen. Sie nahm eine Flasche aus dem Regal, die noch kein Etikett hatte. «Ich möchte dir etwas zeigen und gern deine Meinung dazu hören», sagte sie, entkorkte die Flasche und füllte zwei Gläser. Im selben Augenblick sagte Margaret: «Ich würde auch gern probieren.»

Sie hatte inzwischen den Keller besichtigt und war gerade von ihrem Rundgang zurückgekommen. Rasch füllte Amber ein drittes Glas, und ebenso rasch hatte Margaret es ausgetrunken.

Bob betrachtete den Wein von allen Seiten. «Er hat eine gute Farbe. Schön rot, unten fast schwarz.»

Margaret ließ sich von Amber ein neues Glas einschenken und prüfte den Inhalt, so wie Bob es vormachte. Der Arbeiter schwenkte den Wein und beobachtete, wie die Flüssigkeit an den Rändern zurücklief. Er nickte zufrieden, nahm einen Schluck in den Mund, ließ den Wein über Zunge und Gaumen rollen, dann spuckte er ihn in einen Kübel, der zu diesem Zweck neben den Fässern stand.

«Hm», machte er. «Der Wein ist schwer, nicht zu süß, hat ein Aroma von Holzfeuer, Tabak, ein wenig Vanille und im Abgang Zedern.»

Er nahm noch einen Schluck, trank und fragte: «Was ist das für ein Wein? Ich kann die Rebsorte nicht schmecken.»

«Warte einen Augenblick, Bob, ich möchte noch hören, was Margaret sagt.»

Margaret hatte ihr Glas schon wieder ausgetrunken und war nun ein wenig beschämt über ihre Unkenntnis der Gepflogenheiten bei Weinproben.

«Tja», sagte sie. «Der Wein ist nicht sauer, aber auch nicht süß. Er sieht schön rot aus, aber er hinterlässt ein pelziges Gefühl auf der Zunge.»

Sie sah unsicher von Bob zu Amber, dann lachte sie. «Wahrscheinlich habe ich jetzt lauter Unsinn geredet.»

«Nein, gar nicht. Sie haben alles geschmeckt, was es zu schmecken gab. Das pelzige Gefühl auf der Zunge kommt vom Tannin. Nicht jeder mag diesen Geschmack», erklärte Amber, dann wandte sie sich an Bob. «Nun, was meinst du? Was ist das für ein Wein?»

Bob kratzte sich am Kinn, nahm noch einen Schluck, ging sogar zur Tür, um die Farbe bei Tageslicht zu betrachten. Schließlich fragte er zögernd: «Es ist keine reine Sorte. Es ist weder Shiraz noch Cabernet Sauvignon. Aber es könnte ein Verschnitt von beiden sein.»

Amber riss verblüfft die Augen auf. «Du hast recht, genauso ist es. Ich habe die beiden Sorten verschnitten.»

«Der Wein schmeckt gut, wenn auch etwas ungewohnt. Ich schätze, in zwei bis drei Jahren hat er die richtige Reife.» Er goss sich noch einen Schluck davon ein, ließ den Rebensaft wieder über Zunge und Gaumen rollen. «Ein guter Wein, Missus. Aber noch kein großer Wein. Irgendetwas fehlt.»

«Es stimmt, Bob. Ich habe einiges ausprobiert, aber das Tüpfelchen auf dem i noch nicht gefunden.»

Sie sah ihn aufmerksam an und sagte dann: «Nimm dir, so viel du davon brauchst, und mach dir bitte Gedanken, was fehlen könnte.»

Sie wusste, dass dieser Auftrag den Mann auszeichnete, und war sich ganz sicher, dass er alles daransetzen würde, eine Lösung zu finden.

Margaret aber winkte ab. «Wenn ihr mich fragt, dann fehlt hier ein bisschen Zucker. Eine Prise Zimt könnte auch nicht schaden.»

Sie wunderte sich, als Amber und Bob lachten, aber schließlich lachte sie mit.

«Was ist denn hier los?!»

Bob zuckte unter dem Gebrüll zusammen. Steve stand in der Tür, das Gesicht vom Alkohol gerötet.

«Warum bist du nicht bei deiner Arbeit?», brüllte er hasserfüllt weiter.

«...»

Bob gelang es nicht, die Buchstaben auf seiner Zunge zu Wörtern zusammenzusetzen. Amber antwortete an seiner Stelle. «Ich habe Bob gebeten, heute für mich im Keller zu arbeiten. Gerade eben haben wir den neuen Wein verkostet. Und die

Dame hier neben mir ist Margaret Lorenz, die Mutter unseres Arztes, die mir ein wenig zur Hand gehen wird. Das wolltest du doch, Steve, nicht wahr? Jetzt kann ich mich schonen.»

«Wir haben kein Geld für zusätzliche Dienstmägde», knurrte Steve und musste sich am Rahmen festhalten, um nicht zu stürzen. «Haben kaum Geld für das Nötigste, weil du das Gut so verkommen lässt.»

Amber antwortete nicht. Margaret sah kurz zwischen den Eheleuten hin und her, dann trat sie zu Steve und reichte ihm die Hand: «Ich bin gekommen, damit Ihr Kind keinen Schaden nimmt. Amber ist sehr erschöpft. Sie wissen ja, dass sie gestern einen Zusammenbruch hatte, nicht wahr? Und Sie brauchen keine Angst um Ihr Geld zu haben. Ich bin gern hier, und ich bin aus freien Stücken gekommen. Aber wenn Sie mich unbedingt entlohnen wollen, so dürfen Sie mir gern eine Flasche Wein schenken, sobald das Baby auf der Welt ist.»

Kaum hatte Margaret von dem Kind gesprochen, entspannten sich Steves Züge. Er schwankte auf Amber zu und wollte ungeschickt eine Hand auf ihren Bauch legen, doch Amber wich zurück, sodass er erneut taumelte. Er fing sich, dann grinste er, drehte sich um und verschwand torkelnd.

Auch Bob fand wohl, dass er für heute genug getan hatte. Er tippte einen Gruß an seinen Hut und verließ ebenfalls den Weinkeller.

«Das war mein Mann», sagte Amber und schämte sich für seinen Auftritt.

«Oh, er ist ganz reizend», erwiderte Margaret lächelnd.

Amber riss die Augen auf. «Steve? Reizend?», fragte sie töricht.

«Aber ja! Haben Sie nicht gesehen, wie er sich auf sein Kind freut?»

Amber schüttelte den Kopf. Margaret aber lachte. «Man

sieht immer nur das, was man sehen will. Wussten Sie das, meine Liebe? Ich glaube, ich habe erst nach meinem fünfzigsten Geburtstag begriffen, dass dies so ist. Deshalb habe ich für meinen Teil beschlossen, nur noch das Gute sehen zu wollen. Und wissen Sie, was? In vielen Fällen verschwand das weniger Gute ganz von selbst.»

«Ja, vielleicht haben Sie recht», erwiderte Amber, dann umarmte sie die Frau spontan und fügte hinzu: «Es ist schön, dass Sie da sind.»

13

DR. LORENZ UND MARGARET WAREN BEI DER GEBURT DABEI. Steve wartete auf der Veranda, eine angebrochene Flasche Rotwein vor sich, von der er sehr zurückhaltend trank. «Zu viele Köche verderben den Brei», hatte er gesagt, als Margaret ihn holen wollte.

«Es ist ein Mädchen», sagte Dr. Lorenz. «Und es ist genauso schön wie seine Mutter.»

Er bat Margaret, Steve zu holen, damit er die Nabelschnur durchtrennen sollte.

«Ein Mädchen?», fragte Steve, als er ins Zimmer kam. Er sah schlecht aus mit der grauen Haut und den dunklen Schatten unter den Augen.

«Doktor, können Sie mir versichern, dass es ein weißes Kind wird, oder hat meine Frau mir wieder ein schwarzes Kind untergejubelt?»

Dr. Lorenz räusperte sich verlegen, doch Margaret nahm Steve einfach beim Arm. «Reden Sie keinen Unsinn. Sehen Sie nur, wie schön Ihre Tochter ist. Ich wette, sie bekommt Ihre blauen Augen. In ein paar Jahren müssen Sie sie festbinden, sonst rennen Ihnen die jungen Burschen die Bude ein.»

Margarets Wirkung auf Steve war erstaunlich. In ihrer Nähe wurde aus dem missmutigen Mann ein charmanter Gentleman. Sie zeigte ihm unverhohlen, dass sie ihn mochte, lachte, wenn er brummte, und lobte vieles, was er tat. Seit sie auf dem Gut war, blieb auch Steve zu Hause. Er kümmerte sich wieder um seine Arbeit und redete mit seinen Arbeitern wie mit normalen Menschen, wenn Margaret in der Nähe war. Nur um Jonah scherte er sich nicht. Da konnte Margaret noch so locken; Steve mochte den Jungen nicht und zeigte es ihm täglich aufs Neue.

«Na, ist sie nicht schön?», fragte Margaret.

Steve schluckte, dann nickte er, durchtrennte die Nabelschnur und ließ sich das Baby von Margaret in den Arm legen.

«So», rief die resolute Frau und klatschte in die Hände. «Nun wird es Zeit, dass Jonah sein Schwesterchen sieht.»

Sie eilte zur Tür, um den Jungen, der bei Aluunda in der Küche wartete, zu rufen, doch Steves Stimme hielt sie zurück: «Nein!»

«Was heißt hier ‹Nein›?», fragte Margaret und blieb stehen.

«Ich möchte nicht, dass der schwarze Teufel mein kleines Mädchen sieht. Nicht vor der Taufe», erwiderte Steve, und es hätte nicht viel gefehlt, und er hätte auf den Boden gespuckt.

«So ein Unfug», erklärte Margaret und fasste nach der Klinke, doch Steve kam hinzu und hielt ihren Arm fest. «Ich habe Nein gesagt. Der Schwarze bleibt, wo er ist. Solange der Pfarrer die Kleine nicht gesegnet und getauft hat, kann es sein, dass der Teufel, der in ihm wohnt, auf meine Tochter überspringt.»

«Aber Steve, Sie wollen mir doch nicht erzählen, dass Sie wirklich glauben, der Teufel wohne in dem Jungen? Oh, nein, das nehme ich Ihnen nicht ab. Sie sind viel zu klug, um auf diesen Aberglauben hereinzufallen. Springen Sie über Ihren Schatten, und lassen Sie Jonah heraufkommen.»

Steve schüttelte trotzig den Kopf. «Nein!»

«Also gut», lenkte Margaret ein. «Dann telefoniere ich nun nach dem Priester. Er wird sicherlich Zeit haben und gleich kommen. Das Tauffest in der Kirche kann später noch gefeiert werden. Walter möchte sicher auch wissen, welche Art von Großvater er geworden ist.»

Ehe die anderen es sich versahen, war sie auch schon aus der Tür.

Steve hielt noch immer das winzige Mädchen im Arm, wiegte es vorsichtig und setzte sich mit dem kostbaren kleinen Leben in einen Lehnstuhl, der nahe beim Fenster stand. Ganz behutsam, als wäre das Baby aus Glas, strich er über ihre Wange, fuhr mit seinem großen Finger sanft die winzigen Lippen nach. Sofort öffnete sich der kleine Mund und begann an dem Finger zu saugen. «Sie hat erkannt, dass ich ihr Vater bin», murmelte Steve. Seine Worte waren töricht und waren ihm vor Rührung entschlüpft, doch Amber richtete sich im Bett auf, berührte Steve sanft und sagte: «Ja, Steve, du bist ihr Vater.»

«Wir werden sie Emilia nach meiner Mutter nennen», sagte Steve und wandte keinen einzigen Blick von dem winzigen Geschöpf.

«Ein schöner Name», bestätigte Dr. Lorenz, der seine Instrumente sorgfältig mit desinfizierenden Tüchern abrieb und in seiner Tasche verstaute.

Amber hatte eigentlich vorgehabt, das Kind Carolina nach ihrer Mutter zu nennen, doch beim Anblick des großen missmutigen Mannes, der im Angesicht seines Kindes so weich und freundlich wurde, stimmte sie zu. «Ja, wir werden sie Emilia nennen, wenn du das so möchtest. Aber vergiss nicht, sie ist nicht nur deine Tochter, sondern auch Jonahs Schwester.»

Unwillig sah Steve hoch: «Ein Tier hat keine Geschwister.»

Dr. Lorenz schüttelte leicht den Kopf. «Was haben Ihnen die Schwarzen eigentlich getan, Steve? Sie sind ein so kluger Mann. Ich kann ebenso wenig wie meine Mutter glauben, dass Sie wirklich so über die Aborigines denken.»

War es die außergewöhnliche Situation? War es Margaret,

die gerade wieder zur Tür hineinkam und ihm freundlich zunickte?

Sie hatte die letzten Worte wohl gehört. «Ja, Steve. Irgendetwas müssen Ihnen die Ureinwohner einmal angetan haben. Sonst ist Ihre Haltung nicht zu verstehen. Erzählen Sie! Was ist Ihnen geschehen?»

Steve räusperte sich. Er stand auf, legte die Kleine zu Amber ins Bett, dann wandte er sich zum Fenster, sah hinaus und schwieg. Nach einer kleinen Weile erst begann er zu erzählen, doch er wandte den anderen dabei den Rücken zu.

«Ich war noch ein kleiner Junge, acht Jahre alt, ungefähr. Meine Eltern hatten eine Rinderfarm. Eines Tages stellte mein Vater fest, dass einige Rinder fehlten. Am Abend waren sie noch auf der Weide, am Morgen war nichts mehr von ihnen zu sehen. Er legte sich mit einer Schrotflinte auf die Lauer. Nicht lange nach Mitternacht kamen die Viehdiebe. Es waren Aborigines, die meinten, das Land gehöre ihnen. Sie hatten wohl Hunger, denn bis zu diesem Zeitpunkt glaubte ich, dass die Schwarzen ein sanftes, freundliches Volk sind, die nur stehlen, um ihre ureigenen Bedürfnisse zu befriedigen. Mein Vater legte die Flinte an und zählte, doch im selben Augenblick kam meine Mutter auf die Weide, um meinem Vater Tee zu bringen. Sie sah die Schwarzen, sah die Flinte und schrie auf. Mein Vater erschrak, ein Schuss löste sich, und die Rinder wurden unruhig, rannten in Panik durcheinander. Dabei töteten sie mit ihren Hufen eine junge Aborigine. Am nächsten Tag stand plötzlich der Stammesälteste dieses Clans vor dem Haus meines Vaters. ‹Du hast mein Kind getötet, deshalb musst auch du sterben›, sagte er. Dann holte er einen Knochen, den weißen Knochen, aus einem Beutel und zeigte damit auf meinen Vater. Jedes Kind in Australien weiß, was das bedeutet. Jeder, auf den der Knochen einmal gezeigt hat, muss sterben. Es ist ein Fluch, der stärkste Fluch

195

der Aborigines – und er wirkt immer. Selbst auf große Entfernungen. Der Stammesälteste zeigte also mit seinem Knochen auf meinen Vater. Meine Mutter sah es und warf sich schützend vor ihn. Der alte Aborigine ließ sofort den Knochen sinken. ‹Du bist eine dumme Frau›, schrie er. ‹Jetzt wirst du sterben, obwohl du unschuldig bist.› Dann drehte er sich um und verschwand, als hätte ihn der Erdboden verschluckt, noch ehe mein Vater reagieren konnte. Meine Mutter aber musste sich noch am selben Abend ins Bett legen. Sie bekam Fieber und Durchfall. Kein Arzt konnte ihr helfen. Wenige Tage später starb sie.»

Steve brach ab. Amber, Margaret und Dr. Lorenz schwiegen. Was sollten sie auch sagen? Jeder hatte von dem tödlichen Knochenfluch schon gehört. Und jeder wusste, dass er sein Ziel erreichte, auch wenn es bisher keinem Wissenschaftler gelungen war, dieses Phänomen zu erklären. «Es war ein Unglücksfall, Steve», sagte Margaret nach einer ganzen Weile. Sie trat neben ihn ans Fenster und legte eine Hand auf seinen Arm. «Ihre Mutter muss Ihren Vater sehr geliebt haben.»

«Pah!», stieß Steve hervor. «Ein Unglücksfall! Ich war acht Jahre alt und musste zusehen, wie meine Mutter elend zugrunde ging. Seither traue ich keinem Schwarzen mehr. Der Bastard soll wegbleiben, bis Emilia getauft ist.»

Amber seufzte. Sie hatte Mitleid mit dem kleinen Jungen, der seine Mutter verloren hatte. Doch der über dreißigjährige Mann, der ein Kind vor einem Kind schützen wollte, war ihr fremd.

«Ich verstehe Sie, Steve», sagte Margaret. «Der Priester wird gleich kommen. Er hat versprochen, sofort aufzubrechen.»

Steve machte sich von Margaret los und steckte die Hände in die Hosentaschen. Er sah noch immer aus dem Fenster.

Plötzlich empfand Amber die Einsamkeit in diesem Raum wie einen Eishauch. Sie sah zu Ralph Lorenz, der seine Instrumente säuberte und mit dem Finger sanft über die Klinge eines Skalpells fuhr.

Margaret stand neben Steve am Fenster. Gerade hatten sie zueinander gesprochen, doch jetzt schien jeder in eigene Gedanken versunken, die zu schmerzhaft waren, um sie mit anderen teilen zu können. Sie standen nebeneinander, berührten sich sogar an den Schultern – und hatten doch nichts miteinander zu tun.

Hier in diesem Raum war gerade ein Wunder geschehen: Die Geburt eines neuen Lebens. Ein Wunder, das sie alle angerührt hatte.

Ein Wunder aber auch, das alte Wunden aufgerissen hat. Die Ankunft des kleinen Mädchens hatte uralte Sehnsüchte berührt. Amber seufzte. Geliebt werden, ja, das war es, was sich alle im Raum hier wünschten. War das so schwer?

Sie sah zu Steve, war nun bereit, ihn zu rufen, zu sich auf die Bettkante zu holen. Sie hatte schon den Mund geöffnet, sich das Haar aus dem Gesicht gestrichen, da hörte sie Margaret seufzen.

«Der Priester ist gekommen», sagte sie und wandte sich an Amber.

«Ich würde mich gern noch herrichten. Und das Baby muss gebadet werden», sagte Amber.

Ihre Worte erschienen ihr unpassend, und sie wusste nicht, wie sie plötzlich in ihren Mund gekommen waren. Sie war traurig, den Augenblick nicht genutzt zu haben. Und sie war erleichtert, dass das Versprechen, das sie Steve gerade geben wollte, unausgesprochen blieb.

Sie sah zu ihm – er starrte noch immer aus dem Fenster – und wurde plötzlich zornig. Warum sollte sie zu ihm kommen? Warum stellte er sich so ans Fenster, dass jeder seine Einsamkeit sehen konnte? Warum brachte er sie auf diese Art dazu, agieren zu wollen? Hätte er sich nicht auf ihr Bett setzen können? Hätte er sich nicht zu einem Versprechen durchringen können?

Sie starrte ärgerlich auf seinen Rücken.

«Ich möchte allein sein», sagte sie. «Ich möchte mich frisch machen. Dabei brauche ich keine Zuschauer.»

Ihr Ton war hart, Margaret sah überrascht hoch. Amber bemerkte, dass Steve unter ihren Worten zusammenzuckte, und sie hatte Vergnügen daran. Sie wollte ihn plötzlich strafen, ihm wehtun.

«Geh hinaus», rief sie. «Geh und kümmere dich um den Priester. Es ist deine Tochter, die getauft werden soll.»

Als er sich umwandte, sah er verletzt aus. Amber war befriedigt.

Dr. Lorenz war mit seinen Instrumenten fertig. Er legte einen Arm um Steves Schulter und zog ihn zur Tür. «Wir sollten im Keller nach einer guten Flasche Wein suchen und mit Walter anstoßen», schlug er vor. «Ein so prächtiges Mädchen muss begossen werden.»

Seine Worte richteten Steve auf und brachten ihn in den Alltag zurück.

«Ja», sagte Steve mit einem Anflug von Resignation.

Margaret lehnte mit dem Rücken neben dem Fenster und sah ihnen nach. «Ich fürchte, die Männer werden sich betrinken», sagte sie.

«Warum eigentlich?», fragte Amber. «Warum betrinken sich Männer?»

Margaret zuckte mit den Achseln. «Sie haben Angst vor Gefühlen. Wenn man genügend getrunken hat, fühlt man nicht mehr so deutlich. Vor allem spürt man nicht mehr, was einem fehlt. Ralph betrinkt sich nach jeder Geburt.»

Diese Nachricht erstaunte Amber. «Wirklich?», fragte sie ungläubig. «Warum?»

Margaret neigte den Kopf. «Er wünscht sich eine Familie, glaube ich. Er ist zwar ständig unter Menschen, aber im Grunde sehr allein.»

Amber wusste nicht, was sie darauf erwidern sollte. Sie hatte Ralphs Einsamkeit vorhin genau gesehen, doch gehofft, sie wäre nur eine Laune des Augenblicks.

Margaret ging in das angrenzende Badezimmer und füllte eine Handwanne mit Wasser.

«Wenn du einverstanden bist, kümmere ich mich um die Kleine, während du dich zurechtmachst.»

Amber nickte. Sie sah auf die Uhr, die auf ihrem Nachtkästchen stand. Zwanzig Minuten war das Kind gerade auf der Welt. Und doch schien ihr, als wäre inzwischen sehr viel Zeit vergangen.

Sie strich dem Säugling über die blutverschmierte Wange. «Gleich wirst du gewaschen», flüsterte sie. «Gleich wird alles von dir abgespült, was von meinem Körper an dir ist. Dann bist du du selbst, dann bist du richtig angekommen.»

Das Kind schlief. Es hatte die Augen geschlossen, lag da, in ein weiches Tuch gehüllt, verschmiert von Blut und Schleim, schon da, aber noch immer mehr Amber als alles andere.

«Sei willkommen, kleines Mädchen», flüsterte die Mutter. «Sei mir und allen anderen auf dieser Welt willkommen.»

«So taufe ich dich im Namen des Vaters, des Sohnes und des Heiligen Geistes auf den Namen Emilia.»

Der Priester benetzte die Stirn der Kleinen mit Weihwasser, das er in einer Flasche mitgebracht hatte. Als die Kleine schrie, lachten alle, auch die beiden Paten Margaret und Ralph Lorenz.

Steve hielt seine Tochter im Arm und betrachtete sie so voller Wärme, dass in Amber die Sehnsucht erneut erwachte.

«Komm zu mir», sagte sie leise und klopfte neben sich auf das Bett. Steve wollte ihr das Kind reichen, doch Amber schüttelte den Kopf. «Dich meine ich, den Vater des Kindes.»

Zögernd und mit großem Abstand zu seiner Frau setzte er sich.

«Nun», der Priester rieb sich die Hände. «Dann wollen wir mal die kleine Familie in Ruhe lassen und hoffen, dass hier bald wieder eine Taufe stattfindet.»

Jeder wusste, dass der Priester es eilig hatte, in das Wohnzimmer zu gelangen, in dem Aluunda ein Festmahl aufgetischt hatte. Auch die anderen hatten genug von diesem Raum, in dem die Gefühle wie ein schwerer, undurchdringlicher Nebel hingen.

Nur Ralph Lorenz blieb an der Tür stehen und sagte: «Aus ärztlicher Sicht hoffe ich nicht, in diesem Hause wieder eine Taufe zu erleben. Amber sollte keine Kinder mehr bekommen. Es könnte sie umbringen.»

Dann, noch ehe ihn jemand näher dazu befragen konnte, verschwand er.

Steve sah betroffen aus. «Ich dachte, die Geburt sei normal verlaufen», sagte er und setzte leise hinzu: «Geht es dir gut, Amber?»

Amber nickte. «Ich weiß nicht, was Ralph gemeint hat. Vielleicht hat er sich getäuscht, ich werde ihn später noch einmal danach fragen.»

Sie sah Steve in die Augen, sah ihn seit langer Zeit richtig an. Sie spürte seine Verletzlichkeit, die Schwäche und die Sehnsucht in ihm. Es war dieselbe Schwäche, Verletzlichkeit und Sehnsucht, die auch in ihr wohnten. «Steve», sagte sie und fasste nach seiner Hand, doch plötzlich wurde die Tür aufgestoßen, und Jonah kam herein.

Ein Lachen lag auf seinem Gesicht, Neugier auf das Schwesterchen, doch als er Steve sah, erstarb das Lachen. Er blieb stehen, sah unsicher zu seiner Mutter. Amber hatte gesehen, wie sich Steves Gesicht veränderte, wie die Augen hart und kalt wurden, die Konturen kantig, der Mund schmal.

«Was willst du?», herrschte er den Kleinen an. Er war noch nicht ganz zwei Jahre alt und hatte doch schon erlebt, was es hieß, ungeliebt zu sein, zu stören. Er senkte den Kopf, die kleine Hand am hochgereckten Arm fest um die Klinke geklammert.

«Baby sehen», sagte er leise.

«Komm her zu mir», lockte Amber, doch das Kind schüttelte den Kopf, sah ängstlich zu Steve.

«Komm», rief Amber erneut. «Komm her, mein Liebling. Sieh dir die kleine Emilia an, deine Schwester.»

«Sie ist nicht seine Schwester», zischte Steve. «Emilia ist meine Tochter. Sie hat mit dem Nigger nichts zu tun.»

Als der Junge sich umdrehte und wortlos aus dem Zimmer ging, stöhnte Amber leise. Ich habe das nicht gewollt, dachte sie. Ich habe das alles nicht gewollt. Eine Welle von Mitleid fiel über sie her. Sie hatte Mitleid mit Jonah, mit Steve und mit sich selbst. Doch was nützte das schon?

«Wenn du ihn doch mögen könntest», flüsterte sie. «Wenn du ihn doch lieben würdest, dann könnte ich dich auch lieben. Das weiß ich. Er ist doch noch so klein, ist fast noch ein Baby.»

Steve stand auf. Sein Blick ruhte auf ihr, doch er war voller Abneigung.

«Er ist hier nicht erwünscht. Er ist die Wurzel allen Übels. Gäbe es ihn nicht, so könnten wir glücklich sein. Nein, Amber, ich kann und werde ihn niemals mögen. Für mich wird er immer ein dreckiger Nigger sein. Gezeugt von einer Hure und einem Tier.»

«Und was ist mit uns?», fragte Amber. «Was ist mit Emilia, mit dir und mit mir?»

«Schaff ihn weg. Wenn er weg ist, werde ich dich lieben, wie ein Mann seine Frau zu lieben hat. Ich werde für dich da sein, dich schützen und behüten. Ich werde alles dafür tun, dass es uns gut geht. Carolina Cellar wird aufblühen, sobald du den Nigger wegschickst und dich um deine Aufgaben hier kümmerst. Er gehört nicht hierher. Er gehört in den Busch. Er ist es, der stört, der uns daran hindert, glücklich zu sein.»

«Er ist mein Sohn, Steve. Ich liebe ihn. Niemals werde ich ihn wegschicken. Er ist ein Teil von mir. Keine einzige Sekunde lang hat er mich gestört. Wenn jemand gehen muss, dann bist du es.»

Jetzt war sie es, die ihn hasserfüllt ansah. «Geh, Steve Emslie. Nimm dein kaltes Herz, und verschwinde von Carolina Cellar. Es gibt niemanden hier, der dich braucht.»

Mann und Frau, eben noch bereit, einander zu lieben, die Liebe wenigstens zu versuchen, sahen sich jetzt mit allem Hass an, den eine enttäuschte Hoffnung hervorbringen kann. Sie wussten es noch nicht, doch aus ihnen waren Todfeinde geworden.

Liebe und Hass sind die beiden Seiten einer Münze. Und wenn diese Münze eben noch den Kopf angezeigt hatte, so zeigte sie jetzt, am 2. September 1960, die Zahl.

DRITTER TEIL

14

VIER JAHRE NACH JONAHS UND ZWEI JAHRE NACH EMILIAS
Geburt erhielten die Aborigines das Wahlrecht. Amber jubelte
und dachte an Jonah. Er hätte sich darüber gefreut und wahrscheinlich jedes Wahlprogramm von jeder Partei ausführlich
studiert. Während Aluunda stolz war, von nun an als wahl-
berechtigte Bürgerin Australiens zu gelten, nahmen viele Aborigines in Tanunda dieses Recht nicht wahr. Schuld daran war
ihre mangelnde Bildung.

Weitere vier Jahre später, am 1. Januar 1966, wurde im ganzen Land eine neue Währung eingeführt: Der australische Dollar löste das englische Pfund ab. Die Australier strebten zu den
Banken und erhielten für jedes Pfund zwei Dollar, aus Pence
wurden Cent. Doch noch lange Zeit nannte man zehn Cent
einen Shilling. Auch Amber fand die Umstellung schwierig.
Jedes Mal, wenn sie irgendwo etwas bezahlen wollte, suchte
sie ewig lange in ihrem Portemonnaie, bis sie das richtige Geld-
stück gefunden hatte. Als Australierin aber war sie froh, dass
ihr Land ein weiteres Stück Unabhängigkeit von der englischen
Herrschaft erlangt hatte.

Im folgenden Jahr fand eine Volkszählung statt. Und zum
ersten Mal wurden die Aborigines mitgezählt. Zum ersten Mal
reihte man sie in die Reihe der Menschen ein. Wieder jubelte
Amber. Diesmal dachte sie an ihren kleinen Jonah und daran,
dass sein Leben um einiges leichter sein würde als das Leben
der Mischlinge aus der vorherigen Generation. Vieles, was
seinem Vater verwehrt war, würde er tun können. An Steves

Meinung über die Schwarzen änderte das jedoch nichts. Für ihn und viele andere blieben sie Nigger und wilde Tiere.

1970 wurde die erste transkontinentale Eisenbahnverbindung zwischen Sydney und Perth eingeweiht. Bei der Erschließung der Strecke wurden zahlreiche Aborigines aus ihren angestammten Gebieten vertrieben, ihre heiligen Stätten und Traumpfade zerstört. Gleichzeitig aber war es nun für jeden Bewohner Australiens möglich, von einem Ende des Landes zum anderen zu reisen. Obwohl Amber keine Zeit zum Verreisen hatte, schien ihr allein die Möglichkeit ein großer Gewinn für ihre persönliche Unabhängigkeit zu sein. Eines Tages, so nahm sie sich vor, werde ich mit meinen Kindern eine Reise durch das ganze Land machen.

Walter Jordan profitierte ebenfalls davon. Er war ein Kind des neuen Jahrhunderts, hatte in der Nacht zum 1. 1. 1900 das Licht der Welt erblickt. Nun, in seinem 71. Jahr, durfte er erleben, dass diese Welt in der Zeit seines Lebens nicht besser, aber mit den neuen Möglichkeiten kleiner geworden war. Es war ihm gelungen, auf seinen ausgedehnten Reisen neue Kunden zu gewinnen. Carolina Cellar war ein gesundes Unternehmen. Der Wein verkaufte sich gut, denn in Perth wusste niemand, dass er von einer Kellermeisterin mit einem schwarzen Kind gemacht worden war. Amber war froh, dass die Geldsorgen auf dem Gut ein Ende hatten. Trotzdem arbeitete sie daran, auch die Kunden ihrer Heimatregion von der Qualität ihres Weins zu überzeugen.

Amber hatte einen neuen Weinberg angelegt. Sie hatte versucht, Shirazreben mit Sauvignonreben zu kreuzen, doch das Ergebnis befriedigte sie noch nicht. Der beste Wein kommt von alten Stöcken. Dieser Berg aber hatte seine beste Zeit noch vor sich. Die anderen Hänge brachten gute Erträge; der Wein war von ordentlicher Qualität, und Ambers Verschnitt hatte Erfolge gefeiert. Sogar in einer englischen Weinzeitschrift waren das Gut und sein besonderer Wein lobend erwähnt worden. Eine kleine Hotelkette, die in Adelaide und Canberra mehrere Häuser unterhielt, ihre größten Hotels aber in Perth und Darwin hatte, kaufte bei Carolina Cellar. Bob hatte nach etlichen Versuchen das richtige Mischungsverhältnis zwischen dem Shiraz und dem Cabernet Sauvignon gefunden, das Amber «Australian Dream» genannt hatte.

Der Weineinkäufer Miller, so hieß es, hätte jemanden unter einem Vorwand auf das Gut geschickt, um von dem neuen Wein zu probieren. Doch Walter Jordan war nicht nur ein Geschäftsmann, er war überdies so stur wie seine deutschen Vorfahren. Er hatte sich geschworen, was auch immer geschah, nie wieder an Miller zu verkaufen. Und er hielt seinen Schwur, auch wenn es ihn einige Dollar kostete und Amber ihn immer wieder bat, Miller – und damit auch dem Gut – eine Chance zu geben.

Bob war Amber eine große Hilfe. Er war inzwischen zweiter Kellermeister, hatte ein Gespür für den Wein, erkannte den richtigen Augenblick der Lese, wusste, wie reif die Trauben sein mussten, um einen bestimmten Geschmack hervorzubringen. Während die Trauben in der Maische lagen, verbrachte er sogar die Nächte im Keller. Auch hier kam es auf den richtigen Augenblick an; und Bob hatte für sich entschieden, dass es dabei um Stunden ging. Er scheute sich nicht, die anderen Arbeiter des Weinguts mitten in der Nacht zu wecken, damit der junge Wein von der Maische in die Fässer oder Tanks kam.

Steve aber war zu einem Mann geworden, der sich nur noch selten auf dem Gut sehen ließ. Seit Emilias Geburt gab es weder für ihn noch für Amber einen Anlass, das Schlafzimmer zu teilen. Amber hatte seine Sachen daraus entfernt und als Begründung angeführt, dass sie nicht mit einem Mann leben

207

könne und wolle, der einen wesentlichen Teil von ihr, Jonah, für ein Tier hielt. Es gab eine kurze Auseinandersetzung, seither wurde das Thema gemieden. Das Ehepaar sprach nur noch miteinander, wenn es sich nicht vermeiden ließ. Ansonsten verbrachte Steve sehr viel Zeit in den Pubs und Puffs von Tanunda. Es hieß, er hätte sich einer Organisation angeschlossen, die die Aborigines bekämpfte. Aber niemand wusste etwas Genaues, denn Steve schwieg auch im Pub und brachte nicht einmal bei den Huren die Zähne auseinander. Er war kein gern gesehener Gast in den Bordellen von Tanunda. Besonders die schwarzen Frauen fürchteten ihn, nannten ihn einen Grobian und zeigten sich nach seinen Besuchen gegenseitig ihre blauen Flecken. Doch sie waren Huren, die sich nicht wehren konnten. Es war ihr Geschäft, mit Männern zu schlafen, die sie hassten und von denen sie gehasst wurden.

Nur mit Emilia sprach Steve. Nur mit Emilia lächelte er, nur bei Emilia kam das Weiche und Warme in seinem Wesen zum Vorschein. Nur bei ihr konnten seine Hände zärtlich sein. Nur sie, schien es, liebte ihn und empfing von ihm Liebe.

Ansonsten war Steve verbittert, und es gab nichts, das ihn aus seiner Verbitterung herausreißen konnte. Nicht einmal mehr Margaret schaffte das. Sie hatte sich wohl einmal zu oft für den kleinen Jonah ausgesprochen. Steve aber hatte beschlossen, dass man entweder für ihn oder für Jonah sein konnte. Und jeder, der für Jonah war, war sein Feind: seine Frau, sein Schwiegervater, ein Teil seiner Arbeiter, Saleem und Aluunda.

Manchmal bedauerte Amber die Einsamkeit und Verbitterung ihres Ehemanns. Doch dann sah sie ihren Sohn an und wusste, dass sie sich richtig entschieden hatte. Niemand konnte Steve helfen. Nur er selbst. Und das tat er nicht. Margaret hatte am längsten Geduld mit ihm gehabt.

Ralph Lorenz war Ambers Vertrauter und Freund geworden. Er tat zwar noch immer so, als käme er hauptsächlich, um seine Mutter zu sehen, die nun täglich auf dem Gut war und Aluunda und Amber unterstützte, doch jeder, der Augen im Kopf hatte, wusste, dass das nicht stimmte. Er kam wegen Amber, brachte ihr Süßigkeiten mit, lachte mit ihr, war freundlich zu Jonah und Emilia. Er mochte die Kinder, das wusste Amber, und sie wusste auch, dass er sich besonders zu Jonah hingezogen fühlte.

Jonah war zu einem schweigsamen, aber freundlichen Jungen herangewachsen. Seit fünf Jahren ging er in die Schule nach Tanunda. Er war das einzige Mischlingskind dort und wurde von vielen Mitschülern verspottet. Doch er störte sich nicht daran; er war Einsamkeit gewohnt. Und er hatte den Stein seiner Ahnen, den er stets bei sich trug.

Einmal aber war er weinend nach Hause gekommen.

«Was ist mit dir? Warum weinst du?», hatte Amber ihn gefragt.

«Unsere Lehrerin hat verboten, dass ich mich weiterhin neben Diana setze. Ich soll überhaupt nicht neben einem weißen Kind sitzen. Sie hat mich nach vorn geholt in die Eselsbank. Dort sitze ich jetzt allein, damit ich die anderen Kinder nicht störe. Aber Mama, ich habe nie gestört.»

Amber war empört gewesen. Mehr als das. Sie hatte zum Telefon gegriffen und sich mit Miss Wohlwood verbinden lassen.

«Warum muss mein Sohn allein sitzen?», hatte sie gefragt.

«Es ist für uns alle das Beste. Wir haben keine schwarzen Schüler an dieser Schule. Eigentlich gehört Jonah in die Missionsschule. Ich möchte einfach sichergehen, dass er den Unterrichtsablauf nicht stört.»

«Schwatzt er, macht er Unfug, lernt er schlecht?», hatte Amber nachgehakt.

209

Miss Wohlwood hatte zugeben müssen, dass nichts davon zutraf.

«Ich verlange, dass Sie Jonah dort sitzen lassen, wo er sitzen möchte.»

Miss Wohlwood hatte ein wenig herumgedruckst. «Nun, auf dem Elternabend, bei dem Sie nicht zugegen waren, ist beschlossen worden, Jonah ein wenig zu separieren. Ein schwarzes Kind gehört nicht in eine weiße Klasse. Die Entscheidung ist fast einstimmig angenommen worden.»

«Ich verstehe», hatte Amber entgegnet. Sie wusste, dass sie Jonah nicht helfen konnte. Sie hatte versucht, was möglich war, aber gegen einen Beschluss der Elternversammlung anzugehen, hätte für Jonah nur noch mehr Ärger bedeutet.

«Fast einstimmig?», hatte sie nachgehakt. «Was heißt das?»

Miss Wohlwood hatte sich auf ihre nicht vorhandene Schweigepflicht berufen wollen, doch Amber konnte sie daran erinnern, dass es ihr Recht sei, über alles, was auf der Elternversammlung gesprochen wurde, informiert zu werden.

«Eine Mutter hat gegen den Beschluss gestimmt. Sie war sogar bereit, ihre Tochter neben Jonah sitzen zu lassen. Sie meinte, das Mädchen wäre mit ihrem Sohn befreundet.»

«Wer war diese Mutter?», hatte Amber gefragt und sich vorgenommen, ihr zu danken.

«Nun, es war die Mutter von Diana.»

Maggie. Gute, alte Maggie, hatte Amber gestaunt.

Sie war ihr sehr dankbar, aber trotz Maggies Hilfe gehörte Jonah seit diesem Tag noch mehr zu den Außenseitern als vorher. Nein, es war schlimmer. Er gehörte nicht einmal zu den Außenseitern. Nicht einmal die wollten etwas mit ihm zu tun haben. So kam es, dass er auf dem Schulhof meist allein stand, bei Mannschaftsspielen bis zuletzt auf der Wartebank saß und niemals zu einem Kindergeburtstag eingeladen wurde. Er ging in die Schule, lernte, erledigte seine Hausaufgaben, aber im Grunde war er das einsamste Kind, das Amber kannte. Es riss ihr das Herz in Stücke, doch sie konnte ihm nicht helfen.

Am Nachmittag, nach der Schule und in den Ferien aber verbrachte Jonah viel Zeit unter dem Teebaum oder bei Aluunda in der Küche. Er wusste, dass sein Vater ein Aborigine war, der im Outback den Tod gefunden hatte. Jonah war klug, sehr klug sogar. Er sah, wie viele der Ureinwohner, hinter die Dinge und wurde nicht müde, Aluunda über sein Volk auszufragen. Schon bevor er in die Schule ging, hatte er eine seltsame Liebe zu den Pflanzen und Tieren entwickelt. Er sprach mit ihnen; sie waren seine Freunde.

Und er liebte Emilia. Die Zehnjährige hatte das blonde Haar und die blauen Augen ihres Vaters geerbt. Sie sah aus wie ein Engel. Manchmal beobachtete Amber ihren Sohn, der Emilia anstarrte und von ihrer engelhaften Schönheit nicht genug bekommen konnte.

Eine Freundin aber hatte Jonah: Diana, die Tochter von Maggie und Jake. Auch sie hatte helle Haut, strahlende Augen und das dunkelblonde Haar ihres Vaters geerbt. Sie war so weiß, wie man nur sein konnte, und trotzdem die Einzige, die sich nicht an Jonahs schwarzer Haut störte.

Einmal, als Diana auf dem Gut zu Gast war und mit Jonahs Wasserfarben malte, mischte sie schwarze und weiße Farbe. Es wurde ein Grau daraus. «Wenn ich groß bin und Jonah heirate, dann bekommen wir graue Kinder», sagte sie und fügte hinzu: «Das ist sehr praktisch, dann sieht man den Dreck nicht so. Meine Mutter gibt meinem Vater graue Hemden. Die brauchen unsere Kinder dann nicht.»

Amber lud Diana, so oft es ging, zum Spielen ein. Manchmal kam Maggie mit. Ganz zögerlich fanden die beiden Frauen wieder Kontakt zueinander.

Maggie, fand Amber, hatte sich verändert.

«Du hast dir das Haar schneiden lassen, Maggie», sagte sie, als Dianas Mutter mit einem modischen Kurzhaarschnitt zu ihr kam.

«Ja, das habe ich. Der Schnitt ist viel praktischer. Ich brauche morgens bedeutend weniger Zeit.» Sie lachte verlegen. «Obwohl ich Zeit genug habe.»

Ihr Blick, mit dem sie das Anwesen betrachtete, wurde ein wenig wehmütig. «Wie geht es mit dem Wein?», fragte sie. Amber zuckte mit den Schultern. «Es läuft recht gut. Möchtest du welchen probieren?»

«Deinen ‹Australian Dream?›»

Amber stutzte. «Du kennst den Wein?»

«Alle Winzer sprechen hinter vorgehaltener Hand darüber. Er wurde in einer Weinzeitung erwähnt. Ich habe gehört, dass Lambert eigens in ein Hotel nach Adelaide gefahren sein soll, um ihn zu probieren.»

«Und? Hat er ihm geschmeckt?»

«Er hat nichts darüber erzählt. Er tut so, als wüsste er nicht, dass es dich gibt. Das ist ein gutes Zeichen, glaub mir.»

Die beiden Frauen schlenderten zum Weinkeller. Amber öffnete eine Flasche und goss sich selbst und Maggie ein Glas ein. Sie nahmen die Gläser und die Flasche mit auf die Veranda. Diana und Jonah spielten unter dem Teebaum. Bis zur Veranda konnte man sie lachen hören.

«Wie geht es dir?», fragte Maggie, nachdem sie den Wein gelobt hatte.

Amber antwortete nicht gleich. Sie sah hinüber zu den Hügeln, die das Gut begrenzten. «Ich sollte wohl sagen, dass es mir gut geht», erwiderte sie. «Meine Kinder sind gesund, der Betrieb wirft Gewinn ab, ich habe nette Freunde gefunden.»

«Aber glücklich bist du trotzdem nicht, nicht wahr?»

«Ja», gab Amber zu. «Das Glück ist ein seltener Gast auf Carolina Cellar. Ich hatte mir mein Leben anders vorgestellt.» Maggie lehnte sich nach vorn und sah Amber aufmerksam an. «Wie denn?»

Amber winkte ab. «Ich hatte geglaubt, etwas bewirken zu können. Ich war der erste weibliche Winemaker in Barossa Valley, und ich liebte einen Schwarzen. Gehofft hatte ich, die erste Gutsbesitzerin mit einem schwarzen Ehemann zu sein. Ich wollte den Fortschritt nach Barossa Valley bringen, wollte beweisen, dass eine Frau ebenso viel zu leisten vermag wie ein Mann und ein Schwarzer ebenso viel wie ein Weißer.»

Sie lachte, aber es klang ein wenig schrill. «Ich bin gescheitert, Maggie. Mein Wein wird nur von Leuten gekauft, die nicht wissen, wer ihn gemacht hat. Und mein schwarzer Sohn muss jeden Tag erleben, was es heißt, ein Mensch zweiter Klasse zu sein.»

«Meinst du wirklich, dass eine Frau ebenso viel leisten kann wie ein Mann?», fragte Maggie.

«Aber ja. Davon bin ich überzeugt.»

«Das hieße ja, dass ich die Weizenhandlung genauso gut wie Jake führen könnte, oder?»

«Natürlich könntest du das. Du brauchst nur das notwendige Wissen. Das enthalten uns die Männer oft genug vor. Hast du dich noch nie gefragt, warum es mehr Geschäftsführer als Geschäftsführerinnen gibt?»

«Na ja», überlegte Maggie. «Weil wir nun mal für den Haushalt und die Kinder zuständig sind.»

«Wer hat das denn festgelegt? Wo steht das geschrieben? Wieso sind Männer zum Bügeln, Kochen und Putzen ungeeignet? Beim Militär lernen sie sogar nähen. Es scheint, als vergäßen unsere Männer jedoch alle diese Fähigkeiten, sobald sie eine Frau sehen.»

Maggie lachte. «Du hast recht. Aber ich kann doch nicht einfach zu Jake sagen, dass ich in der Firma mitarbeiten möchte.»

«Warum nicht?»

«Hm. Warum eigentlich nicht? Diana ist ja vormittags in der Schule. »

«Eben, und Jake kann dir alles beibringen, was du wissen musst.»

Maggie nickte nachdenklich. «Ich glaube nicht, dass Jake mir erlauben würde, in der Firma mitzuarbeiten. Er liebt die Gemütlichkeit und würde Angst haben, dass ich Heim und Kind vernachlässige.» Sie lachte unfroh. «Außerdem würden die Leute annehmen, der Firma ginge es schlecht, wenn Steve statt einer Sekretärin oder Buchhalterin plötzlich die eigene Frau beschäftigen würde.»

Maggie sah wehmütig in die Ferne, dann seufzte sie und griff über den Tisch nach Ambers Hand.

«Es tut mir so leid, dass es dir nicht gut geht. Kann ich dir helfen?»

Amber schüttelte den Kopf. «Du hast mir schon geholfen. Beim Elternabend, als du dich als Einzige für Jonah ausgesprochen hast. Und du hilfst mir jetzt, indem du mich besuchst und Jonah zu euch nach Hause einlädst.»

«Ich gebe zu, am Anfang hatte ich ein wenig Probleme. Ich hatte noch nie mit den Schwarzen zu tun, weißt du. Aber Jonah ist ein so kluger und liebenswerter Junge, dass man einfach nicht anders kann, als ihn zu mögen.»

«Das», entgegnete Amber, «ist das schönste Kompliment, das ich seit langer Zeit gehört habe.»

Trotz seiner Freundschaft zu Diana war Jonah die meiste Zeit allein, und es war ihm recht so. Er hatte sich mit Saleem angefreundet. Nein, es war keine Freundschaft. Es war mehr als das. Obwohl Aluundas Mann älter war als Walter Jordan, nahm er doch eher eine Vaterrolle ein. Wenn Jonah aus der Schule nach Hause kam, machte er seine Hausaufgaben und ging dann zum Teebaum, auf dem sehr oft ein Damala saß, das Totemtier des Stammes, zu dem sein Vater gehört hatte.

«Erzähl mir von meinen Ahnen», bat Jonah, und Saleem erzählte. Er sprach von der Regenbogenschlange, von den Traumpfaden, erzählte vom Outback und von den heiligen Stätten. Aber mehr noch als die Geschichte der Ahnen interessierte sich Jonah für die Natur. Saleem verstand viel von den Pflanzen und Tieren, und er nahm Jonah nicht nur auf ausgedehnte Spaziergänge mit, sondern vermittelte ihm gleichzeitig alles, was er wusste. Der alte Eingeborene, der so still und unauffällig seine Arbeiten erledigte, dass man ihn beinahe schon vergaß, saß manchmal im Schatten einer großen Akazie und döste oder hing seinen Gedanken nach. Es kam ihm selbst merkwürdig vor, dass niemand ihn bemerkte, denn der Baum stand so nah am Haus, dass seine Krone der Veranda zu manchen Stunden Schatten spendete. Auch heute saß er in einem alten Rattanstuhl, den Walter Jordan vor Jahren schon ausrangiert hatte, sah durch die Blätter des Baumes hinauf zum Himmel, der wie ein nasses Laken über den Hügeln hing. Es war heiß, und der Wind, der aus dem Norden kam und feine Sandkörner wie einen Gruß aus der Wüste über das Gut streute, brachte keine Kühlung.

Saleem hatte sich zurückgelehnt und die Hände auf dem Bauch verschränkt. Er lauschte auf die Geräusche um ihn herum. Er hörte Grillen zirpen, freute sich am Geschrei der Vögel und an den Küchenklängen, die Aluunda veranstaltete.

Am leichten Trippeln erkannte er Emilias Schritt, die auf die Veranda hinauskam, um ihr mittägliches Eis zu essen. Kurz darauf hörte er die schweren, harten Stiefelschritte von Steve Emslie.

«Hallo, mein Liebes», begrüßte er seine Tochter.

«Hallo, Papa.»

Die Kleine sprang über die Umrandung der Veranda ihrem Vater in den Arm. Dann setzten sich beide unter das Schattendach der Akazie.

«Du wolltest mir von früher erzählen», drängte die Kleine. «Du wolltest mir erzählen, wo meine Wurzeln liegen. Die Lehrerin hat gesagt, wir sollen unsere Eltern fragen.» Sie seufzte theatralisch, und Saleem lächelte, als er das hörte.

«Ich fürchte, wir werden einen Aufsatz darüber schreiben müssen.»

Saleem hörte Steve lachen. «Komm zu mir auf den Schoß, dann erzähle ich dir, was du wissen musst.»

Während die Kleine sich zu ihrem Vater setzte, hörte Saleem noch ein anderes Geräusch. Er senkte den Kopf, öffnete die Augen und entdeckte Jonah, der gerade im Begriff war, das Haus über die Veranda zu betreten. Doch als er seinen Stiefvater hörte, hielt er inne und kauerte sich hinter den Treppenabsatz, dass er nicht gesehen werden konnte.

«Also, Papa, wo liegen meine Wurzeln?»

Steve lachte, und Saleem hörte das Geräusch eines Kusses. «Du, mein Herz, bist eine waschechte Emslie. Deine Wurzeln liegen in Irland. Vor mehr als hundert Jahren kam mein Urgroßvater nach Australien. Er war evangelisch, weißt du, und in Irland regierten damals die Katholiken und machten allen anderen das Leben schwer. Also nahm er meine Großmutter und kam über das Meer. Er hatte ein wenig Geld und kaufte damit ein paar Rinder. Mit etwas Glück und viel Geschick

gelang es seinem Sohn, meinem Großvater, die Farm zu ver-
größern. Dann kam ein Krieg, und die Zeiten wurden schlecht.
Mein Vater verlor einen großen Teil des Besitzes, gerade, als
ich geboren wurde. Meine Mutter starb, als ich acht Jahre alt
war. Dann kam der nächste Krieg. Mein Vater wurde einge-
zogen und starb beim Angriff auf Darwin am 19. Februar
1942. Plötzlich war ich ein Waisenkind. Ich konnte die Farm
nicht halten und verlor sie an einen Spekulanten. So kam es,
dass ich nach Beendigung der Schule ebenfalls auf einer Farm
arbeitete.»

«Und Jonah? Warum ist er schwarz? Wo sind seine Wurzeln?»

Saleem richtete sich auf, als er das hörte. Er sah zu Jonah,
der in verkrampfter Haltung die Knie umschlungen hielt.

«Jonah? Du meinst den Nigger?», hörte man Steve.

«Er ist mein Bruder», beharrte Emilia. «Und ich habe ihn
lieb. Meistens.»

«Jonah ist nicht dein Bruder. Er ist ein Tier. Alle Schwarzen
sind Tiere. Du aber bist ein Mensch, hast einen Vater und eine
Mutter. Jonah nicht. Er hat keinen Vater. Das ist bei den Tieren
manchmal so. Und er hat keine Wurzeln.»

Steve wurde leiser und seine Stimme nachdenklich. «Im
Grunde lebt er gar nicht. Er ist jemand, den niemand braucht,
den niemand haben will. Er ist so überflüssig wie eine Reblaus
in den Weinbergen. Ein Schädling eben, den man bekämpfen
muss.»

Saleem hörte, dass Emilia zu weinen begann, doch er kümmerte sich nicht darum. Er sah zu Jonah, der langsam und
ohne Saleem zu bemerken aufstand und mit gebeugten Schultern davonging.

In diesem Augenblick beschloss der alte Mann, noch einmal Vater zu werden. Nicht der Vater eines Säuglings, sondern

Jonahs Vater. Er würde ihm seine Wurzeln zeigen, würde ihn lehren, stolz zu sein auf das, was er war. Langsam rappelte er sich aus dem Stuhl auf. Steve wiegte die weinende Emilia hin und her, bedeckte sie mit Küssen und nannte sie Engel. Schon bald beruhigte sich das Kind. Den Bruder hatte es vergessen.

Saleem presste beide Hände auf den von der vielen Arbeit schmerzenden Rücken und schlurfte davon. Er wusste, wo Jonah zu finden war.

Der Junge saß unter dem Teebaum, auf dem ein Damala sein Nest gebaut hatte. Saleem schlenderte heran, dann setzte er sich neben Jonah.

«Sieh», sagte er und deutete mit dem Finger nach oben. «Das ist ein Damala. Du, Jonah, gehörst zum Totem der Damala. Dein Clan hat hier auf dem Gut gelebt. Wer dein Vater war, kann ich nur erraten. Es gab einen Aborigine bei den Damalas, der sich durch besondere Klugheit und Geschicklichkeit auszeichnete. Jonah hieß er, genau wie du. Man hat berichtet, dass er im Outback zu Tode gekommen sei.»

Jonah sah auf. Er versuchte, die Tränen auf seinen Wangen zu verbergen, doch Saleem sah sie trotzdem.

Er lächelte ihn an. «Dein Vater war ein guter Mann. Er war stark, klug und von Herzen aufrichtig. Er liebte seinen Clan, sein Land, sein Volk. Und er hätte auch dich sehr geliebt, wenn er dich kennengelernt hätte.»

«Hat … ich meine … meine Mutter …», stammelte der Junge.

«Deine Mutter hat deinen Vater sehr geliebt. Sie haben sich beide sehr geliebt. Von ganzem Herzen.»

«Ich verstehe», sagte der Junge leise.

«Nein», widersprach Saleem. «Ich glaube nicht, dass du verstehst. Deine Mutter und dein Vater haben um ihre Liebe gekämpft, obwohl sie keine Chance hatten. Sie haben etwas

versucht, das hier in diesem Landstrich schier unmöglich ist:
eine Liebe zwischen Schwarz und Weiß zu leben.»

«Was haben sie getan?», wollte Jonah wissen. Er hatte seine verkrampfte Haltung aufgegeben und lehnte nun mit dem
Rücken gegen den Stamm des Teebaumes und sah Saleem gespannt an.

Saleem zuckte mit den Schultern. «Sie wollten zusammen
sein, sie wollten beweisen, dass es eine wirkliche reine Liebe
zwischen einem Schwarzen und einer Weißen geben kann. Jonah erzählte mir einmal, dass er sich aus der Bibliothek von
Tanunda Bücher ausgeliehen hat, die sich mit dem Anbau von
Wein beschäftigten. Ich glaube, sie hatten vor, gemeinsam zu
leben und zu arbeiten.»

«Wie war er, mein Vater? Wofür hat er sich interessiert?»
Saleem holte ein Päckchen Tabak aus seiner Hosentasche und
drehte sich umständlich eine Zigarette. «In einer anderen Zeit
wäre dein Vater sicher ein guter Arzt geworden. Er wusste alles
über die Pflanzen und Tiere hier in der Gegend. Und er wusste viel über die Menschen. Nein, vielleicht stimmt das nicht.
Vielleicht wusste er viel zu wenig über die Menschen, doch er
wusste viel von den menschlichen Seelen.»

«Ein Arzt, sagst du?», fragte Jonah und sah hinauf in die
Blätter des Teebaumes. «Wie Ralph Lorenz?»

Saleem nickte. «Ich glaube, deinem Vater wäre es gelungen,
das Heilwissen der Aborigines mit dem Heilwissen der Weißen
zu verbinden.»

Der Junge sah den alten Mann an. Er kratze sich dabei
am Kopf und scharrte mit den Füßen über den Boden. Seine
Nasenflügel bewegten sich, und seine leicht geöffneten Lippen
zitterten ein bisschen. «Glaubst du, Saleem, dass ich diese
Gabe von meinem Vater geerbt habe?»

Saleem zog die Schultern hoch und zog an seiner Zigarette.

«Wer kann das wissen? Interessierst du dich denn für Pflanzen und Heilkunst?»

Jonah nickte eifrig. «Ich habe zugesehen, wie Aluunda aus der Rinde von Eukalyptusbäumen einen Sud gemacht hat. Ich weiß, dass der wilde Thymian gut gegen Husten ist. Und als ich meine Milchzähne verloren habe und richtige Zähne bekam, da hat mir Aluunda ein paar Blätter vom Teebaum hier zum Kauen gegeben. Ralph, ich meine Dr. Lorenz, war damit einverstanden.»

Saleem streckte die Beine aus, schlug die Füße übereinander und drückte die Zigarette neben sich aus. «Wie bist du denn in der Schule?», fragte er dann.

Jonah wiegte den Kopf hin und her. «Es gibt ein paar Fächer, in denen ich gut bin, bei anderen habe ich Probleme. Ich mag Mathe, Biologie und Chemie. Geschichte habe ich nicht so gern, weil es dabei immer nur um die Weißen geht.»

Saleem stand auf und klopfte sich die Hosen sauber. «Ich werde dir beibringen, was ich über die Pflanzen weiß. Wenn du morgen deine Hausaufgaben gemacht hast und nicht mehr im Haus gebraucht wirst, dann komm zu mir. Wir werden zusammen einen Ausflug machen.»

Jonah war pünktlich. Er hatte die Hausaufgaben so schnell gemacht, wie er nur konnte. Dann war er seinem Stiefvater ausgewichen und zu Saleem gelaufen, der unter dem Teebaum auf ihn gewartet hatte.

«Weiß deine Mutter, dass du mit mir unterwegs bist?», fragte Saleem.

Jonah nickte und holte stolz ein Taschenmesser hervor. «Sie hat es mir geschenkt», sagte er. «Sie findet es gut, dass ich von dir etwas über meine Ahnen lerne.»

«Hat sie nie mit dir darüber gesprochen?»

Jonah scharrte wieder mit dem Fuß im Boden herum. Er tat das immer, wenn er verlegen war.

«Sie hat mir von der Regenbogenschlange erzählt. Aber sie hat nie mit mir über meinen Vater gesprochen. Er ist tot, das ist alles, was es darüber zu sagen gibt, hat sie gesagt. Mein Stiefvater dagegen spricht manchmal von meinem Vater. Er nennt ihn einen dreckigen Nigger, der zu dumm war, sein elendes Dasein am Leben zu erhalten. Ein Tier wäre mein Vater gewesen, sagt Steve, und dass dieses Tier meine Mutter zu einer Hure gemacht hat.»

Saleem legte dem Jungen beide Hände auf die Schultern.

«Sieh mich an», sagte er.

Der Junge hob den Kopf. «Deine Mutter ist eine wunderbare Frau. Sie hat vielleicht nicht alles in ihrem Leben richtig gemacht. Niemandem gelingt das. Aber sie war immer von reinem Herzen. Sie ist keine Hure. Sie hat geliebt.»

«Aber warum spricht sie nie darüber?», fragte der Junge.

«Vielleicht, weil sie deinen Vater noch immer vermisst. Vielleicht, weil jede Erinnerung an ihn sie schmerzt. Vielleicht aber auch, weil sie nicht über ihn reden kann. Es gibt viele Gründe, um zu schweigen. Mehr, als es Gründe zum Reden gibt. Eines Tages erzählt sie dir vielleicht von ihm. Bis dahin aber musst du dich mit dem begnügen, was ich weiß.»

«Du bist von einem anderen Totem, nicht wahr, Saleem?»

«Ja, das bin ich. Aber zwischen den einzelnen Aborigine-Clans gibt es keinen Krieg. Wir alle sind Kinder unserer Ahnen.»

«Wo ist mein Clan?»

Saleem schüttelte den Kopf. «Sie sind ins Outback gezogen und nie zurückgekehrt. Ich weiß nicht, wo sie sind.»

«Sie haben mich allein hiergelassen?» Jonah runzelte die Stirn.

«Nein, das haben sie nicht. Als sie gingen, wusste niemand, dass deine Mutter schwanger ist. Doch jetzt komm, es wird Zeit, dass wir aufbrechen.»

Saleem ging einfach los, und Jonah blieb nichts anderes übrig, als ihm zu folgen.

Der Alte ging an einem Rebenhang entlang und bog dann in ein Eukalyptuswäldchen ab.

«Nimm dein Taschenmesser», sagte er und holte selbst einen Dolch aus einem Beutel. «Ich zeige dir, was man alles aus einem Eukalyptusbaum machen kann.»

Saleem schnitt ein Stück von der Rinde ab und unterhielt sich dabei weiter mit Jonah. «Es gibt drei Gründe, aus denen Menschen krank werden. Ein Grund hat natürliche Ursachen. Ich meine damit Verletzungen, Schnitte, Bisse, kleine Entzündungen der Haut oder Bauchweh, wenn man zu viel oder das Falsche gegessen und getrunken hat. Es kann auch sein, dass der Mensch die Ahnen verärgert hat. Vielleicht hat er verbotenes Gebiet betreten, vielleicht ein heiliges Objekt betrachtet oder ein Nahrungsmittel verzehrt, das ihm verboten war. Du, Jonah, gehörst zum Damala-Totem. Es ist dir deshalb verboten, dein Totemtier zu jagen oder gar zu essen. Den Leuten vom Emu-Totem ist das Verzehren von Emus untersagt, dem Känguru-Totem die Kängurus und so weiter. Isst man trotz des Verbotes von ihrem Fleisch, so kann es passieren, dass die Ahnen darüber so erzürnt sind, dass sie dem Menschen eine Krankheit schicken. Die Weißen aber kennen solche Gesetze nicht. Im Grunde dürfen sie alles essen, doch sie gehen mit der Nahrung nicht sorgfältig um. Deshalb sind sie so oft krank. Der dritte Grund von Krankheit ist die Magie. Auch du, Jonah, hast schon vom weißen Knochen gehört. Nun, es gibt verschiedene Arten, wie sich Menschen gegenseitig Schaden zufügen können. Sei deshalb freundlich und nachsichtig zu allen, denen du begegnest.»

Jonah nickte eifrig. Dann hob auch er sein Taschenmesser und tat, was Saleem ihm vormachte. Schließlich hatten sie genug Rindenstücke beisammen. Saleem holte einen alten Blechtopf aus seinem Beutel und ein paar Stücke Holzkohle, die unverkennbar aus dem Supermarkt in Tanunda stammten.

«Wir machen es uns etwas leichter», erklärte er. «Wir benutzen die fertige Holzkohle. Es würde zu lange dauern, einen Erdofen zu bauen. Du willst ja schließlich nicht Feuerwehrmann, sondern Heiler werden.»

Saleem lachte. Er ging zum Fluss, füllte den Topf mit Wasser, dann legte er die Eukalyptusrindenstücke hinein. Er entzündete ein kleines Feuer und stellte den Topf darauf.

Während die Rindenstücke kochten, saß Saleem da und sang leise vor sich hin. Jonah lauschte. Er kannte die Worte nicht, doch die Melodie kam ihm so vertraut vor, als kenne er sie schon immer.

«Was ist es, was du singst?», fragte er leise.

Saleem antwortete: «Die Regenbogenschlange hat alle Dinge ins Leben gesungen. Unser Wissen wird durch Lieder vermittelt. Was für die Weißen die Bücher sind, sind für uns die Lieder.»

Dann schloss er die Augen und sang erneut das alte Lied seiner Ahnen, das von der Schönheit dieses geheiligten Landes erzählte.

Immer und immer wieder sang er dieses kleine Lied, bis Jonah sich schließlich die Worte merken konnte und einstimmte. Sie taten nichts anderes, der alte schwarze Mann und der schwarze Junge. Sie saßen nebeneinander, starrten in einen Topf, in dem ein paar Holzstücke schwammen, und sangen.

Jonah glaubte, in seinem ganzen Leben noch niemals so glücklich gewesen zu sein. Vielleicht war es auch kein Glück, das er empfand, vielleicht war es das große und so selten gewordene Gefühl, ganz und gar mit sich im Reinen zu sein, ganz und gar mit sich und der Umgebung zu verschmelzen. Vielleicht nannte man dieses Gefühl Heimat, vielleicht nannte man es Menschsein. Jonah wusste es nicht, und er dachte darüber auch nicht nach. Er war einfach glücklich, hier zu sitzen und so sein zu dürfen, wie er war: schwarz und jung.

Nach einer ganzen Weile hörte Saleem auf und rührte in dem Topf. Das Wasser darin hatte unterdessen eine rote Farbe angenommen.

Jonah sah ihm zu, dann fragte er: «Was bedeutet das Lied? Wie heißen die Worte?»

«Kommt und seht mein Land. Dieses Land ist heilig. Vor langer Zeit war dies das Land meiner Großmutter und meines Großvaters. Kommt mit offenen Ohren, offenen Augen und einem offenen Herzen», antwortete Saleem. «Es ist das Lied deiner Ahnen, deine Hymne und dein Gebet zugleich.»

Jonah sah den alten Mann ernst an. «Ich werde es immer singen, wenn ich es brauche», sagte er.

Saleem erwiderte nichts, doch er klopfte dem Jungen auf die Schulter. Dann nahm er den heißen Topf und stellte ihn auf die Erde. Als die Flüssigkeit so weit abgekühlt war, dass er die Rindenstücke herausnehmen konnte, bat er den Jungen: «Nimm die beiden kleinen Tonkrüge aus meinem Beutel. Der rote Saft, der sich aus den Rindenstücken gebildet hat, ist gut gegen Entzündungen und Verletzungen. Auch bei Mückenstichen soll man ihn auf die Haut auftragen. Fülle den Saft in die Krüge, gib einen davon Aluunda, und behalte den anderen für dich. Teste den Eukalyptussaft am eigenen Körper, bevor du ihn bei anderen anwendest.»

Saleem zeigte auf einen Kratzer, den Jonah am Bein hatte.

Jonah tauchte den Finger in den Saft und strich damit über den Kratzer. «Es brennt ein bisschen», sagte er.

Dann füllte er die beiden Krüge und verschloss sie mit einem Korken.

Am Abend gab er den einen stolz bei Aluunda ab. «Eukalyptussaft ist das», erklärte er stolz. «Saleem und ich haben ihn selbst gemacht.»

Aluunda strahlte ihn an, dann strubbelte sie ihm das Haar. Jonah hatte den Eindruck, dass ihre Augen ein wenig feucht wurden. «Willkommen bei den Aborigines», sagte sie. «Willkommen zu Hause.»

Dann rief sie Amber und präsentierte ihr so stolz, als wäre sie die Mutter, den Eukalyptussaft.

Amber sah Jonah ungläubig an. «Interessierst du dich für Heilkunst?», fragte sie.

An dem Leuchten in ihren Augen sah Jonah, dass seine Mutter sich freute. «Ja», sagte er einfach, und dann ließ er sich von Amber in den Arm nehmen und küssen, als hätte er ihr ein besonders schönes Geschenk gemacht. Beim Abendbrot fasste er seinen ganzen Mut zusammen und sagte: «Ich wünsche mir zum Geburtstag ein Herbarium.»

Amber lächelte ihm zu und nickte. Steve aber, beide Ellenbogen auf den Tisch gestützt, sah ihn verächtlich an. «Mit vierzehn wünscht sich ein richtiger weißer Junge sein erstes Gewehr. Oder wenigstens einen Kricketball.» Jonah sah seinem Stiefvater fest in die Augen und erwiderte freundlich: «Ich bin kein weißer Junge. Ich bin schwarz, und ich wünsche mir ein Herbarium.»

Steve sprang auf. «Gibst du mir Widerworte?» Er holte aus und versetzte dem Jungen eine so gewaltige Ohrfeige, dass er samt dem Stuhl umkippte.

«Steve!», rief Amber und funkelte ihren Mann wütend an. Dann eilte sie zu ihrem Sohn und wollte ihm beim Aufstehen helfen.

Doch Jonah rappelte sich allein hoch. «Danke, Mum», sagte er. «Ich brauche deine Hilfe nicht.»

Amber sah ihn an und wusste im selben Augenblick, dass ihr kleiner Junge heute ein ganzes Stück erwachsen geworden war.

«Entschuldige», sagte sie zu ihm. «Natürlich kannst du dir selbst helfen.»

«Geh auf die Veranda, und iss dort», befahl Steve. «Ich kann deine schwarze Fratze nicht mehr sehen.»

Jonah nahm wortlos seinen Teller. Es war nicht das erste Mal, dass sein Stiefvater ihn vom Tisch wegschickte. Manchmal war es, weil er der Meinung war, Jonah esse wie ein Schwein, manchmal waren ihm die Hände des Jungen nicht sauber genug, manchmal suchte er noch nicht einmal nach einem Grund. Nur wenn Walter, Margaret oder Ralph Lorenz da waren, hielt Steve sich zurück. Jedes Mal hatte Jonah Mühe, die Tränen zu unterdrücken. Meist folgte ihm seine Mutter, doch dann saßen sie beide wie Ausgestoßene draußen und fühlten sich nicht stark, sondern nur gemeinsam schwach.

Heute aber geschah etwas ganz Seltsames. Nicht nur Amber stand auf und folgte ihrem Sohn, sondern auch Saleem und Aluunda. Sogar Emilia wollte aufstehen, doch Steve hielt sie am Arm fest.

«Du bleibst», befahl er. Die Kleine sah von ihrem Vater zur Mutter und zum Bruder, bis Jonah schließlich sagte: «Hör auf ihn, Emilia. Er ist dein Vater.»

Dann schickte er seiner Schwester einen Luftkuss und ging diesmal viel weniger traurig hinaus auf seinen Strafplatz.

Am nächsten Tag kam Ralph Lorenz und betrachtete eine Wunde, die sich einer der Arbeiter mit einem Werkzeug am Unterschenkel beigebracht hatte.

«Der Schnitt ist nicht tief, doch die Wunde muss desinfiziert werden», erklärte der Arzt und suchte in seinem Koffer nach Jod. Jonah stand neben ihm und beobachtete alles, was er tat.

Ralph Lorenz öffnete jedes Fach, kramte auf dem Boden herum, suchte und suchte, doch er fand das Jod nicht.

«Ich habe gestern mit Saleem Eukalyptussaft gemacht», sagte Jonah schüchtern. «Der Saft ist gut zur Säuberung und Desinfizierung von Wunden. Die Aborigines benutzen ihn seit Jahrhunderten.»

Ralph Lorenz sah hoch. «Das weißt du schon?», fragte er erstaunt.

«Ja», erwiderte Jonah. «Eukalyptus hat eine antisektische Wirkung.»

«Antiseptisch, Jonah. Es heißt antiseptisch», erklärte der Arzt.

Jonah nickte und hockte sich hin. Er betrachtete die Wunde ganz genau. Dann fragte er: «Wenn man Eukalyptussaft auf die Wunde legt, dann bleibt sie sauber. Aber ein Verband ist notwendig. Der Stoff jedoch zieht den Saft auf. Es wäre also besser, ein Stück Stoff in den Saft zu tauchen und auf die Wunde zu legen und anschließend das Bein zu verbinden.»

Ralph Lorenz hatte zugehört. Jetzt nickte er. «Ich habe kein Jod dabei. Wenn Joe einverstanden ist, könnten wir es mit deinem Saft versuchen.»

Joe nickte. Er war schon lange auf der Farm, und er mochte Jonah.

«Hey, Doc», sagte er. «Scheint, als hätten Sie endlich einen Assistenten gefunden.» Er lachte. Ralph Lorenz aber blieb ernst und sah den Jungen aufmerksam an.

Jonah aber sprang auf und rannte nach seinem Krug.

Als er wiederkam, hielt der Arzt ihm ein Stück Mull hin. «Joe ist einverstanden, dass du heute die Behandlung übernimmst», sagte er.

Jonah goss gewissenhaft ein wenig von dem roten Saft auf den Mull, dann tupfte er damit ganz vorsichtig die Wunde ab, ehe er das ganze Stoffstück mit dem Eukalyptussaft tränkte. Den Verband legte der Arzt an.

«Es kann sein, dass ich morgen keine Zeit habe, nach Joes Wunde zu schauen», sagte er. «Bist du bereit, noch einmal ein wenig von deinem Heilmittel auf Joes Bein zu tupfen? Du musst aber sehr vorsichtig sein. Aluunda wird dir sicher beim Verbinden helfen.»

Jonah strahlte und nickte mehrmals hintereinander. «Ich werde mir große Mühe geben», versprach er ernsthaft.

«Ich weiß, mein Junge. Ich weiß», erwiderte Dr. Lorenz.

15

Ihren zwölften Geburtstag feierte Emilia als grosses Fest. Aluunda hatte ihr einen Kuchen gebacken, und der Tisch im Esszimmer bog sich unter den Geschenken. Ihr Großvater hatte ihr ein dickes Buch geschenkt, von Amber bekam sie einen Kasten mit Malfarben. Jonah hatte für seine Schwester ein Kästchen aus Holz geschnitzt. Saleem hatte ihm dabei geholfen. Nach der Schule brachte Emilia ihre Freundinnen mit. Amber und Aluunda hatten sich Spiele ausgedacht, und das Haus war von Lachen und Jubel erfüllt. Jonah war der Spielmeister. Er verstand es wunderbar, die kleineren Mädchen so zu behandeln, dass jeder Missmut sogleich erstickt wurde. Ja, er ließ sich sogar von ihnen schminken, war beim Blindekuhspiel bereitwillig die blinde Kuh und tat überhaupt alles, damit seine Schwester einen schönen Tag hatte. Und Emilia hing an ihrem Bruder, lachte, so laut sie konnte, und war einfach nur glücklich.

Bob hatte ein Lagerfeuer entzündet, und die Kinder hielten aufgespießte Würstchen darüber. Amber verteilte Kartoffelsalat, und Aluunda brachte selbst gemachte Mangolimonade.

Sie bemerkten kaum, wie Steve mit seinem Landrover die gekieste Auffahrt zum Gutshaus heraufkam. Er stellte den Wagen in der Maschinenhalle ab, kam leise hinter dem Haus hervor und stellte sich in den Schatten der großen Akazie, genau neben Saleems alten Korbsessel. Voller Abscheu betrachtete er die Szene. Sein Gesicht lag im Dunkeln, und so sah niemand, dass seine Augen kalt wie scharf geschliffene Diamanten funkelten.

Saleem hatte sein Didgeridoo geholt, Aluunda begann zu singen, Bob blies auf der Mundtrommel, und die Kinder fassten sich an den Händen und tanzten um das Feuer. Jonah wirbelte seine Schwester herum, bis sie vor Lachen japste.

Dann bemerkte sie ihren Vater, der sich ein Stück abseits hielt und mit grimmigem Gesicht der Veranstaltung zusah.

Plötzlich hielten alle inne. Das Lächeln auf den Gesichtern erstarb, Aluunda hörte auf zu singen, und Saleem ließ das Didgeridoo sinken. Bob entlockte der Mundtrommel noch einen schrägen Ton, dann steckte er sie mit einem verlegenen Lächeln in die Tasche.

«Oh, ich dachte, meine Tochter feiert heute ihren Geburtstag. Doch ich muss mich geirrt haben. Anscheinend findet hier gerade ein Niggerfest statt», sagte Steve, und seine Worte kamen so schneidend, dass die kleinen Mädchen aus Emilias Klasse den Kopf senkten. Er trat aus dem Schatten des Baumes in den Lichtkreis des Feuers und sah jeden Einzelnen an.

Emilia fing an zu weinen. Amber ging zu ihr, legte ihr den Arm um die Schulter und zog sie an sich. Am liebsten hätte sie ihrem Mann eine Ohrfeige verpasst, doch sie wollte nicht noch mehr Öl ins Feuer gießen.

«Steve, bitte. Es ist ihr Geburtstag. Sie war gerade noch so glücklich», sagte sie nur, doch ein Blick in sein Gesicht verschloss ihr den Mund. Sie kannte den Ausdruck seiner Augen. Sie glitzerten wie Eis. Kalt. Eiskalt.

Amber wusste nicht, was sie tun sollte, doch schließlich klatschte sie in die Hände und rief: «Wer von euch möchte denn noch ein Stück Kuchen?»

Die Kinder sahen kurz auf, dann senkten sie wieder die Köpfe und scharrten mit den Füßen. Bob stocherte mit einem Stock im Feuer, und Aluunda verschwand in der Küche.

Jonah aber stand einfach nur da und sah zu seinem Stiefvater. Emilia tat ihm leid. Sie tat ihm unendlich leid, und er fühlte sich schuldig an ihrem Unglück. Gäbe es mich nicht, dachte er, dann könnte sie jetzt unbeschwert feiern. Er trat einen Schritt vor, trat fast vor seinen Stiefvater und sah ihm gerade in die Augen. »Du möchtest, dass ich hier verschwinde, nicht wahr?«, fragte er, doch er wartete die Antwort nicht ab. »Gut, ich gehe. Aber lass Emilia einen schönen Tag haben. Sie kann nichts dafür, dass es schwarze und weiße Menschen gibt. Und sie kann nichts dafür, dass du Schwarze nicht magst.«

Im ersten Augenblick war Steve sprachlos. Er starrte seinen Stiefsohn an, als sähe er ihn zum ersten Mal. Der fast Vierzehnjährige, das bemerkte er jetzt beinahe mit Schrecken, war klug. Und er war nicht nur klug, sondern besaß die Gabe der genauen Beobachtung.

Der Mann grinste so hämisch, wie es nur ging.

«Bilde dir bloß nichts ein. Niemand hier nimmt dich so wichtig, dass du ihn stören könntest.»

«Dann stört es also auch nicht, wenn ich gehe», erwiderte Jonah ungerührt, gab Emilia einen Kuss und ging. Von Weitem hörte er, dass schon bald wieder ein fröhliches Lachen erklang. Er saß unter dem Teebaum, hatte die Arme um die Knie geschlungen. Ihm war zum Weinen, und er fühlte sich so einsam, als wäre er der einzige Mensch auf der Welt. Am liebsten hätte er Carolina Cellar für immer verlassen. Doch das ging nicht. Er wusste nicht, wohin. Sein Totem war im Outback verschollen, er hatte kein Geld, und die, die er mochte und liebte, waren hier.

Er hatte sich so erwachsen gefühlt in den letzten Tagen, doch jetzt wurde er wieder zu einem kleinen Jungen. Er legte den Kopf auf die Knie und weinte.

»Ich muss mit dir reden«, sagte Ralph Lorenz einige Tage später zu Amber.

»Was ist? Hat sich jemand verletzt?«, fragte sie.

»Nein, nein, das nicht. Komm, setz dich zu mir auf die Veranda. Margaret wird ebenfalls dazukommen und auch Walter.«

Amber zog fragend die Augenbrauen hoch, doch dann ließ sie das Hauptbuch, in dem sie gerade die Geschäftsvorgänge der letzten Tage eingetragen hatte, sinken und erhob sich.

Sie war froh, dass ihr Vater wieder da war, doch sie sorgte sich ein wenig um ihn. Er war blass, viel blasser als sonst. Und er schwitzte. Amber konnte sich nicht daran erinnern, ihn je schwitzen gesehen zu haben. Selbst im heißesten Sommer blieb seine Haut kühl. Sie wünschte, er ginge weniger auf Reisen, doch es gab niemanden, der an seiner Stelle die Touren in den Norden Australiens machen konnte.

Sie folgte Ralph auf die Veranda, strich im Vorübergehen ihrem Vater über die Schulter. Dann setzte sie sich.

Margaret sprach nicht lange um den heißen Brei herum. »Mit Jonah und Steve geht es so nicht mehr weiter«, sagte sie.

Amber nickte. »Ich weiß«, erwiderte sie. »Jonah kommt mit Steve nicht zurecht.«

»Oh, nein«, wurde sie barsch von Margaret unterbrochen. »Steve kommt mit ihm nicht zurecht. Der Junge wird von ihm gequält. Erst gestern sah ich zufällig, wie er ihm im Vorübergehen einen Schlag auf den Kopf gegeben hat, dabei hatte Jonah nichts anderes getan, als seinen Weg zu kreuzen. Er hasst das Kind. Warum auch immer. Jonah aber leidet. Er fürchtet sich vor Steve.«

»Ich weiß«, sagte Amber. »Ich weiß das alles.«

»Du weißt nicht genug, Amber. Du verschließt die Augen

und bist froh, wenn du bestimmte Sachen nicht erfährst. Bob hat mir gesagt, dass Steve Jonah manchmal im Weinkeller einsperrt. Der Junge steht dort Höllenqualen durch. Niemand weiß, warum er sich ausgerechnet im Weinkeller so fürchtet, aber er tut es nun einmal.»

Amber sah, wie ihr Vater noch blasser wurde. Er griff sich mit der Hand an die Stirn.

«Ist alles in Ordnung?», fragte Amber besorgt. «Soll ich dir ein Glas Wasser holen?»

Walter schüttelte den Kopf und versuchte ein Lächeln. Auf seiner Oberlippe standen kleine Schweißperlen. Amber wandte sich wieder an Margaret. «Ich wusste nicht, dass Steve den Kleinen in den Keller sperrt. Aber das wird er niemals wieder tun.»

«Du hättest es wissen können. Du hättest es wissen müssen.»

«Jonah ist ein tapferer Junge. Er hat niemandem etwas erzählt. Bob fand ihn einmal. Jonah war sehr verstört und zitterte am ganzen Körper. Er sagte, die Tür wäre hinter ihm zugefallen, irgendwer hätte abgeschlossen, ohne dass er es bemerkt hätte. Der Lichtschalter ist ja draußen, sodass er im Dunklen gesessen hatte. Nun, Bob hat ihm nicht geglaubt und hat ein paar Tage lang ein Auge auf den Keller gehabt. Schließlich hat er gesehen, dass Steve ihn dort einschloss. Obwohl er wusste, wie sehr der Junge sich fürchtet», berichtete Ralph Lorenz.

Amber war jetzt ganz weiß geworden. Sie ahnte, dass Jonah im Keller den Tod seines Vaters spüren konnte. Er war ein Aborigine, er sah, hörte und empfand anders und mehr als die Weißen.

«Das darf nie wieder passieren», flüsterte sie. «Nie wieder. Ich lasse nicht zu, dass Steve meinen Sohn quält. Ich lasse nicht zu, dass Steve unser Leben kaputtmacht.»

«Du hast schon viel zu viel zugelassen, Amber», tadelte Margaret.

Amber wollte aufstehen und gehen, doch Ralph hielt sie am Arm zurück. «Wir wollten dir etwas vorschlagen. Wir möchten Jonah und dir gern helfen», sagte er, doch sie riss sich los.

Die Wut hatte ihr Gesicht weiß gefärbt. Sie zitterte. Sogar ihre Seele zitterte. Aus ihren Augen schossen Blitze, als sie Steve im Maschinenpark fand.

«Warum hast du Jonah im Keller eingesperrt?», fragte sie.

«Er ist zu weich für einen Jungen. Ein Schwächling. Ich habe ihn als meinen Sohn anerkannt, also sorge ich dafür, dass er mich wenigstens in dieser Hinsicht nicht vor allen Leuten lächerlich macht.»

Amber ging auf Steve zu und versetzte ihm eine so kräftige Ohrfeige, dass sich seine Wange auf der Stelle rot färbte.

«Geh», zischte sie. «Nimm deine Sachen, und verschwinde von hier!»

Sie keuchte vor Wut und hatte die Hände zu Fäusten geballt.

Steve schob den Hut aus der Stirn.

«Ich glaube, du weißt nicht, was du sagst, mein Täubchen. Hast du vergessen, dass dein Vater ein Mörder ist, der es nur meinem Großmut zu verdanken hat, dass er nicht im Gefängnis sitzt?»

«Das ist Jahre her. Es wird schwer sein für dich, Beweise zu finden.»

Steve lachte und kniff Amber in die Wange. «Wie dumm du doch bist», sagte er. «Dein Vater ist alt. Er baut von Monat zu Monat mehr ab. Zweiundsiebzig ist er inzwischen. Meinst du, er steht die Verhöre bei der Polizei durch? Ha! Schon nach zehn Minuten wird er zugeben, den Nigger getötet zu haben. Er wird schneller im Knast landen, als du glaubst.»

Amber hielt inne. Sie wusste, dass Steve recht hatte. Und sie wusste auch, dass das Gefängnis der sichere Tod ihres Vaters wäre.

«Lass die Finger von meinem Sohn», fauchte sie. «Lass Jonah in Ruhe. Wenn du ihn noch ein einziges Mal in den Keller sperrst, dann … dann …»

«Na? Was ist dann? Spuck es aus! Holst du dann deinen großen Bruder?»

Steve wollte sich ausschütten vor Lachen, doch als er den Blick seiner Frau sah, wusste er, dass er einen Schritt zu weit gegangen war. Er sah den Hass in ihren Augen. Steve streckte den Arm aus und wollte Amber berühren, doch sie schüttelte ihn einfach ab. «Niemand möchte deinen Vater ins Gefängnis bringen», sagte Steve und klang beinahe schon freundlich. «Ich habe kein Interesse daran. Soll er leben, so lange und so glücklich es geht. Ich gönne es ihm von Herzen. Den Nigger aber, um den kümmere ich mich, wie es sich für einen Stiefvater gehört.»

Amber sah rot vor Wut. Sie rang nach Atem. Rings um sie herum versank alles in Nebel. Sie wusste nicht mehr, wo sie war, wusste nicht mehr, wer sie war. Sie sah nur Steve, sah die kalten Augen, den schmalen Mund, der zu einem falschen Lächeln verzogen war. In ihren Ohren rauschte das Blut, sodass sie die Worte ihres Mannes nicht mehr verstehen konnte. Dann sah sie plötzlich eine Eisenstange an der Wand der Maschinenhalle stehen. Wie in Trance ging sie dorthin und griff nach der Stange. Sie nahm sie in die Hand, fixierte ihren Mann mit einem Blick, der so hasserfüllt war, dass jeder andere Angst bekommen hätte.

Im selben Moment spürte sie eine Hand auf ihrer Schulter. «Nicht, Missus. Tun Sie das nicht», flüsterte jemand hinter ihr.

Amber ließ die Stange los, ihr Blick wurde wieder klar. Sie schüttelte sich, als hätte sie Ungeziefer auf der Haut. Bob stellte die Stange zurück an die Wand, packte Amber am Ellenbogen und führte sie zurück auf die Veranda. Steve aber lehnte an einem Traktor, zog ungerührt eine Zigarette aus der Hemdtasche und zündete sie an. Er nahm einen tiefen Zug und wirkte ruhig. Doch jeder, der einen Wirbelsturm erlebt hatte, wusste, dass es im Auge des Sturmes immer ruhig war.

Amber brauchte eine ganze Weile und zwei Gläser Weinbrand, ehe sie sich wieder gefangen hatte. Sie schämte sich, und sie konnte sich nicht erklären, was plötzlich in sie gefahren war. Ich wollte meinen Mann umbringen, dachte sie immer wieder und empfand Abscheu vor sich selbst.

Margaret hatte Amber beobachtet. Sie sah, wie aufgewühlt die junge Frau war. Sie wartete eine Weile, dann sprach sie einfach weiter, als hätte Amber die ganze Zeit über mit ihnen auf der Veranda gesessen. «Wir, das heißt Ralph und ich, haben uns gedacht, dass es gut wäre, Jonahs Talente zu fördern. Er ist sehr klug, interessiert sich für vieles. In Adelaide gibt es ein Internat, das sich speziell um besonders kluge Kinder kümmert.»

Margaret beugte sich über den Tisch und griff nach Ambers Hand. «Verstehst du?», fragte sie. «Jonah ist ein ganz besonderer Junge. Er braucht Förderung. Er weiß viel mehr als die meisten in seinem Alter. Es wird Zeit, dass er seine Talente erkennt und auslebt. Ich habe keine Enkel und würde gern für Jonah das Schulgeld übernehmen.»

Amber empfing dieses Angebot wie einen Schlag. Sie schüttelte den Kopf. War sie eine so schlechte Mutter, dass es andere Leute brauchte, die ihr sagen mussten, was ihrem Kind guttat? Sie war so verwirrt, so beschämt, dass ihr keine Antwort einfiel.

Hilfe suchend sah sie zu ihrem Vater.

«Ich denke auch, dass ein Internat eine gute Lösung für Jonah wäre», sagte Walter. «Das Schulgeld für ihn ist kein Problem. Ich habe genug Geld und genug Liebe für meinen schwarzen Enkel. Bisher war er zu klein, um allein in der Welt zu stehen. Wie sehr Steve ihn auch gequält hat, er brauchte sein Zuhause noch. Jetzt ist es vielleicht anders. Ich denke, wir sollten ihn fragen.» Er hielt inne, holte tief Luft und setzte hinzu: «Ich fühle mich schuldig, weil ich mich nicht genügend um ihn kümmern konnte. Ich war zu oft auf Reisen, um zu merken, was hier auf dem Gut vor sich ging.»

Amber hatte das Gefühl, den Boden unter sich schwanken zu sehen. Sie war so aufgewühlt und beschämt, dass es sie nicht mehr in ihrem Korbstuhl hielt.

«Entschuldigt», sagte sie. «Aber ich muss erst einmal ein paar Schritte gehen.»

Dann drehte sie sich um und ging die Treppe hinunter und hinauf in die Weinberge.

Als sie außer Sichtweite war, begann sie zu laufen. Sie lief und lief und lief, hörte auch nicht auf, als das Seitenstechen ihr beinahe die Luft nahm. Sie keuchte, stolperte, fiel hin, blieb einfach liegen, mit dem Gesicht auf der Erde.

Die Gedanken rasten wie Hubschrauber durch ihren Kopf: Ich wollte meinen Mann umbringen. Mein Vater darf nicht sterben. Ich muss meinen Sohn retten. Ich habe mich nicht genug um ihn gekümmert, habe seine Talente nicht erkannt, nicht bemerkt, wie Steve ihn gequält hat.

Die Sonne ging langsam unter, der Himmel färbte sich orange, grau und schließlich schwarz, der Mond stieg auf, und die ersten Sterne begannen zu blinken. Amber aber lag noch immer auf dem Boden und atmete nur; ein, aus, ein, aus, ein, aus. Sie war so erschöpft von ihrem Leben, dass sie nichts anderes tun konnte. Nicht einmal weinen. Nichts von dem, was sie sich einmal gewünscht hatte, hatte sich erfüllt. Sie führte ein Leben ohne Liebe, sie führte ein Leben in Angst um ihren Vater und ihren Sohn. Sie war keine gute Tochter, war eine schlechte Ehefrau und eine noch schlechtere Mutter. Sie hatte weder genug Zeit für ihre Kinder noch für ihre Arbeit. Es gab nichts, was sie gut und richtig machte. Sie war ständig auf der Hut, ständig in Spannung, kam nicht einmal nachts zur Erholung, sondern wurde von schrecklichen Träumen heimgesucht.

Sie war müde. Todmüde. Aber nicht von den Anstrengungen des Tages, sondern von den Anstrengungen des Lebens, das sie führte. Es muss etwas geschehen, dachte sie. Irgendetwas muss ich tun. Allmählich wurde ihr Kopf klarer, ihr klopfendes Herz beruhigte sich. Sie rollte sich auf den Rücken und blickte in die Sterne. Ich kann so nicht weiterleben, dachte sie. Ganz zaghaft schlich sich ein dunkler Gedanke in ihr Hirn: Wenn Vater endlich sterben würde, dann könnte ich Steve wegschicken, könnte mich scheiden lassen und endlich ein Leben beginnen, wie ich es mir wünsche.

Amber erschrak über diesen Gedanken und schüttelte sich. Nein, sie wollte nicht, dass ihr Vater starb. Auch, wenn dann alles leichter wäre. Sie verdrängte den Gedanken, fühlte sich nun auch ihrem Vater gegenüber schlecht und ungerecht, doch ganz tief in ihrem Inneren keimte so etwas wie Hoffnung. Vater soll leben, dachte sie. Er soll leben und glücklich sein. Aber eines Tages wird er sterben. Das ist der Lauf der Dinge. Und dann ist die Zeit meines Leides vorbei. Dann beginne ich zu leben.

Es verwunderte sie ein wenig, dass der Tod des Mannes, der ihr das Leben geschenkt hatte, der Beginn ihres «richtigen» Lebens war. Aber es war, wie es war, und Amber konnte nicht viel daran ändern. Wenigstens gab es jetzt etwas, das Hoffnung versprach. Die Zeit ihrer Ehe mit Steve war begrenzt. Sie würde sich scheiden lassen, sobald Walter unter der Erde war. Dann konnte er ihr nicht mehr drohen, ihr das Leben nicht mehr zur Hölle machen. Und wer weiß, vielleicht gab es sogar noch eine neue Liebe für sie.

Sie dachte an Jonah, ihren toten Liebsten. Ihre Mutter hatte ihr einmal erzählt, dass die Sterne dort oben die Seelen der Verstorbenen waren. «Jonah», flüsterte sie. «Bist du dort oben? Jonah, was soll ich nur tun? Ich habe schlecht für unseren Sohn gesorgt, verzeih mir. Doch ich verspreche dir, dass ich mich von ihm trennen und ihn in ein Internat geben werde, wenn er es sich wünscht. Ich habe kein Recht, ihn an einem Ort zu behalten, an dem er leidet.»

Die Sterne antworteten nicht, doch plötzlich flog ein Damala, ein Keilschwanzadler, tief über die Weinberge hinweg.

Amber richtete sich auf und sah ihm nach. Der Vogel ließ sich auf Jonahs Teebaum nieder, und im gleichen Moment sah sie Ralph Lorenz, der die Weinberge absuchte und dabei ihren Namen rief.

Leise, fast unhörbar antwortete sie: «Hier! Hier bin ich.» Die Worte waren kaum zu verstehen, doch Ralph Lorenz blieb stehen, sah in ihre Richtung und kam herbeigerannt.

Er fiel neben ihr auf die Knie: «Ist alles in Ordnung mit dir, Amber? Geht es dir gut? Hast du Schmerzen?»

«Es ist alles in Ordnung, Ralph. Mir fehlt nichts. Und jetzt, da du da bist, geht es mir auch gut.»

Er sah ihr sorgsam in die Augen, fühlte sogar ihren Puls. Sein Gesicht drückte Besorgnis aus. Erst als er an Amber nichts Auffälliges feststellen konnte, atmete er tief ein und aus und versuchte ein schüchternes Lächeln: «Ich habe mir Sorgen um dich gemacht.»

Amber zog die Knie an und schlang die Arme darum.

Ralph lächelte, als er das sah, denn auch Jonah hatte er oft so dasitzen sehen.

Er setzte sich neben sie. Kurz überkam ihn das Bedürfnis, sie in die Arme zu nehmen oder über ihr Haar zu streichen. Er hob die Hand, doch Ambers Blick verlor sich in der Dunkelheit der Nacht. Sie wirkte so abwesend, dass er die Hand sinken ließ und sie von der Seite betrachtete. Noch nie war sie ihm so verletzlich erschienen wie in diesem Augenblick. Ihr Gesicht war schmal geworden in den letzten Jahren, und um die Augen zeigten sich die ersten Fältchen. Noch immer trug sie ihr Haar lang. Es fiel in glänzenden Strähnen den Rücken hinunter, wurde nur im Nacken lose von einer Spange gehalten, und der Arzt sah, dass sich erste graue Haare zeigten.

Er seufzte. Die Zeit verging, sie wurden älter, doch noch immer war Ralph Lorenz nicht am Ziel seiner Wünsche. Es hatte lange gedauert, bis er sich eingestanden hatte, dass er Amber liebte. Ja, er liebte sie, wie er noch nie eine Frau geliebt hatte. Wenn er sie ansah, wenn er ihre Stimme hörte, dann war ihm, als hätte er vor ihr noch nie eine Frau geliebt.

Am Tag von Emilias Geburt war die Liebe über ihn gekommen wie eine Meereswoge. Er hatte das Kind gesehen und hatte sich vorgestellt, es wäre das Kind von Amber und ihm.

Er erinnerte sich noch genau an diesen Tag, an dem Steve schweigend am Fenster gestanden und er seine Instrumente wieder und wieder gesäubert hatte, weil er nicht wusste, wohin mit seinen Gefühlen. Die Erkenntnis im Geburtszimmer hatte ihn kopflos und zugleich berechnend gemacht. Zum ersten Mal in seinem Leben hatte Ralph Lorenz den medizinischen Eid gebrochen und gelogen. Nein, es war nicht so, dass Amber keine Kinder mehr bekommen konnte. Ralph wollte einfach verhindern, dass Steve mit Amber schlief. Die Eifersucht hatte ihm die Worte in den Mund gelegt.

Seither, seit nunmehr zwölf Jahren, hatte es keine Frau mehr in seinem Leben gegeben. Hin und wieder hatte er jemanden kennengelernt, doch es war ihm nicht gelungen, für eine andere Frau mehr als nur Sympathie zu empfinden. Er wusste, dass Amber unglücklich war, und er hatte sich schon so oft gefragt, warum sie die Tyrannei des lieblosen Ehemannes nicht einfach durch eine Scheidung beendete.

Jonah fiel ihm ein, der Junge und sein Leid. Er verstand Amber nicht. Schon lange hatte er bemerkt, dass in dem Jungen etwas ganz Besonderes steckte. Etwas zwar, das er nicht benennen konnte, doch es war da. In den letzten Tagen und Wochen hatte er eine leise Ahnung von dem Besonderen in Jonah bekommen. Er hatte selten einen Menschen erlebt, der sich so gut in andere hineinversetzen konnte. Das Einfühlungsvermögen des Jungen war über die Maßen ausgeprägt. Und noch etwas unterschied ihn von seinen Altersgenossen: Während diese Jagd auf die kleinen Tiere machten, Pflanzen und Tiere quälten und sich einen Spaß daraus machten, die Mädchen zu ärgern, zeichnete sich Jonah durch seine sanfte Liebe zu den Menschen und Tieren aus. Er würde ein sehr guter Arzt werden, dessen war Ralph Lorenz sicher. Aber das war nur möglich, wenn Amber dafür sorgte, dass er auf ein Internat kam. Hier, auf dem Gut, würde er früher oder später von seinem Stiefvater zerbrochen werden.

Er seufzte, nahm ein kleines Steinchen auf und warf es in den Weinberg.

«Jonah ist ein prachtvoller Junge», sagte er schließlich, obwohl er das Schweigen genoss, aber befürchtete, Amber könnte ihn für einen Langweiler halten.

«Ja, das ist er. Ich habe zu wenig auf ihn Acht gegeben.» Plötzlich warf sie den Kopf herum, und Ralph sah mit Erstaunen, dass Tränen aus ihren Augen stürzten.

«Oh, Ralph, ich habe so viel falsch gemacht», schluchzte sie. Ihre Schultern bebten, und ihre großen Augen blickten so verzweifelt, dass er nicht anders konnte und Amber an seine Brust zog. Er hielt sie fest, ganz fest, und strich ihr sanft über den Rücken. Er spürte jeden einzelnen Schluchzer, spürte, wie sie vom Weinen geschüttelt wurde. Er sprach kein Wort, sondern hielt sie einfach nur fest und streichelte sie.

Es dauerte eine ganze Weile, bis sie sich wieder beruhigt hatte. Sie richtete sich auf und wischte mit den Fäusten die Tränen von den Wangen. Die Geste erinnerte ihn an ein kleines, trotziges Mädchen.

«Du hast nichts falsch gemacht, Amber. Du kannst dir nicht für alles die Schuld geben. Steve hat etwas gegen Jonah. Er ist nicht sein Vater. Kann sein, dass Eifersucht eine Rolle spielt.»

«Eifersucht kann es nur dort geben, wo es Liebe gibt», erwiderte Amber traurig. «In diesem Haus aber ist die Liebe ein sehr seltener Gast.»

Ihre Stimme klang klein und blass. Sie wirkte zart und verloren, sodass Ralph nicht länger an sich halten konnte: «Ich liebe dich, Amber. Du weißt es längst. Ich liebe dich seit Jahren.»

Er schlang seine Arme um sie, zog sie an sich, und dann sah er ihr in die Augen. Er las Verwunderung darin, doch keinerlei Abwehr. Langsam beugte er sich über sie und streifte mit seinem Mund ihre kalten Lippen. Es war ein Kuss, so zart wie die Berührung eines Schmetterlingsflügels. Als Ralph sah, dass Amber die Augen schloss, küsste er sie noch einmal. Er genoss die Wärme ihrer Haut, den Duft ihres Haares, er schmeckte ihren Atem. Bereitwillig ließ sie alles geschehen.

Als sie sich endlich voneinander lösen konnten, nahm der Arzt Ambers Gesicht in beide Hände und bedeckte jeden Zentimeter davon mit kleinen, leichten Küssen. Als Amber lachte, wurde er mutiger. Er löste die Spange aus ihrem Haar, ließ es durch seine Finger rinnen, vergrub das Gesicht darin.

«Amber, ich liebe dich so sehr.»

Amber antwortete nicht. Der Kuss hatte sie überrascht, aber mehr noch die Heftigkeit, mit der sie ihn erwidert hatte. Sie konnte noch immer seine Hände auf ihrer Haut spüren. Liebe ich Ralph Lorenz?, fragte sie sich verwundert. Er war ihr so vertraut geworden, war ihr Freund, den sie vermisste, wenn er einmal zwei Tage nicht auf das Gut kam. Sie hatte ihm einiges von sich erzählt, hatte mit ihm gelacht, ihn an ihren Sorgen teilhaben lassen. Sie wusste nicht, ob sie ihn liebte. Sie wusste nur, dass er ihr guttat. Auch seine Zärtlichkeiten taten ihr gut.

Sie sah ihn an, dann barg sie ihren Kopf an seiner Brust. Plötzlich begriff sie, dass er der Mann war, mit dem ein Leben, wie sie es sich wünschte, möglich wäre. Er liebte sie, liebte ihre Kinder, ihre Arbeit.

Sie sah ihn überrascht an.

«Liebst du mich?», fragte er.

«Ja», erwiderte Amber. «Ja.»

Sie wusste nicht, ob das stimmte, doch in diesem Augenblick flog ihm ihr Herz zu.

Wieder küssten sie sich, küssten sich mit der Behutsamkeit derer, die wissen, wie zerbrechlich Glück sein kann.

Dann saßen sie nebeneinander und blickten stumm in die Sterne. Amber hatte ihren Kopf in seinen Schoß gelegt. Ralph streichelte ihr Gesicht.

«Ich war lange nicht mehr so glücklich wie in diesem Moment», sagte Amber. «Danke, Ralph.»

Er lachte leise. «Ich wünschte, du wärest immer so glücklich.»

Er fasste sie bei den Schultern, zog sie sanft hoch und fragte: «Warum lässt du dich nicht scheiden? Warum schickst du Steve nicht weg? Du liebst ihn nicht, niemand liebt ihn. Ich wäre deinen Kindern ein guter Vater. Ich liebe Jonah, als wäre er mein eigener Sohn, und auch Emilia mag ich. Schick ihn weg, Amber. Lass uns gemeinsam ein neues Leben beginnen!»

Er sah, wie sich Ambers Gesicht verdunkelte. Der Glanz in ihren Augen erlosch. Sie presste die Lippen aufeinander und schüttelte den Kopf.

«Ich kann nicht, Ralph. So gern ich es möchte. Es geht nicht. Nicht jetzt und nicht in absehbarer Zeit. Ich kann mich nicht von Steve trennen.»

Sie stand auf, klopfte ihre Sachen ab und tat auf einmal so, als wäre niemals etwas zwischen ihnen vorgefallen. «Was ist los, Amber? Was ist jetzt passiert?», fragte der Arzt hilflos.

«Nichts, Ralph. So etwas wie eben darf sich nie wiederholen. Hörst du? Es gibt für uns keine Zukunft. Es darf keine Liebe zwischen uns geben. Nicht jetzt und nicht später. Vergiss einfach alles.»

Sie schüttelte ihr Haar, befestigte es mit der Spange im Nacken, dann lief sie mit langen Schritten den Weinberg hinab.

Ralph folgte ihr verwirrt. Er liebte sie, sie liebte ihn.

«Warum, Amber?», fragte er. «Sag mir einen einzigen Grund!»

Sie blieb stehen, nahm seine beiden Hände und presste sie gegen ihre Brust. «Ich kann nicht, Ralph. Das musst du mir glauben. Frag mich nicht, warum. Ich kann dir nicht antworten.»

«Warum, Amber? Warum?» Ralph ließ nicht locker. Er wollte doch nur verstehen.

«Ich kann es dir nicht erklären. Bitte, Ralph, lass mich.» Sie ging weiter. Er blieb stehen, hob die Arme, als wolle er nach ihr greifen, doch sie war schon zu weit entfernt. Für wenige

Minuten war er dem Himmel ganz nahe gewesen. Er stand da, seine leeren Hände vor sich, und wusste nicht, was er nun tun, was er empfinden sollte.

Langsam ging er weiter, ging bis zum Gutshaus, in dem nur noch in einem Zimmer Licht brannte. Er lief zu seinem Auto, öffnete die Tür, startete den Wagen und drehte das Autoradio so laut, dass es die Gedanken in seinem Kopf übertönte. Dann rollte er langsam die gekieste Auffahrt hinunter.

Den Schrei, Ambers Schrei, hörte er nicht mehr.

16

STEVE WAR IN TANUNDA IN DER SCHWARZEN KATZE UND HATTE
dort Peena getroffen. Sie war noch jung, gerade einundzwanzig Jahre alt. Peena hatte eine Haut wie schwarzer Samt und
Brüste wie reife Mangos, dazu ein offenes Gesicht mit großen
dunklen Augen und roten, vollen Lippen. Die Bewegungen ihrer Hüften und des Pos waren bereits das lockende Schwingen
einer Prostituierten. Es ging etwas Unschuldiges von ihr aus,
das den Männern das Wasser im Munde zusammenlaufen ließ,
denn sie vermuteten hinter der Unschuld das Feuer der Wüste.
Peenas weiße Zähne blitzten, ihre Schenkel waren schlank
und kräftig wie die einer Stute. Daran zumindest hatte Steve
gedacht, als er sie zum ersten Mal sah. Und schon beim ersten
Blick hatte er sie gewollt. Sie erinnerte ihn auf einen Schlag an
seinen schwarzen Stiefsohn Jonah und an seine schöne, aber
unberührbare Frau Amber. Hier in Peena konnte er sie sich
beide zu Untertanen machen. Bezwang er Peena, so bezwang
er gleichzeitig seine Frau und deren schwarzen Sohn.

«Was kostet das Mädchen?», fragte er Amanda, die Puffmut-
ter.

«Sie ist noch Jungfrau. Und du bist nicht der Einzige, der
sie will. Was bietest du?»

Die Alte lächelte und tätschelte Peenas Hintern. «Dreh dich
vor dem Master», befahl sie dem schwarzen Mädchen. Peena
tat es. Sie hatte ein weißes T-Shirt an, unter dem ihre festen
Brüste hervortraten, und drehte sich so schnell, dass Steve und

die anderen Männer einen raschen Blick auf ihr weißes, knappes Höschen erhaschen konnten, das sie unter dem hübschen, kurzen Rock trug. «Also, wie viel ist sie dir wert? Sie ist die Beste, die wir hier haben. Ganz jung, ganz frisch. Gerade mal seit drei Wochen aus dem Busch.»

Steve betrachtete die junge Frau mit zusammengekniffenen Augen. Es war derselbe Blick, mit dem er früher die Rinder gemustert hatte. Schließlich grinste er.

Er streckte die Hand nach dem Mädchen aus und strich ihr über den Po.

«Hey, nicht anfassen! Das kostet extra», sagte Amanda.

«Meinst du, ich will die Katze im Sack kaufen?»

Steve streckte wieder seine Hand aus und fasste nach Peenas Brüsten. Das Mädchen lächelte, aber jeder sah, dass dieses Lächeln etwas war, was man ihr antrainiert hatte.

«Sie ist nicht schlecht», urteilte Steve schließlich. «Aber noch jung. Sie ist wie eine Stute, die noch zugeritten werden muss.»

Die anderen Männer grölten und leckten sich die Lippen.

«Ich nehme sie. Ich bezahle hundert Dollar für sie.»

Die anderen Männer sperrten die Münder auf. Solche Preise kannten sie nur vom Hörensagen aus Sydney. Normalerweise kostete eine Hure in Amandas Etablissement zwanzig Dollar.

«Dafür bleibt sie so lange bei mir, wie ich will, und ich mache mit ihr, was ich will.»

Amanda betrachtete Steve und dachte an die Erzählungen der anderen Huren. Dann sah sie auf den Geldschein, und die Gier in ihren Augen war nicht zu übersehen. Sie grapschte nach dem Schein und ließ ihn so schnell, dass niemand mit den Augen folgen konnte, im Ausschnitt ihres Kleids verschwinden.

«Gut», sagte sie schließlich. «Nimm das Mädchen, und geh mit ihr nach oben in das erste Zimmer. Aber eines sage ich dir:

Wenn das Mädchen anschließend nicht mehr arbeiten kann oder sichtbare Spuren eures Zusammenseins zeigt, dann warst du das letzte Mal Kunde in diesem Haus.»

Steve grinste, spuckte auf den Boden, dann nahm er das Mädchen fest bei der Hand und zog sie die schmale Treppe hinauf.

Im Zimmer zog er sie ans Fenster und studierte ihr Gesicht. Er las Angst in ihren Augen. Und Peenas Angst versetzte ihn in eine gute Stimmung.

«Mit wie vielen Männer, warst du schon hier oben?», fragte er.

Peena war tatsächlich erst vor wenigen Wochen aus dem Outback gekommen. Sie verstand viel von der Sprache der Weißen, doch das Sprechen bereitete ihr Schwierigkeiten.

Steve registrierte es mit Zufriedenheit. Es war gut, dass sie zwar alles verstand, aber selbst nur ganz wenig Englisch sprechen konnte. So konnte sie auch keinem erzählen, was hier oben geschehen würde.

Oh, er würde schon dafür sorgen, dass er seinen Spaß hatte. Er würde sie schon zum Schreien bringen. Kurz dachte er an Amber und daran, wie sie ihre ehelichen Pflichten erfüllt hatte. Wie ein Stück Holz hatte sie dagelegen. Nicht ein einziges Mal hatte sie gestöhnt oder sich unter ihm gewunden. Sie hatte ihn erduldet, wie man ein Gewitter oder eine Erkältung duldet. Aber das hatte natürlich nicht an ihm gelegen. Er hatte sie geliebt. Zumindest am Anfang. Zumindest bis der schwarze Teufel in ihr Leben kam. Amber war frigide. Das war es. Sie brauchte wahrscheinlich schwarze Männer, die, wie man sich erzählte, gut bestückt waren, um überhaupt etwas zu fühlen. Nun, er würde heute beweisen, dass er ein ganzer Kerl war, der es verstand, eine Frau zum Winseln zu bringen.

248

Er setzte sich aufs Bett und machte Peena ein Zeichen, ihm die Stiefel auszuziehen. Das Mädchen gehorchte. Sie ließ ihren Blick nicht von dem Mann. Und in diesem Blick lauerte die Angst. Steve sah es mit Genugtuung, und er spürte mit Genugtuung, wie sich etwas in seiner Hose regte.

«Zieh dich aus», befahl er knapp.

Peena schien diesen Befehl bereits zu kennen, denn sie zog sich das T-Shirt über den Kopf, schlüpfte aus dem Rock und stand nur noch im Höschen vor ihm. Die Brüste hatte sie mit den Armen bedeckt.

Steve stand auf, zog ihr die Arme herunter und begann, ihre Brüste zu kneten. Dabei ließ er das Mädchen nicht aus den Augen. Peena blickte zu Boden.

«Los», befahl er. «Ich will dich stöhnen hören. Euch Schwarzen sitzt doch die Wollust im Blut. Ihr könnt doch gar nichts anderes als das hier. Los! Stöhne endlich!»

Vielleicht erriet Peena instinktiv, was der Mann von ihr erwartete, denn sie stöhnte und seufzte, so gut sie nur konnte.

Endlich hatte Steve von ihren Brüsten genug. Er stieß sie auf das Bett, zwängte mit seinen Händen ihre Schenkel auseinander, schob das Höschen so heftig zur Seite, dass es zerriss. Dann drang er in den zarten Schoß Peenas ein und stieß so heftig zu, dass das Mädchen aufstöhnte. Sie hatte die Arme wieder über die Brüste gelegt, doch Steve riss sie ihr nach oben über den Kopf, hielt sie an beiden Handgelenken wie in einem Schraubstock umklammert. Er befriedigte seine Lust an ihr, doch eigentlich kam es ihm nicht darauf an. «Jetzt kriegst du, was du verdienst, du kleine Schlampe», zischte er. Dann schloss er die Augen, stieß und stieß tief und tiefer in sie hinein.

«Dir kleinem Teufel werde ich zeigen, wer der Herr im Haus ist. Ich habe genug von eurer Widerspenstigkeit. Ihr werdet lernen, mir zu gehorchen. Ihr werdet tun, was ich euch sage, und mir ansonsten aus dem Weg gehen. Hast du mich verstanden?»

«Ja, Master!», wimmerte Peena. «Ja, Master. Ich mache alles, wie ihr wollt und was ihr wollt.»

«Halt den Mund!», herrschte Steve sie an, stieß wieder zu und sprach weiter wie zu sich selbst. «Ihr verpestet alles, ihr schwarzen Teufel. Überall, wo ihr seid, gibt es Unglück und Unfrieden. Besser für euch wäre es, ihr würdet zurück ins Outback verschwinden. Niemand braucht euch, niemand will euch. Ihr seid eine Plage, ich hasse euch. Und am meisten hasse ich dich, Jonah!»

Den letzten Satz schrie er beinahe, im selben Augenblick kam er, keuchte, schrie wie ein Stier, dann fiel er auf dem Mädchen zusammen, ließ seinen schweren Körper auf den zarten Leib des Mädchens sinken, das unter ihm leise schluchzte.

Eine kurze Weile blieb er so liegen, dann zog er sich aus ihr zurück, wischte sich mit ihrem T-Shirt sauber und warf ihr den feuchten Stoff ins Gesicht.

«Du bist dein Geld nicht wert», sagte er verächtlich und spuckte neben das Bett. «Keiner von euch ist sein Geld wert.»

Er drehte sich um und wollte das Zimmer verlassen, doch dann fiel ihm ein, dass er hundert Dollar für sie bezahlt hatte. Er machte kehrt und setzte sich zu ihr auf das Bett. Plötzlich war er wie umgewandelt. Seine Wut und der Hass schienen erloschen wie ein Feuer im Regen. Er strich mit dem Finger über die Haut der jungen Frau, die durch den plötzlichen Wandel nur noch verängstigter wurde. Sie lag ganz steif und wagte nicht, sich zu rühren. «Wenn Amber doch ein wenig wie du wäre», sprach er vor sich hin. «Wenn Amber doch nur ein einziges Mal zeigen würde, welche Lust ich ihr bereite. Oh, sie hat Lust, ich weiß es. Jede Frau hat Lust. Das ist ihnen in die Wiege gelegt. Triebhaft sind sie, das weiß ich wohl.»

Er sprach weiter, streichelte dabei die samtweiche Haut des Mädchens, das ihm nun zaghaft und noch immer sehr unsicher zulächelte.

«Ich habe immer nur eine Familie gewollt», sagte er leise und schluckte. «Ich wollte doch immer nur, dass mich jemand liebt. Oh, Amber war stets freundlich zu mir, doch die Freundlichkeit und Fürsorge, die sie mir gab, war nicht viel anders als die Fürsorge für den Hofhund. Nie hat sie versucht, mich kennenzulernen. Nie hat sie versucht, mich zu verstehen. Immer hat sie mich behandelt wie eine Laus, die sich in ihrem Pelz festgesetzt hat. Wahre Zuneigung, nun, die kenne ich von meiner Frau nicht.»

Seine Stimme wurde leiser, als er weitersprach: «Eigentlich hat mich außer meiner Mutter nie jemand geliebt. Ich habe keine Freunde, meine Frau und mein Schwiegervater mögen mich nicht, selbst die Schwarzen sind froh, wenn sie mich von hinten sehen.»

Peena verstand die Worte nicht, die er sagte, aber sie verstand, was er meinte.

Langsam richtete sie sich auf. Sie streichelte zuerst zögerlich seine Schultern, und als sie sah, dass er sich entspannte, streichelte sie seinen Bauch. Sie knöpfte ihm das Hemd auf, strich behutsam über seinen Leib.

Steve begann unter diesen sanften Berührungen, die ihm galten, zu zittern. Er wusste nicht, was gerade mit ihm geschah, er wusste nur, dass noch niemand ihn jemals so berührt hatte. Es war – Steve suchte in Gedanken nach den richtigen Worten –, es war, als würde Peena mit ihren Fingern seine Seele streicheln.

Er legte sich hin, schloss vorsichtig die Augen und gab sich ganz diesen Liebkosungen hin. Nein, das stimmt nicht. Seine

Sinne waren bis zum Zerreißen gespannt. Seine Haut fieberte nach Peenas Berührungen. Sein Leib wölbte sich ihren Fingern entgegen, wurde weich wie Wachs. Er stöhnte leise, doch es war kein Stöhnen des Wohlbehagens oder der Wollust, sondern ein Stöhnen der Verwunderung und der Bedürftigkeit.

Peena bettete seinen Kopf in ihrem Schoß, strich ihm über das Gesicht, streichelte seinen ganzen Oberkörper mit zarten, weichen Strichen.

Steve wäre am liebsten aufgestanden und weggelaufen. Was hier mit ihm geschah, das ... das ... das wollte er nicht und ersehnte es doch gleichzeitig so heftig, wie er nichts je zuvor ersehnt hatte.

Sein Körper zitterte noch immer; Steve konnte es nicht verhindern. Er fühlte sich diesem schwarzen Mädchen mit Haut und Haaren ausgeliefert. Sie ist eine Teufelin, dachte er. Aber er genoss ihre «Teufeleien» viel zu sehr, um dagegen aufzubegehren.

Peenas Fingerspitzen glitten über seinen Arm. Dann nahm sie seine Hand in ihre, strich langsam über jeden einzelnen Finger, von dort streichelte sie sich den Arm wieder hinauf, strich über Steves Hals, berührte die haarige Männerbrust, blieb mit der ganzen Handfläche auf dem Bauch liegen und massierte sie ganz leicht.

Steve lag still, ganz still.

Peena glaubte ihren Augen nicht zu trauen, als sie sah, dass unter seinen geschlossenen Lidern Tränen hervorquollen. Steve weinte.

Das Mädchen verstand die Tränen. Sie hätte nicht formulieren können, was da gerade geschah, aber sie wusste, dass sie den kalten, harten Mann an seiner empfindsamsten Stelle, an seiner Seele, berührt hatte. Doch obwohl sie noch so jung war, wusste sie auch, dass der starke weiße Mann sich dieser Schwäche schämen würde, sobald der Zauber der Stunde vorüber war. Er würde sie strafen, weil sie Zeugin seiner Tränen geworden war, weil sie in seine Seele geschaut hatte.

Es gab für sie nur einen Weg, seinem Zorn zu entkommen.

Sie beugte sich über ihn, presste seinen Körper, so fest sie konnte, an sich und flüsterte: «Ich liebe dich, Master.» Es gab nichts, was Steve mehr treffen konnte als dieser einfache Satz, diese einfachen drei Worte.

Er schlug die Augen auf und sah sie an. Doch er sah nicht die schwarze Haut, das Fremde an ihr, sondern er sah eine Frau, die ihn liebevoll ansah, die mit ihren sanften, weichen Blicken über sein Gesicht glitt, dass es sich anfühlte wie ein Streicheln.

«Ich liebe dich, Master», sagte sie noch einmal. Der Satz fuhr in den Mann wie ein Schwert, bohrte sich in sein Herz.

«Du liebst mich?», fragte er. «Du kennst mich doch gar nicht.»

Peena nickte. «Ich kenne dich, Master. Du hast ein gutes Herz, nur deine Schale ist rau, wie es bei einem Mann sein sollte.»

Die Worte drangen wie Labsal in Steves Kopf. «Du liebst mich!», wiederholte er. Doch dieses Mal war es keine Frage, sondern eine Feststellung. Nie zuvor hatte eine Frau ihm gesagt, dass sie ihn liebte. Oh, früher, als er noch nicht mit Amber verheiratet war, da hatte es Frauen gegeben, die ihm Liebesworte ins Ohr geflüstert hatten, doch Steve hatte sie nicht geglaubt. Die Worte waren von weißen Frauen gekommen, die sich eine Heirat versprachen, die Kinder haben wollten und deren Zeit dafür allmählich ablief. Aber dieses Mädchen, dieses schwarze Kind hatte seine Seele berührt. Sie war die Erste, der er glaubte.

Er richtete sich auf, nahm ihr Gesicht in seine Hände. «Du liebst mich», sagte er wieder, als könne er diese Worte gar nicht oft genug wiederholen.

«Ja, Master, Peena liebt dich», sagte sie, und vielleicht stimmte das sogar in einer gewissen Weise.

Dann senkte sie den Kopf und küsste den weißen, traurigen Mann so sanft, wie sie nur konnte. Er erwiderte den Kuss mit einer Scheu, die er an sich nicht kannte. Plötzlich, im Angesicht dieser Kindfrau, die trotz ihrer Jugend das gesamte Wissen der Welt in sich zu tragen schien, wurde er selbst wieder jung und unschuldig.

Sie nahm seine Hand und legte sie auf ihre nackten Brüste. Zitternd fast strich Steve darüber. Staunend spürte er ihre Haut, die sich wie schwarzer Samt anfühlte. Staunend sah er, wie sich unter seinen Fingern ihre Brustwarzen versteiften, wie ihr schlanker Körper sich seinen Händen entgegenbog.

Ganz sanft liebkoste er sie, roch an ihr, schmeckte sie. Obwohl Steve ein Mann von über vierzig Jahren war, entdeckte er in dieser Nacht zum ersten Mal eine Frau. Und als er Stunden später die «Schwarze Katze» verließ und im Landrover zurück nach Carolina Cellar fuhr, sang er.

Ambers Schrei drang durch alle Türen und alle Wände. Aluunda schrak hoch, stieg aus dem Bett, legte sich einen Umhang über die Schulter und eilte nach draußen. Saleem wollte hinterher, doch Aluunda schickte ihn zurück ins Bett.

«Lass mich erst sehen, was passiert ist. Wenn du gebraucht wirst, dann rufe ich dich.»

Steve war gerade dabei, sich in Ruhe auszuziehen. In Gedanken war er noch immer bei den Frauen im Puff. Als er den Schrei hörte, stand er auf, warf sich einen alten Bademantel über und verließ in aller Eile barfuß sein Zimmer.

Auf dem Gang kam ihm Aluunda entgegen. Er hielt sie am Arm fest: «Was ist geschehen?»

«Der alte Master», sagte sie. «Er ist sehr krank.»

Dann eilte sie weiter zum Telefon und versuchte erneut, Dr. Lorenz zu erreichen, der einfach den Hörer nicht abnahm.

In Walter Jordans Schlafzimmer kniete Amber mit gelösten Haaren auf dem Boden und sprach beruhigend auf ihren Vater ein, der die Hand auf die Brust presste und anscheinend große Schmerzen hatte.

«Wir müssen ihn schnellstmöglich ins Krankenhaus bringen», stellte Steve fest.

Amber sah hoch.

«Ich glaube nicht, dass wir ihn transportieren können.» Walter stöhnte und schloss gequält die Augen.

Amber war bestürzt und ängstlich. Vor einigen Stunden hatte sie ihrem Vater den Tod gewünscht. Aber sie hatte es doch nicht wirklich gewollt. Gott wusste, dass sie ihrem Vater nicht wirklich den Tod gewünscht hatte! Und jetzt lag er hier, und es war alles ihre Schuld.

Sie sah ihn an, hilflos und ängstlich. Der alte Mann stöhnte.

«Was genau tut dir weh?», fragte Amber, doch Walter antwortete nicht. Er sah seine Tochter an, und sein Blick flackerte dabei.

«Vater», bat sie flehentlich. «Vater, bitte bleib hier, bleib bei mir.»

Sie sah zu Steve, und ihr Blick war so voller Verzweiflung und Hilflosigkeit, dass Steve den Kopf abwandte. Steve drängte darauf, seinen Schwiegervater sofort in das nächste Hospital zu fahren. Er darf nicht sterben, war alles, was er denken konnte. Wenn er stirbt, lässt Amber sich scheiden.

«Fass mit an!», befahl er Jonah. «Wir fahren ihn nach Tanunda.»

Jonah gehorchte. Vorsichtig richteten sie den alten Mann auf. Steve kramte in seiner Hosentasche nach dem Autoschlüssel und warf ihn Amber zu. «Fahr den Landrover vor die Tür.»

Amber tat, wie ihr geheißen. Sie fühlte nichts, sie war unfähig, einen klaren Gedanken zu fassen, doch sie nickte, lief aus dem Haus, und wenig später stand der Rover vor der Tür.

Behutsam setzten sie Walter Jordan hinein. Dann klemmte sich Steve eilig hinter das Lenkrad. «Ich fahre zum Tanunda Hospital. Ihr könnt mit dem Pkw nachkommen.» Jonah und Amber nickten, doch Amber hatte inzwischen so zu zittern begonnen, dass sie unmöglich Auto fahren konnte.

Aluunda zog sie am Ellbogen zu ihrem alten, schäbigen Auto. «Setz dich rein, ich fahre», befahl sie, und Amber gehorchte.

Kurze Zeit später erreichten sie das Hospital.

«Ihrem Vater geht es den Umständen entsprechend gut. Er hatte einen Schlaganfall», sagte der Arzt.

17

ZWEI WOCHEN SPÄTER WAR WALTER JORDAN WIEDER ZU
Hause. Er saß in einem Rollstuhl. Die linke Seite war gelähmt
geblieben, Walter konnte nicht mehr sprechen. Amber betrachtete ihren Vater, der im Rollstuhl auf der Veranda stand
und über sein Gut blickte. Sie sah den Ausdruck in seinen Augen und wusste in diesem Augenblick, dass er ein geschlage-
ner Mann war. Warum nur war er nicht gestorben, dachte sie
gereizt. Doch dann schämte sie sich so ihrer Gedanken, dass
sie zu ihrem Vater lief, sein Gesicht streichelte, sich neben den
Rollstuhl hockte und fragte: «Kann ich dir etwas Gutes tun?
Möchtest du etwas trinken?»

Der Mann öffnete den Mund, wollte etwas erwidern, doch
seine Zunge entzog sich dem Befehl. Speichel quoll ihm aus
dem Mund, und Walter Jordan schloss vor Pein die Augen.
Amber nahm ein Taschentuch und tupfte seinen Mund damit
ab. Walter ließ sich zurücksinken und sah seine Tochter mit
dem Ausdruck der völligen Verzweiflung an.

«Jonah wird nach den Ferien auf ein Internat nach Sydney
gehen, aber er braucht dich trotzdem. Du bist für ihn wie ein
Vater», sagte sie, weil ihr sonst nichts einfiel.

Walter sah sie lange an, sehr lange. Es war, als wollte er sich
alle Züge ihres Gesichts für immer einprägen.

Amber stiegen die Tränen in die Augen. Sie wollte, dass
es ihrem Vater gut ging. Ja, sie wollte es. Aber warum musste
sie nur so schwer dafür arbeiten? Außer ihren täglichen Aufgaben musste sie nun noch ihren Vater betreuen, ihm beim

Aufstehen, Waschen, Anziehen, Essen und Trinken helfen, ihn in die Sonne, in den Schatten, auf die Veranda, in sein Zimmer und wieder zurück fahren. Sie musste ihm das Haar schneiden und die Nägel, sie musste seine Wäsche in Ordnung halten. Es war, als hätte sie nun, da Jonah und Emilia aus dem Gröbsten heraus waren, ein neues Kind bekommen. Ein Kind, das ohne sie vollkommen hilflos war.

Und sie war es, die nun auf Reisen gehen musste. Auch das noch. Amber war so überfordert, so unglücklich, dass sie nicht mehr wusste, wo sie anfangen sollte. Am frühen Abend kam Ralph Lorenz. Er sah nach Walter, dann traf er Amber, die im Weinkeller war und die Fässer kontrollierte.

«Du musst dir jemanden holen, der dich hier unterstützt», sagte er. «Margaret ist nicht mehr die Jüngste. Allein schafft ihr es nicht. Das Beste wäre, du würdest eine Pflegerin für deinen Vater einstellen.»

Amber richtete sich auf und strich sich mit dem Handrücken eine Haarsträhne aus der Stirn. «Ich weiß, Ralph. Ich muss mit Steve darüber reden.»

Die Antwort kränkte Ralph. Er war gekommen, um mit ihr zu reden, wie es weitergehen sollte. Er war als Freund gekommen, der Trost spenden wollte. Aber Amber wollte keinen Trost von ihm. Er war Hausarzt auf Carolina Cellar, mehr nicht.

Betrübt verabschiedete er sich, dann holte er Margaret und fuhr mit ihr zurück nach Tanunda. Amber stand am Ende der Auffahrt und sah ihnen nach.

«Wir sollten eine Pflegerin für Vater einstellen», sagte sie später zu Steve und war auf Widerstand gefasst. «Ja», sagte er zu Ambers Verwunderung. «Das ist eine gute Idee. Wir sollten eine Pflegerin kommen lassen. Ich wüsste sogar, wen wir nehmen könnten.»

«Ach ja?» Amber horchte auf.

«Nun, sie ist keine ausgebildete Pflegerin, doch sie ist sehr anständig und vor allem stark und geduldig. Walter würde sie mögen, da bin ich mir sicher.»

In Gedanken ging Amber die jungen Mädchen in Tanunda durch, doch es fiel ihr keine ein, die Lust haben könnte, zu ihnen auf das Gut zu kommen.

«Wer ist das Mädchen?», fragte sie. «Woher kommt sie?»

«Nun», Steves Blick irrte ruhelos durch den Raum. «Nun, sie ist eine Schwarze, kommt gerade aus dem Busch.»

«Eine Schwarze?», fragte Amber entgeistert. «Seit wann zählst du Schwarze zu deinem Bekanntenkreis?»

Steve wich ihrem Blick aus, und Amber erschien es, als würde er ein wenig rot werden.

«Ich kenne sie eben», erwiderte er barsch. «Was ist? Willst du sie dir ansehen oder nicht?»

Amber nickte. «Gern. Wann kann sie vorbeikommen?»

«Ich werde gleich losfahren und sie holen.»

Steve sprang auf und lief zu seinem Landrover. Wenig später hörte sie ihn die Auffahrt hinunterfahren.

«Peena, versteh doch. Wenn du in meinem Haus arbeitest, dann können wir uns immer sehen. Immer, verstehst du? Du müsstest nie mehr mit anderen Männern schlafen. Und ich könnte jede Nacht bei dir sein.»

Peena hatte gut zugehört und alles verstanden, was Steve ihr erzählt hatte. Sie hatte die Weißen kennengelernt. Und sie hatte ihre Art der Liebe kennengelernt. Eine Art, die sie abstieß, weil sie verachtend und roh war. Nur Steve war anders. Er war zärtlich und scheu wie ein Kind. Peena ahnte, dass er nur bei ihr so war, doch es war ihr recht. Sie mochte ihn.

Ihr Leben im Bordell mochte sie nicht. Missus Amanda,

die Besitzerin, war streng, auch wenn sie den Mädchen ihre Freiheiten ließ. Drei Viertel ihrer Einkünfte mussten sie abgeben, den Rest behielten die Mädchen. Das war nicht viel, aber viel mehr, als Peena je zuvor besessen hatte. Sie arbeitete nachts, schlief bis zum Mittag und hatte den Nachmittag für sich. Manchmal bummelte sie durch die Weinberge, manchmal wusch sie ihr Haar und lackierte die Nägel, meist aber saß sie einfach nur in ihrem Zimmer und sang leise vor sich hin.

«Ich weiß nicht, Master», sagte sie. «Was wird sein, wenn du mich nicht mehr magst? Was soll dann aus Peena werden?»

Steve lachte. Er küsste sie schallend auf den Mund, dann versprach er: «Ich werde dich immer lieben, Peena.»

Doch Peena ließ sich nicht davon beeindrucken. «Peena hat hier ihre Arbeit. Peena zufrieden, weil Peena unabhängig ist.»

«Eines Tages wirst du alt sein. Dann werden nicht mehr so viele Männer nach dir fragen», gab Steve zur Antwort. Er umfasste ihre Schultern und schüttelte sie sanft. «Herrgott, Peena. Ich möchte dich einfach bei mir haben. Ich liebe dich. Ist das so schwer zu verstehen?»

«Und deine Frau?»

Steve seufzte. «Amber ist es gleichgültig, was ich mache. Für ihren Vater aber tut sie alles. Sie wird dich mögen, wenn du Walter Jordan gut behandelst. Ich weiß, dass du das kannst.»

Peena legte einen Finger an ihre Lippen und sah nachdenklich auf den weißen Mann. Er war anders. Sie glaubte ihm, dass er jedes Wort, das er sprach, ganz aufrichtig meinte. Aber wie lange?

«Hier ich verdiene eigenes Geld», sagte sie.

«Oh, natürlich. Auch bei mir bekommst du dein eigenes Geld. Ich zahle dir doppelt so viel, wie du hier verdienst. Ist das in Ordnung?»

Peena überlegte noch ein Weilchen. Sie hatte die Erfahrung

gemacht, dass es nicht gut war, einem Deal sofort zuzustimmen.

Schließlich fiel sie ihm mit einem Lachen um den Hals und sagte: «Gut, weißer Mann. Ich komme mit dir. Dein Schwiegervater wird es gut haben bei mir.»

Während Steve noch mit Amanda redete, packte Peena ihre wenigen Sachen in ein schäbiges Pappköfferchen und stand schon neben dem Landrover, als Steve das Bordell verließ.

«Liebe Mama, lieber Großvater, meine liebe Emilia,
heute habe ich mein erstes Zeugnis an der neuen Schule
bekommen. Stellt euch vor, ich habe nur zwei Zweien,
ansonsten in allen Fächern eine Eins. Es gefällt mir noch
immer auf der Schule und im Internat. Meine Lehrerin sagt,
ich hätte gute Aussichten, einmal auf die Universität zu kommen.
Und, liebe Mama, das möchte ich auch. Ich bin jetzt ganz fest
entschlossen, Arzt zu werden wie Ralph Lorenz.
Grüße an alle von
Jonah.»

Amber ließ den Brief sinken. Sie wusste nicht, ob Walter alles verstanden hatte, doch sein Gesicht zeigte einen glücklichen Ausdruck. Auch Peena, seine Pflegerin, die alle im Haus mochten, lächelte. «Er ist ein guter Junge», sagte sie.

Amber lächelte. «Ja, das ist er. Aber du, Peena, bist auch ein gutes Mädchen.»

Peena senkte den Blick. Sie mochte die Frau ihres weißen Mannes. Und sie wusste, dass Amber von ihrem Verhältnis mit Steve wusste.

«Du tust ihm gut», hatte sie einmal gesagt, als sie nachts auf Peena stieß, die aus Steves Zimmer kam und so gut wie nichts anhatte.

Sie war gern auf dem Gut. Die Arbeit mit Walter Jordan machte ihr Spaß. Der alte Mann war freundlich, wenn auch traurig. Die weiße Missus war gerecht zu ihr und behandelte alle Schwarzen gut. Und Steve? Ja, Peena hatte sich an ihn und die Nächte mit ihm gewöhnt. Sie würde etwas vermissen, wenn es sie nicht mehr gäbe. Und sie vermisste Steve tatsächlich, wenn er auf Reisen war. Er hatte inzwischen Walters Aufgaben übernommen.

Jedes Mal, wenn er wiederkam, wartete Peena schon lange vorher am Fenster. Kam er die Auffahrt heraufgefahren und blickte zuerst zu ihr, dann war sie glücklich und begann, sich für die Nacht schön zu machen, während er seine Familie begrüßte und das Geschenk für Emilia auspackte.

Jetzt sprang Emilia zu ihrem Großvater auf den Schoß, kuschelte sich an den alten Mann und rieb ihre zarte Wange an seiner.

Amber lachte. «Lass ihn am Leben», sagte sie und holte ihre stürmische Tochter aus dem Rollstuhl. «Du bist allmählich zu groß und zu schwer, um noch auf Großvaters Schoß zu sitzen. Ralph wird gleich kommen. Dann können wir essen. Ich schlage vor, du gehst dir schon einmal die Hände waschen.»

Maulend gehorchte Emilia, doch Amber störte sich nicht daran. Sie spähte die Auffahrt hinunter und hielt Ausschau nach dem roten Toyota, den Ralph sich kürzlich gekauft hatte.

Seit der Nacht im Weinberg hatte es zwischen ihnen keine Zärtlichkeiten mehr gegeben, und doch wusste Amber, dass er sie liebte.

Und ja, sie liebte ihn auch. Manchmal war diese Liebe so stark, dass sie am liebsten mit ihm durchgebrannt wäre. Dann dachte sie, wie auch jetzt, an ihren Vater und an Emilia.

Sie hatte den Gedanken noch nicht bis zum Ende gedacht, als sie den neuen Wagen die Auffahrt heraufkommen hörte.

Ralph stieg aus, und ein Leuchten ging über sein Gesicht, als er Amber auf der Veranda stehen sah.

«Was gibt es Neues?», fragte er, wie immer.

«Jonah hat geschrieben.»

Amber reichte ihm den Brief, und Ralph las. «Er klingt, als hätte er ein wenig Heimweh, nicht wahr?», fragte er dann.

«Nun, er hat schon überschwänglicher geschrieben, da hast du wohl recht.»

«Und du? Hast du nicht manchmal Sehnsucht nach ihm?», fragte Ralph.

Amber nickte. «Und ob! Er fehlt mir. Sehr sogar. Aber ich sage mir immer wieder, dass es ihm in Sydney besser geht als hier. Das tröstet mich.»

Sie warf einen Blick auf ihren Vater, der in seinem Rollstuhl vor sich hin döste.

«Gott weiß, wie gern ich Jonah in Sydney besuchen möchte», fügte sie hinzu. «Aber ich kann einfach nicht weg hier.»

Ralph kam ganz dicht an sie heran. «Oh, doch, Amber, das kannst du. Wir beide werden übernächstes Wochenende nach Sydney fliegen. Margaret wird kommen und sich um alles kümmern. Steve wird da sein und Peena. Du hast noch niemals Urlaub gehabt. Es wird Zeit, dass du einmal ein paar Tage hier herauskommst.»

«Wie soll das gehen?»

Amber schüttelte den Kopf, dann sprach sie weiter: «Oh, wie gern würde ich einmal nach Sydney fahren! Wie gern würde ich Jonah besuchen! Ich bin wahrhaftig seit Jahren nicht mehr aus Tanunda herausgekommen. Und in Sydney bin ich noch nie gewesen.»

«Wir könnten die Oper besuchen», lockte Ralph und tippte dabei einen großen Traum Ambers an.

Vor einem Jahr war in Sydney das neue Opernhaus eröffnet

worden. Amber hatte alle Nachrichten in den Zeitungen und im Rundfunk darüber verschlungen. Auch das Fernsehen hatte berichtet, und Amber, die sich sonst niemals vor den Apparat setzte, hatte die Eröffnungsfeier mit Tränen in den Augen verfolgt.

«Wir könnten Jonah mit in die Oper nehmen. Er liebt Musik, das weißt du», lockte Ralph weiter.

«Aber … aber was sollen wir Steve sagen?», fragte Amber. «Er wird mich nicht mit dir fahren lassen.»

Ralph lächelte geheimnisvoll. «Lass das nur meine Sorge sein. Ich werde ihm sagen, dass eine große Hotelkette sich für euren Wein interessiert. Er wird nicht nach Sydney fahren wollen, weil er die großen Städte nicht mag. Also wird er erleichtert sein, wenn du ihm diese Reise abnimmst.»

Amber schöpfte Hoffnung. Sie nahm Ralphs Hand und drückte sie ganz fest.

«Es wäre schön, Ralph. Es wäre so wunderwunderschön, mit dir nach Sydney zu fahren und Jonah zu sehen. Ich bin noch nie in der Oper gewesen.»

Walter hatte das Gespräch mitbekommen. Wenn er sich auch nicht mehr so gut ausdrücken konnte und seine Zunge ihm nicht mehr gehorchte, so war sein Verstand doch so klar wie eh und je. Er klopfte auf die Lehne seines Rollstuhles und machte Amber so auf sich aufmerksam.

Dann deutete er mit dem Finger seiner nicht gelähmten Hand auf Ralph und Amber und nickte heftig mit dem Kopf.

Peena, die Ambers letzte Sätze gehört hatte, sagte: «Sehen Sie, Missus, Master Walter möchte, dass Sie nach Sydney fahren. Ich werde gut auf ihn aufpassen, wenn Sie nicht da sind. Fahren Sie ruhig; es würde uns alle freuen. Und Jonah ganz besonders.»

18

Es ist ... wunderschön!» – Amber hatte die Worte ganz leise gesprochen, fast geflüstert, doch Ralph wusste trotzdem, wie gerührt sie war.

Sie standen auf der Harbour Brigde in Sydney und blickten auf das Opernhaus. «Ich habe noch nie ein so originelles Gebäude gesehen. Es sieht aus wie eine Muschel, nein, eher wie ein Blume, nein, auch nicht, ach, Ralph, ich weiß es nicht, aber es ist wunderschön.»

«Der Architekt, heißt es, hätte sich von einer geschälten Orange inspirieren lassen», erklärte Ralph. «Aber ich kann die Augen zukneifen, solange ich will, es will mir einfach nicht gelingen, mir eine weiße Orange vorzustellen.»

Amber lachte. Sie trug ein helles Kleid, das zwar nicht der neuesten Mode entsprach, aber ihren Typ hervorragend zur Geltung brachte. Das Oberteil lag eng am Körper an und betonte ihre Oberweite und die schmale Taille. Der Rock schwang weit und reichte bis zur Mitte der Waden. Das Blau des Stoffes passte gut zum Grün ihrer Augen und verlieh ihnen einen intensiven Ton.

Wie das Wasser des Pazifiks, dachte Ralph und rückte ein Stückchen näher an Amber heran.

Hinter ihnen brauste der Verkehr der Drei-Millionen-Stadt Sydney auf acht Spuren an ihnen vorüber, doch sie ließen sich davon nicht stören.

Hand in Hand waren sie über die fünfhundert Meter lange Harbour Brigde geschlendert und hatten den Blick über den größten Naturhafen der Welt schweifen lassen. Jetzt lehnten sie am Geländer, die Unterarme auf das graue Eisen gestützt, und sahen hinüber zum neuen Opernhaus, das erst vor wenigen Monaten von Queen Elizabeth II. eröffnet worden war.

«Freust du dich auf heute Abend?», fragte Ralph. Es war ihm mit viel Mühe gelungen, für die Abendvorstellung im Opera House noch drei Karten zu besorgen. Er liebte die Oper und war besonders froh, dass heute eines seiner Lieblingsstücke, «Norma» von Bellini, aufgeführt werden würde.

Amber nickte. «Ja, sehr.»

Dann sah sie auf ihre zierliche Armbanduhr. «Es ist schon vier Uhr, Ralph. Wir sollten zurück in die Stadt gehen, damit Jonah nicht auf uns warten muss.»

Langsam schlenderten sie über die Brücke zu ihrem Hotel. Einmal fasste Ralph nach ihrer Hand, und Amber überließ sie ihm. Einmal lehnte sie sich sogar kurz an seine Schulter. Ein Mann im Anzug eines Geschäftsmannes kam ihnen entgegen. Er sah Amber bewundernd an, sodass Ralph vor Stolz die Brust schwellte. Ja, sie war eine schöne Frau, fand Ralph. Sie war älter geworden, hatte graue Strähnen im Haar und ein paar Falten um die Augen. Doch für Ralph war sie wunderschön. Selbst wenn sie auf Carolina Cellar in ihren grünen Khakihosen und einem einfachen schwarzen oder weißen T-Shirt im Weinkeller oder auf den Hängen arbeitete, war sie natürlich und schön wie eine Blume auf freiem Feld. Sie war am Morgen mit schlaftrunkenem Gesicht ebenso schön für ihn wie am Abend, wenn sie einen zarten Lippenstift aufgelegt und die Haare hochgesteckt hatte.

Ralph blieb stehen. «Du bist wunderschön, Amber», sagte er. Amber lachte, doch die Bewunderung, die aus seinen Augen sprach, machte sie stumm und ein wenig verlegen. Sie zupfte an ihrem Kleid. «Ach, nein, Ralph. Ich sehe aus wie eine

Landpomeranze», erwiderte sie ein bisschen schamhaft. «Meine Kleidung entspricht wohl nicht der neuesten Mode einer Großstadt wie Sydney.»

«Du brauchst keine Mode. Du bist eine Frau mit einem ganz eigenen und wunderbar zu dir passenden Stil.»

«Danke, Ralph. Du bist lieb.»

Amber legte eine Hand an seine Wange. Dann küsste sie ihn leicht auf den Mund und lief übermütig wie ein Kind die Harbour Bridge entlang.

Zwei Stunden später wollten sie sich mit Jonah zum Essen treffen. Ralph hatte einen Tisch in einem sehr bekannten Feinschmeckerlokal, das sich im Gebäude der Oper befand, bestellt.

Während sie vor dem Restaurant warteten, zupfte Amber nervös an ihrem Kleid herum. Sie hatte es am Vormittag gekauft, einen Traum aus schimmernder taubenblauer Seide.

«Wenn er sich nun verlaufen hat?», fragte sie, und Ralph wusste sofort, wen sie meinte.

«Amber, er hat noch fünf Minuten Zeit. Jonah ist sechzehn Jahre alt und wohnt schon einige Zeit in Sydney. Er ist kein kleiner Junge mehr.»

Amber seufzte. «Aber ein Mann ist er auch noch nicht.» Im selben Augenblick bog Jonah um die Ecke. Als er seine Mutter und Ralph sah, rannte er los.

Wie damals als Kind, dachte Amber und breitete die Arme aus. Sie achtete nicht darauf, dass Jonah inzwischen größer war als sie. Und Jonah hatte es wohl auch vergessen. Er stürzte seiner Mutter in die Arme, umfasste sie an der Taille und drehte sich einmal mit ihr im Kreis.

«Hilfe, Jonah, lass mich runter. Du hebst dir einen Bruch», rief sie freudig aus, doch Jonah lachte.

Dann stellte er seine Mutter auf die Füße und begrüßte auch Ralph Lorenz mit einer Umarmung.

«Gut siehst du aus, mein Junge», stellte Ralph fest. «Noch ein halbes Jahr, dann wirst du mich überragen.»

Auch Amber fand, dass er sehr gut aussah. «Wie geht es dir? Wie gefällt es dir auf der Schule?», fragte sie später beim Essen.

«Es gefällt mir gut. Ich habe viele Freunde gefunden.» Jonahs Gesicht strahlte, als er davon erzählte.

«Ian ist mein bester Freund. Sein Vater ist der Leiter der Universitätsklinik. Und mit Terence verstehe ich mich auch hervorragend. Seinen Eltern gehört eine Eisenbahnlinie durch das Outback.»

Amber runzelte die Stirn. Sie griff über den Tisch nach Jonahs Hand. «Du brauchst mich nicht zu belügen», tadelte sie leise.

Jonah sah sie verständnislos an. «Warum glaubst du, dass ich lüge?», fragte er. Es war nicht zu übersehen, dass er gekränkt war.

Amber seufzte. «Du bist schwarz, Jonah. Und ich glaube nicht, dass der Sohn eines Universitätsprofessors dich gern mit zu sich nach Hause nimmt.»

Jonah senkte den Kopf.

«Du täuschst dich, Amber», widersprach Ralph. «Ich habe zwar nicht in Sydney, sondern nur in Adelaide studiert, aber ich weiß, dass die Hautfarbe nicht überall eine Rolle spielt. Jonahs Schule ist eine Schule für besonders begabte Kinder. Jonah ist begabt. Und er ist ein wundervoller Freund, da bin ich mir sicher.»

Amber sah ihn an. «Ist es, wie Ralph sagt?», fragte sie leise.

«Ja, Mutter. Auf unserer Schule spielt die Hautfarbe keine

Rolle. Natürlich gibt es immer einige, die meinen, Weiß sei mehr als Schwarz, aber die meisten sind in Ordnung. Ich war schon oft bei Ian zu Hause. Er lebt nicht im Internat. Seine Eltern sind sehr freundlich und lassen dich herzlich grüßen. Und die Mutter von Terence hat mir Hühnerbrühe mitgegeben, als ich erkältet war.»

Über Ambers Gesicht zog ein Lächeln. Nein, es war mehr als das. Es war wie die Sonne, die sich am frühen Morgen mit einem goldenen Funkeln über die Hügel des Barossa Valley ergoss.

«Sie mögen dich, ja?», fragte sie immer wieder, und Ralph und Jonah hörten, wie froh und glücklich Amber darüber war.

«Und wie geht es in der Schule?»

Jonah zuckte mit den Achseln. «Gut. Ich werde bald ein Praktikum machen. Ich würde gern in eine Klinik gehen und Ian auch. Wir wollen beide Arzt werden. Mister Schwartz, der Naturkundelehrer, hat uns angeboten, mit ihm gemeinsam an der Universität einen Kurs zu besuchen, der für zukünftige Ärzte abgehalten wird.»

«Jetzt schon?», fragte Amber. «Du bist doch gerade erst in der elften Klasse.»

Jonah wirkte plötzlich sehr aufgeregt. Er zappelte auf seinem Stuhl hin und her und vergaß zu essen, was ungewöhnlich für ihn war.

Er kramte in seiner Tasche und hielt seiner Mutter endlich ein Schreiben vor die Nase.

Amber las, dann schüttelte sie den Kopf. «Ist das wahr?», fragte sie. «Ist das wirklich wahr?»

Jonah nickte stolz.

«Ja, es ist wahr. Ian, Terence und ich sind die besten Schüler unseres Jahrgangs. Die Schulleiterin hat uns angeboten, sofort mit dem Abitur zu beginnen. Wenn alles gut läuft, dann kann ich in einem Jahr die Universität besuchen.»

Amber wusste nicht, was sie sagen sollte. Sie schüttelte voller Stolz den Kopf und betrachtete Jonah so liebevoll, dass ihm ganz warm wurde.

«Du hast immer gewusst, Mama, dass ich kein Tier bin, nicht wahr?», fragte er.

Der Satz schnitt Amber ins Herz. «Nein, Jonah. Das habe ich niemals geglaubt. Du bist schwarz. Die meisten anderen sind weiß. Es gibt Menschen mit blauen und Menschen mit braunen Augen. Das ist alles. Ich wusste, dass du klug bist, aber ich wusste nicht, wie klug du wirklich bist.»

Ralph Lorenz hatte gut zugehört. Er kannte Amber inzwischen so genau, dass er die Schuldvorwürfe, die sie sich machte, aus den wenigen Sätzen heraushören konnte.

«Du warst ihm immer eine gute Mutter, Amber. Und du bist es noch immer», sagte er und legte eine Hand auf ihren Unterarm.

Sie sah ihn an und versank für einen Augenblick in seinen Augen.

Als Jonah sich räusperte, kehrte sie in die Gegenwart zurück.

«Ralph hat immer gesagt, dass ich eines Tages ein guter Arzt werde», sagte Jonah leise, und seine Hände fuhren dabei über das weiße Tischtuch.

«Ja, Junge, das habe ich. Und bisher gab es nicht eine Sekunde, in der ich gezweifelt habe.»

Jonah nickte. Er wirkte plötzlich traurig.

«Was ist?», fragte Amber. «Was hast du denn auf einmal?»

Jonah schüttelte den Kopf. «Nichts, Mama. Gar nichts.» Doch sein Lachen, seine überschäumende Lebensfreude und sein Stolz waren plötzlich wie weggeblasen.

«Weißt du schon, wo du studieren möchtest?», fragte Ralph. Jonah schüttelte stumm den Kopf.

Amber und Ralph sahen sich an, dann aber bemerkte sie, dass Ralph noch immer seine Hand auf ihrem Unterarm liegen hatte. Schnell zog sie ihn zurück. Auch Ralph wusste jetzt, warum Jonah verstummt war.

«Hey, Großer», sagte er. «Ich werde jetzt ein Bier für uns bestellen, und dann reden wir wie Männer. Ist das okay?»

Zaghaft hob Jonah den Kopf und nickte. Ralph winkte der Bedienung, und zwei Minuten später stand das Bier vor ihnen auf dem Tisch.

Sie stießen an, dann erhob sich Amber mit der Bemerkung, sich auf der Toilette ein wenig frisch machen zu müssen, und ließ die beiden allein.

«Ich rede nicht lange drumherum, Jonah. Ich liebe deine Mutter. Schon seit Jahren. Am liebsten wäre mir, sie ließe sich scheiden und würde mit Emilia, dir und mir leben. Aber sie bleibt bei Steve. Ich kenne die Gründe dafür nicht. Du kannst jedoch sicher sein, dass ich immer da bin, wenn sie mich braucht.»

Er fasste nach der Hand des Jungen. «Und ich bin immer für Emilia und dich da, wenn ihr mich braucht. Ich habe, wie du weißt, keine eigenen Kinder. Hätte ich aber einen Sohn, so wünschte ich, er wäre wie du, Jonah.»

«Ist das wahr?», fragte der Junge und sah in diesem Augenblick so ängstlich und verletzlich aus wie ein Zehnjähriger. Er hatte bisher keine besonders guten Erfahrungen mit weißen Männern gemacht, aber Ralph war in all den Jahren freundlich zu ihm gewesen. Er hatte mit ihm gespielt, hatte ihm Fragen beantwortet und ihn nie spüren lassen, dass er schwarz war. Er hatte ihm sogar seine Bücher ausgeliehen und war mit ihm beim Kricket gewesen.

«Ja, Jonah. Das ist wahr. Margaret und ich lieben dich wie

einen Sohn und Enkel. Und ich liebe deine Mutter und werde versuchen, für sie zu sorgen, so gut ich nur kann.»

«Aber was ist mit Steve?», fragte Jonah.

Ralph seufzte. Er lehnte sich zurück und trank noch einen Schluck von seinem Bier. «Ehrlich gesagt, ich weiß es nicht.»

«Liebt sie dich auch?»

«Ich hoffe es. Nein, ich weiß es. Ich glaube, sie hat Angst um dich und Emilia. Deshalb bleibt sie bei Steve.»

Ralph sah in die Ferne. «Ich sollte wohl nicht mit dir über solche Dinge reden. Aber du bist klug genug, um deine eigenen Schlüsse zu ziehen.»

Jonah hob sein Glas. «Lass uns anstoßen. Lass uns darauf trinken, dass wir einander mögen und vertrauen können.»

Die beiden stießen an. Sie waren gerührt, und einer suchte seine Rührung vor dem anderen zu verbergen. Aber noch etwas stand zwischen ihnen.

«Findest du es schlecht, dass deine Mutter und ich uns lieben, sie aber mit Steve verheiratet ist?», fragte Ralph. «Du brauchst keine Angst zu haben, wir haben nicht das, was man ein Verhältnis nennt. Nein, wir sind einfach nur gute Freunde, aber in unserem Herzen empfinden wir für den anderen etwas mehr als nur Freundschaft.»

Jetzt war es Jonah, der nachdenklich durch den Raum sah. Nach einer Weile, die Ralph wie eine Stunde vorkam, erwiderte er schließlich: «Man kann sich nicht aussuchen, wen man liebt. Eines aber weiß ich: Meine Mutter hat Steve nie geliebt. Ich weiß nicht, warum sie ihn geheiratet hat, doch eines Tages habe ich gehört, wie sie zu Steve sagte: ‹Ich habe dich geheiratet, weil du mich dazu gezwungen hast. Dich aber zu lieben, das kannst du nicht erzwingen.›»

«Aha», machte Ralph und sah dabei sehr nachdenklich aus.

«Ich finde es gut, dass Mutter einen Freund wie dich hat. Und wenn ihr eines Tages miteinander glücklich werdet, würde sich niemand mehr freuen als ich.»

«Du sprichst wie ein Erwachsener», sagte Ralph. «Und dabei bist du erst sechzehn.»

Dann hob er noch einmal das Bierglas: «Auf dich, Jonah. Auf dich und auf unsere Träume. Mögen sie alle eines Tages in Erfüllung gehen.»

Im selben Augenblick kam Amber zurück an den Tisch. Sie sah etwas unsicher von einem zum anderen, doch als sie das Lächeln ihres Sohnes und ihres Freundes sah, ein Lächeln, das von Herzen kam, strahlte auch sie.

«Die Aufführung war zauberhaft», schwärmte Amber, als sie Stunden später zu dritt die Oper verließen. «Es war die schönste Oper, die ich je gesehen habe. Ich habe schon einige Aufführungen im Fernsehen gesehen, doch ‹Norma› in einem richtigen Opernhaus zu hören, hat mich regelrecht überwältigt.»

Auch Jonah war sichtlich bewegt. Er hatte die meiste Zeit auf der Kante des Sessels gesessen und wie gebannt auf die Bühne geschaut. Auch jetzt sprühten seine dunklen Augen noch Funken.

Er umarmte Amber: «Danke, Mum, das war ein sehr, sehr schöner Tag. Danke für alles.»

Bevor er ins Taxi sprang, das Ralph für ihn gerufen hatte, umarmte er auch den Arzt. «Danke auch dir, Ralph.»

Lorenz klopfte dem Jungen auf die Schulter, rief: «Mach es gut, bis morgen, Junge», dann fuhr das Taxi an, und Amber winkte so lange, bis es hinter der nächsten Straßenecke verschwunden war.

Ralph legte einen Arm um Ambers Schulter, sie umschlang seine Hüfte, und so gingen sie langsam und ohne zu sprechen, zum Hotel zurück. Sie kamen an einem flachen Bau vorbei, aus dem laute Musik ertönte. Über dem Eingang war eine Neonschrift, die abwechselnd rot und blau aufflammte. «Dancehouse» stand dort. Amber blieb stehen und sah dem Treiben vor der Tür zu: «Sieh mal, Ralph. Hier können sowohl Schwarze als auch Weiße tanzen gehen. Hast du so etwas schon mal gesehen?»

Ralph lächelte. «Ja. Inzwischen gibt es auch in Adelaide ein Haus, in dem alle jungen Menschen Rock 'n' Roll tanzen können.»

«Warum ist es in Tanunda nicht so? Kann es sein, dass es in den Städten weniger Rassismus gibt als bei uns in Barossa Valley? Warum ist das so, Ralph?»

Der Arzt zuckte mit den Schultern.

«Ich weiß es nicht, Amber. Ich weiß nur, dass Jonah in Sydney viel besser aufgehoben ist als auf Carolina Cellar. Hier kann er wirklich frei sein. Hier kann er zeigen, wer und was er ist. Hier hat seine Hautfarbe nicht eine solche Bedeutung wie zu Hause.»

Amber nickte und seufzte tief befriedigt. «Ja, es ist gut, dass Jonah hier ist. Auch wenn ich ihn so oft vermisse.»

Sie waren Arm in Arm weitergeschlendert und standen plötzlich vor dem Hotel. Die Nacht war schon lange hereingebrochen, doch der Himmel über Sydney wurde niemals richtig dunkel, denn die Lichter der Metropole machten die Nacht zum Tag.

In der Hotelhalle blieben sie stehen. Ralph küsste Amber zärtlich auf die Wange und sagte: «Gute Nacht. Schlaf gut und träum schön. Wir sehen uns morgen beim Frühstück.»

Er wollte sich umdrehen, doch Amber hielt seine Hand fest: «Bleib!», bat sie. «Bleib bei mir. Ich möchte jetzt nicht allein sein.»

Ralph sah ihr in die Augen und versuchte, darin zu lesen.

«Möchtest du das wirklich?», fragte er.

Amber nickte. «Lass uns die Nacht zusammen verbringen.»

«Du weißt, dass ich nichts lieber täte. Aber was ist, wenn du morgen bereust, was du heute aus einer Augenblicksstimmung heraus tust?»

Amber lächelte. Sie legte Ralph den Finger auf den Mund und zog ihn ungeachtet der anderen Gäste in den Fahrstuhl.

Kaum hatten sich die Türen hinter ihnen geschlossen, schlang sie ihre Arme um seinen Hals und küsste ihn. Ihre Leidenschaft überwältigte Ralph. So lange hatte er auf diesen Moment gewartet. Ja, er hatte geglaubt, dass er sich für den Rest seines Lebens würde damit begnügen müssen, von Amber zu träumen. Doch jetzt war alles anders. Ungestüm erwiderte er ihren Kuss.

Als der Fahrstuhl hielt, war er nicht bereit, sich von ihr zu lösen. Er trug sie einfach in sein Zimmer und legte sie auf das Bett, doch dann hielt er inne.

Er begehrte sie so sehr, dass er befürchtete, über sie herzufallen. Es brauchte eine große Anstrengung, sich nicht auf sie zu stürzen und alle Liebe, die er in über zehn Jahren gesammelt hatte, über sie zu ergießen.

Ralph wusste, dass er sanft vorgehen musste.

«Was ist?», fragte Amber. «Willst du mich nicht mehr?»

Ralph lachte. «Mein Verlangen nach dir war nie größer als in diesem Augenblick. Ich möchte jede Sekunde davon in allen Zügen genießen.»

Er nahm eine Haarbürste von seinem Nachtkästchen und sagte: «Bitte, Amber, setz dich auf den Sessel, der nahe beim Fenster steht. Ich habe schon immer davon geträumt, dir einmal das Haar zu bürsten.»

Amber stand auf und ließ sich in dem Sessel nieder. Bewundernd stand Ralph da. Der Mond, der wie ein Taler über Sydney hing, übergoss sie mit silbernem Licht. Langsam ging er zu ihr und löste die Spange, mit der ihr Haar zusammengehalten wurde.

Dann fuhr er mit den Fingern beider Hände behutsam durch die weiche Haarflut, die sich über ihre Schultern ergoss.

Er barg sein Gesicht darin, konnte nicht satt werden an ihrem Geruch, an der weichen, dunkelbraunen Fülle.

Behutsam nahm er die Bürste und strich damit von einem Wirbel am Scheitelpunkt herunter. Ganz langsam bürstete er Strähne für Strähne.

Zuerst saß Amber sehr gerade und hielt die Hände im Schoß wie bei einem Kirchenbesuch, doch allmählich entspannte sie sich, ließ den Kopf nach hinten sinken und schloss die Augen.

Ralph legte die Bürste zur Seite. Der Anblick ihres ungeschützten Gesichts mit den vertrauensvoll geschlossenen Augen machte ihn hilflos. Die Liebe, die er in diesem Moment empfand, füllte ihn ganz und gar aus, besetzte sein Denken, sein Empfinden, seine Sinne.

Es kostete ihn alle Mühe, sich zurückzuhalten.

Er betrachtete sie im Silberlicht, flüsterte: «Oh, wie sehr ich dich liebe.»

Dann setzte er seine Fingerspitzen auf ihre Kopfhaut, ließ sie hin und her wandern, mal mit etwas weniger, mal mit etwas mehr Druck.

Seine Hände strichen über ihre Ohren, legten sich warm und sanft darüber, glitten weiter über den Hals, massierten die Schultern, strichen über die Oberarme.

Amber stöhnte leise auf. Ralph wusste, dass dieses Stöhnen nicht der Leidenschaft, sondern dem Behagen entsprang. Und sosehr er sie auch begehrte, er hielt sich zurück. Er wollte ihr guttun, nichts mehr. Er wollte sie streicheln, liebkosen, verzärteln …

Da nahm sie seine Hand und legte sie fest auf eine ihrer Brüste.

Er ging um den Sessel herum, öffnete ihr Kleid und ließ es über ihre Schultern gleiten. Dann zog er sie hoch, streifte das Kleid über die Hüften, streifte ihr auch das Höschen ab, bis sie nackt im Silberlicht stand.

«Du siehst aus wie eine griechische Statue», sagte er voller Bewunderung.

Amber lachte leise. «Ich bin keine Statue, Ralph. Ich bin eine Frau aus Fleisch und Blut. Und im Augenblick ist dieses Blut ziemlich heiß.»

Ralph verstand. Er trat zu ihr, legte seine Fingerspitzen auf ihre Brustwarzen und ließ sie darauf tanzen. Seine Lippen glitten über ihre Kehle. Als sein Mund sich um ihre zarten Brustspitzen schloss, stöhnte Amber leise. Er packte sie fest bei den Hüften, presste ihren Schoß gegen seinen und bog ihr den Rücken durch. Dann nahm er sie auf den Arm und warf sie übermütig auf das Bett. Doch sogleich ließ er sie wieder von der Zartheit seiner Hände kosten, die sich qualvoll langsam über ihren Körper tasteten.

Ihr Mund suchte seinen, und sie klammerten sich aneinander wie Ertrinkende, die den letzten Atemzug miteinander teilen wollten.

Ihre Hände fuhren über seinen Rücken, zuerst langsam und sanft, dann immer drängender. Ihr Leib bog sich seinen Händen entgegen.

Sie hatte die Augen geschlossen und stöhnte leise. Als seine Finger über ihren Venushügel glitten, bäumte sie sich auf und spreizte die Schenkel.

Doch plötzlich ließ er ab von ihr.

«Was ist?», fragte sie verstört, die Wangen von einer leichten Röte überzogen, die Lippen prall wie reife Früchte.

«Ich möchte dich betrachten», sagte er. «Ich möchte alles sehen.»

Amber wurde verlegen unter seinen Blicken, sie schloss die Augen und hob ihm ihre Hände entgegen.

«Berühr mich», flüsterte sie. «Sieh mich mit deinen Händen an.»

Ganz kurz flog eine Erinnerung an ihr vorüber, so süß wie diese Nacht, aber doch schmerzlich.

Sie richtete sich auf, schlang ihre Arme um Ralphs Hals. «Halt mich fest», sagte sie. «Halt mich fest und liebe mich, sosehr du kannst.»

Wieder suchten sich ihre Münder, wieder atmete einer durch den Mund des anderen.

In Amber war die Leidenschaft erwacht, ein Gefühl, das sie von früher kannte, aber schon vergessen zu haben glaubte.

Sie konnte sich nicht mehr länger beherrschen. Sie öffnete ihre Schenkel, so weit sie konnte.

Als sie seine Finger an ihrem Schoß spürte, als er das Zentrum ihrer Lust gefunden hatte, bäumte sie sich unter ihm auf.

«Komm zu mir», bat sie. «Komm jetzt!»

Ganz sanft drang er in sie ein, fand schnell ihren Rhythmus. Sie sahen einander an, versanken ineinander, vereinten sich für einen wahnwitzigen Moment des Glücks, um dann – irgendwann später – zurückzukehren in die eigene Haut.

«Lass dich scheiden», bat Ralph Amber im Morgengrauen. Sie lagen im Bett, eng aneinandergeschmiegt. Ambers Kopf lehnte an seiner Schulter, ihr Haar kitzelte in seiner Nase. Sie hatte ihr Bein über seine Oberschenkel gelegt, ihre Hand ruhte auf seiner Brust.

«Lass dich von Steve scheiden. Wir können ein ganz neues

Leben beginnen: du, ich, die Kinder, dein Vater und meine Mutter. Wir würden sehr glücklich werden. Alle würden wir glücklich werden.»

Amber seufzte und schüttelte den Kopf. «Es geht nicht, Ralph. Ich kann mich nicht scheiden lassen. Ich bin mit ihm vor den Altar getreten und habe geschworen, ihm in guten und schlechten Tagen zur Seite zu stehen.»

Ralph sah Amber ungläubig an. Er fasste ihr Kinn und hob ihren Kopf, sodass sie ihm in die Augen sehen musste. «Amber, erzähle mir bitte nichts von deinem Schwur vor dem Altar. Ich weiß genau, dass du nicht so fromm bist. Allein für das Glück deiner Kinder hättest du dich schon lange von ihm trennen sollen. Du bist nicht abhängig von ihm. Das Gut erwirtschaftet mehr, als ihr verbrauchen könnt. Du liebst Steve nicht. Im Gegenteil: Mir kommt es so vor, als fürchtetest du dich vor ihm. Also: Warum willst du dich nicht von ihm trennen?»

Wieder schüttelte Amber den Kopf. «Ich kann nicht, Ralph. Bitte dräng mich nicht. Glaub mir einfach, dass es so ist.»

«Liebst du mich denn nicht, Amber?» Ralphs Stimme klang traurig.

Amber richtete sich auf. «Ich liebe dich, Ralph. Sehr sogar. Doch ich kann mich nicht von Steve trennen und kann dir noch nicht einmal den Grund dafür sagen. Ich bin auch keine Frau, die ein Verhältnis haben kann, ich kann kein Doppelleben führen. Diese Nacht hier in Sydney wird mir unvergessen bleiben. Aber sie wird sich niemals wiederholen.»

Auch ihre Stimme klang traurig. Sie stand auf und zog sich langsam an.

Ralph sah ihr zu, unfähig zu begreifen. «Bleib», sagte er und streckte die Hand nach ihr aus. Einen Augenblick schien es, als würde Amber zögern, doch dann schüttelte sie energisch den Kopf und schlüpfte in ihre schwarzen Pumps.

Sie ging zur Tür, drehte sich noch einmal um und warf Ralph eine Kusshand zu. «Ich liebe dich so sehr», flüsterte sie. Im Schein des untergehenden Mondes, der das Silber in Blei verwandelte, glitzerten ihre Tränen wie die letzten Diamanten.

«Wir sehen uns beim Frühstück.»

Mit diesen Worten wandte sie sich um und verschwand.

Ralph blieb ratlos und verwirrt zurück.

Am nächsten Morgen trafen sie sich in der Lobby. Ralph hatte die restliche Nacht wach gelegen und über Amber und ihr merkwürdiges Verhalten nachgedacht. Er war zu keinem Ergebnis gekommen, wusste nur, dass Amber etwas vor ihm verbarg. Etwas, das sie quälte und so stark war, dass sie bei Steve blieb und die Hölle auf Erden ertrug.

Sie musste ihre Gründe haben, dachte Ralph und beschloss, es ihr so leicht wie möglich zu machen.

Als er sie in der Lobby sah, rief er ihren Namen und winkte ihr gespielt fröhlich zu. «Mrs. Emslie», rief er durch die Halle. «Ich hoffe, Sie haben gut geschlafen.»

Amber hätte am liebsten vor Erleichterung gejubelt. Sein Gesicht, mit dem er ihr nachgesehen hatte, hatte ihr wehgetan. Sie wusste, dass er sie nicht verstehen konnte. Und dieses Nichtverstehen, diese Hilflosigkeit, die damit verbunden war, schmerzte sie mehr als alles andere.

Nun aber wusste sie, dass er ihr Verhalten akzeptiert hatte und ihr helfen wollte. Dafür war sie ihm dankbar. Lächelnd drehte sie sich um und erwiderte seinen Gruß.

«Die letzte Nacht war die schönste Nacht meines Lebens», sagte sie leise. Sie lächelten sich in stillem Einverständnis an, dann gingen sie gemeinsam in den Frühstückssaal.

Am Nachmittag besuchten sie zusammen Jonahs Schule. Amber hatte eine bunte Decke, die Aluunda gehäkelt hatte, für Jonah mitgebracht. Auch eine Leselampe, von Emilia ein selbst besticktes Deckchen, ein paar Kleidungsstücke von Amber und ein halbes Dutzend Bücher über Heilkunde von Dr. Lorenz fanden in Jonahs Zimmer ein neues Zuhause.

Jonah führte seine Mutter und Ralph stolz durch das Internat. Er zeigte ihnen die Bibliothek, den Speisesaal, den Sportraum und das Gemeinschaftszimmer, in dem er am Abend mit den anderen Schach spielte oder sich eine Sendung im Fernsehen ansah.

Etwas später hatte Amber einen Termin bei der Direktorin der Schule. Ralph aber lernte in der Zeit die beiden besten Freunde von Jonah kennen, die eigens deshalb ins Internat gekommen waren.

«Ich freue mich, Sie endlich einmal kennenzulernen», sagte Frau Dr. Upfield und schüttelte Amber herzlich die Hand.

«Jonah hat viel über seine Mutter erzählt. Er ist stolz darauf, dass Sie der erste weibliche Winemaker im Barossa Valley waren.»

«Sagt er das?», freute sich Amber.

«Aber ja. Er ist stolz auf seine Mutter, die den Mut hatte, neue Wege zu gehen. Und das nicht nur beim Wein.»

Amber sah Frau Dr. Upfield an und hatte plötzlich den Eindruck, dieser Frau vertrauen zu können.

«Leider überschätzt Jonah mich wohl in dieser Hinsicht», erwiderte sie mit einer Offenheit, die sie im Allgemeinen Fremden gegenüber nicht an den Tag legte. «Ich habe immer den Fortschritt gewollt, aber letztendlich habe ich meine Ziele nicht erreicht.»

Frau Dr. Upfield winkte ab. «Auch das Scheitern gehört zum Leben, Mrs. Emslie. Scheitern ist die Voraussetzung für Fortschritt. Nur aus eigenen Fehlern kann man lernen, nicht aus dem, was auf Anhieb gut und richtig gelaufen ist.»

Sie sah Amber mit einem warmen Ausdruck an. «Auch dass sie Ihren Sohn auf unsere Schule geschickt haben, war mutig, Mrs. Emslie. Jonah ist überaus begabt, sehr zielstrebig und dabei stets freundlich und hilfsbereit. Er möchte Arzt werden, und seine Lehrer sind sich einig, dass dieser Beruf ausgezeichnet zu ihm passt. Er bringt alle Voraussetzungen dafür mit.»

«Wenn er das schaffte, dann wäre er der erste schwarze Arzt in Barossa Valley», erwiderte Amber.

«Er schafft es ganz sicher. Darauf kann ich Ihnen mein Wort geben. Und wir Lehrer werden ihm dabei helfen.»

19

AMBER FAND NACH DEM AUSFLUG NUR SCHWER WIEDER IN
den Alltag zurück. Kam ein Brief von Jonah, so saß sie stundenlang damit auf der Veranda, hielt ihn in den Händen und
träumte in den Tag.

Es war ihr noch gelungen, eine Restaurantkette in Sydney
von der Qualität ihrer Weine zu überzeugen. Nun musste sie
nicht mehr reisen; der Wein verkaufte sich gut, und in Sydney
war es den Menschen vollkommen gleichgültig, wer diesen
Wein gemacht hatte.

Das Ansehen des Gutes hatte auch in Barossa Valley wieder
gewonnen. Seit Jonah weg war, schien es für die Einheimischen
keinen Anlass mehr zu geben, über Carolina Cellar zu reden.

Steve hatte seine Besuche im Bordell eingestellt, und die
meisten glaubten, dass sich ihre Ehe seit Jonahs Weggang wieder erholt hatte. Es schmerzte Amber, Jonah als Schuldigen zu
wissen, aber sie hatte inzwischen mehr als einmal erfahren, dass
sie nichts tun konnte, um die Meinung der Leute zu ändern. Sie
aber wusste, dass Steves häufige Anwesenheit im Haus Peena zu
verdanken war. Ralph kam pünktlich einmal in der Woche. Er
gab vor, nach Walter zu sehen, aber Amber wusste, dass er wegen ihr kam. Es tat ihr gut, ihn zu sehen, mit ihm zu sprechen.
Doch Zärtlichkeiten duldete sie nicht. Zu groß war ihre Angst
vor Steve. Amber liebte Ralph aus der Ferne. Das klang nach
wenig, aber es war mehr, als sie in all den Jahren zuvor gehabt
hatte. Allein das Wissen um seine Liebe half ihr, den Alltag auf
Carolina Cellar zu ertragen.

Margaret aber kam nicht mehr so häufig. Auch sie war älter geworden, auch ihre Kräfte hatten nachgelassen. Aber sie ließ es sich nicht nehmen, wenigstens zweimal pro Woche mit Amber zu telefonieren.

Peena pflegte Walter, und Walter gedieh unter ihrer Pflege. Inzwischen gelang es ihm sogar, die Worte so im Munde zu drehen, dass die anderen ihn verstanden. Nein, seine Sprache war nicht klar und deutlich, sondern verwaschen, doch Amber kannte ihren Vater lange genug, um zu wissen, was er sagte.

Mit einem kleinen Seufzer legte sie Jonahs Brief zur Seite und sah in die Krone des große Akazienbaumes, der seinen Schatten auf die Veranda warf. Sie fühlte sich unbeschwert und sorglos. Im Augenblick gab es nichts, was ihr Probleme bereitete.

Es war November geworden, die Tage wurden wieder wärmer, der Frühling hielt Einzug in Australien. Seit gut zwei Wochen konnte man schon für einige Stunden auf der Veranda oder auf dem Balkon sitzen, und Walter Jordan tat seither nichts anderes. Er saß in seinem Rollstuhl, die Beine in eine Decke gewickelt, und beobachtete die Vorgänge auf dem Gut. Die Arbeiter waren gerade damit beschäftigt, einen Tank mit Schädlingsbekämpfungsmittel zu füllen, um damit die Rebstöcke zu spritzen. Walter sah ihnen mit zusammengezogenen Augenbrauen dabei zu. Dann klopfte er auf die Lehne seines Rollstuhles.

«Was ist, Vater?», fragte Amber.

Mühsam machte sich der alte Mann verständlich. «Wie viel Stickstoff im Tank?», nuschelte er.

Amber rief Bob herbei, teilte ihm die Frage Walters mit und überließ die beiden Männer ihrem Gespräch.

Sie setzte sich zurück an den Tisch und nahm sich die andere Post vor. Ein Schreiben vom Ortsverband Hahndorf, der Nachbargemeinde, war dabei.

«Vater», sagte sie, als Bob gegangen war, und rückte ihren Stuhl so, dass sie ihn ansehen konnte. «In Hahndorf findet das jährliche Fest der deutschen Australier statt. Du hast immer daran teilgenommen. Möchtest du auch in diesem Jahr dabei sein? Sollen wir hinfahren?»

Der Vater nickte. Seine Augen bekamen einen wehmütigen Glanz. Amber verstand ihn. Er kannte seine deutsche Heimat von Besuchen und aus den Erzählungen seiner Eltern. Manchmal dachte Amber, dass er sehr gern in Hahndorf, das auch «das deutsche Dorf» genannt wurde, leben würde. Dort war die Heimat noch gegenwärtig. Dort gab es Blasmusik und Frauen, die sich einmal die Woche zur Liedertafel zusammenfanden und mit fester Stimme «Ännchen von Tharau» und «Am Brunnen vor dem Tore» sangen. Regelmäßig wurden Walzerabende abgehalten, bei denen natürlich auch Polka, Rheinländer und Quadrille getanzt wurden. In den Wirtschaften gab es Königsberger Klopse, Buletten mit Kartoffelsalat und freitags natürlich Häckerle oder grüne Heringe. Im Laden von Frau Rischke stand Leinöl neben Zuckerrübensirup und bayerischem Senf. Untereinander sprach man deutsch, eine Sprache, die Walter Jordan recht gut beherrschte und von Amber einigermaßen verstanden wurde. Es gab zwar keine deutsche Schule, doch die Gemeindehelferin sammelte zweimal die Woche die Kinder um sich, um ihnen auf Deutsch die Märchen der Brüder Grimm vorzulesen.

«Ich würde gern nach Hahndorf fahren, Amber», brachte Walter mühsam hervor.

«Gut», sagte Amber. «Dann fahren wir auch.»

Walter Jordan war es wohl ein wenig peinlich, im Rollstuhl in den großen, geschmückten Festsaal des Gasthauses «Zum weißen Hirschen» geschoben zu werden, doch es tat ihm sichtlich gut, seine alten Hahndorfer Freunde wiederzusehen.

Amber war mit Steve und Emilia, die genau wie Steve kein einziges deutsches Wort sprechen konnte, und mit Margaret Lorenz, deren Eltern aus Nordhessen stammten und die die Sprache ihrer Vorfahren perfekt sprach, nach Hahndorf gefahren.

«Als Kind war ich oft bei diesem Fest», erklärte Amber ihrer Tochter, die ein wenig abfällig auf die alten Frauen sah, die in den Trachten ihrer Heimat an Tischen mit selbst gebackenem Kuchen saßen.

«Mir ist jetzt schon langweilig», stöhnte Emilia und verdrehte die Augen. Doch dann entdeckte sie einen Jungen, der in ihre Parallelklasse ging, und schon war sie verschwunden.

Amber lächelte ihr nach. Sie wird groß, dachte sie, als sie sah, wie Emilia sich kokett eine Haarsträhne aus der Stirn strich und an ihrem Kleid nestelte. Sie fängt schon damit an, den Jungs gefallen zu wollen. Emilia besuchte die neunte Klasse, wusste aber schon, dass sie Köchin werden wollte. Amber war klar, dass Emilia mehr durch ihr engelhaftes Aussehen denn durch ihre Intelligenz bestach. Ihre Leistungen in der Schule waren durchweg schwach. Einzig im Musikunterricht tat sie sich hervor. Köchin, dachte Amber, als sie Emilia dabei beobachtete, wie sie zwar dem Jungen nacheilte, doch am Buffet verweilte und die Speisen musterte.

Amber holte für Steve und sich ein Stück von dem herrlich duftenden Käsekuchen und ein weiteres Stück der berühmten Schwarzwälder Kirschtorte.

Sie plauschte auf dem Weg zurück an ihren Tisch gerade mit einer Hahndorferin, die sich nicht unfreundlich nach Jonahs Befinden erkundigte, da ging die Tür auf, und Ralph Lorenz kam herein.

Für einen kurzen Moment trafen sich ihre Blicke, und in Amber wuchs plötzlich die Sehnsucht, aufzustehen, sich in seine Arme zu werfen und mit ihm einfach davonzugehen. Aber sie verdrängte diese kurze Aufwallung ihrer Gefühle, nickte Ralph freundlich zu und wandte sich dann wieder an Steve, der – wie sie wusste – den sturmfreien Nachmittag auf Carolina Cellar lieber mit Peena verbracht hätte, sich aber trotzdem freundlich gab.

Schweigend saß das Ehepaar nebeneinander. Amber wusste schon lange nicht mehr, worüber sie mit Steve reden sollte, doch da Steves Schweigen inzwischen nicht mehr bösartig war, machte es Amber nichts aus, stumm neben ihm zu sitzen, als wären sie zwei Reisende, die sich zufällig in einem Zugabteil getroffen hatten.

«Der Doc ist da», sagte Steve und stieß Amber leicht mit dem Ellenbogen an. «Willst du dich nicht zu ihm setzen?»

Amber schüttelte den Kopf. «Ich bin mit dir hierhergefahren, und mein Platz ist an deiner Seite.»

Steve grinste zufrieden. Amber hatte genau die Worte gefunden, die er hören wollte. Manchmal glaubte sie, dass er etwas über ihre Gefühle für Ralph wusste und sie auf die Probe stellen wollte. Dann aber beruhigte sie sich. Er hat Peena, dachte sie. Noch immer wunderte sie sich über diese Beziehung. Peena war so schwarz wie die Nacht. Konnte es sein, dass Steve sie liebte, oder benutzte er sie so, wie er vordem die Frauen aus dem Bordell benutzt hatte?

Steve sah sie von der Seite an, und Amber befürchtete, sie könnte rot werden.

Den Rest des Nachmittags sprach Amber mit diesem und jenem, nahm hier ein Baby auf den Arm, begrüßte dort alte

Bekannte, suchte nach Emilia und hatte ein Lächeln für jeden, der ihr begegnete. Nur Ralph mied sie.

Der Frauenchor gab einige alte Volksweisen zum Besten, die Männer zeigten einen Schuhplattler, dann sang der Kinderchor der Kirchengemeinde. Das Kuchenbuffet wurde abgeräumt, die ersten Schnäpse ausgeschenkt, dann das Abendbuffet aufgebaut.

Amber und Emilia aßen nur ein wenig vom Heringssalat und den eingelegten Gurken, während Steve sich am Spanferkel und an einer Schweinshaxe mit Sauerkraut gütlich tat.

Ein Mann in einem schwarzen Anzug kletterte auf die Bühne und klappte den Klavierdeckel hoch. Es war Mitternacht, und die Turmuhr der nahen Kirche schlug zwölfmal.

Gerade noch hatten die Frauen hinter der vorgehaltenen Hand gegähnt, gerade noch hatten die Männer sich mit großen karierten Taschentüchern müde den Schweiß von der Stirn gewischt, gerade noch hatten die Kinder zusammengerollt auf den Bänken gelegen und geschlafen und der Wirt hinter der Theke träge die Gläser poliert.

Doch mit einem Schlag war alles anders. Die Frauen reckten sich und richteten ihr Haar. Mehrere verschwanden zugleich in der Toilette und kamen kurz darauf mit frisch gefärbten Lippen zurück. Die Männer leerten ihre Biergläser auf einen Zug und sahen sich prüfend im Saal um. Die Kinder sprangen von den Bänken, schubsten einander und kicherten. Sogar der Wirt ließ seine Gläser sein, band die Schürze ab und zwirbelte seinen Schnurrbart.

Der Bürgermeister von Hahndorf schritt gemessen über die Tanzfläche, pustete zwei-, dreimal laut in das Mikrofon und sagte dann: «Meine sehr verehrten Damen und Herren, ich möchte sie nun zur Quadrille bitten.» Innerhalb weniger Sekunden bildeten sich die Paare. Jeweils vier Paare stellten sich zu einem Quadrat auf, der Bürgermeister zog sich eine Smokingjacke über und verwandelte sich in den Zeremonienmeister.

«Bitte Aufstellung nehmen für ‹Le Pantalon›, die erste Tour!»

«Komm, lass uns die Quadrille tanzen», bat Amber und zog Steve leicht am Ärmel. Sie hatte Quadrille getanzt, seit sie denken konnte. Der Tanz war für Amber mehr als nur ein Tanz. Es war ein Stück Heimat. Ein Stück heile Kinderwelt, Unbeschwertheit. Eine letzte Erinnerung an ihre Mutter Carolina, die eine begeisterte Tänzerin war und Amber den richtigen Hofknicks beigebracht hatte.

Quadrille war ein Stück alte Welt mit festen Rollen. Und sosehr Amber in der Gegenwart auch gegen die angestammten Rollenverhältnisse aufbegehrt hatte, so sehr liebte sie die Quadrille.

«Bitte, Steve, tanz mit mir!»

Steve hielt sich an seinem Bierglas fest und starrte mit trüben, glasigen Augen auf die sonnengelbe Flüssigkeit. Er sah nicht einmal hoch, sondern schüttelte nur stumm den Kopf und versuchte Ambers Arm abzuschütteln.

«Steve, bitte. Tu mir den Gefallen!»

«Ich kann diesen Scheißtanz nicht tanzen. Und ich will es auch nicht. Ich hasse diese ganze dünkelhafte Gesellschaft, die zu glauben scheint, Hahndorf am Rande des Outback wäre ein europäischer Adelshof.»

Er sah hoch und wies mit dem Finger auf die Kramladenbesitzerin Rischke. «Guck dir das alte Reff an! Keine echten Zähne mehr im Mund, aber eine Miene wie die Oberkammerzofe der Queen persönlich.»

«Pst», machte Amber und sah sich peinlich berührt um.

«Erste Tour, Le Pantalon!», rief der Zeremonienmeister.

«Es fehlt noch ein Paar. Ich bitte darum, die Plätze einzunehmen. Ein Herr und eine Dame fehlen noch im dritten Quadrat. Na? Seid ihr etwa schon alle müde?»

Amber sah sich nach einem Partner um, der vielleicht mit ihr die Quadrille tanzen könnte, doch die Männer, die noch an den Tischen saßen, sahen nicht aus, als könnten sie noch aufrecht gehen.

Der Pianist schlug die ersten Takte an, die Paare begrüßten einander mit einem Kopfnicken und Knicks, und Amber hatte sich gerade damit abgefunden, dass die Quadrille ohne sie stattfinden würde, da tippte ihr jemand auf die Schulter.

Sie fuhr herum.

«Darf ich um diesen Tanz bitten?», fragte Ralph Lorenz und bot ihr seinen Arm.

Einen Augenblick nur zögerte Amber. Dann stand sie auf und schritt lächelnd auf die Tanzfläche.

Sie schwebte über das Parkett, tanzte die Damenmühle, wirbelte anmutig durch ihr Quadrat, fand sich immer wieder bei Ralph ein. Amber tanzte wie ein Glühwürmchen in einer heißen Sommernacht. Aus purer Freude am Leben. Ihr Rock wirbelten hoch, die schlanken Beine bewegten sich mit schneller Anmut, ja, selbst der Hofknicks war nicht höfisch-steif, sondern verspielt und charmant. Amber strahlte, schritt am Arm Ralphs, pustete sich eine Haarsträhne aus der erhitzten Stirn, lachte mit offenem Mund und weit nach hinten geworfenem Kopf über eine Bemerkung Ralphs. Sie sah die bewundernden Blicke der Männer nicht, auch nicht die giftigen Blicke der Frauen. Sie sah nur die Figuren der Quadrille und ihren Partner.

Sie war erhitzt, als der Tanz zu Ende war. Ihre Augen strahlten. Sie ließ sich von Ralph an ihren Platz zurückgeleiten und trank hastig ein Glas Wasser.

«Wir gehen», sagte Steve, stand wortlos auf und ging, ohne

auf Amber zu warten oder sich von jemandem zu verabschieden, zur Tür.

Amber bekam leise Furcht. So hatte sie Steve lange nicht mehr erlebt. Was hat ihn diesmal in Ärger versetzt?, fragte sie sich, dann suchte sie nach Emilia und schob gemeinsam mit ihr den Rollstuhl mit Walter zum Parkplatz. Während des Rückwegs herrschte eisiges Schweigen im Auto. Auch Amber war ernüchtert. Sie hatte die Quadrille so genossen, aber war dieser kurze Genuss, dieses Schweben an Ralphs Arm das wert gewesen, was sie nun von Steve zu erwarten hatte?

Wortlos kamen sie auf dem Gut an, wortlos verschwand Steve und ließ Amber und Emilia mit Walter allein. Peena hatte auf ihre Rückkehr gewartet. Sie kümmerte sich um den alten Mann, brachte ihn ins Bett, während Amber dafür sorgte, dass Emilia endlich ihren Schlaf bekam.

Danach setzte sie sich noch ein Weilchen auf die Veranda. Es war kühl, doch Amber hatte sich eine warme Strickjacke übergezogen. Sie konnte noch nicht einschlafen. Zu viele Eindrücke wirbelten durch ihren Kopf. Sie saß, hatte den Kopf in den Nacken gelegt und betrachtete die Sterne.

Seit langer Zeit dachte sie wieder einmal an Jonah, ihren toten Liebsten. Bist du da oben?, fragte sie in Gedanken. Kannst du mich hören und sehen?

Sie wusste nicht, dass sie laut gesprochen hatte, und als plötzlich die Antwort «Mach dir keine Hoffnung. Hier sieht und hört dich niemand» erklang, schrak sie zusammen. Steve stand hinter ihr. Amber sah ihm an, dass er betrunken war. Seine Augen waren rot unterlaufen, die Lippen hatte er fest zusammengepresst. Sie sah, dass er wütend war.

«Kannst du nicht schlafen?», fragte sie.

Er antwortete nicht, sondern stützte sich schwer auf den Tisch und fixierte Amber mit zusammengekniffenen Augen.

Amber hielt seinem Blick stand. Sie schwieg jetzt. Er war gekommen, er würde schon sagen müssen, was er von ihr wollte.

Sie bemühte sich, so ruhig es ging, zu atmen und dem sauren Biergeruch, den Steves Atem verströmte, zu entgehen.

«Dein Vater hat wieder Freude am Leben, nicht wahr?», fragte er lauernd.

Amber nickte. «Ja, ich freue mich sehr darüber. Peena leistet gute Arbeit.»

«Ich werde sie wegschicken müssen», erwiderte Steve.

Bist du ihrer überdrüssig?, hätte Amber am liebsten gefragt, doch sie ließ es.

«Warum?»

«Wir werden sie nicht mehr brauchen.»

Steves Gesicht, fand Amber, sah hässlich aus. Nein, nicht hässlich, sondern bösartig.

«Was meinst du?», fragte sie und bemühte sich um einen bewusst freundlichen Ton. «Warum glaubst du, dass wir Peena nicht mehr brauchen werden?»

«Weil dein Vater in der Hölle wohl niemanden mehr braucht, der ihn pflegt.» Steve grinste, als er Ambers Schrecken sah.

Amber richtete sich kerzengerade auf. Das Herz schlug in einem schnellen Rhythmus, doch sie achtete darauf, dass Steve nichts von ihrer Bestürzung merkte.

«Mein Vater lebt und erfreut sich einer recht stabilen Gesundheit. Es gibt nichts, aber auch gar nichts, was darauf hindeutet, dass er bald sterben könnte», sagte sie, so ruhig sie konnte.

«Habe ich vom Sterben gesprochen? Oh, nein, Täubchen, du irrst dich. Mit der Hölle meinte ich das Gefängnis.»

«Was soll das, Steve? Ich habe alles getan, was du verlangt

hast. Ich habe dich geheiratet, ich habe dir ein Kind geboren, ich habe sogar meinen Sohn nach Sydney geschickt. Was soll ich denn noch tun?»

«Du machst anderen Männern schöne Augen und zeigst der ganzen Welt, wie du mir Hörner aufsetzt.» Steve spuckte die Worte in Ambers Richtung.

Amber schüttelte den Kopf. «Das stimmt nicht. Ich mache niemandem schöne Augen. Und ich habe mir – im Gegensatz zu dir – in puncto Treue nichts vorzuwerfen.»

«Und was ist mit dem verfluchten Doc? Hast du nicht mit ihm getanzt? Hast du nicht mit ihm gelacht und dich an seiner Seite gespreizt, während ich wie ein Trottel am Tisch saß?»

Er richtete sich auf und funkelte sie an. «Jeder konnte sehen, wie deine Augen gestrahlt haben, wie du deine Brüste gereckt hast, wie du mit ihm geflirtet hast.»

Amber verspürte weder Schuld noch Reue. Plötzlich war ihr alles gleichgültig. Sie war dem Leben, das sie hier auf dem Gut führte, sie war ihrer Ehe, ihrem kranken Vater, allem, allem so überdrüssig, dass sie kaum Worte dafür fand.

«Und?», fragte sie müde und gleichgültig. «Was willst du jetzt tun? Was verlangst du von mir?»

«Das kann ich dir sagen. Ab sofort hat dieser Arzt Hausverbot auf Carolina Cellar. Er und seine verfluchte Mutter ebenfalls. Du wirst dich auch nicht anderswo mit ihm und Margaret treffen. Wenn jemand krank wird, holen wir den alten Dr. Smith aus Hahndorf. Ist das klar?»

Amber nickte. «Ja, es ist klar. Und wenn ich nicht gehorche, dann zeigst du meinen Vater wegen Mordes an.»

Steve tätschelte ihr hämisch die Wange. «Gut! Du hast mich endlich einmal verstanden. Jetzt müssen wir nur noch dafür sorgen, dass du auch entsprechend handelst.»

Mit diesen Worten wandte er sich ab und ging ins Haus.

Kurz darauf sah Amber, wie das Licht in Peenas Zimmer ausging.

Warum?, dachte sie, als sie allein auf der Veranda saß. Warum? Lieber Gott, was habe ich getan, dass du mich so strafst?

Zwei Tage später kam Ralph zu Besuch. Er hatte eine Haarspange für Amber mitgebracht und reichte sie ihr mit einem freudigen Gesicht. «Für dich. Als Dankeschön für den wunderschönen Tanz mit dir.»

Amber fühlte, wie sie errötete. Sie nahm die Spange, die von einem Silberschmied gefertigt und mit Steinen in den schönsten Farben besetzt war. Am liebsten wäre sie Ralph um den Hals gefallen. Sie sah sich nach allen Seiten um, da entdeckte sie Steve, der mit dem Rücken an der Wand der Maschinenhalle lehnte und sie beobachtete.

Amber schüttelte den Kopf und gab Ralph die Spange zurück. Laut sagte sie: «Vielen Dank. Das ist sehr freundlich, aber es gehört sich wohl nicht für eine verheiratete Frau, von einem anderen Mann Geschenke anzunehmen.»

Ralph sah sie an, als hätte sie den Verstand verloren. «Aber, Amber», sagte er verwundert. «Es ist die Spange, die du dir schon so lange gewünscht hast.»

Amber versuchte, Ralph mit den Augen ein Zeichen zu machen, doch er sah es nicht. Steve stieß sich von der Mauer ab und kam langsam zur Veranda geschlendert. Er hatte ölverschmierte Hände, die er an einem alten Tuch abwischte.

«Alles klar?», rief er schon von Weitem, und es klang nicht besonders freundlich.

Ralph winkte ihm zu: «Ich wollte mich für den Tanz am Samstag in Hahndorf bei Ihrer Frau bedanken, Steve.»

Steve war inzwischen herangekommen. Er legte einen Arm

demonstrativ um Ambers Schulter und sagte: «Das haben Sie ja nun getan, nicht wahr? Hat Ihr Besuch sonst noch Gründe?»

Ralph stand da wie ein gescholtener Schuljunge. Wut flammte in Amber auf. Nein, alles durfte Steve sich nicht leisten.

«Ich habe Dr. Lorenz gerade ein Glas Minzlimonade angeboten. Er wird durstig sein. Es ist heiß heute.»

Steve funkelte Amber wütend an, doch er konnte nichts dagegen sagen. Es war ein Gebot der Gastfreundschaft, jedem, der kam, etwas zu trinken anzubieten.

Steve knurrte noch einmal, dann ließ er sich in den Verandasessel sinken und verkündete: «Ich glaube, ich habe mir ebenfalls eine Pause verdient. Es wäre nett von dir, Täubchen, wenn du mir auch ein Glas bringen würdest.»

Ralph sah zwischen Amber und Steve hin und her, dann nahm er seine Tasche. «Vielen Dank. Ich bin nicht durstig. Es ist wohl besser, wenn ich mich gleich auf den Heimweg mache.»

Er nickte Steve zu, dann ging er mit steifen Beinen die wenigen Stufen von der Veranda herunter und fuhr kurze Zeit darauf mit seinem Lieferwagen davon.

Die Spange steckte in der Tasche seines Jacketts.

Das Klingeln des Telefons riss Amber aus dem Schlaf. Sie nahm den Hörer ab.

«Amber, bist du es?», fragte Ralph am anderen Ende der Leitung.

«Ja, natürlich. Das Telefon steht neben meinem Bett. Was ist? Warum rufst du an? Es ist ... warte ...», sie angelte nach dem Wecker. «Es ist zwanzig Minuten vor vier.»

«Ich weiß, wie spät es ist. Aber ich musste dich unbedingt sprechen. Was war los heute? Warum war dein Mann so merkwürdig? Warum wolltest du meine Spange nicht annehmen?»

Amber überlegte fieberhaft. Sie liebte Ralph. Sie wollte ihm nicht wehtun. Niemals wollte sie das. Aber sie konnte ihm nicht sagen, dass Steve sie erpresste. Nein, niemand durfte davon erfahren. Das war eine Sache zwischen Walter, Steve und ihr. Mord verjährte nicht. Und gerade in dieser Zeit, in der die Aborigines an Einfluss gewannen, würden sie einen Mord an einem der ihren ganz bestimmt verfolgen und dafür sorgen, dass der Täter mit aller Härte bestraft wurde. Ein Mord an einem Schwarzen galt heute als verbrecherischer als ein Mord an einem Weißen. Neben den vier Tatmotiven Habsucht, Gier, Eifersucht und Neid kam bei einem Aborigine-Mord noch der Rassismus hinzu. Es war gleichgültig, dass inzwischen siebzehn Jahre seit jener Nacht vergangen waren, und es war ebenfalls gleichgültig, dass Walter Jordan ein fünfundsiebzigjähriger Mann im Rollstuhl war.

Die Regierung Australiens hatte die Aborigines so lange unterdrückt und in ihren Rechten beschnitten, dass sie nun zu glauben schien, durch besondere Härte des Gesetzes einen Teil der Schuld abtragen zu können.

Aber warum musste sie diese Rechnung bezahlen?, fragte sich Amber nicht zum ersten Mal in dieser Nacht. Und wieder kam ihr ein Gedanke, für den sie sich zutiefst schämte: Warum starb Walter Jordan nicht endlich? Warum ließ er nicht sein Leben, damit sie endlich mit ihrem Leben beginnen konnte? Es gab keine Antwort auf diese Frage. Das wusste Amber, aber je länger sie dieses Leben mit Steve führte, desto dringender wünschte sie sich den Tod ihres Vaters. Sie hatte noch nie mit jemandem darüber gesprochen. Mit wem auch? Doch sie glaubte ganz fest, dass sie die Schuld, die jedes Kind seinen Eltern gegenüber hat, schon längst abgetragen hatte. Ihr Vater hatte sie großgezogen, aber seit mehr als siebzehn Jahren lebte sie ein Leben, das er zu verantworten hatte. Wann endlich erlöste er sie davon? Wäre sie statt seiner damals ins Gefängnis gegangen, dann wäre sie bei guter Führung wahrscheinlich schon entlassen worden, hätte ihre Strafe verbüßt. Wie lange sollte das noch so weitergehen?

Sie wollte nicht mehr, und sie konnte nicht mehr. Sie hatte keine Kraft mehr. Aber sie musste durchhalten, so schwer es auch war.

Was sollte sie Ralph sagen? Was nur, damit er von ihr abließ?

«Ich habe mich mit Steve versöhnt», hörte sie ihre eigene Stimme plötzlich. «Wir haben beschlossen, unsere Ehe noch einmal von vorn zu beginnen. Emilias wegen.»

«Das glaube ich nicht», widersprach Ralph. «Wir lieben uns, Amber.»

«Nein», antwortete Amber und wischte sich die Tränen aus den Augen. «Ich habe mich getäuscht, Ralph. Unsere Nacht in Sydney war ein Versehen, ein Akt, um der Einsamkeit zu entkommen. Oder Dankbarkeit, weil du zu Jonah so nett warst. Ich weiß es nicht. Ich weiß nur, dass ich verheiratet bin und alles dafür tun muss, diese Ehe zu retten.»

Sie hörte noch, dass Ralph etwas sagte, aber sie hatte den Hörer schon aufgelegt.

Amber kuschelte sich tief in ihr Kissen, umschlang die Knie mit ihren Armen und wünschte sich, sie wäre tot.

Die ganze Nacht dachte sie über ihre Lage nach, und je näher der Morgen kam, desto aussichtsloser erschien sie ihr. Als es Zeit war, aufzustehen, fühlte sich Amber so zerschlagen, dass sie es kaum schaffte, sich zu waschen und anzuziehen. Sie ging in die Küche, half Aluunda, das Frühstück vorzubereiten. Dann, als Emilia zur Schule und Steve in die Weinberge aufgebrochen waren, saß sie mit ihrem Vater allein im Wohnzimmer.

Es war ihre Stunde. Die einzige Stunde des Tages, in der sie ein wenig Zeit für sich hatte. Sie las die Zeitung, danach unterhielt sie sich mit ihrem Vater. Heute aber konnte sie nicht mit ihm reden. Sie wusste, dass sie ungerecht war, aber sie war so ärgerlich auf ihn und auf das Schicksal, dass sie befürchtete, patzig zu sein. Nein, sie wollte ihren Vater nicht kränken. Sie verbarg ihr Gesicht hinter der Tanunda News und las, aber nicht eines der Worte drang bis in ihr Gedächtnis.

Sie hörte Peena kommen und den Rollstuhl zur Tür rollen; sie hörte, wie ihr Vater wünschte, auf sein Zimmer gebracht und in Ruhe gelassen zu werden, doch sie reagierte nicht darauf. Sie hatte einfach keine Kraft mehr. Sein Verhalten war ungewöhnlich. Noch nie hatte er darum gebeten, nach dem Frühstück auf sein Zimmer gebracht zu werden, aber Amber konnte sich nicht einmal aufraffen, ihn nach dem Grund zu fragen. Sie hielt sich an ihrer Zeitung fest, als böte sie Schutz vor dem Leben.

Eine ganze Weile saß sie still, bewegte sich auch nicht, als Aluunda das Geschirr abräumte. Sie starrte auf die Buchstaben, ohne sie lesen zu können.

Amber dachte nichts. Ihr Kopf war vollkommen leer. Alles in ihr war leer. Sie war wie eine Maschine, die seit Jahren auf Knopfdruck reibungslos gearbeitet hatte, doch seit dem Gespräch mit Ralph in der Nacht war etwas kaputtgegangen. Amber funktionierte nicht mehr. Sie saß einfach nur da, atmete ein und atmete aus. Mehr nicht.

Sie wusste nicht, wie lange sie so dagesessen hatte. Von draußen hörte sie die Stimmen von Aluunda und Peena, die Wäsche aufhängten. Auch Saleem schien in der Nähe zu sein, Amber konnte sein tiefes, dunkles Lachen hören.

Im Haus war es ganz still. Nur die alte Pendeluhr gab bei jedem Schlag ein leises Klicken von sich. Plötzlich hörte Amber ein lautes Geräusch. Als wäre jemand aus dem Bett gefallen oder die Treppe heruntergestürzt. Sie sah zur Wand und seufzte tief. Das Zimmer neben dem kleinen Speisezimmer gehörte Walter. Er musste das Geräusch verursacht haben.

Amber blieb sitzen. Sie war so leer, dass sie sich mit aller Anstrengung ins Gedächtnis rufen musste, wie man in einem solchen Fall reagiert.

Du musst aufstehen, sagte ihr Hirn. Du musst nachsehen, was geschehen ist.

Amber legte die Zeitung auf den Tisch und stützte die Hände auf die Armlehnen, doch sie schaffte es nicht, sich zu erheben. Noch immer dachte sie nichts. Ihr Kopf gab ihr Befehle, die ihr Körper nicht ausführen konnte. Ich sollte nach Peena rufen, dachte sie, doch ihr Mund blieb verschlossen.

Ich sollte nach ihm sehen, dachte sie, doch ihre Füße bewegten sich nicht von der Stelle.

Er würde rufen, wenn er Hilfe braucht, versuchte sie sich zu beruhigen, doch die Stille war beunruhigend. Mit aller Kraft stemmte sich Amber aus dem Sessel. Langsam verließ sie den Frühstücksraum und schleppte sich den Gang entlang. Sie klopfte an die Tür ihres Vaters, doch er antwortete nicht.

Es kostete sie viel Überwindung, die Tür zu öffnen. Angst schnürte ihr die Kehle zu. Angst, das zu sehen, was sie sich am meisten wünschte. Und Angst, es nicht zu sehen.

Ganz langsam drückte sie Klinke herunter, doch dann stieß sie die Tür heftig auf.

Als sie ihren Vater sah, schrie sie auf. Plötzlich funktionierte sie wieder. Sie stürzte neben das Bett, barg den Kopf ihres Vaters in ihrem Schoß. Dann erst sah sie das Blut. Es rann aus den Handgelenken ihres Vaters. Ein stiller, warmer Strom, der auf ihr Kleid tropfte.

«Was hast du getan?», flüsterte sie. «Vater, was hast du getan?»

«Ich kann nicht länger ertragen, dass du wegen mir leidest. Ich habe so oft schon nach dem Tod gerufen, doch er erhört mich nicht. Ich wollte meinem Leben ein Ende machen, damit du frei bist.»

«Nein, Vater, sprich nicht so! Ich brauche dich doch. Du darfst nicht sterben.» Amber beschwor ihren Vater. Ihr Gesicht war kalkweiß, sie spürte das Zittern ihres Körpers. Es war so heftig wie ein Schüttelfrost.

Sie schob ihrem Vater vorsichtig ein Kissen unter den Kopf.

«Ich rufe den Doktor», sagte sie. «Ich rufe Aluunda, Peena, Steve. Sie müssen alle kommen. Sie müssen etwas tun. Du darfst nicht sterben, Papa.»

Sie kam nicht auf den Gedanken, Stoff in Streifen zu reißen und sie um seine Handgelenke zu binden. Sie kam nicht auf den Gedanken, das Telefon auf seinem Nachttisch zu benutzen. Sie kam auch nicht auf den Gedanken, das Fenster zu öffnen und nach den anderen zu rufen. Kopflos lief sie im Zimmer herum, wie gelähmt durch die Schuld, die sie zu haben glaubte. «Du darfst nicht sterben. Du darfst nicht sterben. Du darfst nicht sterben.»

«Ich bin müde, Kind», flüsterte ihr Vater kraftlos. «Lass mich gehen, lass mich zu deiner Mutter. Es ist für uns alle das Beste.»

Plötzlich verlor Amber die Nerven. Sie schlug sich die Hände vor die Ohren, um nichts zu hören, doch gleichzeitig schrie sie, so laut sie nur konnte. Amber schrie, schrie, schrie. Sie konnte nicht aufhören. Sie schrie, als wäre es das Einzige, was sie noch tun konnte.

Dann hörte sie Schritte, die den Gang entlangrannten, sie hörte Aluunda und Peena zur Tür hereinkommen. Sie sah, wie Peena zu Walter stürzte, das Bettlaken in Stücke riss und dem

Mann die Gelenke verband. Sie sah Aluunda, die zum Telefon ging, doch sie sah das alles wie einen Film, der mit ihr nichts zu tun hatte. Sie schrie und schrie. Sie schrie, bis Saleem kam und ihr so kräftig ins Gesicht schlug, dass sie nach Luft schnappen musste. Dann spürte sie nichts mehr.

Als sie wieder zu sich kam, lag sie in ihrem Bett und fühlte sich benommen. Trotzdem wusste sie genau, was geschehen war.

«Wie geht es meinem Vater?», fragte sie Margaret, die neben ihr saß und ihr einen kühlen Essiglappen auf die Stirn legte.

«Es geht ihm gut. Er wird durchkommen. Ralph sagt, er kann übermorgen aus dem Krankenhaus entlassen werden. Ach, was rede ich da. Es geht ihm nicht gut. Er wollte sterben, und er wurde daran gehindert. Wie soll es ihm da gehen?»

Margaret seufzte. «Sei ihm nicht böse, Kind», sagte sie und ließ offen, was sie damit meinte. «Er hat immer nur das Beste für dich und die Kinder gewollt.»

VIERTER TEIL

20

IN DEN FÜNF JAHREN, DIE SEIT DEM SELBSTMORDVERSUCH von Walter Jordan vergangen waren, hatte Steve alle Zügel fahren lassen. Beinahe jeden Monat fuhr er nach Adelaide, um sich dort im Spielcasino zu amüsieren. Peena betreute mit stets gleich bleibender Freundlichkeit Walter, doch Amber sah ihr an, dass ihr inzwischen klar geworden war, dass ein Mann wie Steve nicht auf Dauer zum zärtlichen Liebhaber geeignet war. Im Supermarkt in Tanunda tuschelte man seit einiger Zeit darüber, dass er wieder ins Bordell ging. In einem Pub, der in einer Seitenstraße lag, hatte er sogar Hausverbot, weil er einen Schwarzen, der nur gekommen war, um die fehlgeleitete Post abzugeben, zur Tür hinausgeprügelt hatte. Um Emilia kümmerte er sich zwar noch, aber nicht so, dass es Amber gefiel. Emilia war neunzehn, und Amber sah nicht ein, dass ein Mädchen in diesem Alter im Minirock und mit großen bunten Ohrringen zur Hauswirtschaftsschule gehen sollte. Doch immer wieder brachte Steve seiner Tochter gerade solche Sachen mit, die für Amber nichts als billiger Schund waren. Emilia aber war so eigensinnig wie ihr Vater. Sie tat, was sie für richtig hielt – und sie machte ihre Sache gut. Beinahe jeden Tag stand sie mit Aluunda in der Küche und kochte die seltsamsten Gerichte. Sie wollte Köchin werden, und Amber wusste, dass niemand sie daran hindern konnte.

Steve hatte die Verwaltung des Gutes wieder vollständig in seine Hände genommen und gestattete Amber nur Einblick in die Bücher, wenn er dabei war. Amber ahnte, dass er vorhatte, seine Schäfchen ins Trockene zu bringen, bevor ihr Vater starb und sie ihn endlich loswerden konnte. Jeden Tag rechneten sie mittlerweile mit Walters Tod.

Amber ließ es geschehen. Sie ließ beinahe alles geschehen. Nur um den Wein kümmerte sie sich noch. Bob, ihr Assistent, hatte eine neue Kreuzung zustande gebracht. Er hatte sich einige Rebpflanzen aus Deutschland schicken lassen und versuchte nun, eine Muskateller-Traube mit einem robusten Silvaner zu kreuzen. Der Rotwein verkaufte sich noch immer sehr gut, doch auch Wein unterlag der Mode, und die hatte verkündet, dass nun Weißwein im Trend lag.

Amber war mit den Verkäufen sehr zufrieden, doch die neuen Pflanzen reagierten anfällig auf Schädlinge. Ein Drittel der Weinberge war bereits befallen, und sie fürchtete um die Ernte.

Barossa Valley hatte sich nur wenig verändert, seit Amber vor mehr als zwanzig Jahren das Agrarcollege abgeschlossen hatte. Sie war zwar nicht mehr der einzige weibliche Winemaker in der Gegend, doch im Grunde hielt jeder hier am Althergebrachten fest. Auch die vielen Touristen, die wie Heuschreckenschwärme einfielen, hatten daran wenig geändert. Es gab jetzt eine Nachtbar in Tanunda und eine Diskothek, doch das war neben dem Souvenirladen, in dem Aborigine-Kunst verkauft wurde, auch schon alles. Lambert, dem noch immer das größte Gut in der Gegend gehörte, hatte einen ungenutzten Keller ausbauen lassen und bot Weinproben an.

Emilia half manchmal bei ihm aus, um sich ein Taschengeld zu verdienen. Mit ihren goldenen Haaren, den wasserblauen Augen und der schlanken Figur zog sie die Kunden an. Ihr Charme tat ein Übriges, um Lambert die Taschen zu füllen. Seit einem Jahr schon lag sie Amber in den Ohren, sie möge auf Carolina Cellar ebenfalls eine Weinstube einrichten.

«Wer soll sich darum kümmern?», fragte Amber. «Ich habe dafür keine Zeit. Die Leute wollen nicht nur etwas trinken, sie wollen auch essen. Wer soll kochen? Aluunda bestimmt nicht. Sie schafft kaum noch die eigentliche Arbeit.»

«Ich werde kochen», verkündete Emilia. «In der Hauswirtschaftsschule bin ich nur bis mittags. Anschließend kann ich kochen. Als Bedienung nehmen wir eine Aborigine aus der Missionarsschule, weil sie lesen und schreiben können muss. Die Touristen wollen Lokalkolorit. Sie wollen wenigstens mal eine Eingeborene sehen und mit ihr reden. Sie halten das für Kultur.»

Amber musste lachen. Emilia hatte die Schule wahrhaftig nicht mit einem guten Zeugnis abgeschlossen, doch sie verfügte, genau wie ihr Vater, über eine angeborene Bauernschläue. In Geschäftsdingen war sie sehr tüchtig. Und ihre zahlreichen Einfälle waren auf dem Gut gefürchtet.

«Und an den Wochenenden? Wer soll da in deiner Weinstube arbeiten? Es werden womöglich Ausflügler aus Adelaide kommen.»

Auch das war für Emilia kein ernsthaftes Problem. «Jonah wird mir helfen. Und am Abend, wenn Großvater im Bett ist, kann Peena die Gäste bedienen. Wir müssen eine Weinstube aufmachen, Mutter, wenn wir konkurrenzfähig bleiben wollen.»

«Wie ich dich kenne, hast du bereits mit Jonah darüber gesprochen», stellte Amber fest und wusste nicht, ob sie stolz oder verärgert über ihre umtriebige Tochter sein sollte.

Emilia nickte. «Seit er in Adelaide Medizin studiert, ist er ohnehin jedes Wochenende hier. Weiß der Himmel, warum er sich ausgerechnet mit der Teebaumpflanze beschäftigt. Inzwischen haben wir einen ganzen Teebaumhain am Rande der Weinberge. Und in der Vorratskammer stapeln sich die Fläschchen mit dem Öl, das er aus den Blättern presst.»

Sie verdrehte die Augen und machte eine Miene, als fordere ein Kind sie auf, von dem Kuchen, den es aus Sand geformt hatte, zu essen. Dann sprach sie weiter: «Er hat zugestimmt, mir zu helfen, allerdings unter der Bedingung, dass wir sein blödes Öl auch verkaufen.»

Amber lachte. Ihre Kinder waren so unterschiedlich, wie sie nur sein konnten. Bis auf ihre Vorliebe für Aluundas Bushfood und ihre Liebe zu Carolina Cellar, ihrer Mutter und ihrem Großvater gab es keine Gemeinsamkeiten zwischen ihnen. Sie waren wie Feuer und Wasser oder, wie Steve es nannte, wie Engel und Teufel. Jonah war inzwischen im dritten Jahr Student an der medizinischen Fakultät der Universität von Adelaide. Die Woche über lebte er in Adelaide, doch jeden Freitagnachmittag kam er in seinem kleinen Ford auf das Gut zurück, um sich um seine Teebaumpflanzen zu kümmern. Er hatte sich in den letzten Jahren sehr viel mit der Heilkunst der Aborigines beschäftigt. Ralph Lorenz hatte ihm dabei geholfen, doch davon wusste Amber nichts. Sie sah ihn nur an den Wochenenden oft zusammen mit Saleem verschwinden. Anschließend blockierten die beiden Aluundas Küche. War Jonah in Adelaide, kümmerte sich Saleem um die Teebaumpflanzen. Er band die zarten Stecklinge an Stangen, goss sie, prüfte die Blätter, roch an den Blüten. Beinahe hundert Stecklinge gab es jetzt auf dem Gut. Jonah hatte von Walter und ihr die Erlaubnis eingeholt, seine kleine Plantage auf dem Platz anzulegen, auf dem früher der Damala-Clan gewohnt hatte. Und natürlich hatten Walter und Amber es ihm gestattet. Mehr noch, Walter hatte den Notar rufen lassen und Jonah ganz offiziell hundert Hektar seines Landes überschrieben, damit Steve nicht auf die Idee kommen konnte, seinen Stiefsohn von der Plantage zu vertreiben. Außerdem hatte er für seinen Enkel das ehemalige Jagdpächterhaus renovieren und einrichten lassen. Jonah brauchte Ruhe für seine Studien, er hatte genug gelitten auf Carolina Cellar. In seinem alten Zimmer im Gutshaus würde er nicht glücklich werden. Sein Wunsch war es gewesen, in die Jagdhütte zu ziehen. «Wir alle würden uns wohler fühlen, wenn Steve und ich uns nicht zu häufig über den Weg liefen», hatte er gesagt. Für seine Schwester allerdings hatte er ebenfalls ein Bett in die Hütte bringen lassen. Die beiden hingen noch immer wie Pech und Schwefel aneinander, und es war die selbstverständlichste Sache der Welt, dass sie gemeinsam in der Hütte schliefen, wann immer es sich einrichten ließ.

Emilia, die als Einzige um ihre Meinung gefragt wurde, war natürlich einverstanden. Ansonsten, das wusste sie, würde das Gut nach Großvaters Tod zuerst Amber und dann zu gleichen Teilen Jonah und ihr gehören. So hatte es Walter Jordan in seinem Testament festgelegt, und so sollte es auch geschehen.

Jetzt aber hatte sie andere Sorgen.

«Was ist, Mum? Bist du einverstanden, dass ich eine kleine Weinstube eröffne, wenn ich dir verspreche, dass du überhaupt keine Arbeit damit hast?»

Amber gab sich geschlagen. «Was für Gerichte willst du dort anbieten?», fragte sie.

Auch darüber hatte Emilia bereits nachgedacht. «Emufleisch und Kängurusteaks können die Leute bei Lambert essen, aber Gerichte der Aborigines soll es nur bei uns geben. Aluunda ist nicht umsonst eine Meisterin des Bushfood und meine jahrelange Lehrmeisterin.»

Amber war unschlüssig. «Meinst du, die Leute mögen das?»

«Aber ja. Sie kommen hierher, um etwas anderes zu erleben als in ihrer Heimat. Wo in Adelaide gibt es Bushfood? Wo in Europa? Wo in Amerika? Wir sind kein übliches Weingut, Mama, wir sind ein Event-Cellar.»

Amber runzelte die Augenbrauen, als sie diesen Begriff hörte, doch sie dachte daran, gegen welche Widerstände sie hatte kämpfen müssen, als sie vom College gekommen war. Warum sollten Emilia und Jonah sich nicht ausprobieren können.

«Also gut», sagte sie. «Wir werden den alten Pferdestall neben dem Weinkeller herrichten lassen. Unter den Akazien, die davor stehen, können wir Tische stellen, dort ist es den ganzen Tag schattig.»

Emilia war begeistert. Sie fiel ihrer Mutter um den Hals, dann rannte sie zu ihrem Großvater, um ihn an ihrem Glück teilhaben zu lassen.

Amber hasste es, Kredite aufzunehmen, doch der Ausbau des Pferdestalls würde ihre finanziellen Möglichkeiten einschränken. Dem Gut ging es nicht schlecht, doch die bevorstehende schlechte Ernte zeigte ihr, dass es besser war, sein Vermögen beieinanderzuhalten. Schon jetzt hatte sie auf der Bank Gerüchte gehört, dass einige kleinere Weingüter in der Umgebung schließen würden, wenn sich die Lese tatsächlich als so verheerend wie angenommen herausstellen sollte. So schwer es ihr auch fiel, sie musste für Emilias Projekt einen Kredit aufnehmen.

Sechs Wochen später war alles so, wie Emilia sich das gewünscht hatte. Die Arbeiter hatten den alten Stall ausgeräumt, die Wände geweißt und die Balken dunkelbraun gestrichen. Die Pferdetränken waren erhalten geblieben und dienten als Dekoration. Leere Fässer wurden zu Tischen, Bänke mit Kissen belegt und die Wände mit Bumerangs und Geschichten aus der Traumzeit geschmückt. Von den Balken hingen Säckchen mit stark duftenden Gewürzen aus dem Outback. Es war urgemütlich. Zur Küche waren es nur wenige Schritte, und auch der Weinkeller lag in allernächster Nähe. Der ganze Stall verströmte eine Atmosphäre von Tradition und australischer Kultur.

«Du wirst sehen, Mum, bald werden wir mehr Gäste bei uns haben als Lambert», versicherte Emilia und deutete voller Stolz auf das Schild, das sie über dem Eingang angebracht hatte und auf dem stand: Willkommen in der Outback-Station.

Amber hätte sich gern so aufrichtig und überschäumend gefreut wie Emilia, doch sie hatte Sorgen. Mehr als die Hälfte der Weinstöcke war inzwischen von Schädlingen befallen, gegen die kein Kraut zu wachsen schien. Alle Mittel, die Amber bisher getestet hatte, hatten versagt. Die meisten der neuen Weinstöcke hatten bereits alle Blätter verloren. Die wenigen Blätter aber, die noch nicht braun und kraftlos am Boden lagen, zeigten regelrechte Geschwüre an ihren Blattunterseiten. Und das hieß nur eines: Nicht nur diese Stöcke waren befallen, sondern alle anderen ringsum auch.

Doch auch ohne diese Plage würde die Ernte nicht besonders gut ausfallen. Der Sommer war heiß gewesen, aber so trocken, dass selbst die Bewässerung nicht ausgereicht hatte, die Pflanzen mit ausreichend Flüssigkeit zu versorgen.

Die Trauben hingen winzig klein und schrumpelig an den Stöcken. Mit einem Ertrag von etwa einem Liter Wein pro Weinstock brauchte Amber in diesem Jahr gar nicht erst zu rechnen.

Emilia wusste, was ihre Mutter beschäftigte. Sie legte ihr einen Arm um die Schulter: «Mach dir keine Sorgen, Mum, im Keller lagern noch genügend von den alten Beständen. Bob und du, ihr habt sehr weitsichtig gearbeitet. Es kann nichts passieren.»

Amber strich ihrer Tochter über die Wange. «Danke, Emilia. Ich weiß es selbst. Doch was geschieht, wenn die Ernte

311

im nächsten Jahr noch schlechter ausfällt? In ganz Australien gehen die Geschäfte schlecht. Das wirkt sich natürlich auch auf uns aus. Die Preise für Wein sind gesunken. Nicht nur in Australien.»

«Aber der Tourismus boomt. In Europa ist es jetzt Mode, seine Ferien in Australien zu verbringen. Mit unserer Outback-Station machen wir die Verluste allemal wieder wett.»

Amber wusste, dass Emilia sie trösten wollte, doch vielleicht hatte das Mädchen sogar recht. Sie war zwar nicht dazu zu bewegen, einmal ein Buch in die Hand zu nehmen, doch verfügte sie trotzdem über ein Wissen in wirtschaftlichen Belangen, das Amber immer wieder erstaunte.

Der Tag der Eröffnung der Outback-Station war ein Freitag. Emilia hatte darauf bestanden, überall in Tanunda große Aushänge anzubringen. Sie hatte sogar ihrem Bruder einige Flugblätter nach Adelaide geschickt, mit der Bitte, sie am Busbahnhof aufzuhängen.

Nun stand sie, angetan mit den khakifarbenen Hosen der Weinbauern, einem weißen T-Shirt, auf dessen Vorderseite die Flagge der Aborigines prangte, und einer schwarzen Servierschürze, die bis auf ihre Schuhe reichte, aufgeregt in der Tür und wartete auf Gäste. Jonah stand in der Station und polierte unnötigerweise die Gläser. Auch er trug ein T-Shirt in den Farben der Ureinwohner.

Sie mussten nicht lange warten. Die Einwohner von Barossa Valley waren viel zu neugierig, um diese Neueröffnung zu verpassen.

Einer der Ersten war Lambert. «Emilia», rief er über den ganzen Hof. «Eigentlich müsste ich wütend auf dich sein. Erst lernst du bei mir, wie man eine Straußenwirtschaft führt, und dann läufst du davon und machst mir Konkurrenz. Aber der alte Lambert war schon immer ein großherziger Mensch. Deshalb habe ich dir auch ein Geschenk mitgebracht.»

Er winkte mit der Hand, und schon kamen zwei Aborigine-Jungen herbei, die einige Kisten schleppten.

«Da, das ist einer von meinen Weinen. Wenn es den Leuten bei euch nicht schmeckt, lasst sie von meinem Rebensaft kosten.» Er lachte meckernd und zwinkerte Emilia dreist zu, dann suchte er sich den besten Platz unter den alten Akazien, unter denen Emilia ein paar bequeme Tische und Korbsessel aufgestellt hatte, und rief nach Wein.

Emilia reichte ihm eine Karte, die sie selbst gestaltet hatte, und deutete auf die schwarze Tafel, auf der mit weißer Kreide die Tagesgerichte aufgeführt waren. Lambert fummelte umständlich seine Lesebrille aus der Tasche.

Inzwischen hatten sich so viele Neugierige eingefunden, dass Jonah mit dem Ausschank des kostenlosen Begrüßungstrunks kaum hinterherkam.

«Was?», schrie Lambert plötzlich so laut, dass er damit allen anderen Lärm übertönte. «Was gibt es hier zu essen? Bushfood? Wer soll das essen? Wir sind doch keine verdammten Nigger.»

Emilia hielt sich tapfer. Sie stellte sich neben die Tafel und rief ebenso laut wie Lambert: «Für alle, die über ihr Land und die Einwohner zu wenig wissen, erkläre ich noch einmal, was hier angeboten wird.»

Einige lachten, andere zogen ärgerliche Gesichter.

Emilia tippte mit dem Finger auf das erste Gericht: «Damper», sagte sie, «ist ein Fladenbrot, das aus gemahlenen Samen bereitet wird. Unser Damper besteht aus Akaziensamen. Besonders gut schmeckt dazu ein Honig, der ebenfalls von der Akazie stammt. Ich empfehle dazu einen leichten Muskateller aus unserem Haus.»

Sie sah sich um und suchte Ambers Blick. Diese nickte ihr zu, Emilia lächelte, dann las sie weiter: «Als zweites Gericht gibt es auf Holzkohle gegrilltes Kängurufleisch, dazu Wurzelgemüse und Süßkartoffeln. Für diejenigen, die etwas weniger Appetit haben, ist das dritte Gericht gedacht: Catfish mit einem Salat aus Seerosenblättern. Als Dessert empfiehlt die Köchin Zuckertaschenhonig auf Vanillepudding oder einen Kuchen aus Weißmehl und Macadamianüssen. Ich wünsche allen einen guten Appetit.»

Sie verbeugte sich leicht und lächelte Lambert freundlich zu, doch dieser stand ärgerlich und so abrupt auf, dass der Korbsessel hinter ihm auf den Boden fiel.

«Nigger-Food», kreischte er. «Eine Schande für jeden anständigen Weißen.»

Er hob den Holzstock, den er mehr zur Zierde denn zur Stütze benutzte, und fuchtelte damit in der Luft herum. «Wir sind anständige Leute, die anständig arbeiten und leben. Wir haben ein Recht darauf, auch anständig zu essen und zu trinken.»

Er sah sich Beifall heischend um. Einige der älteren Leute nickten zustimmend. Eine Frau schüttelte sich sogar, als ekele es sie bereits, nur von den Gerichten zu hören.

«Ich gehe!», rief Lambert energisch und hieb seinen Stock auf den Boden. «Und jeder, der etwas auf sich hält, wird mir folgen.»

Damit wandte er sich um und stapfte in Richtung Auffahrt davon.

Amber hatte nicht bemerkt, dass auch Ralph Lorenz und seine Mutter Margaret gekommen waren. Nun aber hörte sie Margaret sagen: «Ich halte sehr viel auf mich. Und gerade deshalb bleibe ich. Wir haben den Schwarzen das Land genommen. Wir haben sie jahrhundertelang unterdrückt, ignoriert und entwürdigt. Es ist Zeit, dass die weißen Australier begreifen, dass das Land von den Schwarzen gehütet und geschützt wurde. Die Weißen ernten die Saat, die die Schwarzen gesät haben. Deshalb ist es nun an uns, dafür zu sorgen, dass in Zukunft jeder Bürger Australiens dieselben Rechte hat. Die Weißen leben ihre Kultur, die Schwarzen sollen es nun auch wieder tun. Es gibt jede Menge voneinander zu lernen. Hier auf Carolina Cellar wird dazu ein erster Schritt getan.»

Sie warf mit einer energischen Bewegung ihr Halstuch, das sich ein wenig gelockert hatte, über die Schulter, dann sah sie zu Emilia und klatschte ihr so laut Beifall, wie sie nur konnte.

«Unfug!», schrie Lambert von Weitem. «Wir wissen alles, was wir wissen müssen. Von den Schwarzen kann man nichts lernen außer saufen, singen und faul sein. Jeder, der sie darin unterstützt, ist ein Feind des weißen Australiens!»

Diesmal war es Steve, der Lambert laut Beifall klatschte. Emilia erstarrte, als sie das sah. Nie, nie hatte sie erwartet, dass ihr Vater sich öffentlich gegen sie stellte. Ja, es hatte Auseinandersetzungen über die Speisen in der Outback-Station gegeben. Emilia hatte sich durchgesetzt. Ihrem Vater wäre eine ganz normale Weinstube tausendmal lieber gewesen. Doch die Outback-Station war ihr kleines Unternehmen.

Was jetzt geschah, das hatte man in Barossa Valley noch nie gesehen. Jonah kam aus dem Stall, nahm Emilia bei der Hand, stellte sich neben Margaret und begann laut und rhythmisch zu klatschen. Steve kam für einen Augenblick aus dem Takt, doch dann schlug er noch viel schneller und kräftiger in die Hände. Er klatschte zweimal hintereinander in die Hände, um sich vom Klatschen der anderen zu unterscheiden.

Lambert drehte sich um, kam neugierig zurück, stellte sich demonstrativ neben Steve und stimmte in sein Klatschen ein.

Ralph Lorenz stand nun ebenfalls auf und stellte sich neben Emilia. Die anderen erhielten Verstärkung von einigen alten Hahndorfern.

Die, die noch saßen, sahen unsicher von einer Partei zur anderen. Einige von ihnen standen nun auch auf und traten zu denen, die ihre Ansicht vertraten.

Das Ganze hatte nicht länger als zwei oder drei Minuten gedauert, doch plötzlich schien es, als wäre das ganze Gebiet Barossa Valley in zwei Lager gespalten. Die meisten Älteren gesellten sich zu Steve und Lambert, die jungen Leute suchten ihren Platz bei Jonah und Emilia. Amber stand etwas abseits. Sie brauchte keine Entscheidung zu fällen. Seit sie denken konnte, stand sie für das, was ihre beiden Kinder jetzt in der Öffentlichkeit verkörperten. Alle, die sie liebte, standen dort: Emilia, Jonah, Ralph.

Walter, der in seinem Rollstuhl neben ihr stand, zupfte sie am Arm. «Schieb mich neben meine Enkel», sagte er.

«Willst du das wirklich?», fragte Amber. «Deine Freunde stehen alle bei Steve.»

Walter nickte. «Dann habe ich eben ab jetzt neue Freunde.»

Amber gab ihm einen Kuss auf die Wange und tat, wie er ihr geheißen. Emilia umarmte ihren Großvater, und Jonah ließ sich von ihm einen freundlichen Klaps versetzen. Sie klatschten, was das Zeug hielt.

Nur wenige Leute saßen noch.

Amber sah Maggie, die neben Jake saß. Ihre Tochter Diana hatte sich als eine der Ersten zu Jonah und Emilia gestellt. Jetzt stand ihr Mann auf. Er ging mit steifen, aber festen Schritten zu Steve und begann, so kräftig er konnte, in die Hände zu klatschen.

Auch die anderen hatten sich nun erhoben. Nur Maggie

stand noch unschlüssig. Sie sah aus, als würde sie am liebsten weinen. Immer wieder sah sie von einer Partei zur anderen. Amber hatte Mitleid mit ihr. Sie wusste, wie es war, sich zwischen dem Mann und dem Kind entscheiden zu müssen. Am liebsten wäre sie zu ihr gelaufen und hätte sie auf ihre Seite gezogen. Sie hatte nicht vergessen, dass Maggie damals als einzige Mutter für den schwarzen Schüler Jonah gesprochen hatte. Aber sie hatte auch nicht vergessen, dass Maggie sich den Schwarzen gegenüber früher sehr überlegen gefühlt hatte.

Amber hielt den Atem an. Wie würde die ehemalige Freundin entscheiden?

Endlich tat Maggie einen Schritt auf die Partei zu, zu der ihre Tochter gehörte.

«Maggie, komm sofort her!», ertönte der bellende Befehl ihres Mannes Jake. Als hätte Maggie nur darauf gewartet, rannte sie plötzlich los. Sie rannte auf Amber zu, und Amber breitete die Arme aus, fing die Freundin aus Kindertagen auf und presste sie ganz fest an sich.

21

«DU LIEBST MICH NICHT MEHR», KLAGTE PEENA UNTERWÜR-
fig. Steve schüttelte die junge Frau, die sich an seinen Arm gehängt hatte, ab.

«Das hat nichts mit dir zu tun, Peena. Ich bin ein weißer
Mann. Ich habe dir nie versprochen, dich zu heiraten oder
Kinder mit dir zu wollen. Fahr in die Stadt, fahr nach Ade-
laide, und lass das Kind abtreiben. Ich zahle die Kosten.»

«Aber ich möchte das Kind, Steve. Es ist unser Kind.»

«Ich kann keinen schwarzen Bastard brauchen», knurrte
er und ignorierte ihre Tränen. «Und überhaupt: Wie kann ich
wissen, dass das Kind von mir ist? Schließlich warst du eine
Hure. Einmal Hure, immer Hure. Ich sehe doch, mit welch
lüsternen Augen dir die Arbeiter nachstieren. Was machst du
eigentlich, wenn ich in Adelaide bin? Wie verbringst du die
einsamen Abende ohne mich?» Er sprach die Worte, wartete
nicht auf eine Antwort, sondern setzte sich auf Peenas Bett,
angelte nach der Zeitung und begann zu lesen, als wäre das
Thema für ihn abgeschlossen.

Peena sah ihn an. Als er über das Kind sprach, hatte sie die
Hände schützend über ihren Bauch gelegt. Noch sah niemand,
dass sie schwanger war, doch sie wusste es.

«Es ist dein Kind, Steve, und du weißt es», sagte sie leise.
«Ich kenne dich besser als jeder andere. Ich weiß, dass du
dir immer eine Familie gewünscht hast. Lass uns fortgehen
von hier und zusammen ein neues Leben beginnen. Amber
wäre nicht böse, ich weiß es. Bitte, Steve, gib dir selbst eine

Chance, endlich das zu bekommen, was du dir am meisten wünschst.»

Sie hielt inne. Steves Gesicht war gänzlich von der Zeitung bedeckt, sodass sie nicht von seinem Gesicht ablesen konnte, was er dachte.

«Steve, der, der du jetzt bist, bist du nicht wirklich. Du bist nicht grausam und ungerecht. Du bist ein liebenswerter, feinfühliger Mensch, der einfach zu oft in seinem Leben verletzt worden ist.»

«Red keinen Unsinn, Peena. Ich habe nie eine schwarze Frau und ein schwarzes Kind gewollt. Nirgendwo könnte ich mich noch blicken lassen», knurrte Steve hinter seiner Zeitung. Dann ließ er sie sinken. In seinen Augen konnte Peena sehen, dass ihre Worte ihn getroffen hatten, doch sie verstand nicht, warum er jetzt wütend war.

«Ich bin kein jämmerlicher Waschlappen, ich bin ein Mann. Für Gefühle habe ich in meinem Leben keine Verwendung. Männer brauchen keine Liebe. Das Einzige, was sie brauchen, ist Erfolg und ein paar gute Kumpels. Und die habe ich dank Lambert endlich gefunden. Hör auf mit dem Geschwätz. Ich brauche keine Familie. Entweder du lässt es wegmachen, oder ich werf dich raus. Andere Möglichkeiten gibt es nicht.»

Er sah Peena mit zusammengekniffenen Augen an. Dann stand er auf, packte sie im Nacken und schüttelte sie leicht. «Wieso bist du eigentlich erst jetzt schwanger geworden, hey?», fragte er lauernd. «Seit Jahren lässt du dich von mir bumsen, ohne einen dicken Bauch zu kriegen. Bist du vielleicht jetzt schwanger geworden, weil du hoffst, ich würde dich nach Walters Tod zu meiner Frau machen?»

Peena sah ihn aus weit aufgerissenen Augen an. Sie wusste nicht, was Walters Tod mit ihnen beiden zu tun haben könnte. Angstvoll schüttelte sie den Kopf.

Steve stieß sie so heftig von sich, dass sie gegen die Wand taumelte.

Als er sich zurück auf das Bett sinken ließ und die Zeitung erneut zur Hand nahm, setzte sie sich ruhig auf einen Schemel und begann fast unhörbar zu summen. Sie kehrte in Gedanken zurück in die Traumzeit, zurück zu ihren Ahnen, um sich von ihnen Rat zu holen.

Als Steve fertig war, wusste Peena, was sie tun würde.

Walter Jordan starb in der Nacht. Am Abend hatte es ein heftiges Gewitter gegeben. Jonah, Emilia, Walter und Amber hatten im Wohnzimmer gesessen und dem Naturschauspiel durch die Fenster zugesehen.

«Ich habe das Gefühl, meine Zeit ist gekommen», sagte Walter, kurz nachdem ein gewaltiger Donner das Haus erschüttert hatte.

«Ach, Opa, rede nicht so», wies ihn Emilia zurecht, die seit der Eröffnung ihrer Outback-Station an Selbstbewusstsein gewonnen hatte. Während in der Woche nur hin und wieder ein paar Besucher kamen, drängten sich an den Wochenenden zahlreiche Gäste aus dem nahen Adelaide oder Touristen aus Europa und Amerika um die Tische.

Amber konnte gar nicht aufhören, sich über ihre Tochter zu wundern. Emilia war wirklich keine Sprachbegabung, und ihre Schulnoten in Englisch waren stets besorgniserregend gewesen. Doch seit sie die Station und mit ihr Gäste aus aller Welt hatte, sprach sie einige Brocken Deutsch, verständigte sich ein wenig auf Französisch und wusste in beinahe allen europäischen Sprachen «Auf Ihr Wohl» zu sagen.

«Ich fühle es», beharrte Walter.

Jonah stand auf, kniete sich vor seinen Großvater und legte ihm seinen Kopf auf die Knie.

«Danke», sagte er. «Danke für alles, was du für mich getan hast.»

Mehr sagte er nicht, doch es reichte, um allen im Zimmer die Tränen in die Augen zu treiben. Auch Emilia stand nun auf, legte ihren Kopf neben Jonahs auf Walters Knie. «Auch ich danke dir für alles. Du bist der beste Großvater, den man nur haben kann.»

Walter seufzte. Amber war, als wollte er noch etwas Wichtiges sagen. Er öffnete den Mund und holte tief Atem. Seine Hände lagen auf den Köpfen seiner Enkel. Amber ahnte, was er sagen wollte.

Sie kniete sich neben ihn und streichelte seine Hände. Mit ihren Blicken bat sie: Tu es nicht.

Tochter und Vater sahen sich in die Augen und führten ein stummes Zwiegespräch.

«Hast du mir verziehen?», fragte Walter, und Amber antwortete: «Ja, Vater. Ich habe dir alles vergeben. Wenn du gehen musst, so kannst du in Frieden gehen.»

Laut aber sagte Walter: «Jonah, ich habe es dir nie gesagt. Aber jetzt sollst du es wissen: Dein Vater war ein wunderbarer Mensch. Ich bin froh, dass ich Gelegenheit hatte, ihn kennenzulernen und seinen Sohn aufwachsen zu sehen. Seinen Tod bedauere ich seit dem Tag, an dem er gestorben ist. Und glaub mir, es gibt niemanden auf der Welt, der diesen Tod mehr bedauert als ich.»

Dann griff er nach drei kleinen Päckchen, die Peena ihm schon vor Tagen eingewickelt und ordentlich in der Seitentasche des Rollstuhls verstaut hatte. Eines gab er Emilia: «Dies ist der Ring, den deine Großmutter zu ihrer Hochzeit von mir geschenkt bekam. Trage ihn erst, wenn ich nicht mehr bin.»

Dann gab er Jonah das zweite Päckchen. «Hier ist meine Taschenuhr. Sie stammt noch aus Europa, aus der Schweiz. Sie ist altmodisch, ich weiß, aber vielleicht kannst du sie trotzdem brauchen.»

Zum Schluss übergab er Amber das dritte Päckchen. Er sagte kein Wort dazu, sondern sah seine Tochter nur an. Es war ein Blick voller Liebe und Wehmut, aber ohne Angst.

Dann schloss Walter die Augen. «Ich bin sehr müde und möchte gern schlafen gehen.»

Die Kinder standen auf. Unsicher sahen sie ihre Mutter an. Sollten sie sich von ihrem Großvater mit einem einfachen «Gute Nacht» verabschieden? Was sollten sie sagen? Konnte es sein, dass sie ihn hier zum letzten Mal sahen? Emilia war es, die die richtigen Worte fand: «Gott schütze dich, Großvater», sagte sie und küsste ihn auf beide Wangen.

«Die Ahnen werden immer bei dir sein», sagte Jonah und küsste seinen Großvater ebenfalls auf beide Wangen. Dann schob Amber den Rollstuhl aus dem Zimmer.

Sie saß die ganze Nacht am Bett ihres Vaters, und beide warteten geduldig auf den Tod. Sie sprachen nicht viel dabei. Es war eher so, als säßen sie auf einem Bahnsteig und warteten auf einen Zug. Auf Bahnsteigen wird nicht viel geredet.

Amber und ihr Vater hatten sich alles gesagt. Nur über eines hatten sie nicht gesprochen: über den leisen Zorn, der seit Jahren an Amber nagte. Sie war ihrem Vater dankbar für alles, was er für sie getan hatte. Doch auch sie hatte viel für ihren Vater getan. Mehr als die meisten Töchter.

«Amber?»

Seine Stimme riss sie aus ihren Gedanken. «Ja, Vater. Was ist?»

«Ich war dir der denkbar schlechteste Vater.»

Amber schwieg und wartete, dass er weitersprach.

«Ich habe dir dein Leben verdorben. Die Schuld an Jonahs Tod hast du abgetragen.»

«Ich weiß, Vater. Aber es gab wohl keine andere Lösung. Es ist unsinnig, jetzt darüber zu sprechen. Es gibt nichts, was wir noch ändern könnten.»

«Ich möchte gern mit dir darüber sprechen. Ich möchte mit dieser Schuld nicht vor meinen Schöpfer treten. Ich war sehr egoistisch», sprach Walter weiter. «Ich habe nicht nur Jonah das Leben genommen, sondern auch dir. Ich habe zwei Menschen auf dem Gewissen. An Jonahs Tod kann ich mich nicht erinnern. Amber, ich weiß wirklich nicht, auf welche Art ich ihn getötet habe. Ich weiß nur – und das so klar wie damals –, dass ich mich mit einer Axt in der Hand auf dem Boden wiederfand. Ich kann mich nicht erinnern, ausgeholt zu haben, kann mich nicht erinnern, überhaupt die Hand gegen Jonah erhoben zu haben. Doch das ist gleichgültig. Nur das Ergebnis zählt: ein toter Mensch. Anstatt es bei dem einen Toten zu belassen, ließ ich jedoch zu, dass auch dein Leben zerstört wurde. Ich war so feige, Amber. Ich hätte mich bekennen müssen. Aber ich tat es nicht. Ich hatte Angst vor dem Gefängnis, Angst vor den Leuten. Aus Angst habe ich dein Leben verdorben. Das ist nicht zu verzeihen. Du brauchst es gar nicht zu versuchen. Ich habe zwei Menschen auf dem Gewissen. Heute sage ich dir, wie sehr ich es bereue. Heute Nacht offenbare ich dir meine Feigheit, meine Angst und meinen grenzenlosen Egoismus.»

Amber war berührt. Endlich hatte er gesagt, was sie ihm schon lange heimlich vorgeworfen hatte.

«In dem Päckchen, das ich dir vorhin gab, ist mein Geständnis. Übergib es der Polizei, wenn du willst. Ich fürchte mich nicht mehr vor dem Gefängnis, ich fürchte mich nur noch vor meinem eigenen Gewissen. Außerdem ist mein Testament darin. Steve erbt nichts. Carolina Cellar gehört dir. Ich bin ihm nichts schuldig. Du hast meine Schuld abgetragen.»

Er griff nach ihrer Hand. «Wenn du willst, verkauf das

Gut. Fang woanders ein neues Leben an. Geh mit Ralph Lorenz nach Adelaide oder wohin du willst. Ich weiß seit langem, dass du ihn liebst.»

Amber schüttelte den Kopf. «Es ist zu spät, Vater. Ich kann mein Leben nicht neu beginnen. Vor zwanzig, vor zehn, ja, vielleicht sogar noch vor fünf Jahren wäre dies möglich gewesen. Nun ist es vorbei. Ich habe keine Kraft mehr für einen Neuanfang.»

Walters Gesicht veränderte sich plötzlich. Seine Augen wurden trübe, seine Haut gelblich weiß. Die Gesichtszüge wirkten wie eingefroren. Die Lippen waren blutleer.

Amber sah es. Er stirbt, dachte sie.

Sie beugte sich über ihn, küsste ihm die kalte Stirn. «Geh in Frieden, Vater. Gott schütze dich», sagte sie. Noch einmal hob er die Lider und sah sie an. In seinem Blick lag Erleichterung. Dann schloss er die Augen, tat einen letzten Atemzug und starb.

Lange blieb Amber neben ihm sitzen. Sein Gesicht war entspannt und friedlich, die Mundwinkel umspielte ein leises Lächeln.

Sie blieb, bis sein Körper langsam kalt wurde und der Morgen hinter den Hügeln erwachte.

Dann ging sie ins Badezimmer und duschte mit kaltem Wasser. Sie seifte sich ein und schrubbte sich ab, als wollte sie sich die Vergangenheit aus der Haut reiben. Noch ehe die anderen erwachten, rief sie Ralph Lorenz an.

«Vater ist gestorben», sagte sie. «Kannst du kommen und den Totenschein ausstellen?»

«Ich dachte, ich bin auf Carolina Cellar nicht mehr gern gesehen.»

«Ab heute ist das anders. Ab heute wird auf dem Gut das geschehen, was ich für richtig halte. Und ich möchte dich gern sehen.» Sie räusperte sich und fügte leise hinzu: «Nicht nur wegen des Totenscheins. Ich habe dich vermisst, Ralph.»

«Ich komme», war alles, was der Arzt darauf erwiderte. Eine halbe Stunde später kam sein roter Toyota die Auffahrt herauf.

Amber stand in der Küche und hatte Aluunda gerade vom Tod des alten Master berichtet. Aluunda nickte. «Es ist gut, dass er jetzt bei den Ahnen ist, Amber», sagte sie. «Schon lange habe ich gesehen, dass das Leben eine Qual für ihn war. Seit über zwanzig Jahren schon. Manchmal dachte ich, dass er schon viel früher zu den Ahnen gehen wollte, doch er blieb auch, um dich nicht allein zu lassen.»

Sie legte eine Hand auf Ambers Arm. «Man kann jedem Menschen am Ende seines Lebens einiges vorwerfen. Auch dem Master Walter. Er hat gelitten. Mehr, als die meisten anderen Menschen in einem Leben leiden müssen. Er war ein guter Master, Amber. Er hat in seinem Leben vielleicht Schlechtes getan, aber auch sehr viel Gutes.»

Amber nickte. «Ich weiß», sagte sie. «Und ich habe ihm nicht helfen können.»

«Niemand konnte ihm helfen.»

Aluunda hielt den Kopf schief und lauschte auf die Geräusche im Haus. Als sie sicher war, dass alles ruhig war, trat sie einen Schritt näher an Amber und raunte: «Ich weiß viel über die schlimmste Nacht seines Lebens, aber ich weiß nicht alles. Es kann gut sein, dass es anders war, als der Master und du geglaubt haben.»

Amber zog die Stirn in Falten. «Was willst du damit sagen?»

Die alte Frau hob die Schultern: «Nichts ist, wie es auf den ersten Blick scheint. Das will ich sagen. Nicht mehr und nicht weniger.»

Amber hätte gern über diesen Satz nachgedacht oder zumindest versucht, noch einige Äußerungen aus Aluunda herauszuholen, doch in diesem Augenblick kam Ralph Lorenz herein. Er ging zu Amber, nahm sie kurz in den Arm und bekundete sein Beileid.

«Wie geht es dir?», fragte er dann.

«Du bist nicht meinetwegen hier», erwiderte Amber. «Es geht um meinen Vater.»

«Für ihn kann ich nichts mehr tun. Aber vielleicht brauchst du meine Hilfe», sagte er und sah sie aufmerksam an. «Du siehst müde aus.»

«Ich war die ganze Nacht bei ihm. Mir fehlt Schlaf, sonst nichts. Jetzt lass uns nach oben gehen.»

Sie fasste ihn am Ellenbogen und zog ihn aus der Küche. Amber war durcheinander. Buchstäblich über Nacht hatte sich ihr Leben verändert. Sie war jetzt frei. Aber im Augenblick konnte sie noch nicht ermessen, was diese Freiheit bedeutete, was sich damit anstellen ließ. Es musste so viel getan werden: Sie musste ein Begräbnis organisieren, sie musste Freunde und Bekannte informieren und so fort. Das Gut durfte dabei nicht zu kurz kommen.

Amber zögerte vor der Tür einen kurzen Moment, als hätte sie Furcht, der Leichnam wäre ihr so fremd, dass sie ihn nicht mit der Erinnerung an ihren Vater in Übereinstimmung bringen könnte. Doch dann stieß sie die Tür auf.

Und wirklich: Aus ihrem Vater war innerhalb kürzester Zeit ein Ding, eine Sache geworden. Das starre Gesicht hatte wohl Ähnlichkeit mit ihm, doch er war es nicht mehr. Ralph fühlte den Puls, leuchtete mit einer Taschenlampe in seine Pupillen, dann versuchte er den Puls zu fühlen. «Er ist tot», erklärte er dann. «Ich werde den Totenschein ausstellen.»

Amber nickte. Ja, es war richtig und notwendig, sich be-

stätigen zu lassen, dass es einen Menschen plötzlich nicht
mehr gab. Vielleicht waren es die Papiere, die ihn letztendlich töteten. Vielleicht waren es die Papiere, die am Ende des
Lebens und am Beginn der Erinnerungen standen. Das Leben
meines Vaters ist zu Ende, dachte Amber. Jetzt beginnen die
Erinnerungen.

Sie wusste nicht, dass sie laut gesprochen hatte. Doch Ralph
sah plötzlich auf. «Die Erinnerungen beginnen mit dem Tag
der Geburt und enden nicht mit dem Tod desjenigen, sondern
mit dem Tod des Letzten, der sich erinnert.»

Amber schüttelte den Kopf. Sie war froh, über abstrakte
Dinge nachdenken und sich dabei von den realen Dingen er-
holen zu können.

«Aber solange du lebst, kannst du die Erinnerungen der
anderen beeinflussen. Du selbst hast es zu einem Teil in der
Hand, woran sich die anderen erinnern. Wenn du tot bist, gibt
es diese Möglichkeit nicht mehr. Du bist nicht der, der du wirklich bist, sondern nur noch der, an den man sich erinnert. Und
es ist lange nicht gesagt, dass das eine mit dem anderen über-
einstimmt.»

Die Beerdigung fand drei Tage später statt. Walter Jordan wurde auf dem Friedhof von Tanunda beigesetzt. Es waren an die
hundert Leute, die ihm das letzte Geleit geben wollten. Maggie
und Jake waren dabei, der alte Lambert, die Hahndorfer und
natürlich alle Bewohner von Carolina Cellar.

Peena weinte, als wäre es ihr Vater, der zu Grabe getragen
wurde. Emilia und sie hielten einander fest. Ihre Augen waren
vom Weinen geschwollen.

Ambers Augen blieben trocken. Sie trug einen schwarzen
Schleier über dem Gesicht.

Steve ging neben ihr, doch er stützte sie nicht. Sie liefen

nebeneinander wie zwei Menschen, die sich zufällig getroffen hatten, die aber nichts miteinander verband. Als der Sarg in die Erde gelassen wurde, fassten sich Emilia, Jonah, Peena, Saleem, Aluunda, Bob und alle anderen, die Walter Jordan nahegestanden hatten, an den Händen. Nur Peena bemerkte, dass niemand Steve in diesen Kreis geholt hatte. Er stand daneben, und in seinem Gesicht war nichts zu lesen. Peena streckte ihm die Hand hin. «Kommen Sie, Master», sagte sie.

Steve sah mit Verachtung auf den Kreis und auf die dargereichte Hand. Er sah kurz zu Amber, als warte er darauf, dass sie ihm die Hand hinstreckte. Doch weder seine Tochter noch seine Frau machten entsprechende Anstalten.

Die Einzige, die ihn im Kreis haben wollte, war Peena. Und sie war gleichzeitig die Einzige, mit der er nichts mehr zu tun haben, mit der er nicht in Verbindung gebracht werden wollte.

Peena zuckte mit den Schultern und wandte sich ab, ließ Steve einfach am Rande des Kreises stehen.

Der Sarg war noch nicht unten angekommen, da verließ Steve bereits den Friedhof. Erst im Gasthaus, in das Amber die Freunde und Verwandten zum Leichenschmaus geladen hatte, tauchte er wieder auf.

Am späten Abend, auf dem Heimweg im Auto, in dem Amber und Steve allein fuhren, sagte er: «Denke nicht, dass du dich jetzt von mir scheiden lassen kannst. Tust du es, so wird dein Sohn erfahren, dass sein Großvater der Mörder seines Vaters war.»

Amber sah ihn an. Sie sagte nichts, sondern sah ihn nur an. Nach einer ganzen Weile erst fragte sie: «Warum, Steve? Warum willst du uns unbedingt beieinanderhalten? Wir sind beide nicht glücklich.»

Steve wollte etwas erwidern, doch sie schnitt ihm mit einer

Handbewegung das Wort ab. «Nein, streite es nicht ab. Auch du bist nicht glücklich. Du warst es vor unserer Ehe nicht, bist es jetzt nicht. Noch sind wir nicht zu alt, um ein neues Leben zu beginnen. Warum also hältst du an uns und unserer Ehe fest?»

Steve antwortete nicht. Er hielt das Lenkrad mit beiden Händen und fuhr in halsbrecherischem Tempo den Feldweg von Tanunda nach Carolina Cellar hinauf. Die Schweinwerfer beleuchteten nur einen Teil des Weges. Amber bekam leise Furcht. Sie hielt sich mit beiden Händen an dem Haltegriff über der Tür fest, doch Steve gab noch mehr Gas. Ein Wallaby tauchte plötzlich im Lichtkegel auf. Steve bremste nicht, er wich nicht aus, er hielt direkt auf das vom Scheinwerfer geblendete Tier zu.

Im letzten Moment sprang es zur Seite, aber der Landrover musste es doch erwischt haben. Amber hörte das Tier kreischen.

«Halt an!», befahl sic. «Du musst das Tier töten, sonst leidet es unsägliche Qualen.»

Doch Steve fuhr einfach weiter. Er fuhr auch an der Auffahrt zum Gutshaus vorbei, preschte weiter durch die Nacht.

«Der Weg endet gleich. Kehr um, Steve. Was soll das? Was tust du da?»

Endlich ließ Steve den Landrover ausrollen. Im Mondlicht sah Amber, dass er stark schwitzte.

Er stieg aus, knallte die Tür zu, setzte sich auf einen Baumstamm und zündete sich eine Zigarette an.

Amber ging zu ihm und setzte sich in einiger Entfernung ebenfalls auf den Stamm.

«Bitte, Steve, lass uns diese Ehe beenden. Wir sollten uns in Frieden trennen. Mein Vater hat mir allein das Gut vererbt. Doch wenn du Geld für einen Neuanfang brauchst, so werde ich es dir geben.»

«Dreißig Jahre war ich auf Carolina Cellar. Dreißig Jahre habe ich mehr dafür geschuftet als ihr alle zusammen. Mehr als zwanzig Jahre lang habe ich versucht, mit dir wie eine richtige Familie zu leben. Ich denke nicht daran, dies alles jetzt aufzugeben. Auf Carolina Cellar ist mein Zuhause. Ich gehe nicht fort. Und ich lasse nicht zu, dass du mich verlässt. Vor Gott hast du geschworen, mit mir zu leben, bis dass der Tod uns scheidet. Ich lasse nicht zu, dass du mich davonjagst wie einen Hund. Wir haben eine gemeinsame Tochter. Ich bin inzwischen über fünfzig Jahre alt. Zu alt, um anderswo ein neues Leben zu beginnen.»

Amber stand auf. Sie klopfte sich das Kleid sauber. «Gut», sagte sie. «Ich hatte gehofft, wir könnten eine Lösung für uns alle finden.»

Dann drehte sie sich um und ging den Weg zurück zum Gut. Sie lief eine halbe Stunde durch die mondhelle Nacht. Ein wilder Hund saß am Weg. Er heulte den Mond an, und am liebsten hätte Amber in sein Geheul eingestimmt.

22

WALTERS TOD WAR KEINE BEFREIUNG FÜR AMBER. STEVE BE-
lauerte sie auf Schritt und Tritt. Er ließ sie kaum noch nach
Tanunda fahren.

Die Ernte war inzwischen eingebracht, und das Ergebnis
übertraf die schlimmsten Erwartungen. Die neuen Rebstöcke
waren allesamt durch Schädlinge zerstört. Bob hatte sie inzwischen ausgegraben und samt und sonders verbrannt und dem
Boden mit reichlich Stickstoff eine Atempause verschafft.

Der Ertrag der übrigen Stöcke aber war so gering ausgefal-
len, dass Amber fürchtete, ihre bestehenden Verträge nicht ein-
halten zu können. Zu allem Unglück forderte nun auch noch
die Bank den Kredit für den Ausbau der Outback-Station zurück.

Das kleine Lokal lief gut, doch noch trug es sich nicht von
allein.

«Steve», sagte Amber eines Abends, als er von der Maschinenhalle über die Veranda ins Haus gehen wollte. «Ich muss
mit dir reden.»

Steve blieb stehen, doch er sah seine Frau nicht an.

«Ich habe heute Nachmittag in den Geschäfts- und Kon-
tenbüchern gesehen, dass wir finanziell am Abgrund stehen.»

«Und? Was soll das heißen? Was willst du damit sagen?»
Amber beschloss, nicht lange um den heißen Brei herumzure-
den. «Du hast seit Jahren ziemlich hohe Geldbeträge zur Seite
geschafft. Aber das interessiert mich nicht. Ich verlange jetzt
von dir, dass du dich einschränkst. Wenn du nach Adelaide ins

Casino oder nach Tanunda ins Bordell gehst, dann habe ich nichts dagegen. Aber ich habe etwas dagegen, dass du diese Amüsements von den Geldern des Gutes bezahlst. Ab sofort werde ich die Buchführung übernehmen. Du bekommst ein Gehalt, genauso wie früher. Damit kannst du machen, was du willst.»

Steve sagte nichts. Seine Kieferknochen mahlten jedoch, und aus seinen Augen schossen zornige Blitze.

«Du willst meine Stelle im Haus einnehmen?», fragte er. «Willst nicht nur der Winemaker sein, sondern obendrein der Verwalter, ja? Ist es so?»

«Ich bin die Besitzerin des Gutes. Ich sage, wer was zu machen hat. Und jeder, dem das nicht passt, der kann gehen.»

Sie stand auf und ging in ihr Zimmer, doch Steve hielt sie am Arm zurück. «Ich habe mir nur genommen, was mir zusteht. Ich wollte eine Familie, aber du hast mich um diese Familie betrogen. Jahrelang habe ich für deinen schwarzen Bastard gesorgt. Jahrelang musste ich meine Lust in den Bordellen stillen, weil du mir dein Bett verweigert hast. Ich hatte mir das alles anders vorgestellt. Einer muss dafür bezahlen, und diese Eine bist du. Du hast mich um mein Leben, um meine Wünsche und Sehnsüchte betrogen. So lange, dass ich mich nicht einmal mehr daran erinnern kann, was ich ersehnte.» Abrupt ließ er sie los. Amber starrte ihn an. Sie wusste, dass er im Recht und zugleich im Unrecht war.

«Wir haben alle unsere Träume verloren», sagte sie. «Jetzt können wir nur noch versuchen zu retten, was davon übrig geblieben ist.»

Steve lachte dumpf auf. «Ich habe meine Träume verloren. Und auch den Glauben an Liebe und Familie. Das Einzige, was mir noch etwas bedeutet, ist Geld.»

In der Nacht wachte sie plötzlich auf. Eine Weile lauschte sie in die Stille. Plötzlich hörte sie, wie unter ihr im Arbeitszimmer jemand die Schränke öffnete und offensichtlich nach etwas suchte. Amber wusste, dass es Steve war. Wahrscheinlich hatte er gehofft, dass Amber etwas von seinen Machenschaften übersehen hatte. Doch Amber kannte ihren Mann. Sie hatte sämtliche Ordner in ihr Zimmer gebracht, den Safe ausgeräumt und alle Kontoformulare in ihrem Schreibtisch eingeschlossen. Sie wusste, dass diese Papiere dort nicht lange bleiben konnten, doch fürs Erste waren sie sicher. Morgen würde ein Steuerberater aus Adelaide kommen, der Vater eines Freundes von Jonah. Mit ihm würde sie sämtliche Vorgänge kontrollieren. Dem bisherigen Steuerberater aus Tanunda, mit dem Steve sich gelegentlich im Pub traf, hatte sie alle Vollmachten entzogen.

«Es tut mir leid, Mrs. Emslie, aber wie es aussieht, befindet sich Ihr Gut in einer Krise. Erbschaftssteuern, Grundsteuern, Versicherungen und so weiter. Sie kennen das ja. Ihre finanziellen Mittel sind erschöpft. Die Bank wird Ihnen keine weiteren Kredite einräumen können.»

Amber schluckte. Warum hatte sie Steve so viele Jahre lang vertraut? Warum nur hatte sie ihm die Buchführung überlassen? Sie wusste es. Sie hatte schlicht zu wenig Zeit gehabt. Der Haushalt, ihr Vater und der Weinkeller hatten sie in vollem Umfang in Anspruch genommen. Jetzt bekam sie die Quittung dafür.

«Wann sind die nächsten Kreditraten fällig?», fragte Amber.

«Am Monatsende müssen Raten und Steuern gezahlt werden. Außerdem erwartet die Bank die erste Kreditrate für die neu hinzugekauften Weinberge zurück. Insgesamt müssen fünfzigtausend Dollar gezahlt werden.»

Amber sah auf den aktuellen Kontoauszug. 1284 Dollar und 65 Cent waren im Haben.

«Bringen Sie das Geld auf?»

Amber schüttelte den Kopf. «Ich könnte meine Lebensversicherung verkaufen.»

«Damit haben Sie gerade mal die Hälfte der Summe zusammen. Wie wäre es, wenn Sie einige Arbeiter entlassen? Zugegeben, das macht sich nicht sofort bemerkbar, aber die Leute kosten Geld.»

«Das kommt nicht infrage. Die Arbeiter sind seit vielen Jahren bei uns. Zwei stehen kurz vor dem Rentenalter. Wo sollen sie denn jetzt hin? Wer nimmt sie denn noch? Nein, ich werde die Leute auf jeden Fall behalten.»

«Gibt es jemanden, von dem Sie sich Geld leihen könnten?»

«Vielleicht wäre das möglich, doch die Ernte war so schlecht, dass ich nicht weiß, wann ich das Geld zurückzahlen könnte.»

«Was wollen wir also tun?», fragte der Steuerberater.

Amber zuckte ratlos mit den Achseln. «Ich werde darüber nachdenken. Irgendetwas wird mir schon einfallen.»

Der Steuerberater stand auf und reichte ihr die Hand. «Sie sind eine tapfere Frau, Mrs. Emslie. Und vergessen Sie nicht, Sie können Ihren Mann gerichtlich belangen. Das Gut hat die ganze Zeit über Ihrem Vater gehört. Er war immer nur der Verwalter. Mit den eigenmächtigen Überweisungen auf ein Konto im Ausland hat er sich strafbar gemacht. Er ist nicht unschuldig an der Lage des Gutes.»

«Ich weiß», sagte Amber. «Aber ich werde nichts unternehmen. Was ist schon Geld?»

«Nun, einhunderttausend Dollar im Laufe der letzten fünf Jahre sind kein Pappenstiel.»

«Ich bin selbst schuld. Ich hätte besser aufpassen müssen.»

Amber brachte den Steuerberater zur Tür. Sie sah aus den Augenwinkeln, dass Steve damit beschäftigt war, die Stahltanks, in denen der Wein reifte, zu kontrollieren. Es war ihre, Ambers, Aufgabe. Bisher hatte Steve sich darum nicht gekümmert.

Sie wusste, dass er sich in der Nähe aufhielt, um zu erfahren, was der Steuerberater herausgefunden hatte.

Laut, sodass Steve es hören musste, sagte sie zum Abschied: «Ich danke Ihnen sehr, Mr. Taylor. Ich bin froh, dass sich die Ungereimtheiten in der Buchführung nun aufgeklärt haben.»

Der Mann sah sie fragend an, doch dann verstand er.

«Das bin ich auch, Mrs. Emslie. Meine Arbeit ist hier nun wohl beendet. Die Rechnung lasse ich Ihnen in den nächsten Tagen zukommen.»

Sie reichten sich die Hände, und der Steuerberater stellte sich dabei so, dass er Steve den Rücken zukehrte. Er sprach so leise, dass nur Amber ihn verstehen konnte:

«Rufen Sie mich an, wenn Sie Hilfe brauchen, Mrs. Emslie. Und warten Sie nicht auf die Rechnung. Ohne Jonahs Hilfe wäre mein Sohn wohl nicht durch die letzte Prüfung gekommen. Wir sind also quitt.»

Amber sah ihm nach und ging zurück ins Haus, als der Wagen des Mannes von der Auffahrt auf den Feldweg bog.

Steve kam herangeschlendert. «Na?», fragte er. «Ist alles in Ordnung?»

«Was sollte denn nicht in Ordnung sein?», fragte Amber unschuldig zurück.

Dann machte sie sich auf den Weg nach Tanunda.

«Natürlich leihe ich dir das Geld. Du weißt, ich benötige nicht viel. Du kannst dir mit der Rückzahlung so lange Zeit lassen, wie du brauchst. Die nächste Ernte wird wieder besser werden.»

Amber seufzte erleichtert. «Ich danke dir, Ralph.»

Sie sah ihn an, und die Worte drängten aus der Seele in ihren Mund. Aber Amber hatte Angst, sie auszusprechen. Es war noch zu früh. Sie musste erst noch einige Dinge in Ordnung bringen. Abrupt drehte sie sich um und wollte die Praxis verlassen, aber Ralph hatte ihr angesehen, dass da noch etwas war.

Er hielt sie am Arm fest. «Würdest du mit mir essen gehen?», fragte er.

Amber sah ihn an. Lange. Sie hielt sich an seinem Blick fest wie an einer Rettungsleine. Dann schüttelte sie ganz langsam den Kopf. «Noch nicht, Ralph. Aber bald. Das verspreche ich dir.»

Zwei Wochen später waren die Schulden dank Ralphs Hilfe beglichen. Der Wein reifte in den Fässern und Tanks. Es war zwar viel weniger als erwartet, doch er versprach eine gute Qualität. Die Trockenheit hatte die Weine der anderen Winzer sehr süß und schwer gemacht. Amber aber hatte ihre Weinberge hin und wieder bewässert, sodass ihre Weine leichter und frischer waren. Außerdem waren da noch alte Bestände, die sich in diesem Jahr vielleicht verkaufen ließen. Sie hoffte es wenigstens.

Amber hatte bemerkt, dass Steve überall nach den Geschäftsunterlagen gesucht hatte. Er würde sie nicht finden. Nicht in Jonahs Jagdhütte, nicht in ihrem Zimmer, nicht im Büro und auch nicht in dem Zimmer, das ihr Vater bewohnt hatte. Die Akten waren bei Saleem und Aluunda, die seit Jahrzehnten ein kleines Häuschen auf dem Gut bewohnten. Steve war niemals dort gewesen, und Amber war sich nicht einmal sicher, ob er überhaupt wusste, wo die beiden lebten, wenn sie nicht im Gutshaus waren.

Steve hatte Jonah im Verdacht, und Amber musste zugeben, das sie tatsächlich kurz mit dem Gedanken gespielt hatte, die Akten zu Jonah nach Adelaide schaffen zu lassen. Aber sie wollte ihren Sohn wirklich nicht mehr, niemals mehr, mit Steve belästigen.

Steve hatte gesucht und gesucht, doch er hatte nichts gefunden, und Amber hatte getan, als bemerke sie nichts. Heute aber war er nach Adelaide gefahren, und Amber wusste, dass er vor morgen Mittag nicht zurückkehren würde. Sie hatte freie Hand.

Zufällig hatte sie gehört, dass er Peena gedrängt hatte, mit ihm zu kommen.

«Niemand braucht dich hier, der Alte ist tot. Also komm mit», hatte er gesagt. Amber hatte sich über den harschen Ton in seiner Stimme gewundert, sich aber nicht weiter darum gekümmert.

«Ich will nicht nach Adelaide», hatte Peena geantwortet.

«Wenn ich dir sage, dass du mitkommen sollst, dann hast du gefälligst zu gehorchen.»

Peena hatte geschwiegen. Steve versuchte es deshalb auf eine andere Tour.

«Jetzt stell dich nicht so an. Du erledigst, was du zu erledigen hast, und danach machen wir uns zwei schöne Tage. Ich könnte dir ein Kleid kaufen oder mit dir tanzen gehen. Na, jetzt komm schon.»

«Nein!» Peenas Stimme war energisch. «Ich werde nicht mit dir kommen. Ich bleibe, und dies ist mein letztes Wort.»

«Guuut», hatte Steve erwidert und das u dabei sehr in die Länge gezogen. «Guuut, wie du willst. Aber ich kann dir natürlich nicht versprechen, dass du weiterhin auf dem Gut bleiben kannst. Der Alte ist tot, die wirtschaftliche Lage nicht besonders. Niemand braucht dich mehr hier. Und du wirst ver-

337

stehen, dass es sich in diesen Zeiten kein Unternehmen leisten kann, nutzlose Mäuler zu stopfen.»

«Ich werde gehen, wenn die Missus es mir sagt», hatte Peena stolz erwidert.

Dann war sie weggegangen.

Heute Nachmittag hatte Steve sich herausgeputzt. Er trug gut sitzende schwarze Jeans und ein weißes Hemd, das seine gebräunte Haut betonte. Obwohl er die fünfzig überschritten hatte, war er noch immer ein sehr attraktiver Mann. Die eisblauen Augen hatten nichts von ihrer Eindringlichkeit verloren. Das Haar war inzwischen an den Schläfen ergraut, und die Lesebrille, die er nun manchmal brauchte, verlieh ihm einen klugen Anstrich.

Er war nicht mehr so attraktiv wie vor fünfundzwanzig Jahren, doch er sah noch immer passabel für einen Mann seines Alters aus. Kein Gramm zu viel trug er am Körper, sein Brustkorb und die Armmuskeln waren beachtlich. Er hielt sich sehr gerade und war durch die Arbeit an der frischen Luft stets mit einer gesunden Gesichtsfarbe gesegnet. Trotzdem hatten der Alkohol, die vielen Zigaretten und die durchfeierten Nächte in den Bordellen ihre Spuren in seinem Gesicht hinterlassen. Als er an Amber vorüberging, roch sie sein teures Aftershave. Er benutzte diese Dinge erst seit ein paar Jahren. Irgendeine Frau, vermutete Amber, musste ihm gesagt haben, dass ein herber Duft seine Männlichkeit noch unterstreicht.

Steve stieg in den Landrover und kurvte ohne Gruß hinunter zum Feldweg, als Amber Peena bemerkte, die am Küchenfenster stand und ihm hinterhersah.

Ich muss ihr sagen, dass sie sich keine Sorgen machen muss, dachte Amber.

Sie stellte sich neben Peena. «Auch wenn mein Vater tot ist, gibt es für dich noch genug zu tun. Emilia ist sehr zufrieden mit dir. Sie sagt, du wärst nicht nur sehr fleißig, sondern so freundlich und liebenswürdig, dass es einige Gäste gibt, die nur deinetwegen kommen.»

Peena lächelte zaghaft. «Ich werde nicht mehr lange so fleißig sein können», erwiderte sie. «Ich werde bald gehen müssen.»

In diesem Augenblick verstand Amber alles. Sie verstand, warum Steve Peena unbedingt nach Adelaide mitnehmen wollte. Sie verstand, warum das Mädchen in letzter Zeit etwas kränklich gewirkt hatte. Sie verstand alles. Peena tat ihr leid. Auch sie hatte sich ihr Leben wohl anders vorgestellt.

«Du erwartest ein Kind, nicht wahr?», fragte sie. Peena sah sie so erschrocken an, dass Ambers Mitleid noch wuchs.

«Du erwartest ein Kind, und mein Mann ist der Vater.»

Peena nickte und sah schamvoll zu Boden.

«Steve will dich dazu bringen, das Kind abtreiben zu lassen. Du aber möchtest es gern behalten. Und nun fragst du dich, wie lange es noch dauert, bis ich dich aus meinem Haus werfe.»

Wieder nickte Peena. Ihre Schuhspitze kratzte über den Boden, die Hände knüllten die Schürze.

Amber legte den Arm um ihre Schulter. «Möchtest du das Kind wirklich, auch wenn sich der Vater nicht dazu bekennen wird?»

«Ein Kind ist ein Geschenk», erwiderte Peena. «Keine richtige Aborigine würde jemals ein solches Geschenk zurückweisen. Auch nach mir muss es noch jemanden geben, der das Land und die Träume der Ahnen hütet.»

«Ich wusste, dass du so denkst, Peena.»

«Muss ich jetzt gehen?»

Amber sah sie an. Das Mädchen wirkte beschämt, zugleich aber stolz. Amber sah, dass Peena entschlossen war, das Kind zu bekommen.

«Du kannst bleiben. Du kannst dein Kind hier zur Welt bringen. Wir werden dir ein neues Zimmer geben. Das Zimmer meines Vaters und das angrenzende Büro werden nicht mehr gebraucht. Würdest du dich dort wohl fühlen?»

Peena nickte, doch irgendetwas bedrückte sie noch.

«Werdet ihr mir das Kind wegnehmen, Missus? Werdet ihr es zu den Missionaren geben oder in eine der Einrichtungen, in die so viele schwarze Kinder verschleppt werden?»

Amber schüttelte den Kopf. «Nein, Peena. Du brauchst keine Angst zu haben. Dein Kind ist dein Kind, und niemand wird es dir wegnehmen. Du kannst mit ihm auf dem Gut wohnen bleiben, du kannst bei uns arbeiten. Du wirst zwei eigene Zimmer bekommen und dazu einen Schlüssel. Niemand darf diese Zimmer betreten, wenn du es nicht willst. Du wirst weiter im Haus und in der Outback-Station arbeiten, sodass du jederzeit nach deinem Kind sehen kannst. Vergiss nicht, dein Kind ist mit Emilia verwandt. Sie wird ein Halbgeschwisterchen bekommen.»

Bei diesen Worten lachte Amber hell auf. «Es ist schon komisch auf dieser Welt. Mein schwarzer Sohn wird nicht mit deinem schwarzen Kind verwandt sein, sondern mein weißes Kind bekommt ein schwarzes Geschwisterchen. Emilia hat dann zwei schwarze Geschwister. Ist das nicht verrückt?»

Peena sah Amber mit großen Augen an. «Warum tun Sie das, Missus? Warum helfen Sie mir?»

Amber lächelte. «Ich habe auch ein schwarzes Kind, Peena. Du hast lange Jahre viel für uns getan. Nun ist es wohl an der Zeit, dass wir etwas für dich tun.»

Das Mädchen knüllte noch immer die Schürze zwischen den Händen. «Ich danke Ihnen sehr, Missus. Sie haben ein großes und gutes Herz. Trotzdem werde ich nicht bleiben können. Der Master wird es nicht dulden. Ich habe Angst um mein Kind.»

«Deine Angst ist nicht unberechtigt. Aber du musst dich nicht sorgen. Der Master wird es sein, der gehen muss.»

Peena riss erschrocken die Augen auf. «Schicken Sie ihn weg, weil ich ein Kind von ihm bekomme?»

Amber zögerte. Sollte sie dem jungen Mädchen anvertrauen, was vor vielen Jahren geschehen war? Für das, was sie vorhatte, würde sie eine Verbündete brauchen.

«Ich habe Steve nicht freiwillig geheiratet», sagte sie leise. «Ich musste ihn heiraten. Es hatte etwas mit meinem Vater zu tun. Doch nun ist er tot, und ich bin frei. Deshalb wird er es sein, der gehen muss. Du hast damit nichts zu tun.»

Sie sah Peena an, um zu sehen, ob sie alles verstanden hatte. Peena nickte. «Es liegt ein Geheimnis über Carolina Cellar. Etwas Dunkles. Ich kann es spüren. Manchmal, wenn ich im Weinkeller zu tun habe, bemerke ich es sehr stark. Manchmal ist es stark, wenn ich in Steves Nähe bin. In der Teebaumplantage aber und in Jonahs Nähe ist alles hell und licht.»

Amber sah sie zweifelnd an, bevor sie erwiderte: «Hier gibt es nichts, das dir Angst machen müsste.»

Peena nickte mehrmals mit dem Kopf. «Ich kann es spüren», wiederholte sie. «Ich weiß es. Und ich verspreche Ihnen, zu helfen, wenn die Dunkelheit sich aus dem Schatten erhebt.»

Amber wedelte ungeduldig mit der Hand. «Das ist lieb von dir, Peena, aber im Augenblick habe ich andere Sorgen.»

Sie sah das Mädchen an. «Bist du nun beruhigt? Geht es dir besser?»

Peena nickte. Dann nahm sie Ambers Hand und betrachtete sie eine kurze Weile. Amber befürchtete schon, dass die Kleine Anstalten machen würde, ihr die Hand zu küssen, doch ihre Sorge war umsonst. Peena schmiegte ihr Gesicht in Ambers Hand und flüsterte: «Danke.»

Diese Geste war so rührend, dass Amber sich räuspern musste.

«Am besten wird es sein, wenn du gleich damit beginnst, die beiden Zimmer leer zu räumen und für deine Bedürfnisse einzurichten. Saleem wird dir dabei helfen.»

Mit diesen Worten wandte sich Amber ab und ging in das Büro, um in Ruhe zu telefonieren. Das Gespräch dauerte nicht lange, und als es beendet war, wirkte Amber sehr erleichtert.

Dann ging sie zum Weinkeller und rief nach Bob. «Du musst mir helfen. Wir werden die Sachen des Masters zusammenpacken und auf die Veranda stellen.»

«Geht der Master fort?»

«Ja.»

Ohne weitere Fragen zu stellen, stapfte Bob hinter Amber ins Gutshaus, nahm die Sachen, die Amber ihm zeigte, und stellte sie auf die Veranda. Amber hatte die Türen des Kleiderschranks weit geöffnet und füllte Steves Sachen ordentlich in Kleidersäcke. Sie war fast fertig damit, als Emilia kam.

«Was tust du, Mum?», fragte sie und sah sich verwundert um.

Amber legte die Sachen, die sie in den Händen hielt, ordentlich auf einen Stuhl und strich sich eine lose Haarsträhne aus der Stirn. Sie hatte sich vor diesem Augenblick gefürchtet. Emilia war zwar selten mit Steve einer Meinung, aber sie liebte ihren Vater. Sein Rausschmiss würde ihr wehtun, das wusste Amber.

Sie setzte sich auf das Bett und sah Emilia an. «Dein Vater ist in Adelaide. Er wird nicht mehr ins Haus zurückkommen. Ich lasse alle seine Sachen auf die Veranda bringen. Gleich kommt ein Schlosser, der die Schlösser auswechselt. Wir werden alle neue Schlüssel bekommen. Nur dein Vater nicht.»

Emilia sagte gar nichts. Sie stand einfach nur da und starrte ihre Mutter an. Eine Neunzehnjährige, die in dieser Stunde wirkte wie ein Mädchen von neun Jahren.

Sie anzusehen, zerriss Amber das Herz. Aber sosehr sie Emilia auch liebte, sie konnte nicht länger Rücksicht auf sie nehmen.

«Es ist für immer, nicht wahr? Du bist fest entschlossen, Mum, und möchtest nicht noch einmal darüber nachdenken?» Emilias Stimme klang klein und blass.

«Ich habe viele Jahre darüber nachgedacht. Jetzt ist mein Entschluss unumkehrbar.»

Emilia nickte. Amber sah ihr an, dass sie hin und her gerissen war.

«Sprich mit mir», bat sie ihre Tochter. «Sag mir, was dir im Kopf herumgeht.»

Emilia druckste ein wenig herum, ehe sie antwortete: «Ich kann verstehen, dass du die Nase voll hast von Papas Ausflügen ins Spielcasino und in die Bordelle von Tanunda und Adelaide. Ich kann verstehen, dass du es satt hast, wie Papa Jonah behandelt.»

Amber sah, dass Emilia ihre Hände zu Fäusten geballt hatte. «Aber er ist doch mein Vater», schluchzte sie plötzlich. «Wo soll er denn hin? Er hat doch niemanden außer uns! Wo soll er arbeiten? Wo soll er wohnen? Wovon soll erleben?»

«Komm her», sagte Amber und streckte Emilia beide Hände entgegen.

Das Mädchen kam und setzte sich auf Ambers Schoß. Nein, in diesen Minuten war sie wirklich nicht neunzehn Jahre alt. In diesen Minuten war sie ein verschrecktes kleines Mädchen, das Angst um seine Eltern hatte.

«Dein Vater hat genug Geld, Emilia. So viel, dass er bis an sein Lebensende gut davon leben kann. Selbst wenn er hundert Jahre alt wird. Er wird eine Wohnung finden. Und ich bin mir sicher, dass es auch noch Arbeit für ihn gibt. Er war der Verwalter eines großen Gutes. Er weiß viel, hat viele Erfahrungen, die etwas zählen. So mancher Winzer in der Gegend wäre wohl gern bereit, ihn einzustellen.»

«Ist es wegen Peena?», fragte Emilia, die natürlich – wie alle anderen auch – bemerkt hatte, dass ihr Vater seine Nächte meist in der Kammer der jungen Schwarzen verbrachte.

«Nein!» Amber schüttelte den Kopf. «Ich bin nicht eifersüchtig, ich war es noch nie. Ich habe Peena sehr gern. Sie wird bei uns bleiben und ihr Kind hier zur Welt bringen. Du bekommst ein Geschwisterchen, Emilia.»

Emilia lächelte unter Tränen. «Wird Papa mich besuchen?», fragte sie. «Mich und Peenas Kind?»

Amber zuckte mit den Schultern. «Ich weiß es nicht, aber ich verspreche dir, dass du jederzeit zu ihm gehen kannst.»

Emilia erhob sich. «Ich muss in die Küche, um das Essen für die Station vorzubereiten.»

Sie ging langsam und mit hängenden Schultern zur Tür. Dann blieb sie stehen und fragte leise: «Mum, kann ich heute in Jonahs Hütte schlafen? Ich möchte nicht sehen, wie Papa uns verlässt.»

«Ja, das kannst du. Wenn du möchtest, rufe ich Jonah an. Vielleicht kann er kommen und bei dir bleiben.»

Emilia nickte, und in diesem Augenblick wurde Amber klar, dass auch sie ihren Sohn gern hier hätte. Er sollte sehen, dass sein Peiniger für immer von hier fortging. Sie eilte zum Telefon, und zwei Stunden später war Jonah da.

Er traf seine Mutter im Büro.

«Ich wäre heute sowieso gekommen, Mum», sprudelte es aus ihm heraus. «Es ist etwas Unglaubliches geschehen!»

Amber lehnte sieh in ihrem Stuhl zurück. «Ich höre dir zu», sagte sie lächelnd. Sie hatte Jonah selten so aufgeregt gesehen.

«Mein Professor von der Universität hat mein Teebaumöl mit zu einem Kongress nach Europa genommen. Und stell dir vor, Mum: Ein pharmazeutisches Unternehmen, das sich auf natürliche Heilmittel spezialisiert hat, ist bereit, mein Öl zu kaufen. Sie wollen so viel wie möglich. Ich habe bereits fünfzig Liter, und sie zahlen für jeden Liter hundert Dollar. Wir werden fünftausend Dollar verdienen, Mum. Ist das nicht großartig?»

Amber sprang auf und umarmte ihren Sohn. «Das ist phantastisch, Jonah. Ich bin so stolz auf dich. Und ich freue mich sehr.»

Jonah kramte in seiner Hosentasche, und Amber riss vor Erstaunen die Augen weit auf, als sie die vielen Geldscheine sah.

«Sie haben schon im Voraus bezahlt. Ich muss nur noch die fünfzig Liter verschicken, aber das ist kein Problem. Ich werde sie als Luftfracht auf dem Flughafen in Adelaide aufgeben.»

Seine Augen strahlten vor Stolz. Er zählte Amber das Geld laut vor, dann nahm er tausend Dollar und steckte sie in einen Umschlag. «Das ist für Saleem. Der Rest muss für die neuen Pflanzen reichen.»

Er überlegte einen kleinen Augenblick, dann nahm er noch einmal zweihundert Dollar. «Hiervon werde ich ein hübsches Kleid für Emilia kaufen und ein Halstuch für Aluunda.» Er lächelte ein bisschen spitzbübisch. «Mal sehen, vielleicht bleibt ja noch ein Dollar übrig, damit ich auch dir etwas Hübsches mitbringen kann.»

Amber hatte ihrem Sohn schweigend zugesehen. Er war so glücklich, dass es ihr falsch erschienen wäre, ihn mit ihren Angelegenheiten zu belästigen. Doch jetzt war er fertig.

«Steve wird weggehen», sagte sie. «Für immer.»

Jonah nickte. «Ich habe es mir gedacht. Niemals habe ich euch bei einer Zärtlichkeit gesehen. Du hast ihn nie geliebt, Mum.»

Amber nickte. «Du hast recht, das habe ich nie.»

«Wirst du jetzt mit Ralph zusammenleben?»

«Darüber habe ich noch nicht nachgedacht. Ich weiß nicht einmal, ob er mich noch will.»

Amber lächelte und stand auf. «Geh zu Emilia. Sie braucht dich jetzt.»

Jonah nickte. «Ich werde sie mit in die Stadt nehmen und sie auf andere Gedanken bringen.»

23

AMBER LAG DIE GANZE NACHT WACH. SIE HATTE DIE ARME
unter dem Kopf verschränkt und sah im Schein ihrer Nachttischlampe an die Decke. Steve sollte sie nicht im Schlaf über-
raschen. Sie wusste, dass er sich bereits auf dem Heimweg
befand, denn das Bordell schloss um vier Uhr morgens. Und
Steve hatte noch nie ein Hotelzimmer in Adelaide genommen.
Jetzt war es halb fünf. Er musste in spätestens einer halben
Stunde da sein.

Beim Abendessen hatte sie die Angestellten und Arbeiter
darüber informiert, dass Steve nicht mehr zu Carolina Cellar
gehörte. Die Arbeiter hatten die Nachricht relativ unbewegt
aufgenommen. Sie hatten ihren Chef noch nie sonderlich gemocht, und sie wussten auch, wie gewalttätig er werden konnte, wenn etwas nicht nach seinem Kopf ging.

«Wer gibt uns ab morgen Anweisungen?», war alles, was
sie wissen wollten.

«Ihr bestimmt einen Vorarbeiter. Wenn ihr euch nicht
einigen könnt, werde ich einen bestimmen. Dieser wird ab
sofort sagen, was zu tun ist. Einmal in der Woche werde ich
mich mit ihm absprechen. Hat jemand etwas gegen diese Lösung?»

Die Männer grinsten. Die Aussicht, in Zukunft bei der Erfüllung ihrer Aufgaben mehr Freiheiten zu haben, gefiel ihnen.
Nur Harry, ein Arbeiter, der meist mürrisch und schweigsam
war, fragte: «Bekommt der Vorarbeiter mehr Lohn? Und wie
sieht's mit uns aus?»

Amber schüttelte entschieden den Kopf. «Im Moment ist nichts zu machen, Männer. Dem Gut ist es schon besser gegangen. Die Zeiten sind schlecht. Die Arbeitslosenzahlen sind erschreckend hoch, und jede Woche werden es mehr. Ich bin froh, dass ich euch jeden Monat euern Lohn zahlen kann. Aber ich stehe euch selbstverständlich nicht im Wege, wenn ihr meint, anderswo besser bezahlt zu werden.»

Ihre Worte waren hart, aber sie waren notwendig. Sie durfte sich ihnen gegenüber keine Schwäche erlauben. Sie war jetzt der Boss.

«Noch eins», fügte sie hinzu. «Peena ist schwanger. Sie sollte nicht mehr schwer heben. Wenn einer von euch sie mit einem Wäschekorb sieht, so gehe ich davon aus, dass der Kavalier in euch noch so lebendig ist, dass ihr wisst, was dann zu tun ist. Auch Aluunda wäre ab und an für einen starken Mann dankbar.»

Amber hatte so energisch gesprochen, dass keiner der Männer eine vorlaute Bemerkung wagte. Schwerfällig erhoben sie sich, grüßten und begaben sich in ihre Unterkunft, einen zweistöckigen Steinbau zwischen Maschinenhalle und Wäldchen mit einem Zimmer für jeden, einem Dusch- und einem Aufenthaltsraum sowie einer kleinen Teeküche. Die Männer hatten keine Familien, nur hin und wieder eine Liebschaft aus Tanunda. Amber verlangte nicht, dass sie auf dem Gut wohnten, doch die Arbeiter wollten das so.

Bob blieb in der Tür stehen und sah Amber an.

«Was ist noch?», fragte sie.

«Werde heute Nacht in Saleems Sessel unter der Akazie schlafen», brummte er. «Kann sein, dass Sie mich noch brauchen.»

Damit verschwand er, doch Amber hatte noch Harrys Gesicht gesehen, das merkwürdig schadenfroh und gehässig aus-

348

sah. Aber sie machte sich darüber keine Gedanken. Sie wusste
wenig über Harry.

Das war nun schon neun Stunden her. Amber hatte aus dem
Fenster gesehen, als sie zu Bett ging. Bob hatte, in eine Woll-
decke gehüllt, wie versprochen in Saleems Sessel gesessen.

Nun lag sie seit Stunden im Bett und starrte an die Decke. Die Gedanken in ihrem Kopf schwirrten wie Bienen im
Korb herum. Hatte sie alles richtig gemacht? Nein, sie hatte
sich nichts vorzuwerfen. Steve hatte sie erpresst, zur Heirat
gezwungen, betrogen, gelogen und zu guter Letzt noch bestoh-
len. Und er wäre niemals freiwillig gegangen.

Er hatte angedroht, Jonah zu erzählen, dass sein Großvater
der Mörder seines Vaters war. Amber war sich sicher, dass er
das auch tun würde. Er hatte noch nie eine Gelegenheit aus-
gelassen, den Jungen zu verletzen. Amber war entschlossen zu
lügen. Nicht um ihres Vaters, sondern um Jonah willen. Er
hatte nie einen Vater gehabt, aber er hatte ein Recht auf einen
guten Großvater. Es war sicher sehr wichtig für ihn, dass Walters Bild so blieb, wie es jetzt war. Emilia würde noch ein wenig trauern, aber Amber war sicher, dass sie die Trennung von
Steve schon bald verkraften würde. Immerhin war sie schon
neunzehn. Es gab nicht wenige Mädchen in Barossa Valley, die
in diesem Alter schon eigene Familien gründeten. Sie hoffte
nur, dass Steve sich nicht von seiner Tochter lossagen würde,
aber sie konnte nicht einschätzen, wie sehr er sie liebte. Im
Grunde wusste Amber überhaupt nichts über Steves Gefühle.
Konnte er überhaupt lieben? War er dazu fähig? Wusste er, wie
sich Liebe anfühlte?

Um sich von diesen Gedanken abzulenken, dachte Amber
an das nächste Wochenende. Sie würde Ralph zum Essen ein-
laden. Wie normale Gäste würden sie in der Outback-Station

sitzen und sich Emilias Gerichte schmecken lassen. Danach würden sie vielleicht einen Kaffee oder ein Glas Wein auf der Veranda trinken. Was weiter geschah, überließ Amber dem Zufall und der Stimmung. Aber sie freute sich darauf. Wenn sie an Ralph dachte, spürte sie ein Kribbeln im Bauch.

Was werde ich anziehen?, überlegte sie. Ob ich mein Haar färben soll?

Sie hatte noch keine Antwort gefunden, als das Licht von Autoscheinwerfern, die vom Feldweg in die gekieste Auffahrt bogen, seine Spuren an die Decke malte.

Amber stand auf. Sie schlüpfte in eine Hose, zog ein T-Shirt über den Kopf und eine Strickjacke darüber. Sie wollte nicht im Nachthemd vor Steve erscheinen.

Mit angehaltenem Atem und klopfendem Herzen löschte sie das Licht der Nachttischlampe und stellte sich seitlich ans Fenster, sodass sie ihn gut sehen konnte, aber selbst unentdeckt blieb.

Steve stieg aus dem Wagen und schlug die Tür lässig und ohne Rücksicht auf die Schlafenden ins Schloss. Dann pfiff er – ebenfalls sehr laut – einen Schlager, der gerade auf allen Radiostationen lief. Er war bester Laune, riss sich auf dem Weg zum Haus den Schlips vom Hals, doch plötzlich stutzte er. Er musste seine Sachen auf der Veranda entdeckt haben.

Sein Blick huschte an den Fenstern des Gutshauses entlang, doch alles war dunkel und still.

Er fluchte leise, kratzte sich am Hinterkopf, dann angelte er den Schlüssel aus seiner Hosentasche, und wenig später hörte Amber ihn im Schloss rumoren.

Sie hielt den Atem an. Ihr Herz klopfte mit schnellen Schlägen gegen ihre Rippenbögen. Kurz dachte sie an Emilia. Stand sie jetzt ebenso neben dem Fenster wie sie selbst? Weinte sie gar? Wie weh tat es ihr, den Vater vor der verschlossenen Tür zu sehen? Doch dann fiel Amber ein, dass Emilia bei Jonah in der Jagdhütte war. Sie war nicht allein, konnte ihren Schmerz teilen.

Als die ersten Schläge gegen die Tür wummerten, atmete Amber beinahe vor Erleichterung auf. Sie hatte mit Steves Zorn gerechnet. Jetzt war er da. Zuerst schlug er nur mit den Fäusten dagegen. Sie hörte ihn schreien: «Amber, mach sofort die Tür auf! Los, habe ich gesagt. Peena, komm her!»

Er hielt inne, doch als im Haus alles ruhig blieb und sich niemand anschickte, ihn einzulassen, begann er gegen die Tür zu treten. Seine genagelten Stiefel traten gegen das Holz, und Amber glaubte, bei jedem Tritt die Tür splittern zu hören.

Dabei schrie er nach Leibeskräften. «Mach sofort die Tür auf, Amber. Meine Geduld ist am Ende. So einfach wirst du mich nicht los. Du wirst den Rest deines Lebens an mich denken. Mach sofort auf, wenn du nicht willst, dass ein Unglück geschieht.»

«Langsam, Boss, langsam.» Bobs Stimme hatte etwas Beruhigendes.

Ohne dass Steve ihn bemerkt hatte, war er von seinem Korbsessel aufgestanden und auf die Veranda gekommen. Nun stand er hinter Steve und legte ihm begütigend eine Hand auf die Schulter.

«Was willst du? Scher dich ins Bett, damit du morgen bei der Arbeit ausgeruht bist», herrschte Steve den Arbeiter an. «Los, hau ab, du Laus, ehe ich dir Beine mache. Das hier ist eine Angelegenheit zwischen meiner Frau und mir. Ein Missverständnis.»

Amber sah, wie Bob den Kopf schüttelte. «Ich glaube nicht, dass hier ein Missverständnis vorliegt. Die Lage ist eindeutig. Dort stehen Ihre Sachen, Boss, und die Schlösser wurden ausgewechselt. Verstehen Sie die Botschaft?»

Steves Stimme klang jetzt drohend. Amber sah, dass er Bob am Kragen gepackt hatte. «Misch dich hier nicht ein, habe ich gesagt. Hau ab, Mann!» Er schüttelte Bob, dann ließ er ihn so überraschend los, dass der Mann ein wenig nach hinten taumelte. Doch er fing sich sofort wieder und begann sich ganz langsam die Ärmel hochzukrempeln.

«Die Missus möchte Sie nicht mehr hierhaben. Nehmen Sie es hin, Boss. Ich helfe Ihnen, die Sachen in den Landrover zu packen. Die Missus wird nichts dagegen haben, dass Sie das Auto benutzen.»

Amber hörte keine Antwort. Alles, was sie hörte, war ein Schlag. Sie trat nun an das Fenster und sah hinaus. Bob lag am Boden, schützte mit den Armen seinen Kopf und versuchte, Steves Stiefeltritten auszuweichen. Amber riss das Fenster auf: «Hör auf! Hör sofort auf damit, Steve, oder ich rufe die Polizei!»

Dann schlug sie das Fenster zu, um den Tobenden von Bob wegzuholen.

Als sie herunterkam, waren die anderen Arbeiter schon da. Zwei hielten Steve fest, der keuchte, als habe er mit einem Bären gerungen, einer kniete neben Bob, der am Boden lag und sich die Seiten hielt.

Nur Harry stand lässig gegen das Geländer der Veranda gelehnt und drehte sich eine Zigarette.

Amber wusste nicht, was sie tun sollte. Es war eine tiefe Demütigung für Steve, vor den Augen seiner Untergebenen vom Gut geworfen zu werden, doch er hatte es nicht anders gewollt.

«Lasst ihn los!», befahl Amber, und die Männer gehorchten.

Doch sofort ging Steve wieder auf sie los, schlug blindlings mit seinen Fäusten in Gesichter. Amber hörte Knochen split-

tern. Steve raste, und den Männern gelang es nicht, ihn zu
bändigen.

Harry lehnte noch immer am Geländer, zog an seiner Zigarette und tat, als fände vor seinen Augen ein sportlicher Wett-
kampf statt.

Amber rannte ins Haus zurück und rief die Polizei. Sie
kannte ihren Mann gut genug, um zu wissen, dass er nicht
eher Ruhe geben würde, ehe irgendjemand krankenhausreif
am Boden lag.

Die Polizisten waren gerade in der Nähe auf ihrer nächtlichen Streiffahrt. Es würde nur wenige Minuten dauern, bis
sie da waren.

Amber lief zurück auf die Veranda. Die Prügelei war noch
immer im Gange. Zwei Männer bluteten aus der Nase, doch
Steve trat und schlug so heftig um sich, dass es ihnen nicht gelang, ihn zu bändigen.

«Hör auf», rief Amber, doch sie wusste, dass ihre Worte
nicht das Geringste ausrichteten.

Dann wandte sie sich an Harry: «Mit deiner Hilfe könnten
sie es schaffen, den Boss zur Ruhe zu bringen», sagte sie und
konnte sich den Vorwurf in der Stimme nicht verkneifen.

Harry aber schüttelte den Kopf. «Ich mische mich nicht in
die Angelegenheiten fremder Leute. Der Boss hat mir nichts
getan. Es gibt keinen Grund, sich mit ihm anzulegen.»

Er nahm die Zigarette, warf sie auf den Boden und trat sie
aus. Im selben Augenblick heulten die Polizeisirenen auf. Zwei
Beamte sprangen aus dem Wagen. Der Anblick ihrer Unifor-
men und der Gummiknüppel reichte, um Steve zur Besinnung
kommen zu lassen.

Innerhalb von Sekunden war das Handgemenge beendet.
Steve hing zwischen den beiden Polizisten wie ein bockiges
Kleinkind zwischen den Eltern. Blut lief ihm über die Wange,

doch er tobte weiter: «Das kannst du nicht mit mir machen!», schrie er in Ambers Richtung. «Das wirst du bereuen! In deinem ganzen Leben wirst du keinen glücklichen Tag mehr haben, das verspreche ich dir! Du nicht und dein schwarzer Bastard erst recht nicht. Ich mache euch fertig, so wahr ich Steve Emslie heiße.»

«Was ist hier eigentlich los?», fragte einer der Polizisten.

Amber richtete sich gerade auf und antwortete mit fester Stimme, aber am ganzen Leib zitternd: «Dies ist mein Mann. Ich habe ihn rausgeworfen. Das Gut gehört mir allein. Ich möchte nicht mehr mit ihm leben und habe ihn bereits mehrfach aufgefordert, das Gut zu verlassen. Er hat nicht auf mich gehört, also habe ich heute Nachmittag seine Sachen gepackt und die Schlösser auswechseln lassen.»

Die Polizisten nickten sich wissend zu. «Steve Emslie?», fragten sie.

«Ja!», knurrte der Mann.

«Wir nehmen Sie mit zur Wache. Ihre Worte klangen nicht so, als wünschten sie den Leuten von Carolina Cellar einen guten Tag. Außerdem gab es schon mehrfach Beschwerden über Sie. Eine Frau aus der Schwarzen Katze gab an, Sie hätten sie geschlagen. Es wird das Beste sein, wenn Sie sich unter unserer Obhut erst mal ein bisschen beruhigen.»

Steve hatte verloren. Er wusste es. Ohne ein weiteres Wort ließ er sich von den Polizisten zum Wagen führen. Doch der Blick, den er Amber zuwarf, war so voller Hass, dass sie erschrak. Schnell sah sie woandershin und bemerkte Harry, der sie mit zusammengekniffenen Augen musterte. Was hat er vor?, fragte sie sich. Warum starrt er mich denn wütend an? Ihm habe ich doch nichts getan. Ein kleines Glöckchen schlug in ihrem Hinterkopf vorsorglich Alarm, doch Amber war viel zu müde, um darauf zu achten.

Als Steve mit den Polizisten das Gut verlassen hatte, bedankte sie sich bei Bob und den Männern, versprach ihnen zwei Kästen Bier zum Wochenende und stand dann noch eine kleine Weile allein auf der Veranda. Es war kühl geworden, und sie fröstelte. Trotzdem blieb sie stehen und beobachtete die Sonne, die langsam aus ihrem Schlaf erwachte und hinter den Hügeln den Himmel emporkletterte.

Ihr Blick fiel auf Jonahs Teebaumplantage. Die Bäume standen in voller Blüte und sahen aus, als wären sie mit frisch gefallenem Schnee bedeckt. Schnee im Sommer, dachte Amber, kann auch ein Versprechen auf einen Neubeginn sein.

«Ich bin frei», flüsterte sie. «Ich bin endlich frei. Heute beginnt mein zweites Leben. Und ich schwöre bei Gott, dass es ein gutes Leben werden wird.»

Amber war in Tanunda beim Friseur gewesen, um sich das Haar färben zu lassen.

Zufällig saß Maggie neben ihr auf dem Stuhl und ließ sich das Haar frisch locken.

«Wir sind alt geworden, was, Amber?», fragte sie und strich sich seufzend über die Falten an den Augenwinkeln.

«Ja», stimmte Amber zu. «Aber der schönste Teil unseres Lebens beginnt jetzt erst.»

Maggie lächelte. «Du hast Steve rausgeworfen, erzählt man sich.»

«Stimmt», war alles, was Amber sagte.

Maggie sah sie forschend an, dann seufzte sie. «Mag sein, dass für dich ein neues Leben beginnt. Ich hänge in meinem alten Leben fest und frage mich manchmal, worin eigentlich der Sinn dieses Lebens besteht.»

«Solche Fragen führen zu nichts, Maggie. Du hast eine wunderbare Tochter, einen guten Mann. Du bist gesund, und für das Finanzielle ist auch gesorgt.»

«Diana wird uns bald verlassen. Sie wird heiraten und nach Adelaide ziehen.»

«Aber das ist doch wunderbar, Maggie. Herzlichen Glückwunsch.»

«Dann bin ich allein. Was soll ich den ganzen Tag lang tun? Mit dem Haushalt bin ich schon vormittags fertig. Jake kommt erst am Abend nach Hause. Oh, Amber, du hast einen Beruf und weißt sicher gar nicht, was Langeweile ist. Ich beneide dich darum. Im Grunde habe ich dich immer beneidet.»

Amber zuckte mit den Achseln. «Ich fürchte, ich hatte in den letzten Jahren viel zu wenig Zeit, um über mein Leben und meine Wünsche nachzudenken. Aber du hast recht, Maggie. Ich bin sehr froh, einen Beruf zu haben und unabhängig zu sein.»

Dann kam ihr plötzlich eine Idee. «Du kochst doch so gern, Maggie, nicht wahr?»

«Ja, das schon. Aber für zwei Personen lohnt sich ein großer Aufwand gar nicht. Warum fragst du?»

«Ich würde Aluunda gern entlasten. Und Peena ebenfalls. Sie ist schwanger. Emilia schafft die Arbeit in der Outback-Station nicht mehr allein. Vielleicht hast du ja Lust, ein paar Mal in der Woche für die Station zu kochen?»

Maggie strahlte, dann erstarb das Lächeln. «Ich muss mit Jake darüber reden. Er ist mit Steve befreundet. Ich weiß nicht, ob er es duldet, dass ich bei euch arbeite. Er hat mich ja schon nicht in unserer Firma mitarbeiten lassen.»

«Überleg es dir», sagte Amber. «Aber vergiss nicht, du hast ein Recht auf ein eigenes Leben, ein Recht auf selbst verdientes Geld, ein Recht auf Erfolg und Anerkennung.»

Maggie seufzte. «Das sagt sich so leicht. Aber schön wäre es schon. Ich wäre wieder mit dir zusammen, so wie früher. Ich habe dich vermisst, Amber. Als Freundin vermisst.»

Amber sah Maggie an. «Ich dich auch. All die Jahre über.»

Plötzlich richtete sich Maggie gerade auf. Sie warf den Kopf nach hinten und reckte das Kinn. «Ich fange morgen bei euch an. Soll Jake sagen, was er will. Es ist mein Leben.»

Dann beugte sie sich zu Amber hinüber und streckte ihr eine Hand hin. «Schlagen wir ein?», fragte sie und lachte dabei wie früher.

«Das tun wir! Jetzt ist es abgemacht: Ab morgen haben wir eine neue Köchin.»

Die Friseurin kam zu Amber, griff in ihr schweres, langes Haar und fragte: «Was wollen wir machen?»

Amber sah kurz zu Maggie, dann lachte sie und sagte entschlossen: «Weg mit den alten Zöpfen. Es wird Zeit für einen neuen Kopf. Ich hätte gern einen modernen Kurzhaarschnitt.»

Zwei Stunden später sah ihr eine fremde, aber sympathisch aussehende Frau aus dem Spiegel entgegen. Immer wieder griff sich Amber in den Nacken, der nun frei lag. Sie sah sich an, schüttelte verwundert den Kopf, dann lachte sie und drehte sich nach allen Seiten. Der Haarschnitt gefiel ihr gut. Bin ich das?, fragte sie sich und betrachtete ihr Gesicht. Sie sah sich in die Augen, die heute glänzten. Sie sah auch die Falten um die Augen, sah die Haut, die noch immer glatt, aber großporiger geworden war. Sie sah ihre Nase und den Mund. Mit dem Finger fuhr sie behutsam die Linien von den Mundwinkeln zur Nase nach. Es waren Linien, die sie härter aussehen ließen, ein wenig verbittert vielleicht sogar. Ab heute, sagte sie sich, werdet ihr nicht mehr tiefer werden. Ab heute beginnt mein neues Leben. Ab heute will ich nicht mehr leiden, mich nicht mehr quälen und die Interessen anderer höher stellen als meine eigenen. Es wird Zeit, Amber Jordan, dass du beginnst, dein eigenes Leben zu führen.

«Du siehst toll aus», fand Maggie. «Jetzt fehlt nur noch ein neues Kleid und ein neuer Lippenstift, und du fühlst dich wie neugeboren.»

Amber sah auf ihre Armbanduhr. Es war gerade zwei Uhr am Nachmittag. Sie hatte Zeit. Und Maggie hatte recht. Wann hatte sie sich je ein neues Kleid gekauft? Wann einen neuen Lippenstift? Sie konnte sich nicht daran erinnern.

«Wie wär's?», fragte sie Maggie. «Hast du Lust auf einen Stadtbummel? Ich glaube, ich könnte eine Beraterin gut gebrauchen.»

24

«Du siehst wunderschön aus!» – Ralph stand vor Amber und betrachtete sie mit großen Augen.

Amber griff sich verlegen in die neue Frisur und strich dann über das Kleid, das sie mit Maggie zusammen gekauft hatte. Sie fühlte sich noch ein wenig unwohl in dem eng anliegenden, durchgeknöpften Kleid, das ihre Figur betonte und sich wie Seide an ihre Oberschenkel schmiegte.

Doch die schlammgrüne Farbe betonte ihre Augen und das satte, glänzende Braun ihrer Haare. Der neue Lippenstift, ein warmer rotbrauner Ton, gab ihrem Gesicht einen weichen Zug.

«Gefalle ich dir?», fragte Amber und schwankte zwischen Verlegenheit und Stolz. «Wie findest du mein Haar? Und was sagst du zu meinem Kleid? Meinst du, der Lippenstift steht mir?»

Ralph zog sie in seine Arme, roch an ihrem Haar. «Du bist wunderschön, Amber. Deine Frisur macht dich jung und frisch, das Kleid ist wie für dich gemacht, und der Lippenstift macht Lust, dich zu küssen.»

Lachend machte Amber sich los. Sie liebte Ralph. Ja, das tat sie. Von ganzem Herzen sogar. Aber zwischen ihrem letzten Zusammensein in Sydney war so viel Zeit vergangen. Sechs Jahre beinahe. Amber war älter geworden. Erst kürzlich hatte sie bemerkt, dass die Haut an ihren Oberarmen schlaffer geworden war. Auch der Bauch war nicht mehr so flach wie früher. Würde sie ihm noch gefallen? Sie hatte Angst und fühlte sich ein bisschen wie ein junges Mädchen vor dem ersten Rendezvous. Ich habe so wenig geliebt in meinem Leben, dachte sie. Ich weiß gar nicht, ob ich das überhaupt noch kann.

Sie nahm Ralph am Arm. «Lass uns in die Outback-Station gehen. Emilia hat einen Tisch unter den Akazien für uns reserviert. Und Maggie hat gekocht. Ich bin sehr gespannt, was sie uns servieren werden.»

Hand in Hand schlenderten sie hinüber zur Station. Emilia hatte den Tisch mit besonderer Sorgfalt gedeckt. Die Korbsessel hatten grüne Kissen, die Tischdecken waren mit Weinranken bestickt, in der Mitte stand ein silberner Leuchter.

Ralph und Amber waren die einzigen Gäste. Normalerweise hatte die Outback-Station an diesem Tag ihren Ruhetag. Doch für Ralph und Amber hatte das Team eine Ausnahme gemacht.

Die Arbeiter des Gutes kamen aus den Weinbergen und schlenderten müde an ihnen vorüber. Sie nickten zum Gruß und tippten sich an ihre Hüte, ehe sie in ihrem Steinhaus verschwanden.

Harry war nicht dabei, doch Amber maß diesem Umstand keine Bedeutung zu. Vielleicht kam er noch, vielleicht hatte er anderswo zu tun gehabt.

Während Emilia den Wein holte, saßen sich Amber und Ralph gegenüber. Auch bei ihm war eine leichte Befangenheit zu spüren. Zögernd griff er über den Tisch nach ihrer Hand.

«Es ist wundervoll, hier mit dir zu sitzen», sagte er leise. «Ich hatte nicht mehr daran geglaubt, jemals wieder mit dir allein zusammen sein zu können.»

Amber lächelte. Ich muss ihm erzählen, warum ich Steve rausgeworfen habe, dachte sie. Doch der Abend war so schön, der Wein so gut und Maggies Essen so köstlich, dass Amber es auf später verschob. Genüsslich kostete sie von dem Lammbraten, der in einer Soße aus Wildhonig und in einem Bett von Buschsamen lag.

Auch Ralph fragte nichts. Es schien, als würde es ihm genügen, Amber in seiner Nähe zu wissen. Nur einmal sagte er: «Ich habe all die Jahre auf dich gewartet, Amber. Aber das war keine Heldentat. Wie gern hätte ich mich wieder verliebt, nachdem du mich zurückgewiesen hast. Aber welche Frau ich auch traf, ich musste immer an dich denken, habe die anderen immer mit dir verglichen.»

«Ich habe Steve nie geliebt. Das weißt du, Ralph, nicht wahr?»

Ralph nickte. «Deshalb habe ich auch nie verstanden, warum du bei ihm geblieben bist. Es schien, als würdest du eine Pflicht erfüllen.»

Amber sah ihn an. Sie sah in seine Augen und fand darin die Liebe, nach der sie sich so gesehnt hatte. Sie konnte ihm vertrauen, das wusste sie ganz sicher.

«Ja, es war eine Pflicht. Eine Schuld musste abgetragen werden. Es war nicht meine Schuld. Jetzt ist alles vorbei. Jetzt bin ich frei.»

Frei für dich, hätte sie am liebsten gesagt, doch sie schämte sich ein wenig. Sie war jetzt eine Frau, die gut fünfundvierzig Jahre zählte. Ihre Jugend war vorbei. Sie war stärker geworden, aber auch verletzlicher. Das Leben, das vor ihr lag, musste nun gelingen.

Die Teller waren leer, der Wein ausgetrunken. Emilia hatte sich die Schürze abgebunden, und Maggie war lang schon nach Hause gefahren.

Aber Amber und Ralph wollten sich noch nicht trennen. «Ich mache uns einen Kaffee, wenn du möchtest. Wir können ihn auf der Veranda trinken», schlug Amber vor. Ralph nickte. Seine Blicke hingen an ihr.

Sie standen auf, bedankten sich bei Emilia und gingen zum Haus. Die Küchentür war noch nicht ganz hinter ihnen ins Schloss gefallen, als Ralph sie auch schon an sich zog. Sein Kuss war hungrig. Er sog ihren Atem ein, als könne er ohne ihn keine Minute länger leben. Seine Hand lag in ihrem Rücken und presste sie fest an sich. Die andere Hand lag an ihrer Wange, als müsse er sich noch zusätzlich davon überzeugen, dass Amber bei ihm war. Endlich, endlich bei ihm war.

Atemlos ließen sie voneinander ab. Dann zog Amber Ralph aus der Küche und die Treppe hinauf zu ihrem Schlafzimmer.

In Windeseile zogen sie sich aus, ihre Sachen fielen achtlos und im wilden Durcheinander auf den Boden. Dann warf Ralph sich auf das Bett und zog Amber auf sich. Seine Hände glitten über ihren zarten Rücken, über ihren Po.

Amber strich über sein Gesicht, presste ihre Brust gegen seine.

«Es ist, als würde unsere Haut sich erkennen», flüsterte sie. «Als hätte meine Haut deine Haut im Gedächtnis behalten über all die Jahre. Und jetzt ist sie nach Hause gekommen. Zur Ruhe gekommen, weil sie deine Haut spürt.»

«Wir lieben uns», erwiderte Ralph. «Und weil ich dich liebe, würde ich deine Haut unter tausend anderen erkennen.»

Seine Lippen suchten wieder ihren Mund. Und wieder stillten sie ihren Hunger nacheinander. Sie konnten keinen Millimeter Abstand zwischen sich ertragen. Der Körper des einen wollte so viel wie möglich vom Körper des anderen spüren. Amber drängte sich an Ralph, als wäre es möglich, in ihm aufzugehen, mit ihm zu verschmelzen, aus zwei Körpern einen zu formen.

Eine stille Leidenschaft, eine Leidenschaft, die nicht wie ein Gewitter war, sondern wie ein üppiger Schneefall, der alles wie unter einer Decke unter sich begrub, überkam sie.

Sein Mund glitt über ihren Leib, fand wie von selbst ihre empfindsamsten Stellen. Seine Zunge fuhr in ihre Armbeuge, und Amber erschauerte, fuhr weiter bis zu ihrer Achsel. Ralph vergrub sein Gesicht darin wie in einer warmen Höhle. Er sog ihren Geruch ganz tief ein, so tief, dass er ihn niemals wieder vergessen würde.

Eine Hand lag auf ihrem Schamhügel, strich sanft darüber. Seine Finger glitten zwischen ihre Beine, fuhren die Umrisse ihrer Lippen nach, bevor sie in das warme Nass ihres Schoßes tauchten. Amber spreizte ihre Beine weit. Sie war offen für Ralph, wollte ihn in sich aufnehmen. Als er in sie eindrang, seufzte sie und schloss die Augen. Wie in einem seltsamen Tanz bewegten sich ihre Leiber im selben Rhythmus. Haut an Haut, Herz an Herz. So soll es immer sein, dachte Amber und war so glücklich wie noch nie zuvor in ihrem Leben.

«Ich liebe dich so», flüsterte sie, und Ralph erwiderte: «Niemals wieder werde ich mich von dir trennen, keinen Tag und keine Nacht mehr ohne dich sein.»

Sie waren so vertieft in ihre Liebe, dass sie das Scheinwerferlicht, das von draußen ins Zimmer drang, nicht wahrnahmen. Auch das kräftige Hämmern an der Tür hörten sie nicht sofort. Ihre Sinne hatten die Außenwelt ausgeblendet. Sie brauchten sie jetzt nicht. Sie hatten sich, sie genügten sich, wollten nichts anderes.

«Was ist denn los? Ist etwas passiert? Oh, Gott, mit Jonah vielleicht?»

Amber wurde schreckensbleich, als sie die beiden Männer vor sich sah, deren Ausweise verrieten, dass sie von der Kriminalpolizei aus Adelaide kamen.

«Ihrem Sohn ist nichts passiert, zumindest soweit wir wissen. Wir kommen zu Ihnen. Sind Sie Mrs. Amber Emslie, geborene Jordan, Besitzerin und Verwalterin des Gutes Carolina Cellar?»

Amber zog ihren Morgenmantel, den sie sich in aller Eile übergeworfen hatte, über der Brust fest zusammen. Sie fröstelte plötzlich, obwohl ihr Leib noch erhitzt war von der Liebe und ihre Wangen rosig schimmerten.

«Ja, das bin ich.»

«Was ist los?» Ralph war inzwischen dazugekommen. Er trug nur seine lange Hose und starrte die Kriminalbeamten mit zerzausten Haaren an. «Warum kommen Sie mitten in der Nacht?»

Die Beamten betrachteten ihn überrascht, als hätten sie nicht damit gerechnet, einen Mann in diesem Haus anzutreffen.

«Wer sind Sie?», bellte der eine.

«Mein Name ist Dr. Ralph Lorenz. Ich bin ein Freund der Familie und Mrs. Emslies Gefährte.»

Die beiden Kriminalbeamten sahen sich bedeutungsvoll an, dann wandten sie sich wieder an Amber.

«Wir müssen Sie bitten, mitzukommen. Ziehen Sie sich an, und packen Sie eine kleine Tasche mit Unterwäsche und Waschzeug.»

Amber riss die Augen auf und sah zuerst Ralph, dann die Polizisten an. «Aber warum denn? Was habe ich denn getan?»

«Sie werden verdächtigt, einen Menschen ermordet zu haben.»

Als die Zellentür hinter ihr ins Schloss fiel, konnte Amber noch immer nicht glauben, wie ihr geschah. Sie saß in Adelaide in der Untersuchungshaftanstalt für Frauen! Sie, die niemals auch nur einer Fliege etwas zuleide getan hatte. Oh, sie wusste beim besten Willen nicht, was sie hier sollte. Es muss sich um eine Verwechslung handeln, dachte sie. Sie spürte, wie sich Panik in ihr breit machte.

Die Polizisten hatten auf der einstündigen Fahrt geschwiegen und Ambers viele Fragen nicht beantwortet. Nur eines hatte man ihr mitgeteilt: «Sie werden morgen früh dem Staatsanwalt vorgeführt. Sie haben das Recht, sich einen Anwalt zu nehmen. Alles, was sie von nun an sagen, kann gegen Sie verwendet werden.»

Amber hatte ähnliche Szenen schon hundertmal im Fernsehen gesehen. Sie konnte einfach nicht glauben, dass sie nun hier in einem zivilen Polizeiwagen saß und ins Gefängnis gebracht wurde.

«Willkommen, Schwester», tönte eine volle Stimme aus der Dunkelheit der Zelle.

Amber fuhr herum. Ihre Augen stocherten im Dunkel wie ein Schiff im Nebel.

«Guten Abend», erwiderte sie höflich.

«Warum bist du hier, Schwester?», wollte die Stimme wissen.

«Ich ... ich weiß es nicht», antwortete Amber zögernd. «Man hat mir gesagt, der Staatsanwalt würde es mir morgen sagen. Ich glaube, es handelt sich um ein Missverständnis. Gewiss werde ich morgen wieder zurück nach Hause können.»

«Das sagen alle, wenn sie frisch kommen. Ich habe aber noch nie erlebt, dass eine am nächsten Tag wieder gehen konnte. Wenn du jeder Glauben schenken wolltest, so wäre dieses Gebäude voller Justizirrtümer. Ich habe jemanden umgebracht», bekannte die Stimme gleichmütig. «Ich habe einen Kerl abgestochen, der mich jahrelang geprügelt hat. Oh, Mann, der Typ hat geblutet wie ein Schwein. Gut so! Ich hab all die Jahre zuvor bestimmt mehr Blut verloren. Jetzt ist er hin, und ich bin froh, dass er tot ist. Sollen sie mit mir machen, was immer sie wollen. Alles ist besser als das Leben mit diesem Schwein.»

Amber schwieg.

Hinter ihr war ein Geräusch zu hören. Ein Schatten tappte durch die Dunkelheit. Im Licht, das spärlich durch das vergitterte Fenster fiel, erkannte Amber eine große, kräftige Frau, die ihr die Hand entgegenstreckte. «Ich bin Lilith», sagte die Frau und lachte. «Lilith wie die erste Frau Adams. Tja, Eva war auch nur zweite Wahl.» Sie lachte laut und dröhnend und zerquetschte Amber beinahe die Hand.

«Angenehm. Amber Emslie», sagte Amber und wusste nicht, wovor sie sich mehr fürchten sollte: vor dem, was ihr morgen geschehen würde, oder davor, mit diesem wahrhaft mörderischen Riesenweib die Dunkelheit zu teilen.

«Du brauchst keine Angst zu haben», tönte die Riesin. «Ich tue dir nichts. Es ist mir auch egal, weshalb du hier bist. Man sollte sich im Knast möglichst keine Feinde machen, verstehst du? Die Aufseher können nicht überall sein. Meist machen sie sowieso die Augen zu.»

«Haben Sie … hast du Erfahrung?»

Die Riesin lachte. «Ich habe schon mal eingesessen. In meiner Jugend. Diebstahl. War nicht weiter wild, aber mir hat es gereicht. Mein Leben war von vorn bis hinten verpfuscht. Was soll's? Ich kann's nicht ändern. Ob ich im Knast sterbe oder in der Gosse, ist mir letztendlich egal.»

Amber schwieg. Was sollte sie auch sagen? Ihre Blicke irrten durch die Dunkelheit. Sie war müde, so unsagbar müde.

An der Wand entdeckte sie ein Klappbett mit einer Decke darauf.

«Ich werde versuchen, zu schlafen», sagte sie.

Lilith erwiderte: «Tu das. Wirst deine Kraft morgen

brauchen. Die Decken stinken, aber sie halten warm. Gute Nacht.»

Amber legte sich auf die harte Pritsche und dachte an Ralph. Was tat er jetzt? Wie dachte er über sie? Aber sie wusste ja nicht einmal selbst, was sie denken sollte.

Als der Morgen kam und die Aufseher laut klappernd das Frühstück verteilten, fühlte sich Amber so zerschlagen, als wäre ein Traktor über sie hinweggefahren. Jeder Knochen tat ihr weh, die Augen brannten. Sie hätte sich gern ein wenig frisch gemacht, doch sie schämte sich vor Lilith. Es gab nur ein Waschbecken in der Zelle und eine Toilette, die nicht einmal durch einen Vorhang vom übrigen Raum abgetrennt war.

Amber musste dringend, doch sie konnte einfach nicht. Nicht, wenn ihr jemand zusah.

Das Riesenweib war schon wach. Sie lag mit unter dem Kopf verschränkten Armen auf ihrer Pritsche und sah freundlich zu Amber.

«Geh ruhig aufs Klo», sagte sie. «Ich gucke solange in eine andere Richtung.»

«Danke schön», sagte Amber. «Aber ich verspüre im Augenblick kein Bedürfnis.»

Lilith lachte, lachte so laut, dass Amber glaubte, die Zellenwände würden zusammenstürzen.

«Brauchst dich nicht zu schämen, Schwester, ist hier völlig nutzlos. Irgendwann musst du ja doch. Also quäl dich nicht unnötig.»

Amber stand unschlüssig herum, dann spritzte sie sich ein wenig Wasser ins Gesicht, putzte sich die Zähne und fuhr sich mit einer Bürste über die kurzen Haare. Ich muss mich hier nicht waschen, dachte sie. In ein paar Stunden werde ich zu Hause sein und ein Bad nehmen. Sie ließ das Frühstück, das aus zwei Scheiben Graubrot, Margarine, einem Klecks Marmelade und Kräutertee bestand, stehen, machte ordentlich ihr «Bett» und wartete mit im Schoß gefalteten Händen darauf, dem Staatsanwalt vorgeführt zu werden. Wenig später kam eine Aufseherin und führte Amber in einen kargen Raum.

25

Hinter einem Schreibtisch sass ein Mann in einer schwarzen Robe. Amber erkannte in ihm den Staatsanwalt. Noch ein weiterer Mann war anwesend, der auf Amber zukam und ihr fest die Hand schüttelte. «Ich bin Silvio Creally, Ihr Anwalt. Dr. Lorenz, ein Freund aus Studententagen, hat mich mit Ihrem Fall beauftragt.»

«Fall?», fragte Amber ahnungslos. «Ich weiß noch gar nicht, worum es eigentlich geht.»

«Können wir beginnen? Ich habe nicht ewig Zeit!»

Der Staatsanwalt klang genervt. Creally verlangte, sofort zu wissen, was Amber vorgeworfen wird.

«Es hat eine Anzeige gegeben. Steve Emslie, Ihr Mann, hat uns mitgeteilt, dass Sie vor fünfundzwanzig Jahren einen Aborigine namens Jonah getötet haben sollen, nachdem Sie bemerkten, dass Sie ein Kind von ihm bekommen werden. Sie erschlugen ihn hinterrücks mit einem Beil und begruben ihn mithilfe Ihres verstorbenen Vaters auf Ihrem Gut. Genau an der Stelle, an der der älteste Teebaum einer Plantage steht.»

Amber starrte den Staatsanwalt fassungslos an, dann schüttelte sie mehrmals hintereinander den Kopf und sagte in einem fort: «Nein! Nein! Nein! Das glaube ich einfach nicht.»

Silvio Creally legte seine Hand beruhigend auf ihren Arm. «Ich mache das schon», sagte er. «Am besten, Sie sagen überhaupt nichts.»

Er wandte sich an den Staatsanwalt. «Es ist nicht üblich, jemanden zu verhaften, nur weil irgendwer etwas über ihn zu wissen meint. Warum meine Mandantin? Gibt es Beweise dafür, dass sie die Tat begangen hat? Sind die Ermittlungen eingeleitet?»

«Herr Rechtsanwalt, Sie haben es hier nicht mit Anfängern zu tun. Selbstverständlich laufen die Ermittlungen auf Hochtouren. Fest steht, dass der betreffende Aborigine seit fünfundzwanzig Jahren nirgendwo mehr gesehen wurde. Fest steht auch, dass sein Clan, der seit Ewigkeiten in diesem Gebiet gelebt hat, ebenfalls spurlos verschwunden ist. Wir leben alle lange genug in Australien, um zu wissen, dass sich ein Clan nur in Luft auflöst, wenn ein ‹böser› Geist über ihrem angestammten Land herrscht, was nichts anderes heißt, als dass ein Clanmitglied auf unnatürliche Weise zu Tode gekommen ist.»

«Das mag alles so sein, Herr Staatsanwalt. Trotzdem ist mir noch nicht einsichtig, warum Sie ausgerechnet meine Mandantin verhaftet haben. Es waren sicher zu dieser Zeit noch mehr Menschen auf diesem Gut.»

«Nun, ich sagte bereits, dass Steve Emslie Anzeige erstattet hat. Jetzt, nach der Trennung von seiner Frau, ließ ihn sein Gewissen nicht mehr in Ruhe.»

«Mir kommen gleich die Tränen», bemerkte Creally und riskierte damit einen zornigen Blick der Staatsgewalt.

«Außerdem gibt es einen Zeugen. Harry Ulster war zur Tatzeit bereits auf dem Gut beschäftigt. Er beobachtete damals die Vorgänge auf dem Gut und hat unter Eid ausgesagt, Mrs. Amber Emslie bei ihrem Verbrechen gesehen zu haben.»

«Aha. Und warum haben die Herren erst heute den Mund aufgemacht? Fünfundzwanzig Jahre lang lebten sie ja wohl, ohne dass ihr Gewissen sie über die Maßen belästigt hat.»

«Sie können sich Ihren Spott sparen, Rechtsanwalt Creally. Wir reden hier von Mord, vom gewaltsamen Tod eines Menschen. Steve Emslie erklärte, er hätte aus Liebe geschwiegen, und Harry Ulster schwieg aus Loyalität zu seinem Boss.»

«Wie edel. Was haben Sie nun vor, Herr Staatsanwalt? Zwei wackelige Zeugenaussagen nach fünfundzwanzig Jahren dürften als Grund für eine Verhaftung kaum ausreichen.»

«Nun, es wurde eine Kaution von fünfundzwanzigtausend Dollar gestellt. Mrs. Emslie kann gehen. Ich habe unterdessen eine Untersuchung auf dem Gut angeordnet. Das Grab des Toten wurde von Emslie und Ulster genau beschrieben. Wenn wir eine Leiche dort entdecken, werden wir weitersehen. Mrs. Emslie muss sich zu unserer Verfügung halten und darf ihr Gut nur mit unserer Erlaubnis verlassen.»

Der Anwalt nickte, dann zog er Amber, die vollkommen teilnahmslos dagesessen hatte, vom Stuhl und führte sie nach draußen.

Dort wartete bereits Ralph Lorenz.

Amber stürzte in seine Arme. Ralph hielt sie ganz fest und wiegte sie sanft wie ein Kind.

«Ich war es nicht, Ralph», sagte Amber. «Bei Gott, ich war es nicht. Glaubst du mir?»

«Natürlich glaube ich dir. Keine Sekunde habe ich gezweifelt. Lass uns nach Hause fahren. Ich glaube, wir haben einiges zu besprechen.»

Zwei Stunden später saßen Ralph, Amber und der Anwalt auf der Veranda und tranken von Aluunda gebraute Limonade. Emilia hatte darauf bestanden, an diesem Gespräch teilzunehmen, aber Amber hatte sowohl sie als auch Jonah weggeschickt.

Sie hatte geduscht und fühlte sich jetzt wieder ein wenig frischer. Doch das Herz klopfte ihr bis zum Hals. «Werden die Beamten, die innerhalb der nächsten Stunde hier mit einem

Bagger aufkreuzen, eine Leiche finden, Mrs. Emslie?», fragte der Rechtsanwalt.

Amber holte ganz tief Luft, dann nickte sie. «Ja. Unter dem benannten Teebaum liegt die Leiche von Jonah. Er ist der Vater meines Sohnes gleichen Namens. Wir haben uns sehr geliebt.»

Der Anwalt nickte. «Wie ist er dort hingekommen?»

Amber schloss die Augen. Vor ihr stiegen Bilder auf, die sie seit so vielen Jahren zu vergessen suchte. Stockend begann sie zu reden. Sie sprach von ihrer Liebe zu Jonah, sprach davon, wie Orynanga ihn zur Initiation ins Outback geschickt hatte. Sie erzählte vom Weinfest und vom Wiedersehen mit Jonah, berichtete von der Prügelei und davon, wie sie weggelaufen war, um Hilfe zu holen.

«Als ich zurückkam, lag Jonah im Weinkeller tot auf dem Boden. Mein Vater lag neben ihm und hielt in seiner Hand eine blutbeschmierte Axt. Steve Emslie kauerte neben ihm und brachte ihn mit Ohrfeigen zu Bewusstsein. ‹Warum haben Sie das getan?›, hatte Emslie gefragt. ‹Warum haben Sie Jonah getötet?› Wir waren alle wie von Sinnen. Keiner von uns war in der Lage, einen klaren Gedanken zu fassen. Außer Steve. Er schlug vor, Jonah am Rand der Weinberge zu begraben. Es wusste ja niemand außer uns, dass er zurückgekommen war.»

«Sie waren nicht dabei, als Ihr Vater den Aborigine getötet hat? Es gibt außer Steve also keine Zeugen.»

Amber schüttelte den Kopf. «Ich war durcheinander. Ich habe niemanden gesehen, auch Harry Ulster nicht. Ich habe nur ein Geständnis meines Vaters, dass er die Tat begangen hat», sagte Amber und wollte aufstehen, um es zu holen.

«Hm», brummte der Anwalt und kratzte sich am Kinn. Ralph hatte die ganze Zeit geschwiegen, doch er hatte Ambers Hand gehalten.

Aluunda kam und stellte einen frischen Krug mit Limonade

auf den Tisch, obwohl der alte noch über die Hälfte gefüllt war. Sie trat unruhig von einem Bein auf das andere, als wollte sie etwas sagen, doch niemand achtete auf sie.

«Geh zurück in die Küche, Aluunda», sagte Amber müde. Die Alte öffnete noch einmal den Mund, doch dann drehte sie sich um und ging zurück.

«Ihr Vater, Amber, erinnerte er sich an den Mord?» Amber schüttelte den Kopf. «Nein, er war schockiert, als er mit der Axt in der Hand zu sich kam. Er hatte keine Erinnerung an die Tat.»

Wieder kratzte sich der Anwalt am Kinn. «Geben Sie mir das Geständnis, Amber. Ich möchte es mit eigenen Augen lesen.»

Amber holte das Papier, gab es Creally, und der Anwalt steckte es in seine Tasche, denn gerade rumpelte ein Bagger die Auffahrt herauf.

«Ich werde bei der Ausgrabung zugegen sein», sagte Creally. «Es ist gut möglich, dass Sie wieder in Haft müssen. Aber ich bin sicher, es wird nicht für lange sein.»

Amber saß wie erstarrt auf ihrem Stuhl und hörte den Geräuschen des Baggers zu.

«Es kann doch nicht so lange dauern, das Grab zu finden», sagte sie, als zwei Stunden vergangen waren. «Ich muss sehen, was dort geschieht.»

Sie stand auf und verließ, gefolgt von Ralph Lorenz, die Veranda, ging um das Haus herum bis zur Teebaumplantage. Männer von einem Begräbnisinstitut luden gerade einen Zinksarg in ihren schwarzen Wagen.

Als sie das und die Verheerungen, die der Bagger angerichtet hatte, sah, schrie sie auf. Ihr Blick begann zu flackern, hielt sich an dem Sarg so lange fest, bis er im Wagen verschwunden war, dann eilte sie über die Plantage.

Sämtliche jungen Bäume lagen wie tote Soldaten in der

aufgewühlten Erde. Die weißen Blüten bedeckten den Boden. Doch es sah nicht aus, als wäre im Sommer Schnee gefallen. Die Blüten waren zerquetscht und schmutzig. Sie sahen aus, als wären sie krank.

«Was soll das?», rief Amber. «Warum durchpflügen Sie die ganze Plantage? Wer hat Ihnen dazu die Erlaubnis erteilt?»

Der Baggerführer erwiderte unbewegt. «Ich habe meine Anweisungen. Der Staatsanwalt, der jede Minute hier sein wird, hat befohlen, alles umzupflügen. Es wäre nicht das erste Mal, dass wir weitere Leichen finden. Ein Mord oder zwei oder zwanzig ist letztendlich egal. Es gibt immer dieselbe Strafe.»

Amber lief zu einem jungen Setzling, hob ihn vom Boden auf und drückte ihn an ihre Brust, als wäre es ein Kind, als könnte sie die Pflanze mit den durchtrennten Wurzeln wieder zum Leben erwecken. Sie stand da und hielt den Teebaum an ihre Wange geschmiegt, und aus ihrem Gesicht sprachen Unglaube und Entsetzen. Plötzlich dachte sie an Jonah.

Amber schluchzte auf, dann sank sie weinend in Ralphs Arme. «Oh, mein Gott, wenn Jonah das sieht! Erst muss er erfahren, dass sein Vater jahrelang hier gelegen hat und seine Mutter des Mordes an ihm verdächtigt wird, und dann wird die Arbeit vieler Jahre zunichte gemacht. Oh, Ralph, bitte hilf mir. Das ist mehr, als ich ertragen kann.»

Aber es kam noch schlimmer.

Der Staatsanwalt kam nicht allein. In seiner Begleitung waren die beiden Beamten, die Amber in der Nacht abgeholt hatten.

«Es tut mir leid. Ich kann Sie nicht länger auf freiem Fuß lassen. Bitte begleiten Sie die Kriminalbeamten.»

Amber sah flehend zu ihrem Anwalt, doch der zuckte nur mit den Schultern und schüttelte den Kopf. «Sie werden wohl müssen, Amber. Aber ich verspreche Ihnen, dass ich Sie so bald wie möglich dort raushole. Vertrauen Sie mir.»

Als die Polizeibeamten mit Amber weg waren, sagte der Anwalt: «Irgendetwas stinkt hier. Und zwar ganz gewaltig.»

Er ging mit Ralph zurück auf die Veranda und ließ sich aus dem Keller einen köstlichen Rotwein bringen. «Wir müssen jetzt genau überlegen, wie wir vorgehen, mein Freund», sagte er zu Ralph.

Emilia kam auf die Veranda. Sie sah verweint aus. «Ich kann das alles gar nicht fassen», erklärte sie. «Meine Mutter soll den Vater meines Bruders ermordet haben ...»

«Nun mal langsam, junge Dame», beruhigte sie der Anwalt. «Noch ist nichts davon bewiesen. Und ich persönlich glaube nicht, dass Ihre Mutter etwas mit dem Mord zu tun hat. Sie ist nicht der Typ dafür. Außerdem fehlt das Motiv. Aber bevor ich Genaueres weiß, ist sie im Gefängnis am besten aufgehoben. Sagen wir einfach, zu ihrem eigenen Schutz.»

Für Emilia war das alles zu viel. Sie schüttelte nur immer wieder fassungslos den Kopf. Dann fragte sie Ralph: «Würde es dir etwas ausmachen, für eine Weile bei uns zu bleiben? Ich weiß nicht, wie ich das alles durchstehen soll.»

Ralph nickte. «Gern, Emilia. Ich bin da, wenn du mich brauchst. Was immer auch geschieht.»

«Dann werde ich Aluunda bitten, dir das Gästezimmer zu richten. Ich habe auch Jonah angerufen. Er wird bald hier sein.»

«Alles wird gut», sagte der Anwalt.

Emilia nickte und ging mit hängenden Schultern davon.

«Was meinst du, Silvio?», fragte Ralph, als Emilia verschwunden war. «Hat Amber eine Chance?»

Der Anwalt antwortete nicht, sondern holte stattdessen den Brief mit dem Geständnis von Walter Jordan aus der Tasche.

Langsam las er vor: «Ich, Walter Jordan, geboren am 01. 01. 1900, gestehe hiermit, Jonah vom Clan der Damala getötet zu haben. Im Herbst des Jahres 1957 zum Weinfest fand ich mich in der Nacht neben der Leiche des o. g. Jonah wieder. Ich hielt eine Axt in der Hand, die mit Blut verschmiert war. Obwohl ich keine Erinnerungen an die Tat habe, bin ich davon überzeugt, der Mörder des Jonah zu sein. Ich bereue meine Tat aufrichtig. Walter Jordan.»

«Es ist wirklich merkwürdig, dass Walter sich an nichts erinnern konnte», stellte Ralph Lorenz fest. «Ich kannte ihn sehr gut, war sein Hausarzt. Niemals habe ich bei ihm eine neurologische Störung festgestellt. Zwar hört man immer wieder von Schockerlebnissen, die einen Teil des Gedächtnisses auslöschen, aber ich kann es mir einfach nicht vorstellen.»

«Master?»

Aluunda war so leise wie eine Katze aus der Küche gekommen und stand nun schüchtern neben Ralph Lorenz.

«Was ist, Aluunda?»

«Jonah wird gleich hier sein. Vorher muss ich etwas sagen. Saleem und ich haben die Vorfälle von damals nicht mit eigenen Augen gesehen, aber wir hörten von Orynanga, dem Stammesältesten der Damala, der alles mit angesehen hatte, dass nicht Master Walter, sondern Steve Emslie Jonah getötet hat.»

Ralph sprang auf. «Das sagst du erst jetzt, Aluunda? Warum hast du nicht früher gesprochen?»

Die alte Frau blickte beschämt zu Boden. «Wir hatten Angst», gab sie zu. «Master Emslie mochte die Schwarzen nicht. Er hasste sie so sehr, dass er einen von uns getötet hat. Wir dachten, wenn wir uns in die Angelegenheiten der Weißen mischen, wird er uns auch töten.»

Der Anwalt nickte. «Komisch, ich hatte mir so etwas Ähnliches schon gedacht.»

Dann wandte er sich an Aluunda. «Wo steckt dieser Orynanga jetzt?»

Aluunda schüttelte den Kopf. «Ich weiß es nicht, Master.
Der Clan ist ins Outback gegangen. Vielleicht ist Orynanga
schon bei den Ahnen.»

«Hm.» Der Anwalt kratzte sich erneut am Kinn. «Wir müssen diesen Mann auftreiben. Vielleicht lebt er noch. Vielleicht
hat auch jemand anderer etwas gesehen.» Aluunda stand noch
immer, von einem Bein auf das andere tretend, vor den beiden
Männern. «Wir wollen nicht, dass die Missus ins Gefängnis
kommt. Wenn wir helfen können, tun wir das. Wir haben keine Angst mehr vor dem Master.»

Ralph griff nach der Hand der alten Frau. «Danke», sagte
er. Er wusste genau, wie schwer es für die Aborigines war, sich
den Weißen zu offenbaren. Er wusste auch, dass Aluunda dies
nur tat, weil sie Amber wie eine eigene Tochter, Jonah und
Emilia wie eigene Enkel liebte.

«Jonah sollte ins Outback gehen. Er ist ein Aborigine. Er
muss initiiert werden. Am Uluru, am Ayers Rock, wird er jemanden finden, der weiß, wo die Damalas gerade sind.»

Aluunda sprach diese Worte mit ungewohnter Schnellig-
keit, als wollte sie eine Pflicht hinter sich bringen. Dann verschwand sie so schnell und lautlos, wie sie gekommen war.

«Jonah kann nicht allein ins Outback. Er ist noch viel zu
jung. Er ist erzogen worden wie ein Weißer. Er kann nicht allein in den Busch», sagte Ralph.

«Er wird müssen», teilte der Anwalt ungerührt mit. «Das
ist die einzige Möglichkeit.»

Jonah war weniger geschockt, als Ralph befürchtet hatte. Er
hatte sich die Stelle unter dem Teebaum zeigen lassen, an der
sein Vater geruht hatte. Eine Weile hatte er mit angezogenen

Knien danebengesessen, dann war er zu den beiden Männern zurückgekehrt.

«Ich werde ins Outback gehen. Ich werde meinen Clan finden. Und ich werde dafür sorgen, dass der Name meiner Familie weiß wie die Blüten des Teebaums wird. Saleem wird die Plantage für mich pflegen.»

«Und dein Studium? Was ist damit?»

«Es muss warten. Alles hat seine Zeit. Ich werde ins Outback gehen. Wenn ich wieder zurückkomme, werde ich weiterstudieren. Meine Mutter ist jetzt das Wichtigste.»

Ralph überlegte eine kleine Weile. Dann stand er entschlossen auf und reichte Jonah die Hand. «Ich werde mit dir kommen. Wir werden mit dem Flugzeug zum Uluru fliegen. Ich weiß, dass es Sitte ist, zu Fuß auf den Traumpfaden zu wandeln. Doch dafür ist jetzt keine Zeit mehr. Wir müssen deinen Clan so schnell wie möglich finden.»

Jonah strahlte den Mann, der für ihn seit Jahren ein väterlicher Freund war, an. «Danke», sagte er.

«Hm», seufzte der Anwalt und kratzte sein Kinn, auf dem schon rote Striemen zu sehen waren. «Hm. Ich weiß nicht, ob es gut ist, wenn ihr alle gleichzeitig von hier verschwindet. Wer führt das Gut weiter? Wer ist da, wenn die Beamten noch weitere Fragen haben, Bücher sehen wollen und so weiter?»

«Emilia», sagte Jonah. «Sie ist groß und stärker, als sie auf den ersten Blick aussieht. Sie wird sich um alles kümmern.»

«Und Bob. Die Männer haben ihn zum Vorarbeiter gewählt. Er ist ein zuverlässiger und loyaler Arbeiter, der seit vielen, vielen Jahren hier auf dem Gut beschäftigt ist. Er wird die Sache in die Hand nehmen», ergänzte Ralph.

Noch am selben Abend war alles geklärt. Und schon am nächsten Morgen begaben sich die beiden Männer auf eine Reise ins Unbekannte.

Amber saß in ihrer Zelle und war wie erstarrt. Lilith war erneut ihre Zellengenossin, und diesmal hatte sie sich dem Riesenweib anvertraut.

«Dein Alter ist ein Schwein. Steve, meine ich», sagte sie. «Würde mich nicht wundern, wenn er es selber war, der den Schwarzen ins Grab gebracht hat. Hast du schon mal darüber nachgedacht, Schwester?»

Amber starrte Lilith an, als käme sie von einem anderen Stern. Langsam schüttelte sie den Kopf.

«Ich habe nie wirklich glauben können, dass mein Vater zu einem Mord fähig ist. Was du sagst, macht Sinn. Ich hätte Steve niemals geheiratet, wenn Jonah am Leben geblieben wäre. Ich hätte ihn auch niemals geheiratet, wenn er nicht damit gedroht hätte, meinen Vater ins Gefängnis zu bringen.»

Sie schlug sich mehrmals mit der Faust gegen die Stirn und fragte: «Mein Gott, warum habe ich nie nachgedacht? Ich hätte meinem Vater so viel Leid ersparen können.»

«Du bist nicht darauf gekommen, weil du das Erlebnis und alles, was dazugehört, vergessen wolltest. Du hast die Dinge hingenommen. Es war schwer genug für dich, den Tod Jonahs zu verkraften. Für die Dinge, die am nächsten vor unserer Nase liegen, sind wir häufig blind», tröstete Lilith.

«Aber wie kann ich der Polizei beweisen, dass Steve eventuell Jonah getötet hat? Er hat einen Zeugen aufgetrieben, der bestätigt hat, dass ich die Mörderin bin. Das Geständnis meines Vaters wird nicht viel nützen. Viele Väter würden für ihre Kinder eine solche Schuld auf sich nehmen. Er ist tot. Niemand kann ihn mehr befragen.»

Lilith, die auf der Bettkante gesessen hatte, legte sich hin und verschränkte die Arme unter dem Kopf. «Ich bin nicht besonders klug», sagte sie. «Hab nicht mal 'nen Schulabschluss. Aber eines weiß ich genau: Es gibt keine Gerechtigkeit auf der

Welt. Wenn du etwas beweisen willst, dann nimmst du die Sache am besten selber in die Hand.»

Am nächsten Morgen, noch bevor die Kalfaktorin das Frühstück verteilt hatte, hämmerte Amber wie eine Wahnsinnige gegen die eiserne Zellentür.

«Ich muss meinen Anwalt sprechen. Sofort!», schrie sie.

«Ruhe», brüllte die Aufseherin zurück. «Du kannst erst mit deinem Anwalt sprechen, wenn die Anstaltsleitung es dir erlaubt, verdammt. Also halt jetzt den Mund.»

Doch Amber ließ nicht locker. Den ganzen Tag über hämmerte sie immer wieder gegen die Tür und verlangte, wenigstens mit Silvio Creally telefonieren zu können. Endlich, am Nachmittag, wurde sie aus der Zelle und in ein Büro geführt.

«Nicht länger als fünf Minuten», knurrte die Frau, die hinter einem Schreibtisch saß und ein leeres Blatt für Notizen vor sich liegen hatte.

Amber war so erleichtert, dass sie nur nickte.

Silvio Creally war sofort am Apparat. Hastig sprudelte Amber alles herunter, worüber sie die ganze Nacht lang nachgedacht hatte.

«Keine Aufregung», beruhigte sie der Anwalt. «Ralph Lorenz und Ihr Sohn sind heute Morgen zum Uluru aufgebrochen. Ich wette, dass sie nicht eher zurückkommen, als bis sie den alten Mann gefunden haben, der die Tat beobachtet hat. Er weiß als Einziger, was wirklich geschehen ist. Und wir, Amber, wir wissen es zwar nicht, aber unser Gefühl hat uns längst die Antwort gegeben. Mich zumindest hat mein Gefühl selten getäuscht.»

«Danke», flüsterte Amber. «Danke für alles.»

26

«ICH WAR NOCH NIE IM OUTBACK», sagte JONAH WÄHREND
der Fahrt zum Flughafen Adelaide.

Ralph hatte für sie beide einen Flug nach Yulara, einem
kleinen Landeplatz ungefähr zehn Meilen vom Uluru entfernt,
gebucht.

«Ayers Rock oder Uluru – Sitz der Ahnen», erwiderte Ralph
und wirkte ein wenig ergriffen. «Ich war noch nie dort, aber
ich habe es mir immer gewünscht.»

Er lachte. «Allerdings unter anderen Umständen.»

«Ich war auch noch nie dort. Ich wollte mir den Uluru auf-
heben für eine ganz besondere Gelegenheit in meinem Leben.
Die Hochzeitsreise vielleicht. Jetzt ist die Gelegenheit da. Man
kann sich wohl nicht aussuchen, wann die Ahnen rufen», erwiderte Jonah und versank in Schweigen. Er dachte an den
mächtigen Monolithen, der vor sechshundert Millionen Jahren
mitten im Outback aus Geröll und Schlamm entstanden war.

Die ausgeprägte Trockenheit im Outback, wusste Jonah,
verlieh dem Zentrum Australiens eine raue Schönheit, die auch
in die Mythen der Ureinwohner Eingang gefunden hatte. Die
Aborigines nannten die Landschaft das «Never never», eine
endlos scheinende Wildnis aus Felsen und Sand. Auf den ersten
Blick erwartete man kein Leben in dieser trockensten Region
des trockensten Kontinents der Erde.

Doch eine beträchtliche Zahl von Menschen, Weiße wie
Aborigines, lebten in dieser rauen Landschaft, auch wenn das
Leben hier unerträglich hart war.

«Glaubst du, dass der Uluru wieder in den Besitz der Aborigines gelangt?», fragte Jonah.

Ralph zuckte mit den Schultern. «Sie haben einen Antrag bei der Regierung eingebracht. Ich denke schon, dass sie ihn zurückerhalten. Allmählich hat sich wohl überall herumgesprochen, dass die Eingeborenen keine schlechteren Menschen sind und man durchaus noch etwas von ihnen lernen kann.»

Ralph sah zur Seite und fügte hinzu: «Ich bin sehr froh, dich kennengelernt zu haben, Jonah. Ich weiß, es klingt komisch, wenn ein Mann, der dein Vater sein könnte, so etwas sagt. Aber ich habe wirklich viel von dir gelernt. Du könntest der erste schwarze Arzt im Barossa Valley sein. Du wärst aber nicht nur ein Arzt, sondern immer auch ein Vertreter deines Volkes. Die Leute würden sich im Lauf der Zeit von deinen Qualitäten überzeugen lassen. Auch das, Jonah, ist eine Art, den Ahnen zu dienen.»

Jonah lächelte, dann antwortete er: «Weißt du, Ralph, was mein größter Traum ist? Nach dem Studium mit dir zusammen eine gemeinsame Praxis zu haben. Schwarz und weiß, mit einer Empfangstheke aus schwarzen und weißen Quadraten, einem Fußboden in Schwarz und Weiß und mit uns beiden.»

Ralph sagte nichts. Er hielt Jonah nur wortlos die Hand hin – und Jonah schlug ein.

Sie hatten keine Zeit, lange gerührt zu sein, denn sie waren am Flughafen angekommen. Ralph stellte seinen Toyota im Parkhaus ab, dann checkten sie ein und waren kurz darauf in der Luft.

Jonah hatte den Fensterplatz. Er drückte seine Nase an der Scheibe platt und bestaunte die Welt, die sich unter ihm auftat.

«Es ist schwer vorstellbar, dass es immer noch Aborigines

gibt, die leben wie vor Tausenden von Jahren», sagte er. «Ich weiß nicht, ob ich das könnte.»

In Yulara mieteten sie einen Landrover, um die letzten Meilen durch das Outback bis zum Uluru zurückzulegen. Die Sonne brannte heiß vom Himmel. Ehrfürchtig betrachtete Jonah die Landschaft, den roten Sand, den milchig blauen Himmel, die karge Vegetation. Es roch nach Sonne und Sand.

Sie kamen an das Lager, in dem zahlreiche Eingeborene lebten. Sie waren dort sesshaft geworden, wohnten in Steinhäusern, trugen normale Kleidung, arbeiteten in kleinen Werkstätten und schickten ihre Kinder in die Schule.

Trotzdem waren sie anders. Jonah stand neben dem Auto und betrachtete die Welt, die sich vor seinen Augen auftat und die eigentlich seine Welt war.

Er sah einen alten Mann, der eine Art Uniformrock mit großen goldenen Knöpfen über der nackten Brust trug, dazu drei viertel lange Hosen, und mit einem Pinsel sorgfältig weiße Punkte auf ein grundiertes Holzblatt tupfte. Er sah kleine Kinder, die nackt im Sand spielten, sah Frauen, die im Kreis saßen und Samen zu Mehl schlugen.

Jonah sah Männer, die im Schatten der Bäume saßen und vor sich hin träumten, und andere, die sich um die Touristen kümmerten.

Er stand da, die krausen, schwarzen Haare bis zur Schulter, in einem T-Shirt nach der neuesten Mode, dazu Jeans, Turnschuhe. Seine Haut war fast ebenso schwarz wie die Haut derer, die hier lebten. Aber Jonah unterschied sich grundlegend von ihnen. Erst hier, am Sitz der Ahnen, erfuhr er, wie nah und entfernt zugleich er doch von seinen Wurzeln war.

Zwei Frauen riefen sich etwas zu, doch Jonah verstand die Sprache nicht. Ein Junge lief vorüber und saugte an einer großen Honigameise. Noch nie hatte Jonah davon gekostet.

Zögernd ging er näher zu einem kleinen Haus, vor dem mehrere Didgeridoos standen. Mit der Hand fuhr er vorsichtig über das ausgehöhlte Holz. Vor einem anderen Haus lagen Bumerangs in verschiedenen Größen und Ausführungen. Jonah wusste alles über die physikalischen Gegebenheiten dieses Wurfgeschosses, doch er hatte noch nie einen Bumerang geworfen.

Er fühlte sich fremd. Die Eingeborenen betrachteten ihn mit demselben Erstaunen, das er ihnen entgegenbrachte. Ja, sie waren nicht mehr nackt, sie trugen Kleidung. Doch ihre Kleidung war wahllos zusammengewürfelt. Und alle gingen barfuß.

Ralph war am Auto stehen geblieben und beobachtete Jonah. Er wusste, dass der Junge sich zwischen zwei Welten befand, und wollte ihm ein wenig Zeit lassen. Nach einer Stunde aber sah er auf die Uhr. Sie hatten wirklich nicht viel Zeit. Jede Minute, die Amber im Gefängnis verbrachte, war eine Minute zu viel. Schließlich ging Ralph in ein Office der Eingeborenen. Hinter einem Tisch saß eine junge Schwarze, die ihr Haar mit bunten Spangen zu bändigen versuchte.

«Sprechen Sie Englisch?», fragte er höflich.

«Selbstverständlich», erwiderte die Frau. «Ich lebe schließlich in einem Land, dessen Oberhaupt die Queen von England ist.»

Ralph lächelte entschuldigend und trat einen Schritt zur Seite, weil ein älteres Ehepaar, das T-Shirts mit dem Aufdruck «Sydney» trug, an den Nachbarschalter drängelte.

«Du verstehst mich?», fragte der weiße Tourist. Der ältere Aborigine nickte.

«Ich suche einen Bumerang für meine Enkel. Du verstehst? Enkel, das sind die Kinder meiner Tochter. Bumerang – zum Werfen.» Er machte eine Bewegung, als schleuderte er einen Stein.

«B...U...M...E...R...A...N...G», brüllte er dem Mann hinter dem Schreibtisch entgegen, als wäre dieser taub.

Ralph sah die junge Frau an, die er eben angesprochen hatte. Die junge Frau lächelte ihm zu.

«Selbstverständlich verstehe ich Sie, mein Herr», erwiderte der Aborigine am Nebenschalter mit ausgesuchter Höflichkeit. «Sie finden Bumerangs in allen Ausführungen im zweiten Steinhaus gleich neben dem Office. Ich bin sicher, die Kinder Ihrer Tochter werden daran ihre Freude haben.»

Der Weiße sah ihn eine Sekunde verwirrt an. «Bumerang?», wiederholte er töricht. «Bumerang zum Werfen?»

Der Aborigine nickte freundlich und zeigte ihm den Weg.

«So ist es oft», sagte die Eingeborene mit den bunten Haarspangen. «Die meisten Leute meinen, wir könnten die Sprache unseres Landes nicht. Sie sprechen mit uns wie mit geistig Behinderten.»

Ralph nickte. «Und ich gehöre auch dazu. Bitte verzeihen Sie mir.»

«Schon gut. Sie sind bestimmt nicht zum Uluru gekommen, um meine Englischkenntnisse zu überprüfen. Was kann ich für Sie tun?»

«Ich bin auf der Suche nach dem Clan der Damalas. Man sagte mir, sie hätten vor über zwanzig Jahren ihr angestammtes Gebiet verlassen und lebten seither hier.»

«Das stimmt. Einige der Jüngeren sind nach Alice Springs gezogen. Nur die Alten sind noch hier. Die jungen Leute wollen leben wie die weißen jungen Leute. Sie wollen in eine Disko gehen, wollen fernsehen und Musik hören. Sie wollen arbeiten und sich moderne Kleidung kaufen, einen Motorroller oder gar ein Auto.»

«Ist das nicht normal?», fragte Ralph.

«Normal schon. Doch die meisten schaffen es nicht. Aborigines bekommen die miesesten Jobs, von denen sie kaum leben können. Nach ein paar Jahren wissen sie, dass sie sich nie ein Auto werden leisten können. Viele verlieren ihre Jobs und beginnen mit dem Trinken. Mein Volk ist noch nicht so weit wie die Weißen.»

«Man kann es auch anders sehen», erwiderte Ralph. «Vielleicht ist mein Volk noch nicht so weise wie die Aborigines. Ich glaube, wir haben uns schon viel weiter von uns selbst entfernt als die Eingeborenen.»

Er hätte sich gern weiter mit der jungen Frau unterhalten, doch die Zeit drängte. «Wo finde ich jemanden von den Dalamas?»

Die junge Frau erhob sich. «Ich bringe Sie hin. Sie leben am Rand der Siedlung. Es ist schwer zu finden.»

Vor der Tür trafen sie auf Jonah und gingen gemeinsam zu einer Ansammlung von Steinhäusern, zwischen denen ein großer Feuerplatz lag.

Die junge Frau klopfte an eine Tür, rief ein paar Worte in einer Sprache, die Jonah und Ralph nicht verstanden. Dann öffnete sich die Tür, und ein Mann erschien, dessen Gesicht so faltig und verwittert war wie der Uluru selbst.

Der Mann starrte auf Jonah, als sähe er einen Geist vor sich. Ja, er wich sogar einen Schritt zurück. Dann schüttelte er den Kopf und fragte: «Was wollen Sie von mir?»

Jonah erklärte in wenigen Worten, warum sie zum Sitz der Ahnen gekommen waren. Der alte Mann nickte, dann bat er die Besucher auf eine Bank, die sich um einen Baum zog.

«Ich bin Orynanga, und ich begrüße dich, Jonah, Sohn des Jonah, in deiner Familie.»

Er ging zurück zum Haus und holte von dort ein wenig weiße Farbe. Mit dem Finger tunkte er in die Farbe und zeichnete Jonah zwei weiße Striche auf jede Wange. Dann schwieg

386

er lange, begann plötzlich zu summen, und Jonah erkannte das Lied, das ihm Aluunda und seine Mutter oft vorgesungen hatten, und sang leise mit. Als dieses Ritual beendet war, straffte der alte Mann die Schultern und sagte: «Ja, ich habe gesehen, was damals geschehen ist. Steve Emslie schlug den alten Master, der ein Freund von Orynanga und den Damalas gewesen war, mit einem Handkantenschlag in den Nacken nieder. Dann nahm er das Beil und hieb es Jonah über den Kopf. Er war sofort tot und stürzte auf den Boden. Sein Blut lief aus ihm heraus wie aus einem leeren Gefäß. Steve kniete sich neben den Master und drückte die Axt in seine Hand. Orynanga stand hinter einem Baum und sah alles. Dann kam die kleine Missus Amber und sah ihren Jonah tot am Boden liegen. Steve schlug den alten Master ins Gesicht, damit er wieder aufwachte. ‹Warum haben Sie ihn getötet?›, hörte ich ihn fragen. Später vergruben sie die Leiche. Missus Amber hielt den Leib unseres Jonah wie ein Baby. Sie litt sehr. Als sie fertig waren, gingen der Master und die Missus wie betäubt zum Haus zurück. Nur Steve stand da und grinste hämisch. Ich trat aus meinem Versteck hervor und zeigte mit dem weißen Knochen auf ihn. Steve Emslie erstarrte, doch im selben Augenblick sprang sein Hund vor ihn. Ihn traf der Fluch des Knochens, während Steve ungeschoren davonkam. Er muss einen bösen Geist in sich getragen haben, der stärker war als mein Fluch. Deshalb ist der Clan der Damalas von seinem Land gegangen. Unser Land war verflucht, die Ahnen daraus vertrieben.»

Jonah und Ralph hatten stumm zugehört. Der Junge schluckte und befühlte die weißen Striche in seinem Gesicht. Dann sagte er: «Wenn die Damalas das Land der Ahnen zurückhaben wollen, dann musst du, Orynanga, mit uns kommen. Meine Mutter sitzt im Gefängnis. Nur du weißt, wie es wirklich war.»

Orynanga schüttelte den Kopf. «Ich bin zu alt für eine Reise, höre manchmal schon in der Nacht den Gesang der Ahnen, die mich zu sich holen wollen. Es ist zu spät, Jonah, Sohn des Jonah.»

«Walter war dein Freund. Ich bin ein Teil deiner Familie. Du musst uns helfen», drang Jonah weiter in den alten Mann.

«Man wird mir nicht glauben, Jonah. Es ist so viel Zeit vergangen. Wer wird etwas auf die Worte eines alten schwarzen Mannes geben?»

«Wir sollten es wenigstens versuchen. Das bist du deinem Land und deinen Ahnen schuldig. Das bist du meinem Vater, meiner Mutter und meinem Großvater schuldig.»

Ralph wusste nicht, woher Jonah den Mut nahm, so mit dem Oberhaupt des Clans zu sprechen, zu dem er zwar gehörte, dem er aber nie angehört hatte.

«Ich möchte am Fuße des Uluru sterben», sagte Orynanga.

«Ich verspreche dir, dass ich dich zurückbringen werde.»

Eine Weile schwiegen die Männer. Langsam erwachte in Ralph die Ungeduld. Doch so, wie Jonah scheinbar instinktiv wusste, wie er sich verhalten musste, so wusste auch Ralph, dass ein Weißer hier nichts zu sagen hatte. Endlich – Ralph hatte schon fast die Hoffnung aufgegeben, das Flugzeug noch pünktlich zu erreichen – stand der alte Mann auf.

«Ich komme mit euch», sagte er schlicht und ging mit langsamen Schritten Richtung Parkplatz.

Orynanga hatte das Gut betreten, ohne eine Miene zu verziehen. Es schien, als fürchtete er sich vor dem Zusammentreffen mit der Vergangenheit. Doch Aluunda begrüßte ihn so herzlich, als handelte es sich um einen lang vermissten Verwandten. Und so ähnlich war es ja auch.

Jonah zeigte dem alten Mann die Reste seiner Teebaumplantage. Saleem hatte bereits mit dem Wiederaufbau begonnen.

«Ich möchte nicht nur Teebäume pflanzen, um daraus Heil-
öl herzustellen, sondern auch, um den Damalas einen Platz in
den Kronen zu geben.»

Orynanga nickte stumm, doch sein Blick ruhte voller Stolz
auf Jonah.

«Du bist wie dein Vater», sagte er. «In deinen Adern fließt
schwarzes Blut.»

Am Abend kam Silvio Creally, um Orynanga zu begrüßen.
Auch er war der Ansicht, dass die Aussage des alten Mannes
vor der Polizei nicht viel wog. Trotzdem hatte er für den nächsten Morgen einen Termin mit dem Staatsanwalt vereinbart.

Die drei Männer saßen auf der Veranda, als Bob hinzuge-
stürzt kam.

«Steve Emslie sitzt im Pub in Tanunda», sprudelte er hervor. «Er ist angetrunken und schmeißt eine Lokalrunde nach
der anderen. Er hat ein Testament Walter Jordans dabei, das
vor fünfundzwanzig Jahren ausgestellt wurde und ihm die
Hälfte des Guts verspricht. Er erzählt, er hätte sich erkundigt.
Das neue Testament, das der Master nach dem Schlaganfall
aufsetzen ließ, ist nicht gültig, weil es nicht handgeschrieben
ist. Wenn die Missus im Gefängnis bleibt, wird er wieder nach
Carolina Cellar zurückkehren. Die Hälfte des Guts gehört
dann ihm, die andere Hälfte Jonah und Emilia.»

«Auch das noch», stöhnte Creally. «Als ob der Fall nicht
schon ohnehin kompliziert genug wäre.»

Wieder einmal kratzte er sich am Kinn, bevor er weitersprach: «Um Testamente und Erbkriege kümmern wir uns
später. Zunächst geht es um Mord.»

Dann verabschiedete er sich, um am nächsten Morgen
hellwach mit Orynanga vor dem Staatsanwalt erscheinen zu
können.

«Hm», brummte der Staatsanwalt, als Orynanga seine Geschichte erzählt hatte. «Haben Sie Beweise für Ihre Angaben?»

Orynanga schüttelte den Kopf. «Ich kann nur berichten, was ich gesehen habe.»

«Hm», brummte der Staatsanwalt erneut. «Sie sind ein alter Mann, Mister Orynanga. Oftmals spielen die Erinnerungen uns im Alter einen Streich. Sind Sie wirklich sicher, das Angegebene mit eigenen Augen gesehen zu haben? Immerhin sind Jahrzehnte seitdem vergangen.»

«Ich habe gesehen, was ich gesehen habe», erwiderte der Eingeborene stolz.

«Warum ziehen Sie die Aussage meines Zeugen in Zweifel?», wollte Creally wissen. «Immerhin steht nun Aussage gegen Aussage.»

Der Staatsanwalt zog ein Gesicht, in dem deutlich zu lesen war, dass ihm dieser Fall ganz und gar nicht schmeckte. Er war in einer verzwickten Situation. Die Ermittlungen traten auf der Stelle, kein Wunder, nach so langer Zeit. Die Obduktion der Leiche hatte auch nichts Neues erbracht. Im Grunde hatte er nicht mehr als die Aussage Orynangas und die Aussagen von Steve Emslie und seinem windigen ehemaligen Angestellten, dessen Vorstrafenregister nicht eben kurz war.

«Hm», brummte er noch einmal und dachte an seine Karriere. Wenn er Amber zu Unrecht des Mordes bezichtigte und später herauskam, dass der Schwarze doch recht hatte, so war seine Laufbahn beendet. Verurteilte er die weiße Frau nicht, dann saßen ihm sämtliche Aborigine-Vereinigungen im Nacken – und die Vertreter der Regierung obendrein.

Creally beobachtete das Gesicht des Staatsanwaltes sehr genau. Er hatte noch immer das Geständnis Walter Jordans in der Tasche, doch das nützte niemandem mehr. Steve Emslie beschuldigte seine Frau, Jonah umgebracht zu haben. Die Gründe dafür konnte sich Creally denken. Es ging um gekränkte Eitelkeit, es ging um Rache, es ging letztendlich auch um Geld.

Orynanga dagegen beschuldigte Steve Emslie, und der Staatsanwalt wusste weder ein noch aus.

«Was werden Sie denn nun tun?», fragte Creally hinterhältig und genoss es sehr, den Staatsanwalt in der Klemme zu wissen.

«Nun», stammelte der Mann. «Wir werden unsere Ermittlungen verstärken.»

Creally lächelte. «Glauben Sie, dass das etwas bringt?»

«Wir tun alles, was in unserer Macht steht», erwiderte der Staatsanwalt. Sein Gesicht wirkte, als würde er am liebsten zu weinen beginnen.

Auf diesen Moment hatte Creally nur gewartet. «Ich habe einen Vorschlag», sagte er. «Wollen Sie ihn hören? Er entspricht nicht unbedingt den Konventionen, aber mir scheint er tauglich.»

Der Staatsanwalt seufzte. Ihm war inzwischen alles recht, was ein wenig Licht in diese dunkle Geschichte brachte, die das Ende seiner Karriere bedeuten konnte. «Lassen Sie hören!»

«Steve Emslie fürchtet sich bekanntermaßen vor den Aborigines. Er weiß um den Fluch des weißen Knochens, der den Tod bringt. Ich habe sogar gehört, dass er als Kind einmal miterlebt hat, wie jemand, der ihm sehr nahe stand, von diesem Fluch getötet wurde. Er hat Angst. Und diese Angst ist unsere einzige Chance.»

«Wie meinen Sie das?», fragte der Staatsanwalt und setzte sich aufrecht hin.

«Steve Emslie ist Stammgast im Pub von Tanunda. Meist trinkt er ein wenig über den Durst. Es könnte gut sein, dass er eines Nachts beim Verlassen des Pubs auf Orynanga trifft, den er längst vergessen zu haben glaubt. Nun, ich stelle mir vor, was in einem Mann wie Emslie vor sich geht, wenn plötzlich ein Eingeborener vor ihm steht und ihm mit dem weißen Knochen droht. Verstehen Sie mich nicht falsch, Herr Staatsanwalt. Niemand wird hier Morddrohungen ausstoßen und damit gegen das Gesetz verstoßen. Nein, ich stelle mir nur einfach vor, wie der Eingeborene einen weißen Knochen wie zufällig in der Hand hält und vielleicht Folgendes sagt: ‹Steve Emslie, ich bin gekommen, um die Wahrheit zu hören.› An dieser Stelle würde es sich dramaturgisch vielleicht ganz gut machen, den weißen Knochen etwas ins Licht zu halten. ‹Du hast jetzt die Möglichkeit, dein Gewissen zu erleichtern.› Jetzt müsste der weiße Knochen ein wenig angehoben werden, und Orynanga könnte sagen: ‹Der weiße Knochen trifft nur die Schuldigen und die Lügner. Wer aber seine Schuld bekennt, wird verschont.› Herr Staatsanwalt, diese Redewendung müsste im Rahmen des Gesetzes doch erlaubt sein, nicht wahr?» Creally wartete die Antwort nicht ab, sondern sprach sofort weiter. «Ich glaube fest daran, dass Steve Emslie sich die Chance der Reinigung und der Vergebung von Schuld nicht entgehen lässt. Immerhin, so hörte ich, hat er damals den Tod seines Hundes sehr bedauert. Es geht manchmal eben nichts über die magische Kraft des Glaubens.»

Creally endete mit seinen Ausführungen. Jetzt lehnte er sich bequem in seinen Stuhl zurück und ließ dem Staatsanwalt Zeit.

Nach einer ganzen Weile erst sagte er: «Vielleicht wäre es von Nutzen, wenn Sie oder einer Ihrer Beamten zufällig gerade in der Nähe wären, wenn Orynanga und Steve Emslie aufeinandertreffen.»

Der Staatsanwalt rang mit sich. Man konnte es ihm vom Gesicht ablesen. Schließlich holte er ganz tief Luft und sagte:

«Der Zufall geht merkwürdige Wege. Es könnte gut sein, dass ich mich an einem der nächsten Abende zufällig zur Sperrstunde in der Nähe des Pubs befinde. Ich habe einen Hund, wissen Sie, der seinen Auslauf braucht. In der Nacht hat man dafür die nötige Ruhe.»

Creally jubelte innerlich. Er hatte eigentlich vorgehabt, nach Ambers Entlassung zu fragen, doch er wollte den Staatsanwalt nicht überfordern. Im Übrigen hatte er genug zu tun, denn er war sich beinahe sicher, dass Steve schon heute Abend wieder im Pub sein würde.

27

ES WAR KURZ VOR MITTERNACHT. DER MOND HING ALS blasse Sichel am nachtschwarzen Himmel. In den meisten Häusern entlang der Hauptstraße von Tanunda waren die Lichter bereits erloschen. Nur aus dem Pub drang noch gedämpfter Lärm.

Der Pub lag am Ende der Hauptstraße neben einem unbebauten Grundstück. Mehrere Eukalyptusbäume standen wie wackere Wächter neben dem Gasthaus und spendeten den trinkfreudigen Gästen an Sommertagen kühlen Schatten.

Silvio Creally trug heute keinen Anzug, sondern eine ausgewaschene Jeans, Turnschuhe und einen dicken Pullover, darüber eine Weste, wie sie Fotografen gern trugen, weil man in ihren zahlreichen Taschen alles verstauen konnte, was ein Mann so brauchte. In Creallys Tasche steckte ein Diktiergerät. Der Anwalt wusste, dass die Reichweite minimal war, aber er wollte nichts unversucht lassen. Neben Ralph Lorenz, der ebenfalls sportlich gekleidet war, stand er hinter einem Eukalyptusbaum und wartete. Der Arzt hatte eine Hand auf Jonahs Schulter gelegt. Jonahs Atem ging schnell. Der Junge war so aufgewühlt, dass Ralph Lorenz befürchtete, er würde überstürzt handeln. Doch seine Sorge war vergebens. Jonah war klug. Er wusste, dass es nicht an ihm war, zu handeln.

«Er muss gleich kommen, denn der Pub schließt gleich», flüsterte Creally und machte dem Staatsanwalt, der ohne Hund, aber mit zwei weiteren Beamten gekommen war, ein Zeichen.

Dann pfiff er leise auf zwei Fingern und sah zu Orynanga hinüber. Der alte Mann, der versteckt in der Nähe des Eingangs stand, damit man ihn nicht auf Anhieb sehen konnte, nickte.

Vor dem Pub parkte ein unauffälliger Wagen, in dem zwei Männer saßen. Es waren dieselben, die Amber nach Adelaide gebracht hatten. Auch sie hatten ihre Blicke fest auf den Eingang des Pubs gerichtet.

Die Männer brauchten nur knappe zehn Minuten zu warten, dann flog die Tür auf, und Steve Emslie stolperte aus der Tür und auf die Hauptstraße.

Er hatte ein Grinsen auf dem Gesicht, sein Hemd war fleckig, und er wirkte insgesamt ein wenig heruntergekommen.

Er taumelte zwei, drei Schritte, dann straffte er sich, hakte die Daumen im Gürtel seiner Hose ein und lief angestrengt ein paar Schritte geradeaus.

Plötzlich, wie aus dem Nichts, stand Orynanga vor ihm. Steve fuhr zusammen. Er wich zwei, drei Schritte zurück und drehte sich um. Doch die Straße war totenstill, wie ausgestorben.

«Was ... was willst du?», stotterte Steve.

Orynanga bewegte die rechte Hand, und Steves Blick fiel auf den weißen Knochen.

Er griff sich mit der Hand an die Kehle und wiederholte: «Was willst du?»

Orynangas dunkle Stimme drang zu den anderen Männern in ihren Verstecken.

«Gekommen bin ich, um die Wahrheit zu finden. Gekommen bin ich, um den wahren Mörder Jonahs zu vernichten oder ihm zu vergeben, wenn er gesteht.»

«We... welcher Jonah?», fragte Steve, doch sein Gesicht war kalkweiß geworden.

«Jonah vom Clan der Damala, zu Tode gekommen auf dem Gut Carolina Cellar.»

«Amber hat ihn getötet», stammelte Steve. «Ich habe einen Zeugen dafür.»

«Die Ahnen sprechen anders», donnerte Orynanga, sodass Steve erneut zusammenzuckte.

«Ich war in der Nacht dabei und habe alles gesehen», fuhr er fort. «Weder die junge Missus noch der alte Master haben Hand an Jonah gelegt.»

Er hob die Hand mit dem weißen Knochen ein wenig, doch noch zeigte er damit nicht auf Steve. «Dein Hund starb damals. Erinnerst du dich, weißer Mann? Er ist für dich gestorben.»

Steve schluckte so laut, dass die Männer hinter den Eukalyptusbäumen ihn hören konnten.

«Ich kenne die Wahrheit, Steve Emslie. Aber ich möchte sie aus deinem Munde hören.»

«Wenn … wenn ich damit herausrücke – was geschieht dann?», fragte Steve und leckte sich über die trockenen Lippen.

«Du bist Christ, nicht wahr? Du glaubst an den Gott der Weißen.»

Steve nickte und sah sich um, als suchte er nach einem Fluchtweg.

Orynanga lachte.

«Es hat keinen Zweck zu fliehen, weißer Mann. Der Knochen tut noch auf hundert Meilen seinen Dienst. Aber das weißt du ja. Der Gott der Weißen sagt, wenn du deine Schuld gestehst und bereust, so ist sie dir vergeben. Wir wollen es genauso halten. Jonah ist bei den Ahnen. Nichts kann ihn von dort zurückholen. Es geht um die Wahrheit, weißer Mann. Es geht immer um die Wahrheit.»

«Ich ... ich kann mich nicht mehr erinnern, es ist alles schon so lange her», stammelte Steve und versuchte noch immer, seine Haut zu retten.

Orynanga schwieg, doch er hielt die Hand mit dem Knochen ein Stück höher.

Steve sank in die Knie. Er fiel einfach vornüber und kniete vor dem alten Mann, weil seine Beine ihren Dienst versagten.

«Ja, ich war es», flüsterte er.

«Ich kann dich nicht verstehen», erwiderte der Eingeborene. «Sprich lauter!»

«Ich war es. Ich habe Jonah getötet und die Axt Walter Jordan, der bewusstlos am Boden lag, in die Hand gedrückt.»

Der Staatsanwalt griff zu einem Funkgerät, doch Creally machte ihm ein Zeichen, den Zugriff hinauszuzögern.

«Warum?», donnerte der Alte.

«Weil ich Jonah gehasst habe. Er hat von Amber alles bekommen, was ich ersehnt habe. Erst er und dann sein schwarzer Sohn.»

Der Satz war wie ein Schrei. Steve brach zusammen, legte die Arme schützend um seinen Kopf und fiel in ein tiefes Schluchzen.

«Zugriff», flüsterte der Staatsanwalt in sein Funkgerät. Sekunden später gingen die Türen des Zivilfahrzeuges auf, und die beiden Beamten legten Steve Emslie Handschellen an.

Bevor Steve in das Auto gezerrt und weggebracht wurde, trat Jonah zu ihm. Er stand vor ihm und sah ihn an.

«Ich wäre gerne wütend auf dich, Stiefvater», sagte er. «Aber ich bin es nicht. Mein Herz ist voller Mitleid für dich und dein armseliges Leben.»

Dann drehte er sich um und ging zu Ralph Lorenz, der ihm wieder einen Arm um die Schulter legte.

Schon am nächsten Tag kam Amber aus dem Gefängnis

frei. Und schon zwei Tage später war Orynanga zurück bei seinem Clan am Fuße des Uluru.

Er starb drei Wochen später, und er starb glücklich und zufrieden. Sein Clan hatte das ihm anvertraute Land zurückbekommen, und er wusste es bei Jonah in den besten Händen.

Steve Emslie wurde wegen Mordes zu lebenslanger Haft verurteilt, Harry Ulster erhielt eine Bewährungsstrafe wegen Meineids. Er verschwand aus der Gegend und wurde niemals wieder gesehen. Emilia war entsetzt darüber, dass ihr Vater ein Mörder war, doch nach einem Jahr begann sie, ihm Briefe ins Gefängnis zu schreiben. Er war und blieb ihr Vater.

Das Gut erholte sich von der Krise, und die Outback-Station fand in den Feinschmeckermagazinen lobende Erwähnung, doch Emilia genügte das nicht. Sie bewarb sich in einem Gourmetrestaurant in Sydney um eine Ausbildung zur Köchin. Um die Outback-Station sorgte sie sich nicht. Sie war bei Maggie und Peena in den besten Händen.

Peena brachte einen kleinen Jungen zur Welt. Sie war sehr glücklich mit dem Kind, um das Bob sich kümmerte, als wäre es sein eigener Sohn. Peena hatte auf Carolina Cellar eine Heimat und eine Aufgabe gefunden, die sie glücklich machten.

Jonah beendete sein Studium und machte seinen großen Traum wahr: Mit Ralph Lorenz gemeinsam führte er eine Praxis und war der erste schwarze Arzt in Barossa Valley. Seine Teebaumplantage hatte er wiederaufgebaut. Doch immer, wenn sich der «Schnee des Sommers» in den Bäumen zeigte, sammelte er die Blüten, die von den Bäumen gefallen waren, und legte sie dorthin, wo sein Vater endgültig zur letzten Ruhe gebettet war. Amber und Ralph lebten zusammen auf dem Gut. Die beiden hatten sich dazu entschlossen, ein großes Experiment in Angriff zu nehmen: ein glückliches und zufriedenes Leben.

Wir haben

ALLES![*]

... alle Bücher
... alle DVDs
... alle CDs

* Na ja ... fast alles, aber sehen Sie selbst unter

www.weltbild.de